Das Buch

Seit fünfundzwanzig Jahren fühlen sich Darleen Union und Eli Wade zueinander hingezogen. Darl und Eli waren von Kindesbeinen an befreundet und lebten in Burnt Stand, einer kleinen Stadt in North Carolina. Darl, die von ihrer strengen Großmutter aufgezogen wurde, ist die Erbin der alles beherrschenden Hardigree Marble Company. Stets wurde sie dazu angehalten, sich von den Bewohnern der Stadt fernzuhalten, doch sie konnte nicht anders: Sie verliebte sich in Eli, einen Jungen, der auf der falschen Seite der Stadt wohnte und dessen Vater als Steinschleifer bei Hardigree Marble arbeitete. Doch eines Nachts mußte Eli mit seiner Familie aus der Stadt fliehen: Darls Tante Clara war spurlos verschwunden – und Elis Vater stand unter dem Verdacht, sie ermordet zu haben. Darl wußte, daß die Polizei den Falschen verdächtigte, konnte die Wahrheit aber nicht erzählen, ohne ihre eigene Familie auseinanderzureißen. Nun, viele Jahre später, hält sie es nicht mehr aus – Darl muß ihr Geheimnis lüften, auch auf die Gefahr hin, Eli wieder und dieses Mal für alle Ewigkeit zu verlieren ...

Die Autorin

Deborah Smith arbeitete früher als Journalistin für Zeitungen und medizinische Zeitschriften. Heute lebt die Bestsellerautorin, deren Familie in der sechsten Generation aus Georgia stammt, zusammen mit ihrem Ehemann in den Bergen im Norden Georgias.

Deborah Smith

Straße der Azaleen

Roman

Aus dem Englischen
von Hedda Pänke

Ullstein

Besuchen Sie uns im Internet:
www.ullstein-taschenbuch.de

Umwelthinweis:
Dieses Buch wurde auf chlor- und säurefreiem Papier gedruckt.

Ungekürzte Ausgabe im Ullstein Taschenbuch
1. Auflage Juli 2006
© für die deutsche Ausgabe Ullstein Buchverlage GmbH,
Berlin 2005 / Ullstein Verlag
© 2002 by Deborah Smith
Titel der amerikanischen Originalausgabe:
The Stone Flower Garden (Little, Brown and Co., New York)
Umschlaggestaltung: Büro Hamburg
Titelabbildung: © Getty Images / James Randklev
Satz: Pinkuin Satz und Datentechnik, Berlin
Gesetzt aus der Goudy
Druck und Bindearbeiten: Ebner & Spiegel, Ulm
Printed in Germany
ISBN-13: 978-3-548-26431-8
ISBN-10: 3-548-26431-X

WIDMUNG

Im Jahr 1914 tat meine Großmutter Rachel Bennett Brown etwas Erstaunliches. Sie ging aufs College. Sie war achtzehn Jahre alt und die älteste von zehn Geschwistern. Ihr Vater hielt sich und seine Familie als Farmer und Minenarbeiter in den Bergen im nördlichen Georgia bescheiden über Wasser. Ihre Mutter, eine einfache, solide Frau vom Land, die kurz nach dem Bürgerkrieg zur Welt kam, war die Tochter eines Gefreiten der Union, der während der Reconstruction in Georgia an der Ruhr starb. Ihre mütterliche Großmutter trug gerüschte Unterröcke und Parfum; sie war möglicherweise eine Frau von zweifelhaftem Ruf oder auch nicht.

Dieser familiäre Hintergrund war für meine Großmutter Rachel Ansporn und Provokation zugleich. Sie wuchs ebenso stolz wie fest entschlossen auf, es zu etwas zu bringen. Und so brach sie zu einem winzigen College am anderen Ende des Staates auf, erst mit der Kutsche, dann per Eisenbahn, von den wilden, kühlen Bergen, vorbei an Atlanta, dann nach Süden in die heiße Ebene, in eine Welt, die ihr so unbekannt war wie irgendein fremdes Land.

Ihre Studiengebühren verdiente sie sich als Serviererin im Speisesaal der Professoren. Sie verliebte sich in den Sohn eines Farmers, der Fußball spielte und für seinen Unterhalt auf den Baumwollfeldern des College arbeitete. Sie lernte Latein, studierte moderne Arithmetik und las Gedichte. Sie spielte Tennis oder posierte zumindest auf dem Sandplatz des College. Es gibt eine Photographie von ihr, auf der sie geradezu grimmig ein Racket schwingt. Sie trägt einen bodenlangen Rock und eine Bluse mit langen Keulenärmeln. Ihre dunklen, langen Haare sind zu einer viktorianischen Hochfrisur zusammengefaßt.

Ich bezweifle, daß sie jemals einen Tennisball traf oder sich auch nur für das Spiel interessierte. Sie spielte keine Spiele. Sie war ein ernsthaftes Mädchen mit Händen, die so kräftig waren wie die eines Mannes. Sie konnte den ganzen Tag lang den Boden zwischen den Baumwollpflanzen hacken, ohne zu ermüden. Aber diese Photographie liebte sie sehr.

Großmutter machte das Lehrerinnen-Examen und ließ sich in Atlanta nieder, wo sie etliche ihrer Geschwister unter Androhung von Gewalt und mit unterschiedlichem Erfolg zu Ehrbarkeit und Solidität anhielt. Ich versage mir die Erwähnung von Namen, vermute jedoch, daß nicht immer nur die anderen schuld hatten. Die Kräche zwischen Großmutter und ihren Schwestern waren legendär in unserer Familie. Es genügt, wenn ich sage, daß Großmutter vor keinem Streit zurückschreckte.

Sie heiratete einen Yankee, einen Mechaniker aus Indiana, begann für Western Union zu arbeiten, wo sie Telegraphistinnen unterrichtete, die Bekanntschaft von Margaret Mitchell (seinerzeit Zeitungsreporterin in Atlanta) machte und sich eines schönen Tages im Jahr 1945 erstaunt zu einer jungen Kollegin umdrehte, die ihr mit zitternden Fingern ein geheimes Telegramm entgegenhielt, das für Washington, D.C., bestimmt war. Es kam aus Warm Springs, Georgia, dem Erholungssitz von Präsident Roosevelt.

Der Präsident war gestorben.

Einige Stunden lang gehörte Großmutter zu den wenigen im Büro von Western Union, die eine Nachricht kannten, die schon bald die Welt erschüttern sollte. Diesen Moment vergaß sie nie, ebensowenig wie die Bedeutung ihrer Position. Welterschütternden Ereignissen war sie mehr als gewachsen. Sie trug weiße Handschuhe, einen tipptopp gebürsteten Pelzmantel, kaufte edel in Rich's Department Store ein und widmete sich der Porzellanmalerei, obwohl es ihr an künstlerischer Begabung mangelte. Die Mäuse, die sie auf einen Keksteller malte, haben quadratische Ohren. Aber in einer Hinsicht gab es kein Vertun: Sie war eine Frau, der die nationale Sicherheit anvertraut werden konnte, eine Frau von unbändigem Stolz. Sie lebte nach ihren eigenen Regeln und hat mit unvorstellbarer Energie und Hingabe ihren Zweig der Familie zum Blühen gebracht.

»Du bist besser als jedermann sonst«, sagte sie zu ihrem Sohn, wie später auch zu ihren Enkelkindern, stets voller Überzeugung und ohne einen Funken Bescheidenheit. Nie gab sie sich mit dem Zweitbesten zufrieden, halbe Sachen duldete sie nicht. Sie allerdings hätte es drastischer ausgedrückt. Genügend herausgefordert, konnte sie fluchen wie ein Droschkenkutscher.

Sie starb mit zweiundneunzig. Bei einem unserer letzten Gespräche sagte ich ihr, daß ich sie liebte.

»Ich weiß«, erwiderte sie.

Mehr nicht.

Dieses Buch ist ihr gewidmet – in aufrichtiger und vielfältiger Zuneigung. Die Ähnlichkeiten zwischen Großmutter und Swan Hardigree sind beabsichtigt, wenn auch gröblich übertrieben. Obwohl ich mir sicher bin, daß Großmutter genauso gehandelt hätte wie Swan.

Und das ohne alle Gewissensbisse.

PROLOG

In einer düsteren Herbstnacht und fünfundzwanzig Jahre nachdem wir meine Großtante Clara Hardigree begraben hatten, buddelte ich sie wieder aus. Ich kam mir vor wie die Hauptdarstellerin in einer Szene aus einer bizarren Südstaaten-Soap. Scarlett O'Hara in der Kirchhofszene aus *Hamlet*.

Die arme Clara, ich habe sie gut gekannt.

Eine Propangas-Campinglampe zischte und flackerte im Farnkraut neben meinen Füßen. So schnell wie möglich grub ich im Schein des Mondes die sterblichen Überreste meiner Großtante aus. Die Blüten und Ranken der über mir aufragenden Marmorurne tippten mir auf Kopf und Schultern wie knochige Finger. Der Steinblumengarten war ein Teil des Waldes, aber auch ein Symbol für die Hardigree, genau wie Claras verschwiegenes Grab. Ich erschauerte. Die uralten Berge der Appalachen waren Zeugen meiner Schande, und die Lichter von Burnt Stand, North Carolina, meiner Heimatstadt, zwinkerten mir wissend zu.

Wir haben schon immer vermutet, daß du nicht aus dem härtesten Hardigree-Gestein bist. Der Name Hardigree stand für starke, unzerbrechliche Frauen und starken, unzerbrechlichen Marmor. Doch ich, Darl Union, Enkelin von Swan Hardigree Samples und Urenkelin von Esta Hardigree, war geborsten.

Und das wegen eines Mannes. Ich sah zu Eli Wade auf, den Mann, dessen Vertrauen ich ebenso verraten hatte wie vor fünfundzwanzig Jahren seinen zu Unrecht beschuldigten Vater durch mein Schweigen. Eli blickte mich an und schien nicht zu wissen, was ich ihm eigentlich zeigen wollte.

Schließlich fand ich Claras Skelett in einem halben Meter Tiefe im lehmigen Waldboden. Als ich als Kind zusah, wie Großmutter Swan das Grab aushob, war es mir unendlich tief vorgekommen. Jetzt bestand Clara nur noch aus erdverkrusteten Knochen, die darauf warteten, nacheinander aus der Erde gehoben zu werden. Ich hätte eins von Swans Tafeltüchern mitbringen sollen, um sie einzupacken. Eins mit Monogramm. Wir Hardigrees sind bekannt für unsere Tischkultur.

Überrascht zog ich eine Kette aus der Erde. Als ich den kleinen Anhänger ins Lampenlicht hielt, funkelte mir ein in milchweißem Hardigree-Marmor gefaßter Diamant entgegen. Großmutter besaß genau so einen Anhänger. Wie ich auch. Es war eine Familientradition. Nicht unbedingt ein Familienwappen, aber fast: harter Stein in hartem Stein, gefärbt von der Intensität unserer Ambitionen.

Erneut erschauerte ich. *Geschafft.* Alle Beweise unseres elenden Tuns waren aufgedeckt. Übelkeit kam in mir hoch. Mit Claras Anhänger in der Faust, gesenktem Kopf und geschlossenen Augen hockte ich mich auf die Fersen. Nie hatte ich Großmutter bei ihrem Mord helfen und einem anderen die Schuld zuschieben wollen. Wie alles Schicksalhafte – Haß, wahre Liebe, Glück und Unglück – war es einfach passiert.

»Dein Vater hat Clara nicht getötet«, sagte ich zu Eli. »Das waren Swan und ich.«

Entsetzt blickte Eli in das Grab, dann mich an. Unsagbare Enttäuschung und Zorn begannen die Luft zwischen uns aufzuladen. In diesem Augenblick glaubte ich, er könnte mir niemals verzeihen, ich konnte es ja selbst nicht. »Wie konntest du mir das antun?« fragte er.

»Familie ...«, flüsterte ich.

Kinder verlieren ihre Unschuld nach und nach. Sie wird

Schicht um Schicht abgetragen, bis unsere Herzen offen liegen. Den Rest unserer Tage versuchen wir uns daran zu erinnern, warum wir so bedingungslos lieben und so gläubig träumen konnten, bevor das Leben uns verwundbar gemacht hat.

TEIL EINS

1972

❧ 1 ❦

Wenn ich groß bin, lebe ich irgendwo, wo es so flach ist, daß selbst Spucke auf einer Marmorplatte hoch erscheint, erklärte Eli. Er war zehn Jahre alt, bettelarm, gescheit, entschlossen und auf eindeutig ansteigendem Weg. Schwitzend und keuchend half Eli seinem Vater Jasper, ihren überladenen Pick-up über den glutheißen Asphalt einer ungewöhnlich gut erhaltenen Bergstraße zu schieben. Seit zwei Wochen waren die Wades schon unterwegs, von den ihnen vertrauten Hügeln in Tennessee in die Smoky Mountains, über die Staatsgrenze ins westliche North Carolina und weiter hinauf in die höchsten Berge der Südstaaten. An jeder Steigung hatte der verdammte Pick-up den Geist aufgegeben.

Kochtöpfe, Kerosinlampen und ein rostiger Holzkohlengrill schepperten an der Rückfront wie Metallfische an Angelschnüren. Niedrig hängende Äste peitschten die auf der Ladefläche festgezurrten schäbigen Matratzen und Campingliegen. Aus einem heruntergekurbelten Seitenfenster flatterte ein Geschirrtuch, als wollte es Elis Mutter Annie Gwen Wade zuwinken, die mit Elis vierjähriger Schwester Bell auf den Armen in stoischer Gelassenheit über den gemähten Seitenstreifen stapfte.

Eli spähte nach vorn und sah, wie Schweiß von Pas verzerrtem Gesicht und seinen kräftigen Armen tropfte. Pa steuerte den Wagen mit einer Hand und stemmte sich mit seinem ganzen Gewicht gegen den Türrahmen des Pick-up. Eli verzog das Gesicht. Schweiß, Armut und Stolz gehörten zur Familie Wade wie der Staub von Pas Jobs im Steinbruch. Eli schämte sich seines Vaters, liebte ihn aber gleichzeitig hingebungsvoll. Plötzlich bemerkte Eli eine dürre Kiefer neben der Straße. Fünf kleine, handgemalte Schilder waren an ihren Stamm genagelt.

> GOTT SCHÜTZE PRÄSIDENT NIXON.
> JESUS ERLÖST KEINE HIPPIES.
> BEENDET DEN KRIEG.

Die ersten drei Parolen waren nichts Besonderes. Derartiges hatte er immer wieder am Straßenrand erblickt. Aber die unteren beiden Schilder stachen in Elis Augen wie eine Neonreklame.

> BURNT STAND, N.C., WURDE MIT
> BLUT, FEUER UND HUREN GEGRÜNDET.
> HIER FÜHRT JEZEBELS TOCHTER IHR REGIMENT.

Gott, der Allmächtige. »Hey, sieh doch mal, Mama«, rief Eli und deutete mit der Hand auf die Schilder.

Mama erbleichte. »Schau nicht hin.«

»Was heißt das?«

»Das weiß ich nicht, aber sieh bloß nicht hin.«

Er senkte den Kopf und schob weiter. Was für einem Ort näherten sie sich da? Nachdem sie eine Kurve umrundet hatten, blinzelte Eli durch verschwitzte Haarsträhnen, wischte mit einem schmutzigen Zeigefinger über die Gläser seiner Brille und erblickte etwas höchst Erstaunliches. Da, vor der dunkelgrünen Wand des Waldes standen zwei hohe Säulen aus rosaweißem Marmor, je eine an jeder Straßenseite. Beide trugen Marmortafeln mit fein gemeißelten Buchstaben. Eli hielt den Atem an. Weitere Schilder. Herrschte Jezebel an der Himmelspforte?

»Nun, *diese* Worte da sind lesenswert«, hauchte Mama fast ehrfürchtig. Pas wegen las Eli sie laut vor. Pa konnte mit bloßem Auge die feinsten Sprünge in einem Marmorblock erkennen oder inmitten der Milchstraße eine Sternschnuppe entdecken. Lesen konnte er nicht.

»›Willkommen in Burnt Stand, North Carolina‹«, las Eli, »›der Marmorkrone der Berge‹, und auf der anderen Tafel steht: ›Sitz der Hardigree Marble Company. Gegründet 1925 von Esta Hardigree, die die Fackel des Fortschritts entzündete und bei der Förderung des Handels nie einen Stein auf dem anderen ließ.‹«

Hinter den Marmorsäulen ragten hohe Tannen und blaugraue Berge auf. Die von Rhododendronbüschen gesäumte, zweispurige Straße führte bergan durch einen Hochgebirgswald, der so dicht war, daß er die brütende Augustsonne ausschloß und kühlen Schatten gewährte. Eli und Pa schoben den Pick-up noch etliche Meter weiter und bewältigten schließlich die letzte Steigung.

»Mein Gott«, entfuhr es Pa. Eli, Mama und Bell scharten sich mitten auf der Straße um ihn und starrten in verblüfftem Schweigen in ein Tal hinab, in dem eine kleine Stadt lag, wie sie sie noch nie zu Gesicht bekommen hatten.

»Sie ist ja rosa«, sagte Eli.

Unschuld vortäuschend, lag Burnt Stand errötend in der Sonne.

Rosa. Alles in meinem Leben war rosa. Ich wohnte in einer rosa Stadt, unser Vermögen stammte aus rosa Marmor, ich wohnte in einer rosa Marmor-Villa, trug rosa Kleidung, hatte rosa Haut. Ich heiße Darleen Union, aber Pinky wäre passender. Meine Großmutter Swannoa Hardigree Samples hielt mich derart geschrubbt und von der Sonne fern, daß ich vermutlich die einzige weiße Siebenjährige ohne Sommersprossen in Hardigree County, North Carolina, war. Ich war die Erbin der Hardigree Marble Company, eine Marmor-Prinzessin. Ich sah rosa aus und fühlte mich miserabel.

Es waren die Hundstage des Sommers. Die Luft fühlte sich an wie ein warmer, feuchter Waschlappen. Nachts stimmten

Frösche, Grillen und Ziegenmelker vor den Fenstern meines Schlafzimmers in Marble Hall traurige Lieder an, als wäre der schwindende Sommer ein Grund zur Klage. Vor wenigen Wochen hatten Terroristen bei den Olympischen Spielen in München nahezu ein Dutzend israelischer Sportler getötet. Unser Baptistenpfarrer sagte, das sei ein Beweis für das nahende Ende der Welt, was sich für mich plausibel anhörte, da Jerusalem in Israel liegt.

Burnt Stand befindet sich auf der einzigen größeren Marmorader des Staates. Glänzender rosa Marmor verleiht dem Kreisgericht, den Büros der Stadtverwaltung, der Bibliothek und anderen Gebäuden im Zentrum einen Hauch europäischer Eleganz, eine fast mediterrane Leichtigkeit inmitten des dunklen Bergwaldes. Die Pfosten der Scheunenhofzäune bestanden aus Marmor. Bruchstücke säumten unsere Blumengärten. Tomaten räkelten sich an ungeschliffenen Marmormauern empor. Die Fremdenverkehrsbroschüre prahlt damit, daß jedes Haus und jedes öffentliche Gebäude zumindest über ein Fundament oder eine Verzierung aus unserem kostbaren Grundgestein verfügt. Seit Jahrzehnten strömten Touristen herbei, um einen Blick auf unseren berühmten Marktplatz zu werfen und über unsere Marmorbürgersteige zu schlendern.

Ich haßte die Bürgersteige. An jenem trostlosen Sommertag im Jahr 1972 verbrannten sie mir selbst durch meine rosa Sandalen hindurch die Sohlen meiner Füße mit den rosa lakkierten Zehnägeln. Und doch stand ich unter der Markise vor dem Ausstellungsraum von Hardigree Marble, wie von Großmutter befohlen: mit gestrafften Schultern, hoch erhobenem Kopf, die Finger fest um die rosa Strohtasche vor meinem makellos rosa Trägerkleid mit der aufgenähten rosa Rose. Die drückende Schwüle ließ die rosa Schleifen in meinem französischen Zopf schlaff herabhängen. Ich war ein robustes, braunhaariges Kind mit blauen Augen, die begierig darauf aus waren, die Welt ohne rosa Tünche zu sehen.

Neben mir und mir zum Verwechseln ähnlich in einem rosa Kleid und mit Zöpfen stand meine beste Freundin und einzige Spielgefährtin, Karen Noland. Karen und ich erhielten in Marble Hall, dem Besitz meiner Großmutter, Privatunterricht und besuchten keine öffentliche Schule. Nie durften wir mit anderen Kindern spielen, und das einzige Gelände, auf dem wir uns frei bewegen durften, war der Wald hinter Marble Hall. Wir waren einsam, hingen aber wie Kletten aneinander. Wir waren beide Waisen und wurden von unseren Großmüttern aufgezogen. Swan Hardigree Samples und Matilda Dove, Großmutters Assistentin, kannten einander von Kindesbeinen an, wie auch ihre inzwischen toten Töchter – unsere Mütter – und wir. Es gab nur einen einzigen Unterschied zwischen Karens und meiner Familie.

Wir waren weiß, sie aber nicht. Selbst in unserer abgeschiedenen Stadt, die von meiner Großmutter bestimmt und beherrscht wurde, *der* entscheidende Unterschied.

Ich kann nicht behaupten, daß Karen und ihre Großmutter schwarz gewesen wären, denn sie waren eher honigbraun, mit Haselnuß-Augen und langen Kräuselhaaren in der Farbe von Schokoladeneis. Da weder Karen noch ich jemals ein Photo von ihrer Mutter Katherine gesehen hatten, wußten wir nicht, von welcher Farbe ihre Haut gewesen war. Auf Karens Nachttisch stand eine Photographie ihres Vaters, eines gutaussehenden schwarzen Mannes in der Uniform des Marine Corps. Ich wußte, daß Karen und Matilda anders waren als wir, aber auch nicht wie die schwarzen Farmarbeiter in der Umgebung, nicht *schwarz wie Pik As*, wie man so sagte. Ich liebte sie sehr.

»Ich wünschte, wir könnten zur Hall zurücklaufen«, flüsterte mir Karen aus dem Mundwinkel zu, während wir schwitzend in Habacht-Stellung verharrten. »Wir sehen aus wie Idioten.«

»Nur weißes Gesindel und Habenichtse ziehen wie die Zigeuner die Straße entlang«, zitierte ich unsere Großmütter.

»Wie hochrote Idioten«, steigerte sich Karen.

Ich seufzte. Sie hatte ja recht. Wie Marmorstatuen standen wir vor dem Ausstellungsraum von Hardigree Marble, in dem die Wohlhabenden des Südens von einer Tonne Marmorfliesen bis zu einem handgemeißelten Cherub nahezu alles erwerben konnten. Uns gegenüber, im schattigen Park inmitten des Platzes, diente eine Nachbildung des Parthenon als Park-Pavillon. *Der Bürgerschaft gestiftet von Esta Hardigree, 1931*, stand auf einer Tafel am Parthenon. Eine Gruppe ganz gewöhnlicher Kinder spielte auf dem Rasen Fangen. Sehnsüchtig sah ich zu ihnen hinüber. Karen stöhnte steinerweichend. Aber wir wagten nicht, uns den Anordnungen unserer Großmütter zu widersetzen.

Als wir in der drückenden Hitze schmachteten – ein kleines weißes Mädchen in Rosa und ein kleines honigbraunes Mädchen in Rosa – bot sich auf der Höhe der West Main Street ein sonderbarer Anblick. Zwischen gigantischen Magnolien rollte ein alter Pick-up auf den Platz – von keiner sichtbaren Hand gelenkt. Töpfe und Pfannen hingen an Stricken von der Ladefläche. Der Pick-up klirrte wie eine Kuhglocke. Berge von Kisten und Säcken türmten sich auf dem Wagen, und über dem Stoßdämpfer war ein verrostetes rosa Dreirad befestigt.

Überall auf unseren Bürgersteigen, in unserem Park und vor unseren Geschäften blieben Leute stehen und starrten. Ich reckte den Hals und konnte schließlich einen großen, stämmigen Mann ausmachen, der das Fahrzeug schob. Eine dünne Frau mit braunen Haaren lief hinterher, der Rock ihres Polyesterkleides endete knapp über ihren Tennisschuhen. Sie trug ein kleines Mädchen, das sein Gesicht am Hals der Mutter verbarg.

Und dann entdeckte ich den Jungen.

Er hatte kurzgeschorene dunkelbraune Haare, bis auf eine lockige Strähne, die ihm über die hohe Stirn und die Gläser seiner schwarzgerahmten Alt-Männer-Brille fiel. Sein Körper wirtke lang und hager in den ausgeblichenen Jeans und dem T-Shirt. Er stemmte seine schmale Schulter gegen die hintere Ecke des Pick-up wie eine Ameise, die gegen einen Felsbrocken drückt. Die Muskeln an seinen Armen traten hervor. Er sah aus wie ein junger Jesus, der einen Pick-up schiebt, anstatt ein Kreuz zu tragen.

Nein, wie ein Zigeunerjunge, verbesserte ich mich hastig, meines Seelenheils wegen, obwohl es keinerlei Hinweis darauf gab, daß jemals Zigeuner durch Burnt Stand gekommen wären. Immerhin hatte der Junge eine Aufgabe in seiner Welt, konnte sie bewegen. Meine Welt war starr und reglos wie die Marmor-Cherubim im Schaufenster des Ausstellungsraums, und ich hatte nicht den geringsten Einfluß auf sie. Gebannt sah ich zu, wie das rasselnde Gefährt Zentimeter für Zentimeter das Oval des Platzes umrundete und auf mich zukam. Ganz langsam rollten der Junge und seine Welt auf einen leeren Parkplatz direkt vor den schneeweißen Türen von Hardigree Marble. Keine sieben Meter von Karen und mir entfernt. Wir hatten Plätze in der ersten Reihe.

»Fremde und weißes Gesindel«, flüsterte Karen und wich ängstlich zurück, bis sie mit dem Rücken gegen die Marmorfassade der Verkaufsbüros stieß. Sie riß die Augen auf wie eine entsetzte Lucille Ball. »Komm lieber her. Hierher, zu mir!«

Ich schüttelte den Kopf. Die aufregende, furchteinflößende Außenwelt war plötzlich direkt vor mir zum Stillstand gekommen. Der Junge atmete schwer. Er hob den Kopf und fuhr sich mit der Hand über die Brillengläser, beschmierte sie mit Staub und Schweiß. Als er mich erspähte, blickte er gleich noch einmal hin. Ich wußte, daß ich aussah wie ein großes, rosagefärbtes Osterküken, und mein Gesicht glühte vor Scham. Als wäre er sich nicht ganz sicher, ob ich echt war, nahm er seine Brille ab und putzte sie mit dem Saum seines weißen T-Shirts. Ich starrte ihn hingerissen an, und er starrte zurück. Seine Augen waren groß, braun und seelenvoll, mit langen Wimpern.

Die schönsten Augen, die ich jemals gesehen hatte. Er neigte den Kopf zur Seite. »Yep«, stellte er fest. »Du bist und bleibst rosa.«

»Eli, du bleibst hier bei Bell«, sagte die Frau und stellte das kleine Mädchen neben ihm auf die Erde. »Dein Pa und ich sind gleich wieder da. Hörst du?«

»Ja, Ma'am.« Er ergriff die Hand seiner Schwester. Sie warf sich gegen ihn und versteckte ihr Gesicht. Seine Lippen verzogen sich resigniert, dennoch strich er ihr über den Kopf. Seine Mutter blickte in meine Richtung und lächelte schüchtern.

»Hallo«, sagte sie. »Du siehst aber hübsch aus.«

»Hallo, Ma'am«, erwiderte ich artig. »Vielen Dank.« Großmutter hatte bei zahllosen Tee-Nachmittagen, Dinners und Picknicks gutes Benehmen mit mir geübt. Ich war dem Gouverneur vorgestellt worden, dem Vizepräsidenten sowie etlichen Marmor-Baronen, darunter auch einem italienischen Freund von ihr, der mich *mia piccola rosa* nannte, aber sonst kaum beachtete. »Wie geht es Ihnen, Ma'am?«

»Nun, recht gut, danke.«

»Laß uns gehen, Annie.« Der Mann fuhr sich mit einem Kamm durch die dunklen Haare und wischte sich mit einem Handtuch über das Gesicht, das er vom gesprungenen Armaturenbrett des Pick-up geholt hatte. Mich übersah er geflissentlich und trat statt dessen auf Carl McCarl zu, das Faktotum meiner Großmutter. Schwankend wie ein alter, kahlköpfiger Bär fegte Carl McCarl die Marmor-Bürgersteige und wischte Häuserfronten sauber. Er war schlechter Stimmung. Großmutter hatte ihm befohlen, die Schilder von Prediger Al von der Kiefer an der Hauptstraße zu entfernen.

Prediger Al war früher einmal Steinmetz gewesen, verlor jedoch irgendwann seinen Verstand, was Urgroßmutter Esta dazu zwang, ihn aus der Stadt zu werfen. Er predigte ausschließlich von seiner Kiefer-Kanzel herab, und niemand schenkte ihm auch nur die geringste Beachtung. Swan nannte ihn einen alten, bedauernswerten Mann, und ihre Nachsicht mit ihm verblüffte mich immer wieder. In regelmäßigen Abständen lief Carl McCarl die Straße hinauf und entfernte seine peinlichen Schilder. Nie erklärte mir Swan, was sie zu bedeuten hatten.

»Entschuldigung«, sagte der Vater des Jungen mit tiefer, Arbeiterstimme zu Carl McCarl, mit einer Stimme, die nach Maisfeldern und Textilfabriken klang, nach Überlandrouten und Fernfahrerkneipen. »Mein Name ist Jasper Wade. Ich würde gern mit Tom Alberts sprechen. Sagte, ich soll im Hardigree-Ausstellungsraum nach ihm fragen. Das ist doch hier, oder?«

Ich spitzte die Ohren. Tom Alberts war der Geschäftsführer meiner Großmutter und erledigte die Einstellung und Entlassung von Arbeitern im Steinbruch und im Ausstellungsraum. Hardigree Marble beschäftigte mehr als dreihundert Menschen – ein gutes Drittel der werktätigen Bevölkerung von Burnt Stand.

Langsam drehte sich Carl McCarl um und musterte Jasper Wade eine ganze Weile. Der starrte finster zurück und ließ die Armmuskeln spielen. »Paßt Ihnen irgendwas an mir nicht, Mister?«

»Gehen Sie hintenrum. Da hinten um die Ecke. Den Gang entlang. Klingeln Sie am Schild mit der Aufschrift Büro. Und machen Sie sich keine Sorgen um den Truck. Ich werde einen Mechaniker holen, der ihn sich ansieht.«

Fast verblüfft verzog Jasper Wade das Gesicht. Seine Miene besagte, daß ihn sein hartes Leben an Zurechtweisungen und Ablehnung gewöhnt hatte und jede freundliche Geste unerwartet kam. »Herzlichen Dank.« Er winkte seiner Frau zu und lief ihr voran über den glutheißen Bürgersteig und um die Ecke des Gebäudes. Carl McCarl sah ihm nach, bis er verschwunden war. Noch nie hatte ich erlebt, daß der alte Mann ein derartiges Interesse für jemanden zeigte, schon gar nicht für einen hergelaufenen Fremden. Er wischte sich mit einer zitternden Hand über die Stirn und schlurfte in den Ausstellungsraum.

Ich grübelte nicht länger über sein sonderbares Verhalten nach, sondern wandte meine Aufmerksamkeit wieder dem Jungen zu und überlegte, wie ich ihn auf die Probe stellen konnte. Anstelle von »Hallo« sagte ich stets »Gott zum Gruß« zu den Leuten. Das hatte ich in einem viktorianischen Buch für gutes Benehmen gelesen, und ich empfand die altmodische Formulierung so tröstlich wie den Duft eines Veilchensträußchens, wie eine Chance, die anderen einsamen Seelen in der Welt aufzuspüren. Und einsam fühlte ich mich, weil Swan mich von allem fernhielt und mit mir sprach, als wäre ich eine kleine, rosa Erwachsene. Und so war ich zu einer Art Karikatur geworden, wie die schlechte Reproduktion einer klassischen Marmorvase. Ein eigenartiges Kind. Niemals ging jemand auf meine Art der Begrüßung ein. »Gott zum Gruß«, sagte ich laut und wartete mit klopfendem Herzen auf irgendeine törichte Erwiderung.

Nachdem er einen Moment lang nachgedacht hatte, nickte der Junge. »Gott zum Gruß«, antwortete er ernst. Damit war er der Erste, der das je getan hatte.

Ich lächelte ungläubig. »Ich bin Darl Union. Und wie heißt du?«

»Eli Wade.«

»Und das ist deine Schwester?«

»Ja.« Seine kleine Schwester krallte sich mit den Fäusten in sein T-Shirt und versteckte ihr Gesicht immer noch.

Ich betrachtete sie mir genauer. »Bekommt sie so überhaupt Luft?«

»Ach, sie ist eine Forelle.« Er zuckte mit den Schultern. »Sie hat sich Kiemen wachsen lassen.«

Das war das Komischste, was ich jemals gehört hatte, und ich bewunderte Eli Wade aufrichtig für seinen Einfallsreichtum. Ich öffnete die Lippen, um ihm das zu sagen, sah aber aus dem Augenwinkel Probleme auf uns zukommen. Zu den

Kindern im Park gehörten auch einige größere Jungen, alle weiß bis auf Leon Forrest, den Sohn eines Tabakfarmers. Hoch aufgeschossen und schwarz wie die Nacht lungerte Leon in schmuddeligen Jeans und T-Shirt herum und wartete darauf, daß sein Daddy aus dem Futtermittel- und Samengeschäft kam. Jedesmal, wenn er Karen sah, warf er ihr verstohlene Blicke zu. Er war in sie verknallt, auch wenn sie ihn mit Nichtachtung strafte.

Mein Magen krampfte sich zusammen, als ein paar Jungen den Park verließen und auf uns zu schlenderten. »Komm her, Darl. Schnell!« zischte Karen. Ich rührte mich nicht. Elis Schultern strafften sich, er reckte den Kopf. Er schob sich die Brille höher auf die Nase und musterte die Jungen finster. Was diese mit höhnischen Rufen und verächtlichem Ausspucken beantworteten. Steinschleifersöhne. Hart wie Fels.

»Was ist das denn für eine Rostlaube?« erkundigte sich einer.

»Etwas so Jämmerliches habe ich in meinem ganzen Leben noch nicht gesehen.«

»Lebst du etwa in diesem Ding?«

Eli sagte kein Wort, schien jedoch das Schlimmste zu befürchten. Er löste die Hände seiner Schwester von seinem T-Shirt, hob sie hoch, öffnete die Tür des Pick-up und schob sie auf den Beifahrersitz. Sie begann zu protestieren, warf einen verschreckten Blick auf die Szene draußen und rutschte vom Sitz. Ich hörte sie schluchzen. Als sich Eli wieder zu den Jungen umblickte, waren sie ein Stück näher gekommen. Einer tippte Eli auf die Schulter und grölte »Hey, hey. Was hat die Kleine denn? Ist sie nicht ganz dicht?«

Blitzschnell zuckte Elis Faust vor. Der Junge taumelte rückwärts in die Traube der anderen. Plötzlich begannen alle zu schreien. Mit gespreizten Beinen stand Eli da, die Fäuste vor sich wie ein Boxer, seine Haltung angespannt und drohend. Er atmete so heftig, daß seine Brillengläser beschlugen. »Auf ihn!« brüllte einer, und alle stürmten los. Fäuste wurden geschwungen. Ein Schlag traf Elis Mund, und er ging zu Boden. Die anderen stürzten sich auf ihn.

Mein Auftritt als Statue war vorüber.

Mit einem Satz sprang ich auf den Haufen und arbeitete mich mit Klauen und Zähnen zu Eli vor. Ich hörte Karen kreischen und blickte gerade lange genug hoch, um sie zu meiner Verteidigung herbeieilen zu sehen. Einer der Jungen versetzte ihr einen Stoß, doch plötzlich packte Leon Forrest ihn am Kragen und schüttelte ihn. Als die Jungen begriffen, daß neben zwei Mädchen auch der kampferprobte Leon Forrest an der Prügelei teilnahm, wichen sie entsetzt zurück. Schwankend kam Eli Wade auf die Füße, Blut lief ihm über das Kinn. Ich lag auf dem Pflaster und streckte alle viere von mir.

Die ganze Bande starrte mich an, ihre Gesichter erbleichten. Die aufgenähte rosa Rose war halb von meinem Rock gerissen, meine rosa Haarschleifen saßen schief, der Rock war halb über meine Hüften hochgeschoben und gab rosafarbene Schlüpfer allen Blicken preis. »'tschuldigung«, sagte ein Junge.

»Verdammte Scheiße«, murmelte ein anderer.

»Er gehört *mir*«, sagte ich. »Laßt ihn in Ruhe, oder ich sage meiner Großmutter, sie soll eure Daddys *feuern*.« Die Empörung des Augenblicks ließ mich jedes noble Erbarmen vergessen. Ich spürte eine Hand unter meinem Arm. Eli zog mich hoch und stellte sich dann galant zwischen mich und die anderen, während ich mir hastig den Rock über die Beine zog. Er zwinkerte hinter seiner beschlagenen Brille, aber seine Fäuste waren einsatzbereit. »Verschwindet, ihr Arschlöcher«, knurrte er den Jungen zu. Sie machten auf dem Absatz kehrt und ergriffen die Flucht.

Ich bekam kaum Luft, und mir war schwindlig. Als ich wieder klarer sehen konnte, blickte Eli mich stirnrunzelnd an. Ich schüttelte den Kopf. »Mach dir keine Sorgen. Das mit ihren Daddys war nicht so gemeint. Alle Steinschleifer arbeiten für uns, für die Hardigrees. Jetzt wissen die Jungs, daß du zu uns gehörst.«

Blut rann ihm aus der Nase, und er wischte es ärgerlich fort. »Ich gehöre *niemandem*. Ich bin ich.« Er kletterte in den Pickup, zog seine schreiende Schwester heraus und schlug die Tür zu. »Schscht, Bell«, tröstete er sie, als er sich mit ihr auf dem Schoß auf den Rinnstein setzte. »Es ist nichts passiert. Nur unser Stolz wurde verletzt, mehr nicht.«

Karen packte mich am Arm und drehte mich zu ihr herum. »O Darl, wie du aussiehst! Wir werden bestimmt Ärger bekommen.« Einer ihrer Zöpfe war aufgegangen, krause braune Haare quollen daraus hervor wie die Füllung aus einem Kissen.

»Alles in Ordnung mit dir, Karen?« erkundigte sich Leon Forrest beflissen. »Deine Frisur löst sich auf.«

Sie schoß zu dem großen Farmersohn herum, als hätte er die Absicht, ihr zu nahe zu treten. »Kümmere dich um deine Angelegenheiten. Geh weg.«

»Nur wenn dir wirklich nichts fehlt.«

»M…mir geht es g…gut«, stotterte sie. »Danke, Leon. Und tschüs.«

Er seufzte tief auf und schlich mit hängenden Schultern davon. Ich blickte zu Eli und seiner Schwester hinüber. Sie verbarg ihr Gesicht an seinem T-Shirt und schluchzte noch immer. Er saß ruhig da und ignorierte mich völlig.

In diesem Moment fuhr Karens Großmutter in ihrer goldfarbenen Limousine vor, schaltete den Motor ab und stieg aus. Matilda war eine beeindruckende Frau. Sie war hochgewachsen und schlank und trug ein blaues, maßgeschneidertes Kleid, eine modische Kurzhaarfrisur, und ihre Haut war hell genug für eine reizvolle Ansammlung von Sommersprossen auf Nase und Wangen. In puncto majestätischer Wirkung stand sie Swan um nichts nach. »Was um alles in der Welt?« Ihre haselnußbraunen Augen funkelten Eli gereizt an. »Wer bist du, junger Mann?«

Er setzte seine kleine Schwester kurz neben sich, stand auf und verneigte sich. Eine höfliche Geste, die nur wenige weiße Kinder vor Farbigen über sich brachten. »Eli Wade, Ma'am.«

Matilda stand wie erstarrt. »Wade«, wiederholte sie leise. Wie Carl McCarl schien sie mehr als überrascht, geradezu verblüfft.

»Er hat nichts Unrechtes getan«, versicherte ich schnell. »Ich übernehme die Verantwortung für ihn. Er gehört *mir*, Matilda. Bitte.« Ich strich über die Schürfwunde auf meiner Wange. Das hatte ich in einem Film gesehen. Blutsbrüderschaft. Bevor sich Eli Wade mir entziehen konnte, wischte ich mit meinem Finger über das Blut unter seiner Nase und betupfte damit meine Wunde. Die anderen ignorierend, blickte ich unverwandt in Elis verdutzte Augen. »Mein Steinschleifer«, sagte ich zu ihm.

Ich war zu der Erkenntnis gelangt, daß wir aus demselben Fels gehauen waren.

Die Vergangenheit ist in Stein gemeißelt. Laß die Stücke nirgendwo herumliegen, wo sie jemand lesen könnte. Diese Regel hatte Swan Hardigree Samples als junges Mädchen auf einen Zettel geschrieben und nie vergessen. Als sie jetzt im behaglichen Halbdunkel der Bibliothek in Marble Hall an ihrem Schreibtisch saß und auf die vergilbte Photographie in ihrer Hand blickte, erinnerte sie sich wieder daran. Matilda hatte sich einen Sessel neben Swan gezogen. Beide beugten die Köpfe über das verblichene Bild.

Es war in einer abseits gelegenen Straße von Burnt Stand aufgenommen, an einem Frühlingstag Mitte der dreißiger Jahre. In unbekümmerter Eleganz posierte Swans Mutter Esta vor den Gerüsten und Steinquaderhaufen eines Marmorwohnsitzes, den sie errichten ließ. *Esta Houses* sollte er heißen. Sie baute sich ihre eigene Stadt, *ihre* Version der Vergangenheit, und ließ den Rest zu Staub zermahlen. Eine Schleife aus dunklem Stoff umschlang ihre üppigen Hüften in einem Kleid mit langer Taille. Ihr tiefer Ausschnitt ließ den Ansatz ihrer elfenbeinfarbenen Brüste erahnen.

Neben ihr waren Arbeiter aufgereiht, Mützen in den Händen, Ergebenheit im Blick. Hinter ihr auf einem Podest aus Marmorquadern stand Swan im ganzen Glanz ihrer hoffnungsvollen neunzehn Jahre. Sie trug einen langen, schmalgeschnittenen Rock und eine hochgeknöpfte weiße Bluse. Ihre Augen blickten zwar ernst, verrieten aber dennoch Warmherzigkeit und Humor. Ihre jüngere Schwester Clara hatte sich in ihrem Schulmädchen-Kittel auf einer niedrigen Steinmauer ausgestreckt, in Haltung und Augenaufschlag einer Südstaaten-Kleopatra gleich. Matilda hielt sich ähnlich würdevoll wie Swan, eine Kamee schloß ihre Bluse am Hals. Fremde hielten sie für Swans Seelenfreundin oder eine Art persönliche Assistentin.

Hinter allen und von den unfertigen Hausmauern umrahmt, stand ein großer, dunkelhaariger Mann breitbeinig auf einem Gerüst. Er trug die Kleidung eines Arbeiters, hatte den muskulösen Körperbau eines Steinschleifers, aber sein Gesichtsausdruck verriet selbstsicheren Stolz. Seine Daumen steckten gelassen in den Taschen seines Overalls. Er schien sich seines herausragenden Platzes in der Welt bewußt zu sein. Ihrer Welt.

Sein Name war Anthony Wade.

»Wie gut Anthony an diesem Tag aussah«, sagte Matilda. »Wir konnten kaum unsere Blicke von ihm losreißen.«

»Aber er hatte nur Augen für dich.« Swan legte das Photo wieder in das mit einem Schloß versehene Marmorkästchen. »Ich wünschte, du hättest das Bild nicht aufgehoben.«

»Es ist das einzige, das ich von ihm habe.« Matilda brach ab und schluckte. »Ich danke dir, daß du mir geholfen hast, seine Familie zu finden.« Für einen kurzen Moment berührten sich ihre Hände. Swan nickte ihr zu, aber irgendwie grimmig.

»Diese Familie wurde erst gegründet, nachdem er Burnt Stand längst verlassen hatte«, erinnerte sie Matilda. »Du bist ihnen gegenüber zu nichts verpflichtet.«

»Ich stehe in Anthonys Schuld«, entgegnete Matilda.

»Wenn Clara erfährt, daß wir sie hergeholt haben, gibt es Probleme.«

»Sie wird nichts davon erfahren. Außer uns und den alten Carl erinnert sich niemand an Anthony. Niemand wird den Namen Wade mit ihm verbinden.« Matilda stand auf und nahm das Kästchen an sich. »Ich muß Anthonys Sohn und seiner Familie helfen, Swan. Ich muß es wenigstens versuchen.«

Swan nickte ergeben. Sie hatte Nachsicht mit Matilda, obwohl für sie Sentimentalitäten und Güte längst der Vergangenheit angehörten. Sie und Matilda hatten schwere Kindheiten überstanden, engstirnige Gebote, Männer, die kamen und gingen, sowie Töchter, die nie verstanden und früh starben. Sie befürchtete, daß die Einladung der Wades nach Burnt Stand ein Fehler war, den sie für den Rest ihres Lebens bedauern würde.

»Schick Darl herein«, bat sie.

Matilda runzelte die Stirn. »Sie hat Eli Wade unter ihren persönlichen Schutz gestellt. Sie wird ihn verteidigen. Ich weiß nicht, was ich davon halten soll. Du hättest die beiden sehen sollen. Wie zwei verschworene Kämpfer.«

Ein erstaunliches Kind, dachte Swan. Sie stützte ihr Kinn in die Hand und schloß die Augen. Darl war überaus gescheit, hübsch und gutherzig. Aber wie schnell konnte ihre Zukunft ruiniert werden. Wie edles Gestein mußte sie mit höchster Sorgfalt behandelt werden. Swan wollte nicht die Fehler wiederholen, die sie gegenüber Julia begangen hatte, Darls Mutter.

»Ich werde ihr zunächst ihren Willen lassen.« Swan öffnete die Augen und sah Matilda an. »Sie wird bald genug begreifen, wo ihr Platz ist und der des Jungen.«

»Wissen wir das nicht alle?« fragte Matilda resignierend und verließ den Raum.

»Meine Güte, Darl, du wirst deiner Großmutter von Tag zu Tag ähnlicher«, säuselte eine ältere Frau, als ich im Getränke-Kiosk in Burnt Stand stand und auf Swan wartete.

»Nein, ich finde, sie kommt sehr viel mehr nach ihrer Großtante Clara«, widersprach ihre Begleiterin.

»Oh, sag das nicht. Das wäre ein großes Unglück für das Kind.«

»Aber Clara war wunderschön.«

»Sie war häßlich wie die Sünde.«

Zunehmend verwirrter hörte ich zu, wie die beiden über die Moral meiner geheimnisvollen Großtante stritten, um abrupt zu verstummen, als Swan erschien. Offenbar war Clara so verrucht, daß sie dem Namen unserer Familie in der Öffentlichkeit Schande bereitete. Und das war etwas, was eine Hardigree unter keinen Umständen tun durfte.

Und nun hatte ich das auch getan.

Auf einer Teakbank vor Swans Bibliothek wartete ich auf ihren Urteilsspruch. Meine Füße klopften nervös auf den Marmorfußboden, und ich erschauerte. Vor kurzem hatte Swan das alte Haus mit einer Klimaanlage ausstatten lassen, und mir fehlte das Summen der Deckenventilatoren und der gelegentliche warme Luftzug. »Steh mir bei«, flüsterte ich dem Porträt meiner toten Mutter Julia Samples Union zu. In all ihrer Debütantinnen-Schönheit lächelte sie auf mich herab.

Alle sagten, sie wäre sehr liebenswürdig und sehr sanft gewesen. Ich träumte nachts oft von ihr und von meinem Vater, der nichts anderes war als ein junger Steinmetz der Hardigree Company. Ich hatte keinen von beiden kennengelernt. Ich war noch ein Baby, als er sich und meine Mutter umbrachte, weil er auf einer bergigen Straße außerhalb der Stadt etwas zu schnell fuhr.

Von der anderen Wand starrte mich meine Urgroßmutter Esta an. Ihr nahezu lebensgroßes Porträt war Ende der dreißiger Jahre gemalt worden, nicht lange vor ihrem Tod. Damals war sie in ihren Fünfzigern, und ihr Abbild zeigte eine kurvenreiche Schönheit und unübersehbare Macht. Sie betrachtete die Welt mit einer leicht gehobenen Augenbraue. Ein eisblaues Ballkleid umspannte ihre Brüste und fiel von der Taille in weitem Schwung bis auf den Boden. An ihrer Halskette aus Perlen und Saphiren hing ein Hardigree-Anhänger – aus geschliffenem Marmor mit einem Diamanten in der Mitte. Swan trug genau den gleichen.

Auf dem Porträt neben ihr war mein Urgroßvater A. A. Hardigree zu sehen, ein gutaussehender, dunkelhaariger Mann mit brennenden Augen. Er hatte mit dem Marmorabbruch begonnen und das ursprüngliche Burnt Stand gegründet, starb jedoch in den zwanziger Jahren bei einem verheerenden Feuer. Ich fürchtete mich vor ihm und konnte ihn mir nie anders vorstellen als bei lebendigem Leib geröstet. In der Nähe hing das marmorgerahmte Ölbild meines sanft lächelnden Großvaters Dr. Paltrow Samples. Er entstammte einer angesehenen Familie aus Asheville und starb vor meiner Geburt. Swan sprach nur selten von ihm, wie auch von meiner toten Mutter oder meine Großtante Clara, die in Chicago lebte.

Von Clara gab es im ganzen Haus kein einziges Porträt. Sie war das unausgesprochene Schreckgespenst, das mich holen würde, wenn ich nicht lernte, mich wie eine Lady zu benehmen. Natürlich waren das nicht Swans Worte, doch schon als Kind wußte ich, daß es ein schlechtes Zeichen war, wenn ein Name niemals erwähnt wurde.

Wenn ich mich nicht sehr vorsah, würde ich ähnlich totgeschwiegen enden.

Die massive Eichentür der Bibliothek öffnete sich. Ich sprang auf und faltete die Hände im Rücken. Matilda trat über die Schwelle. »Du kannst jetzt hineingehen«, sagte sie lächelnd und strich mir über die Wange. »Es ist alles gut.« Im

Gegensatz zu Swan besaß Matilda einen weichen Kern. Ich nickte stumm.

Der große Kristallüster tauchte die Bibliothek in sanftes Licht. Swan erhob sich hinter ihrem Schreibtisch. Wieder erschauerte ich unwillkürlich, obwohl meine Großmutter niemals die Hand gegen mich erhob und nur sehr selten laut wurde. Sie war überaus fürsorglich mir gegenüber, und ich wollte sie zufriedenstellen.

»Du hast gegen meine strikten Regeln über unser Verhalten in der Öffentlichkeit verstoßen«, stellte Swan fest. Ich konnte nur beschämt nicken.

Mit der Grazie eines *Vogue*-Mannequins bewegte Swan sich durch den Raum. Sie trug einen hellen Leinenrock, eine weiße Bluse und flache, weiße Schuhe. Um ihren Hals lag eine einreihige Perlenkette mit dem Hardigree-Anhänger, Perlenstecker zierten ihre Ohren. Sie trug eine goldene Armbanduhr und einen diamantenbesetzten Ehering. Selbst mit Anfang fünfzig sah Swan noch phantastisch aus. Erst seit kurzem begann sie, ihre schulterlangen, braunen Haare zu tönen. Ihre Augen waren noch blauer als meine.

»Du warst noch nie ungehorsam.«

»Es tut mir leid.«

»Daß man dich ertappt hat?«

»Ja, Ma'am. Ich meine … Nein, Ma'am.«

Zu meiner Überraschung überzog ein leichtes Lächeln ihr Gesicht. »Erzähl mir, wie es dazu gekommen ist.« Sie setzte sich wieder hinter den Schreibtisch und klopfte mit einem goldenen Füllhalter auf die Tischplatte. Er war das Geschenk eines italienischen Marmor-Barons.

»Du hast immer gesagt, daß wir für unsere Angestellten verantwortlich sind. Ich dachte, ich müßte meine Pflicht tun. Sie haben ihn verprügelt, da konnte ich doch nicht zusehen.«

»Es kommt mir so vor, als wäre dieser Eli ein Raufbold. Er scheint doch zugeschlagen zu haben, obwohl er kaum provoziert wurde. Wie siehst du das?«

»Ich glaube, er ist es gewohnt, sich gegen Hohn und Spott wehren zu müssen. Aber er hat niemanden geschlagen, bis sie sich über seine kleine Schwester lustig machten.«

»Verstehe. Also ist er in deinen Augen ein nobler Mensch?«

»Er hat mir aufgeholfen. Und er stellte sich vor mich, damit ich nicht wieder umgeschubst werden konnte.«

»Nun gut, wie auch immer. Auf keinen Fall möchte ich weitere Scherereien mit dir und Eli Wade.«

Mein Herz setzte einen Schlag aus. »Ja, Ma'am.« Swan meinte immer, was sie sagte.

»Du darfst dich nie auf das Niveau von Menschen hinablassen, die unter deiner Würde sind.«

»Ja, Ma'am.«

»Allerdings mußt du immer für das eintreten, was dir gehört.«

Verdutzt sah ich sie an. »Ma'am? Ich habe also richtig gehandelt?«

»Dieses Mal. Du kannst gehen.«

Ich hüpfte auf die Tür zu, als wäre eine schwere Last von meinen Schultern genommen. Ich erkannte jedoch auch, daß die Anordnungen meiner Großmutter immer umständlicher wurden. Später konnte ich erkennen, daß ich sie beeindruckt hatte. Jesus hatte den Sanftmütigen vielleicht das Erdreich verheißen, doch nicht die Welt von Hardigree Marble. Vor der mächtigen Doppeltür blieb ich stehen und drehte mich um. »Und wo werden die Wades wohnen, Ma'am?« Ich nannte sie stets »Ma'am«.

Swan hatte einen Stapel Rechnungsbücher aus einem Fach des Schreibtischs gezogen. Ein wenig ungeduldig blickte sie mich über sie hinweg an. »Im Stone Cottage. Das hat einen Hausmeister nötig.«

Ich hielt den Atem an. Das Stone Cottage gehörte uns. Es lag kaum zehn Minuten entfernt im Wald hinter Marble Hall. Das bedeutete, daß die Wades etwas Besonderes waren. Es bedeutete auch, daß Karen und ich nicht länger allein spielen mußten. Ein unglaubliches Glück.

Bislang hatte ich gelebt wie eine Eremitin. Doch nun wurde meine kleine, einsame, abgeschottete Welt durch die Zugehörigkeit einer höchst interessanten Person erweitert.

Eli Wade.

2

Sie sieht uns an, als wären wir zu kaufen, dachte Eli, als Mama, Pa, Bell und er in Swan Hardigree Samples elegantem Büro standen. Sie saß hinter ihrem Schreibtisch und musterte sie. Sie war die schönste Frau, die Eli jemals gesehen hatte, überhaupt nicht wie eine Großmutter. Hinter ihr stand wie eine Wache die hübsche farbige Lady Miß Dove, die immer wieder auf Pa blickte, als wäre sein Anblick Balsam für ihre Seele. Eli wußte nicht, was er davon halten sollte.

»Haben Sie schon einmal als Hausmädchen gearbeitet?« fragte Swan Samples, und Ma nickte eifrig. »Ja, Ma'am.«

»Mistress Dove wird Sie einweisen. Sie ist meine Haushälterin.«

Mama verneigte sich vor ihr, dann vor Miß Dove. »Sehr gern, Ma'am.« Miß Dove erwiderte die Verbeugung.

»Wie heißt Ihre kleine Tochter?« fragte Swan Hardigree Samples. Bell begann auf Pas Armen zu zucken. Ihre dünnen Beine ragten unter dem Saum des einfachen Kleidchens hervor. Sie verbarg ihr Gesicht an seinem Hals. Er drückte sie zärtlich an sich. »Annette Bell, Ma'am. Sie ist mächtig schüchtern. Läßt sich kaum ein Wort entlocken. Wurde eben so geboren, hat ein Doktor gesagt.«

»Angeborene Mängel können durch Willenskraft und Disziplin überwunden werden, Mister Wade.«

Pas Schultern sackten herab. Er konnte nicht lesen, obwohl er es immer wieder versuchte. Leute wie Mrs. Samples waren der Grund dafür, daß er sein Geheimnis peinlich genau hütete. Seine Schwäche. Eli errötete vor Mitleid und Verlegenheit. »Ja, Ma'am, wir werden uns bemühen«, sagte Pa schließlich.

Ihre Augen richteten sich auf Eli. Er versuchte, seine Pokermiene aufzusetzen, aber sie durchschaute ihn. »Was runzelst du die Stirn, junger Mann?«

Er spürte die besorgten Blicke seiner Eltern auf sich. *Schnell! Laß dir etwas einfallen.* Verrate dich nicht! Das Ringen um eine ausdruckslose Miene ließ einen Muskel unter seinem rechten Auge zucken. Er schob seine Brille höher. Vermutlich würde sie ihm gleich sagen, daß auch das mit Willenskraft zu unterdrücken war. »Ich … habe gerade über das Bild hinter Ihnen und Miß Dove nachgedacht, Ma'am.«

Sie hob eine Braue. Auf dem riesigen Gemälde hinter ihr an der Wand ritt eine halbnackte Lady Liberty Washington und seinen Truppen voran über einen sturmdurchtosten Himmel. »Und was mißfällt dir daran?«

»Nun, sollte Lady Liberty ihre Brüste nicht besser mit einer Rüstung bedecken, wenn sie von General Washington wirklich ernst genommen werden will?«

Mama streckte blitzschnell eine Hand aus und bohrte ihm zwei Finger in sein T-Shirt. *Noch ein Wort*, besagte die Geste, *und ich kneife wirklich zu.* Eli warf einen scheuen Blick auf seinen Vater und sah Verärgerung. Aber als er wieder Mrs. Samples ansah, hatte sich ihr Gesichtsausdruck verändert. »Die wirksamste Rüstung ist oft unsichtbar.« Er schwieg. Jedes Wort konnte die Situation nur verschlimmern. »Du bist ja ein Denker«, sagte sie.

»Ja, Ma'am.«

»Gut. Bleib so.« Sie verstummte kurz. »Aber schau mich nie wieder so mißbilligend an.«

Eli holte Luft. Er sah Pa an, und Pa nickte. Unterwürfigkeit war angesagt. Diese Frau saß nun einmal am längeren Hebel.

Eli erstickte fast an seinem Zorn. »Ja, Ma'am.«
Er würde nicht vergessen.

Als ich hörte, daß Eli Swans Gemälde kritisiert hatte, verschlug es mir den Atem. Konnte man noch mutiger sein? Wußte er nicht, über welche Macht meine Großmutter verfügte? Sie duldete keine Respektlosigkeit.

Ein Jahr zuvor hatte sie ihre Freundschaft zu einer Lady von hohem gesellschaftlichem Rang in Asheville abrupt beendet. Asheville liegt anderthalb Autostunden von Burnt Stand entfernt in den Bergen, hinter steilen Serpentinenstraßen. Swan und ich waren stets Gäste auf dem Anwesen der Lady, wenn Swan Bälle oder Partys im Grove Park Inn veranstaltete, das mit seiner hohen Halle und der riesigen Terrasse für mich das eleganteste Hotel in ganz North Carolina war. Ich liebte es, weil es weder rosa war noch aus Marmor und weil es keine düsteren Geheimnisse barg wie Burnt Stand.

Burnt Stand – die Stadt, deren Laster so verhängnisvoll waren, daß Satan sie in Flammen aufgehen ließ.

Diese Worte standen unter einer alten Photographie in einem Buch über die Geschichte von North Carolina, das ich im Salon der Lady aus Asheville aufgestöbert hatte. Das Photo zeigte Burnt Stand zu Anfang der zwanziger Jahre, nicht lange vor dem Brand, der meinen Urgroßvater das Leben gekostet hatte. Meine Urgroßmutter Esta konnte mit Swan, Clara und Matilda, der Tochter eines schwarzen Dieners, den Flammen entkommen.

Es war nur zu begreiflich, warum Esta den Ort aus unbrennbarem Marmor wieder aufgebaut hatte. Die ursprüngliche Siedlung war eine Ansammlung armseliger Blockhütten. Ein von einem Maultier gezogenes Fuhrwerk steckte im Schlamm der Straße fest, die inzwischen Main Street heißt. Gruppen mürrischer Männer und ungepflegt aussehender Frauen waren auf hölzernen Gehsteigen zu sehen, und selbst unsere herrlichen blaugrünen Berge wirkten trostlos und eintönig. In einer

Ecke hatte ein anonymer Schreiber einen zu einer Staubwolke führenden Pfeil gekritzelt. »Nur eine halbe Meile bis zum Steinbruch, aber weit und breit kein Baum zu sehen. Und so werden an einem windigen Tag A. A. Hardigrees Mädchen alle hochrot. Haha!«

Ich zeigte das Bild Swan. »Was sind Laster, Großmutter? Und warum spottet der Schreiber über die Mädchen? War Urgroßvater denn kein netter Mann? Und was für Mädchen hatte er? Was hat dieses Bild zu bedeuten, Ma'am?«

»Es bedeutet, daß meine Freundin nicht länger meine Freundin ist«, erwiderte Swan kühl. »Sie hat einen schlechten Geschmack bei der Auswahl ihrer Bücher und wenig Respekt vor meinem guten Namen.« Swan nahm mir das Buch aus den Händen und sagte nichts weiter. Aber wir wohnten nie wieder im Haus dieser Lady.

Das Stone Cottage war für mich ein weiteres Geheimnis aus der Vergangenheit meiner Familie. Urgroßmutter Esta hatte es Ende der dreißiger Jahre errichten lassen, zur selben Zeit wie Marble Hall und die Esta Houses in der Stadt. Es enthielt drei Schlafräume, einen Salon, ein Eßzimmer, eine Küche und sogar einen kleinen Garagenanbau – alles aus rosafarbenem Marmor natürlich. Ein von Azaleen gesäumter Pfad verband das Cottage mit einer kleinen Straße am Rand des Geländes von Marble Hall.

Als ich ein Kind war, erfuhr ich von Swan lediglich, daß es Esta als Gästehaus genutzt hatte. Doch das kam mir sonderbar vor, da es von Marble Hall durch etliche Anhöhen und den Marble Creek getrennt war und nur nach längerem Fußweg erreicht werden konnte, vorbei am Steinblumengarten, einem weiteren seltsamen, aber magischen Ort.

Swan schickte Carl McCarl in regelmäßigen Abständen zum Cottage, damit er nach dem Rechten sah, stattete dem Haus aber selbst nie Besuche ab. Gelegentlich wohnten Einsamkeit liebende Freunde oder Bekannte ein paar Wochen lang dort, aber vor der Ankunft der Wades hatte es seit Jahren leer gestanden.

Jetzt war neues Leben in das Cottage eingezogen.

»Sie wohnen da in einem echten Geisterhaus«, wisperte Karen, als wir oberhalb des Stone Cottage auf unseren Bäuchen unter Rhododendronsträuchern lagen. Karen schien auf den Tod und Geister fixiert, da ihr Vater in Vietnam gefallen war und ihre Mutter wenig später an einer unbekannten Krankheit starb, als sie noch ganz klein war. Ich versuchte nicht darüber nachzudenken, ob meine Eltern als Geister umgingen.

Karen schlug gereizt nach einer Mücke, die um ihren Kopf herumsummte. »Ich hoffe, der Junge ist es wert«, sagte sie. Ich sammelte Spucke im Mund und zielte mit der Ladung auf eine Mücke. »Erwischt.«

»Du bist ordinär.«

»Wenigstens fürchte ich mich nicht vor Geistern.«

»Weil du keine Ahnung hast.« Sie reckte den Hals. »Das Stone Cottage ist *voll* von Geistern.«

»Keine Spur. Es ist einsam, aber doch kein Spukhaus.«

»Ich wette, die Geister unserer Mütter gehen hier um.«

»Warum?«

»Sie haben immer im Wald gespielt. Das weiß ich von meiner Großmutter.«

»So? Aber sie sind nicht geblieben. Also können sie hier nicht besonders glücklich gewesen sein. Und darüber hinaus machen sie sich ohnehin nichts aus uns, also gehen sie hier auch nicht um.« Ich wischte mir eine Kribbelmücke vom Gesicht und wünschte inständig, daß keine Schlange oder ein Tausendfüßler aus dem toten Laub in meine Hosenbeine kroch. Plötzlich rührte sich etwas im Cottage. »Da ist er!«

Wir duckten uns noch tiefer und sahen zu, wie Eli aus der Hintertür des Cottage trat. Es war Anfang September, kurz nach Labor Day, und die Zeit des Spätsommers, in der an jeder Straßenkreuzung im Land Schinken-Sandwiches, Brunswick-Stew und gegrillte Rippchen feilgeboten wurden. Wir hatten bereits beobachtet, wie Elis Mama und Daddy mit dem inzwischen reparierten Pick-up vorgefahren waren. Sie hatten Schuhkartons voller Lebensmittel ins Haus getragen. Seit fast einem Monat bezog Jasper Wade Lohn von Hardigree Marble.

Eli hielt tropfende Rippchen in den Händen und ließ sie sich so hingebungsvoll schmecken, als wäre es die feinste Delikatesse. Soße spritzte auf seine Brillengläser, und er mußte sie abnehmen, um sie zu säubern. Er leckte die Soße von den Gläsern, bevor er sie putzte.

»So toll ist er aber nicht«, tuschelte Karen. »Eine Brillenschlange, nur Haut und Knochen …«

Ich stieß sie mit dem Ellbogen an. »Er ist arm. Er muß nur ein bißchen zunehmen. Ich finde, er sieht echt gut aus. Und er ist nobel. Außerdem ist er herumgekommen. Er brauchte nicht herumzustehen und darauf zu warten, daß was passiert. Er ist wie Galahad oder … Chad Everett in *Medical Center*.«

»Nobel? Hah!«

Mein Herz krampfte sich zusammen, als ich sah, wie er sich die bereits blanken Knochen ein zweites Mal vornahm. In der nächsten Woche begann das neue Schuljahr, und da Karen und ich in Marble Hall unterrichtet wurden, würden wir ihn kaum noch zu Gesicht bekommen. »Nobel«, wiederholte ich. »Und gutaussehend.«

Karen stöhnte ungehalten. »Na und? Was willst du tun? Ihn zu deinem Freund machen? Das erlaubt deine Großmutter niemals. Sie wird dir einen aussuchen – wenn du groß bist und sie will, daß du heiratest.«

»Ich kann jeden Freund haben, den ich will!«

»Was? Bist du übergeschnappt? Wir sind doch nicht irgendwer. Wir müssen reiche Männer heiraten.«

Ich stützte mich auf die Ellbogen. »Ich heirate, wen ich will!«

»Sscht, du Schaf!« zischte Karen. »Duck dich!«

41

Ich ließ mich wieder fallen, aber es war zu spät. Eli hob den Kopf und blickte genau auf unser Versteck. Er schob das Kinn vor, warf die Rippchenknochen in die Büsche und kam den Hügel heraufgestürmt. »Weg hier!« schrie Karen neben mir.

Wir rannten los.

Ich raste durch den Wald, Hügel hinauf und wieder hinunter, stolperte über die Wurzeln einer riesigen Buche und hörte, wie Elis Schritte immer näher kamen. Karen lief einen Wildpfad hinab und entschwand meinen Blicken. Schon bald hörte ich nur noch meinen keuchenden Atem und Elis Schritte. Ich rannte auf den einzigen Platz zu, an dem ich mich sicher fühlte.

Ich lief eine steile Anhöhe hinauf, aber als ich auf der anderen Seite wieder hinunter wollte, verfing sich mein Fuß in einer Weinranke, und ich stürzte den Hang hinab. Eine Sekunde bevor mein Kopf gegen harten, glatten Marmor schlug, erkannte ich, wo ich war. Reglos lag ich auf dem Rücken und sah goldene Sterne vor meinen Augen verschwimmen. Über mir ringelten sich Marmorblüten und Ranken aus einer mannshohen Amphore aus rosa Marmor. Um mich herum kauerten sich verwitterte Marmorbänke zwischen Farnkraut und Geißblattranken, leere Marmorschalen warteten geduldig, aber vergebens auf Bepflanzung. Ich war in den Steinblumengarten geflüchtet, und er hatte mich mit seinen marmornen Armen umfangen.

Eli rutschte neben mir auf die Knie und umfaßte mein Gesicht mit beiden Händen. »Großer Gott. Werde mir bloß nicht ohnmächtig.« Sein Gesicht sah sehr blaß aus. Er schien nicht mehr wütend zu sein. »Ich hole Wasser aus dem Bach.« Er verschwand, und als er eine Minute später zurückkam, hielt er die Vorderseite seines weißen T-Shirts in den ausgestreckten Händen wie einen tropfenden Beutel. Benommen rappelte ich mich hoch, lehnte mich gegen die Amphore, während er mir mit dem kalten, triefenden T-Shirt Stirn und Wangen betupfte. »Was hast du denn geglaubt?« schrie er fast, »daß ich dich verfolge, um dich zu ermorden?«

Die Sterne verblaßten, ich konnte wieder klarer denken. »Nun, so kam es mir vor! Du hast dich angehört wie ein Verrückter!«

»Ich war wütend. Aber ich wollte dich nicht verprügeln. Ich schlage keine Mädchen.«

»Du jagst ihnen nur nach wie ein Wolf.« Vorsichtig betastete ich die eigroße Beule auf meinem Kopf. Er schob seine schwarzgerahmte Brille höher, betrachtete meinen Schädel und blickte mir dann in die Augen. »Fängst du jetzt an zu heulen?«

»Nein. Ich bin eine Hardigree. Ich weine Marmortränen und spucke Marmorspeichel.«

Er pfiff leise durch die Zähne und ließ sich auf seine Fersen sinken. »Du hast mir hinterhergeschnüffelt. Das hast du.«

»Ich wollte nur sehen, ob es dir in deinem neuen Haus auch gutgeht.«

»Hör mal, ich will nur meine Ruhe. Ärger kann ich mir nicht leisten. Mein Pa braucht den Job hier. Seit sechs Monaten hat er keine anständige Arbeit mehr gehabt. Der Steinbruch in Tennessee wurde geschlossen. Und die Arbeit im Steinbruch ist alles, was er kann.«

»Warum? Er ist doch groß, stark und bestimmt auch klug.«

Ich wartete geschlagene fünf Minuten, aber er blieb stumm. »Er ist nicht klug«, sagte Eli schließlich. »Jedenfalls nicht auf die Art, die einen weiterbringt.« Schweigen. Er ließ den Kopf sinken.

Mitleid packte mich. »Aber er ist trotzdem ein guter Daddy?«

»Ja.«

»Dann sei froh. Ich habe keinen Daddy. Und auch keine Mama.«

Er stand auf und runzelte die Stirn. »Warum nicht?«

»Sie sind von der Straße abgekommen, als ich noch ein

Baby war. Unterhalb von Hightower Ridge kann man noch immer die Schürfspuren im Fels sehen.«

»Oh, das tut mir leid.«

»Mein Daddy war ein Steinschleifer bei Hardigree Marble. Genau wie deiner.«

Entsetzt starrte er mich an. »Jesus ...«

Jesus. Er würde zur Hölle fahren. Nun gut, aber nicht ohne mich. »Verdammt«, sagte ich mutig.

Erst jetzt schien er zu bemerken, wo er sich befand, und sah sich mit großen Augen um. »Was ist das eigentlich hier?«

»Ein guter Platz zum Verstecken, wenn *du* mir nicht gerade nachjagst. Meine Urgroßmutter hat ihn anlegen lassen. Aber niemand weiß warum.«

»Ich wette, hier gibt es Geheimnisse.«

Erregung durchzuckte mich. *Er wußte Bescheid.* »Jede Menge.«

»Wer kommt hierher?«

»Nur ich. Meine Freundin Karen fürchtet sich.« Ich zögerte kurz. »Aber du kannst gern herkommen. Ich habe nichts dagegen.«

Seine Miene verfinsterte sich. »Warum bist du so nett zu mir? Was willst du? Ich passe doch gar nicht zu dir.«

»Doch, das tust du.« Er schwieg, und ich seufzte enttäuscht. Ich stand auf, wischte mir Blätter von der Hose und machte mich mit wackligen Knien auf den Weg den Hügel hinauf.

»Hey.«

Ich blieb stehen und drehte mich um. Er sah mich so komisch an, daß mein Herz schneller klopfte. »So *rosa* wie du werde ich nie werden«, erklärte er. »Aber ich glaube, du bist trotzdem eine gute Freundin.«

An diesem Tag verliebte ich mich in ihn, im Alter von gerade einmal sieben Jahren.

Warum ist sie so nett zu mir, fragte sich Eli immer wieder. Von Tennessee her war er an Spott und Verachtung gewöhnt.

Dort war er »weißes Gesindel« gewesen, eine Brillenschlange, häßlich wie eine Vogelscheuche und – noch schlimmer – der Sohn eines Halbidioten, der nicht lesen konnte, der Bruder einer Schwester, die kaum ein Wort über die Lippen brachte. All diese Kämpfe hatte er allein ausgefochten, bis sich das rosa Mädchen seiner annahm.

Gott zum Gruß, hatte Darl Union gesagt. Wie eine Prinzessin.

Gott zum Gruß, hatte er erwidert. Wie ein Prinz.

Und jetzt hatte sie ihm den verwunschenen Garten gezeigt. Endlich war auch ihm so etwas wie Glück beschieden. Der Garten mit seinen steinernen Blumen veränderte das Leben seiner Familie.

Eli entging nicht, daß seine Mutter jeden Morgen vor Freude weinte, wenn sie in der Küche ihres hübschen, neuen Zuhauses Maisgrütze kochte und Spiegeleier briet. Obwohl ihnen das seltsame kleine Haus gar nicht gehörte, sondern nur von der Hardigree Marble Company kostenlos zur Verfügung gestellt worden war. Jahrelang hatten sie in gemieteten Zimmern, alten Wohnwagen und in den letzten Wochen sogar im Pick-up gelebt. Nie zuvor hatten sie in einem Haus nur für sich gewohnt, schon gar nicht in einem aus Marmor. Die Luft in den Räumen war kühl und angenehm. Efeu kletterte an den Cottagemauern empor, hing in Ranken vom Dach. Innen wie außen zeigten die Wände ein frisches, klares Rosa. Wenn er das Haus sah, mußte er immer an Darl Union denken.

»Für einen Garten ist es nicht sonnig genug«, murrte Pa, aber selbst er fand darüber hinaus nichts auszusetzen. Die Küche war perfekt ausgestattet, und alle Geräte funktionierten auch. Es gab zwei Badezimmer mit großen Marmorwannen, und abends verbreiteten Wandleuchten und Deckenlampen ihren hellen Schein. Sie hatten sogar eine Waschmaschine.

Wenn Eli abends saubergeschrubbt neben Bell im Bett lag,

drückte er eine alte Taschenbuchausgabe von *Gullivers Reisen* an seine Brust und schwor sich, alles zu tun, was von ihm verlangt wurde, wenn seine Familie nur so lange wie möglich in diesem Cottage wohnen bleiben durfte. Jeden Tag ging er in den Steinblumengarten und flüsterte weitere Gebete.

Neben dem Kamin im Wohnzimmer hängte Pa ein kleines Bild von Großvater Wade an die Wand. Es war das einzige Photo, das er von ihm besaß, und es sah ein bißchen ramponiert aus. Großvater hatte es aus einem größeren Bild ausgeschnitten, aber Pa wußte nicht, aus welchem Photo und wo der Rest geblieben war. Großvater war der beste Steinschleifer in fünf Staaten gewesen, bevor ein Unfall im Steinbruch ihn fast zum Krüppel machte. Damals hatte es Pa noch gar nicht gegeben. Das Bild wurde aufgenommen, bevor Großvater nach dem Unfall Großmutter Wade kennenlernte. Sie hatte ihn trotzdem geheiratet und ihren gemeinsamen Lebensunterhalt als Köchin und Krankenpflegerin verdient. Er hatte sich zu Tode getrunken, als Pa noch ein kleiner Junge war.

Aber auf dem Bild stand er jung, strahlend und breitbeinig auf dem Gerüst eines Marmorhauses, an dem er offenbar gerade baute. Er hatte die Daumen in den Taschen seiner Hosen verhakt, und seine Augen waren leicht nach unten gerichtet, als verdiene jemand, der unter ihm stand, sein Lächeln mehr als der Rest der Welt.

Eli fragte sich immer wieder, wer das gewesen sein konnte und warum sein Großvater so glücklich aussah.

Im Herbst und im Winter lief ich unzählige Male zum Cottage und beobachtete verstohlen, wie Eli seiner Mutter half, Wäsche zum Trocknen aufzuhängen. Eines Tages erschien sein Vater im Büro von Hardigree Marble und bat Swan mit der Mütze in der Hand um die Erlaubnis, einen halben Morgen Land in der Nähe des Cottages roden zu dürfen, weil er einen Gemüsegarten anlegen wollte.

»Sie leisten gute Arbeit, Mister Wade«, erwiderte Swan hinter ihrem großen Mahagonischreibtisch mit den Marmorintarsien, »daher sei Ihnen Ihr Wunsch gewährt.« Ein bemerkenswertes Lob aus dem Mund einer Frau, die ansonsten kaum etwas oder kaum jemanden ihrer Würdigung wert fand.

In den kalten Wintermonaten beobachtete ich in meinen Kaschmirpullovern und warmen Mänteln vom Hang über dem Cottage, wie Eli und sein Vater auf dem Gelände ihres neuen Gartens Hemlocktannen und Weißkiefern fällten. Ich konnte sehen, wie Eli in seiner schäbigen Armyjacke und der dünnen Baumwollmütze fror. Auch Jasper Wade zitterte vor Kälte, aber keiner von ihnen gab jemals auf und ging ins Haus. Geduldig brachte Jasper Wade seinem Sohn den Umgang mit der gefährlichen Kettensäge bei, die so schwer war, daß Eli unter ihrem Gewicht jedesmal in sich zusammensackte. Bestimmt hätte Jasper Wade viel Zeit sparen können, indem er die Bäume selbst umsägte, doch das tat er nicht.

In regelmäßigen Abständen erschien Annie Gwen Wade, um den beiden heiße Getränke zu bringen und das Feuer zu schüren, das sie aus geschlagenen Ästen entfacht hatten. In Decken und einen billigen Schal gehüllt, stocherte auch Bell mit einem Stock vorsichtig in den Flammen. Oft saß die Familie am Ende eines langen Tages um das Feuer herum, röstete Marshmallows oder Hot dogs und ließ es sich schmecken. Bell saß auf dem Schoß ihrer Mutter und Eli mit verschränkten Beinen zwischen seiner Mutter und seinem Vater. Manchmal sang Annie Gwen Wade einen Countrysong, während ihr Mann zuhörte und eine Zigarette rauchte. Der scharfe, aromatische Geruch ihres Feuers wehte zu mir herüber, und ich atmete ihn sehnsüchtig ein.

Es war der Geruch einer glücklichen Familie.

Im März schlich Eli in Jeans und braungrün gechecktem Hemd durch den Wald – in Tarnkleidung, weil er methodisch vorging. Er hatte gewartet, bis genügend Blätter an den Bäumen waren, um ihn zu verbergen. Plötzlich erblickte er die rosa Villa der Hardigrees, und ihre Größe ließ ihn die Luft anhalten. Er schlüpfte unter ein Kirschlorbeergebüsch am Rande des Gartens und kroch hin und her, bis er klare Sicht hatte. Mit angehaltenem Atem, umschwärmt von den ersten Frühlingsmücken, starrte er die vor ihm liegende Pracht ehrfürchtig an.

Wie der rosa Palast auf einer Abbildung von Shangri-La in einem seiner Bücher erhob sich Marble Hall auf einer kleinen Anhöhe. Marmorbalkone und hohe Fenster funkelten in der Sonne. Große Trauerweiden und Hartriegelsträucher umgaben das Haus, und der Rasen war grün und glatt wie der Filz auf einem Billardtisch. Es gab einen wunderschönen Blumengarten, einen Marmor-Pavillon und ein Wasserbecken! Einen eigenen, ganz privaten Swimmingpool! Und dann die unglaublich großzügige Terrasse oberhalb einer mindestens zehn Meter hohen Marmormauer. Eine Marmortreppe zog sich von der Terrasse herab und endete an einer Art Patio am Rand des Waldes.

Inmitten des Patio war ein Teich zu sehen mit einem Springbrunnen im Stil einer Pagode. Vom Dach der Pagode rieselten kleine Wasserkaskaden. Weiße Seerosen schwammen auf dem Teich. Plötzlich tauchte ein orangefarbener Fisch von der Größe einer Forelle kurz aus dem Wasser. Der Anblick war selbst für einen eifrigen Leser wie Eli verblüffend. Darl besaß einen privaten Fischteich mit gigantischen Goldfischen und eine Miniatur-Pagode. Sie lebte wie das Kind eines japanischen Samurai.

Er hatte sich gerade wieder etwas beruhigt, als sein Blick zur Terrasse zurückkehrte und seine Haut leicht zu kribbeln begann. Zwischen hohen Schneeballbüschen hatte er ein rundes Dutzend marmorner Schwäne entdeckt. Starr und reglos verharrten sie zwischen den Sträuchern. Die Marmorvögel starrten Eli so direkt und drohend an, als wollten sie ihn warnen, in die Pracht dieser Marmorfestung einzubrechen. Sie waren Wächter.

Der Teufel hatte Inkuben und Sukkumben. Darls Großmutter hatte Marmorschwäne.

Trotz seiner Angst zwang er sich dazu, ihren starren Blicken standzuhalten, und hätte die Vögel am liebsten mit Steinen beworfen und dann die Flucht ergriffen. Plötzlich öffnete sich die Tür zu einem riesigen Wintergarten mit hohen Fenstern. Sein Herz setzte einen Schlag aus. Darls Großmutter erschien, als wüßte sie, daß er bis an den Rand ihres Palastes vorgedrungen war. Schnell duckte er sich unter die Kirschlorbeerbüsche.

»Herrimhimmelallmächtigergott«, entfuhr es ihm leise. Sie sah aus wie ein Filmstar mit ihrem schwarzen Badeanzug, der dunklen Sonnenbrille und einem langen, durchsichtigen Umhang. Sie lief am Swimmingpool vorbei, zum Rand der Terrasse, strich sich die braunen Haare aus dem Gesicht und blickte in den Wald. Elis Haut kribbelte noch heftiger. Er konnte sich nicht rühren. Dabei kam sie genau in seine Richtung.

Darls Großmutter kam die Marmortreppe herab und blieb im Patio stehen. Überrascht sah er, wie sie sich vor den Fischteich kniete und mit den Fingern im dunklen Wasser spielte. Eine Sekunde später hob sie einen der forellengroßen Goldfische heraus, stand auf und hielt das arme Tier in der Hand, als wollte sie es essen oder – nur so zum Spaß – zusehen, wie es an der Luft verendete. Der Fisch zappelte heftig, aber sie ließ nicht los.

Schließlich, als der Fisch gerade aufgeben wollte, kniete sie wieder nieder und ließ ihn in den Teich gleiten. Er schlug erleichtert mit dem Schwanz und verschwand im Wasser. Sie wusch sich die Hände, schüttelte sich das Wasser von den Fingern, erhob sich und ging die Treppe hinauf. Sie legte den Umhang ab und sprang in den Swimmingpool. Sie hatte die

Macht. Sie konnte Gott spielen. Niemand konnte mit *ihr* verfahren, wie es ihm paßte.

Eli holte tief und furchtsam Luft. Jetzt hatte er sie in voller Rüstung gesehen.

3

Steh auf, Eli Wade.« Mrs. Dane, die Lehrerin der fünften Klasse, funkelte Eli durch die quadratischen, getönten Gläser ihrer Brille an. Sie hielt seine Mathematikarbeit in der Hand, als wollte sie sie ihm um die Ohren schlagen. Sie war klein, stämmig, mit einer rundlichen Taille, einem Gesicht wie ein Mops und sah aus, als wäre sie zu einem Mord fähig. Sie trug eine blonde Perücke, unter der Strähnen ihrer eigenen, braunen Haare hervorlugten. Stets machte sie den Eindruck, als würde sie sich jeden Moment auflösen.

Elis Nackenhaare sträubten sich. Unwillig quälte er sich in die Höhe. Er haßte es, aufgerufen zu werden, haßte es, in seinem Flanellhemd von der Heilsarmee aufstehen zu müssen, in seinen Jeans, aus denen er längst herausgewachsen war. Um ihn herum begann es unterdrückt zu kichern. Er schob seine Brille auf der Nase zurecht, befingerte abwesend eine verschorfte Stelle an seiner Schläfe. Mrs. Dane musterte ihn durch ihre schicken Bernsteingläser. Tapfer begegnete er ihrem Blick.

»Du hast diesen Mathematiktest in fünf Minuten gelöst, Eli Wade«, stellte sie fest. »Der Rest der Klasse benötigte dazu eine volle Stunde.« Sie schlug mit der anderen Hand auf sein Heft. »Du hast betrogen.«

»Nein, Ma'am. Ich habe nicht betrogen. Auf keinen Fall, Ma'am.«

Sie wedelte mit seiner Arbeit. »Dann erkläre mir, wie du das geschafft hast.«

»Ich … ich brauche nicht lange nachzudenken. Die Zahlen fliegen mir einfach zu.«

»Wie Vögel«, flüsterte ein Junge. »Er hat einen Vogel.«

Mit einem Schlag auf ihr Katheder brachte Mrs. Dane das Gekicher zum Verstummen. Eli wurde blutrot. »Komm an die Tafel«, befahl Mrs. Dane. Seine Knie begannen zu zittern. Langsam ging er nach vorn und blieb vor der Tafel stehen. Mrs. Dane schrieb etwas auf einen Zettel. »Multipliziere diese Zahlen. Zweihundertsiebzig.« Eli griff nach einen Stück Kreide und schrieb. »Mal zweihundertfünfzig.« Eli malte auch die zweite Zahl an die Tafel. »Das Ergebnis ist siebenundsechzigtausendfünfhundert«, sagte er.

»Erlaube dir keine Scherze mit mir, Eli Wade!«

»Mir ist nach Scherzen nicht zumute, Ma'am. Genau das ist das Resultat.«

Mrs. Dane betrachtete die Zahlen auf ihrem Zettel. Leichte Röte stieg in ihre Wangen. Sie hob die Brauen. »Stimmt.« Eli wollte gerade erleichtert aufatmen, aber die Lippen der Lehrerin verzogen sich zu schmalen Strichen. »Und nun teile sechstausendundsieben durch zwölf.«

Diesmal schrieb er die Zahlen gar nicht erst auf. »Fünfhundertkommaachtundfünfzig. Damit fehlen rund Nullkommavier zur nächsten geraden Zahl.«

Mrs. Dane kritzelte. Sie schnappte nach Luft. Ihr Kopf fuhr hoch, und sie blinzelte ihn mißtrauisch an. »Siebenundsechzig mal zwei Millionen und einundzwanzig.«

»Ergibt einhundertvierunddreißig Millionen und eintausendvierhundertsieben.« Er machte eine kleine Pause. »Glatt.« Mrs. Dane setzte sich, rechnete fieberhaft und warf den Stift auf den Tisch. Sie hob den Kopf und starrte ihn fassungslos an. Abwesend zupfte sie an ihrer blonden Perücke, und hinter einem Ohr quoll ein ganzer Wust brauner Haare hervor. *Ich habe ihr Gehirn zum Bersten gebracht*, dachte Eli.

Sie zeigte mit dem Finger auf ihn. »Du bist ein Genie.«

Eine Woge von Stolz überlief Eli. Er hatte sich beherrscht,

an sich geglaubt und diesen demütigenden Test bestanden. Als er sich zur Klasse umdrehte, starrten ihn alle mit aufgerissenen Augen an, wie hungrige Mäuse den Käse.

Einen ganz großen Käse. Ihn.

»Gott zum Gruß«, sagte er.

Sonnabends nahm mich Swan meistens mit ins Büro zum Steinbruch, damit ich das harte Geschäft mit hartem Gestein lernte. Ich saß an meinem eigenen kleinen Schreibtisch in der Ecke ihres Büros und blickte sehnsüchtig durch das große Panoramafenster zum Himmel, in den Marmorbruch und auf die Arbeiter mit ihren Kränen und Abbruchwerkzeugen. In der Steinmetzwerkstatt nebenan gefiel es mir besser. Mit einer Sicherheitsbrille vor den Augen durfte ich dort zusehen, wie die Meister ihres Fachs den Marmor meißelten, schliffen und polierten. Sonnabends durften die Männer ihre Söhne für eine Stunde mitbringen, um sie das Handwerk zu lehren. Mädchen hatten keinen Zugang. Bis auf mich.

An einem frischen Sonnabend im März erspähte ich Eli. Seine Hände steckten in übergroßen Lederhandschuhen, feiner Staub bedeckte sein Gesicht und seine Kleidung, und er hatte sich ein Tuch vor Nase und Mund gebunden. Er arbeitete an der Seite seines Vaters und erwiderte nie meinen Blick, wenn ich ihn direkt ansah. Aber ich griff zu einer List. Ich wandte den Blick ab und musterte ihn dann verstohlen. Ertappt.

Plötzlich verließ Swan ihr Büro und betrat zu meiner Überraschung die Werkstatt. Das tat sie wegen des Staubs nur selten. Sie machte eine glänzende Figur in der neuen Karrierefrau-Mode der siebziger Jahre. An diesem Tag trug sie einen Hosenanzug – maßgeschneiderte blaue Hosen und ein passendes Jackett. Ein farbiger Seidenschal war um ihre Taille gebunden und wehte an ihrer rechten Hüfte wie eine Schiedsrichterflagge. Die Absätze ihrer europäischen Schuhe klapperten auf Marmorscherben. Um ihren Hals lag eine Perlenkette. Jede Bewegung ihrer hochgewachsenen, schlanken Gestalt strahlte Selbstsicherheit aus. Jeder Mann in der Werkstatt hob den Kopf, als sie vorbeiging. Sie war noch immer sehr schön. Sie hätte Scarlett O'Haras ältere Schwester sein können oder Jacklin Smiths Mutter in *Charlie's Angels*.

Ich steckte natürlich in einem rosa Wollpullover und kniehohen rosa Skistiefeln.

Swan blieb vor Jasper Wades Arbeitsplatz stehen. Nachdem er die Schutzmaske abgesetzt hatte, sagte sie: »Kommen Sie doch in mein Büro, Mister Wade. Und bringen Sie Ihren Sohn mit.«

Ich konnte mir nicht vorstellen, was sie von den beiden wollte, aber ich strahlte Eli an, denn ich würde dabeisein. Als er das Tuch von Nase und Mund zog und seine Brille putzte, wichen mir seine großen, schokoladenbraunen Augen nicht aus, und ich sah Besorgnis in ihnen. Mein Herz setzte einen Schlag aus. »Sie feuert niemanden selbst«, flüsterte ich, als wir hinter Swan und seinem Vater herliefen. »Das überläßt sie ihrem Manager Mister Alberts. Also mach dir keine Sorgen um deinen Daddy.«

Er musterte mich finster. Ich hob die Brauen. Wir betraten das Büro. Swan setzte sich, fing meinen Blick ein und deutete auf meinen kleinen Schreibtisch. Sein Vater wirkte gleichfalls beunruhigt, wie er da stand, ein großer, kräftiger Mann, von Marmorstaub bedeckt, selbst an diesem kalten Märztag schweißüberströmt und unübersehbar ergeben. Er und Eli blieben direkt hinter dem Eingang stehen und wagten es nicht, auch nur einen schmutzigen Schuh auf den feinen türkischen Teppich zu setzen. Bedrückt hockte ich mich hinter meinen Schreibtisch und faltete die Hände auf der kalten Marmorplatte.

»Von Elis Lehrerin hörte ich, daß Ihr Sohn ein mathematisches Genie ist, Mister Wade«, sagte Swan.

In dem sich anschließenden Schweigen starrte ich Eli überrascht an, und auch sein Vater machte große Augen. »Er hat ein kluges Köpfchen, Ma'am«, sagte Jasper Wade schließlich. »Und ich schätze, mit Zahlen kennt er sich ganz gut aus. Er führt das Haushaltsbuch für meine Frau und mich und hat noch nie einen Fehler gemacht. Kein einziges Mal.«

»Wie alt war er, als Sie ihm Ihre Kontenführung anvertrauten?«

Jasper sah Eli an. »Weißt du das, Sohn? Ich bin mir nicht sicher.«

Elis wachsame Miene verriet, daß er sich nicht sicher war, ob er überhaupt etwas preisgeben sollte. Er schluckte. »Sechs Jahre alt, Pa.«

Jasper Wades Augen leuchteten auf. Er sah wieder Swan an. »Yeah, ich schätze, er war in der ersten Klasse, Ma'am.«

Swan lehnte sich in ihrem gepolsterten Sessel zurück. Sie legte ihre Fingerspitzen aneinander und musterte Eli mit ihren blauen Augen so intensiv, als wollte sie seinen Wert in feinem Marmor taxieren. Plötzlich beugte sie sich vor und hieb auf die Tasten ihrer Rechenmaschine ein. Das Gerät surrte und gab einen Papierstreifen frei. Swan riß den Zettel von der Maschine und verbarg ihn in ihrer Hand. »Schnell, Eli, im Kopf. Was ist einhundertdreiundzwanzig mal zweiundvierzig?«

Eli blickte ihr in die Augen und zuckte mit keiner Wimper. »Fünftausendeinhundertsechsundsechzig.«

Ihre Brauen hoben sich. »Richtig.« Ich rutschte fast von meinem Stuhl. Er war brillant! Swan gab weitere Zahlen in ihre Maschine ein. »Achthundertfünfundneunzig geteilt durch zweiundachtzig.«

»Zehnkommaeinundneunzig«, sagte er wie aus der Pistole geschossen.

Swan stellte ihm noch zehn weitere Aufgaben. Nie zögerte er auch nur eine Sekunde, nie blieb er die korrekte Antwort schuldig. Sie warf die Papierstreifen auf den Tisch, lehnte sich wieder zurück und stützte das Kinn auf den Handrücken. Ihr Blick richtete sich auf Jasper Wade. »Ich möchte, daß Eli nachmittags nach der Schule hier im Büro arbeitet, Mister

Wade. Er wird von Mister Alberts Buchführung lernen. Natürlich ist er noch ein Kind, aber kein gewöhnliches Kind. Ich stelle alljährlich einem besonders fähigen Schüler aus Burnt Stand ein Studienstipendium zur Verfügung. Wenn sich Eli als klug und fleißig erweist, ist er ein aussichtsreicher Anwärter auf dieses Stipendium. Er wird an der Duke University in Chapel Hill Betriebswirtschaft studieren und dann hierher zurückkehren, um für mich zu arbeiten.«

Das war wirklich erstaunlich. Sie ließ die Wades in unserem Stone Cottage wohnen, sie hatte Jasper Wade gestattet, hundert Jahre alte Bäume in unserem Wald zu fällen, und jetzt bot sie an, Eli auf das beste College des Staates zu schicken. Sie hatte erkannt, daß er es wert war!

Jasper Wade schien es die Sprache verschlagen zu haben. Elis Mund öffnete und schloß sich wieder. Er starrte lange Zeit ins Leere, doch schließlich fiel sein Blick auf mich. Du bist etwas Besonderes, und sie weiß es. Also freue dich! Die Zufriedenheit auf meinem Gesicht kann ihm nicht entgangen sein, doch auf seinem sah ich nur Widerwillen und Verzweiflung. Er würde zum Eigentum von Hardigree Marble, ob es ihm nun gefiel oder nicht.

»Aus unserer Familie hat noch niemand ein College besucht«, sagte sein Vater endlich.

Swan nickte. »Dann wird es höchste Zeit. Sie haben die seltene Gelegenheit, die ganze Zukunft Ihrer Familie zu ändern. Das ist jedes Opfer wert.«

»Ja, Ma'am. Seine Mutter wird außer sich sein. Es ist ihr großer Traum.«

»Gut. Dann sorgen Sie dafür, daß er wahr wird.«

»Danke, Ma'am. Vielen Dank. Das werden wir.« Stolz blickte Jasper Wade auf Eli hinab. Sein ältestes Kind, sein einziger Junge, hatte gerade die Chance erhalten, mit dem Kopf statt mit den Händen zu arbeiten. Die Möglichkeit, es zu etwas zu bringen. »Nun, Sohn?«

Eli sah seinen Vater an, forschte in seinen unnachgiebigen

Zügen. Sehr langsam wandte sich Eli meiner Großmutter zu. Eine Last, die schwerer war als jeder Quader im Steinbruch, schien sich auf seine Schultern zu legen. »Danke, Ma'am.«

Es hörte sich an wie eine Kapitulation. Eines Tages, irgendwann würde er mir gehören, aber gegen seinen Willen. Sollte ich mich darüber freuen?

Denn das ist die Kehrseite von Reichtum und Macht: Um sie zu erreichen, muß man anderen Menschen etwas wegnehmen, man muß sie zu seinem eigenen Wohl beherrschen, und man ist für sie verantwortlich. Den ganzen Frühling grübelte ich über meine zukünftige Macht und den verlorenen Ausdruck in Elis Augen nach, als Swan die harten Fesseln von Hardigree Marble um sein junges Leben schloß. Und kam schließlich zu einem Entschluß: Wenn ich ihn erbte, würde ich ihm seine Freiheit wiedergeben. Und ihn dann heiraten.

Eigentlich wollte ich gar nicht heiraten, aber ich würde es tun – Eli zuliebe. Beispiele, Vorbilder für eine glückliche Ehefrau besaß ich nicht, aber ich würde versuchen zu lernen. Meiner Mutter hatte die Ehe den Tod gebracht, und was Swan betraf, so schien sie ein eigenständiges Wesen zu sein, ein kühles Rätsel und jeder konventionellen Zweisamkeit abhold. Mein Großvater war nur ein sanftmütiger, kahlköpfiger Mann auf einer Photographie. Wenn ich es mir recht überlegte, mußte meine Mutter das Ergebnis einer unbefleckten Empfängnis gewesen sein. Ich beobachtete Swan genau, wenn sie sich auf Partys mit ihren männlichen Gästen unterhielt, sah aber nie, daß sie einen von ihnen küßte. Wenn wir nach New York reisten, tauchte gelegentlich der italienische Marmorbaron auf, und dann ließ mich meine Großmutter in der Obhut einer befreundeten Familie zurück, um den Abend mit ihm zu verbringen. Aber das war auch alles.

Matildas Ehemann Mr. Dove blieb ein gesichtsloses Mysterium. Sie wohnte mit Karen in einem der kleineren Esta Houses, einem hübschen Bungalow an einer baumbestandenen Straße nicht weit von Marble Hall. Jeder wußte, daß Swan ihr das Haus und das es umgebende Waldgelände vor vielen Jahren geschenkt hatte. Doch ob diese Großzügigkeit nun ein Überbleibsel des in der Sklaverei geborenen Versorgungssystems gewesen war oder Hardigree-Noblesse, Matilda hatte sich das marmorgetragene Dach über ihrem Kopf zweifellos verdient. Ihr Stolz und ihr Unabhängigkeitsgefühl waren ebenso ausgeprägt wie bei meiner Großmutter.

Und dann gab es da Großtante Clara, Swans totgeschwiegene Schwester mit der dunklen Vergangenheit. Soviel dazu, sich an Großtante Clara ein Beispiel zu nehmen.

Männer schienen im femininen Hardigree-Universum nur Staffage zu sein. Nur das Piedestal, das die Vase in ein besseres Licht rückte, und nicht zu verwechseln mit einem soliden Fundament oder dauerhafter Dekoration. Ich konnte mir beim besten Willen nicht vorstellen, daß Swan die Dinge tat, die nötig waren, um ein Baby zu bekommen. Karen hatte mir alles in allen Einzelheiten geschildert – vom Nacktausziehen, Hinlegen, Küssen, Hineinstecken bis hin zum offenbar ziemlich klebrigen Resultat. Ich mußte davon ausgehen, daß Karen mir die Wahrheit erzählte, denn sie hatte ihre Informationen aus einer Ausgabe von *The Joy of Sex*, die ihr in der Bibliothek von Hardigree County in die Hände gefallen war. Aber es blieb mir ein Rätsel.

Swan würde sich nie für einen Mann ausziehen, sie zeigte sich ja nicht einmal mir. Nie sah ich sie weniger bekleidet als mit einem tollen Nachtgewand und einem weißen Seidennegligé, von denen sie eine ganze Kollektion besaß. Abgesehen davon würde Swan niemandem – sei es ein Mann, eine Frau, Gott oder der Teufel – gestatten, sich auf sie zu legen.

Das wußte ich mit Sicherheit.

In jedem Mai lud Swan ihre ehemaligen Mitschülerinnen von der Mädchenschule Larson in Asheville für ein Wochenende nach Marble Hall ein. Selbst die Cousine eines Vanderbilt-

Nachfahren hatte an einer dieser Partys teilgenommen, da damals noch etliche Vanderbilt-Erben in der Abgeschiedenheit ihres schloßähnlichen Anwesens Biltmore in der Nähe von Asheville lebten.

Scharen eleganter Matronen der Südstaatengesellschaft fanden sich in Marble Hall ein. Swan engagierte zusätzliche Hilfskräfte für die Mahlzeiten, die Teenachmittage und die abendlichen Cocktails an unserem Marmorpool und dem Marmorpavillon. Es war Annie Gwen Wades erster Auftritt als unser Hausmädchen, und Eli war dazu verdonnert worden, Abfall zu beseitigen und Geschirr zu spülen. Zwischendurch sollte er Bell beaufsichtigen. Doch das klappte nicht.

Mit entsetzten Augen starrte mich Bell Wade aus dem Küchenschrank an, in dem sie sich hinter den Töpfen und Pfannen versteckt hatte. Auf ihrem Kopf saß ein Sieb, ihre dunklen Haare lugten aus den Löchern hervor. Sie trug Jeans mit abgeschnittenen Beinen und ein *Sesam-Straße*-T-Shirt. »Hier ist sie, Eli. Sie hat sich verkrochen wie ein Kaninchen.«

Seufzend hockte er sich vor die offene Schranktür und streckte die Hand nach ihr aus. »Komm da raus, Schwesterchen«, gurrte er. »Komm zu mir. Du siehst ja aus wie ein außerirdisches Wesen.«

Sie sah uns stumm an und rührte sich nicht.

»Wir müssen sie da rausholen, bevor Matilda sie erwischt.« Ich warf ängstliche Blicke auf die Schwingtür zum Eßzimmer, hinter der Matilda und Annie Gwen Wade Swan und ihren fünfundzwanzig Schulfreundinnen gerade Tomatencremesuppe und Hähnchensalat servierten. »Matilda hat deine Mutter die Töpfe putzen lassen, als wären sie aus Silber!«

»Nun, jetzt sind sie wenigstens eine Krone für Bell.« Elis Finger näherten sich vorsichtig der Hand des kleinen Mädchens. »Komm, Bell. Tu es für mich.« Eli verlor nie die Geduld mit Bell, obwohl sie ihn ständig auf harte Proben stellte.

Ich hob den Saum meines rosa Organdykleides an und ließ mich auf die Knie nieder. »Komm sofort da raus«, befahl ich kühl. »Zeit ist Geld, und wenn du dich weiter sträubst, komme ich zu nichts mehr.«

Eli biß die Zähne zusammen und sah mich mit schmalen Augen an. »Ich brauche deine Hilfe nicht.« Seine Finger umklammerten das Handgelenk seiner Schwester. »Raus mit dir, Bell.« Sie fing an zu jammern, aber er ließ nicht locker. Ich hielt schnell Töpfe und Pfannen fest, damit sie nicht klapperten. Bell stemmte einen winzigen Tennisschuh gegen den Türrahmen. Stöhnend umfaßte Eli mit beiden Händen ihr Bein und zog.

Sie glitt auf den marmorgefliesten Fußboden wie ein Baby aus einem Topf-Mutterleib. Im hellen Licht, das durch die hohen Küchenfenster hereinströmte, sah ich, wie blaß sie war, wie sehr sie sich in der unbekannten Umgebung mit den vielen fremden Menschen fürchtete. Sie zitterte vor Angst. Schnell zog Eli sie an sich. »Ist ja gut, kleine Schwester. Ist ja schon gut.«

Aber es war nicht gut. Ein gelber Urinstrom lief ihr die Beine hinunter. Ich sprang auf und zur Seite, brachte meine Lacklederschuhe in Sicherheit. Schritte auf dem Flur ließen uns zusammenzucken. Hastig schlug ich die Schranktür zu. »Versteck sie«, zischte ich Eli zu. »Geh die Hintertreppe hinauf. Oben auf dem Absatz steht ein Wäscheschrank. Schieb sie dort hinein und mach die Tür zu. Ich komme in einer Minute nach.«

Eli hob Bell auf die Arme und runzelte die Stirn. »Was willst du …«

Die Schritte kamen immer näher. »Los! Geh schon!«

Er verschwand durch eine gewölbte Tür in der Küchenecke. Ich hörte seine Schritte auf der Dienertreppe, dann segensreiche Stille. Keuchend drehte ich mich zur Schwingtür um. Sie ging auf, und Annie Gwen Wade erschien. Sie trug eine großes, leeres Silbertablett in den Händen. Ihre braunen Haare waren im Nacken zu einem Knoten zusammengefaßt, und sie trug einen rosa Kittel und rosa Tennisschuhe. Als sie mich sah, leuchtete ihr Gesicht auf. »Miß Darl, Schätzchen. Was möchtest du, mein Engel?«

Ich atmete erleichtert auf. »Bell hat Pipi gemacht.« Ich zeigte auf die Pfütze.

Sie ließ einen leisen Schreckenslaut hören. »Wo ist sie?«

»Eli hat sie nach oben gebracht. Ich werde ihm helfen, sie irgendwie zu trocknen. Es ist alles in Ordnung.«

Elis Mutter öffnete die Besenkammer und holte einen Mop heraus. Ich sauste die Hintertreppe hinauf. Oben auf dem Absatz angelangt, öffnete ich die Tür des Wäscheschranks einen Spalt weit. Eli saß mit Bell auf dem Schoß in der Dunkelheit. Er hatte sie in eines von Swans besten Badetüchern gewickelt. Ihre nassen Shorts und der geblümte Schlüpfer lagen neben ihm. »Keine Angst«, sagte ich und berichtete von der Wischaktion seiner Mutter.

Er ließ den Atem pfeifend durch die Zähne entweichen. »Sie braucht etwas zum Anziehen.«

»Ich werde ihr etwas von mir holen. Ich habe eine ganze Truhe voll alter Sachen. Warte hier.« Ich schloß die Tür wieder und rannte eine weitere Treppe hinauf. Mein Schlafzimmer befand sich in einer kleinen rosa Suite auf der Rückseite der Villa. Von ihm aus sah man den Swimmingpool, den Pavillon, den Koi-Teich und den ganzen Garten. Auf der Terrasse, und unterbrochen von Sträuchern, bewachte eine Reihe großer Marmorschwäne die Geheimnisse der Hardigrees. Auch mein kleines mit Bell.

Ich wühlte in einer Zederntruhe, bis ich eine gerüschte Shorts und Unterhöschen gefunden hatte, die aussahen, als könnten sie passen. Alles war gut. Ich rannte die Stufen wieder hinunter und hatte gerade die Tür halb aufgezogen, als ich Schritte auf der Marmortreppe hörte, die sich von der Halle heraufschwang. Ich warf Eli die Sachen zu. »Es ist nur einer der Gäste«, flüsterte ich. »Ich werde mit ihr sprechen.«

Er schloß seine Arme noch fester um die arme Bell. »Du mußt unbedingt verhindern, daß jemand diese Tür öffnet.«

»Du kannst dich auf mich verlassen.« Ich drückte die Tür zu und setzte mich auf einen nahe stehenden Armsessel, als wäre ich ein Teil der Einrichtung, ein kleiner Teil. Der Korridor war breit und lang, ein edler Teppichläufer mit Bourbonenlilien bedeckte den Marmorfußboden. Gemälde englischer Landschaften und gute Reproduktionen alter europäischer Meister hingen an den Wänden. Ich baumelte betont sorglos mit den Beinen und hoffte, daß der Gast mich nicht bemerkte. Die einzige Beleuchtung des Korridors war die durch die Fenster einfallende Sonne.

Eine blonde Frau in einem hellen Seidenkleid kam die Marmortreppe heraufgeschnauft. Ihr Gesicht war gerötet, und sie schwankte ein bißchen. »Na, kleine Darlene, was machst du denn hier?« Ihre sanfte Magnolienstimme klang leicht verwaschen. Sie hatte einen Bloody Mary zuviel zum Lunch getrunken.

»Ich sitze, Mistress Colson.« Sie kam in meine Richtung geschwankt und sank auf ein samtbezogenes Liebessofa. Tränen traten in ihre trüben Augen.

»Du siehst genauso aus wie Julia, wie du da sitzt. Hier war ihr Lieblingsplätzchen. In diesem Wäscheschrank dort hat sie immer mit ihren Puppen gespielt. Sie nannte ihn ihr ganz besonderes Puppenhaus.«

Ich hörte auf, mit den Beinen zu baumeln. Mich überlief Gänsehaut. Sonst sprachen Swans Freundinnen nie mit mir über meine Mutter. »War sie so schön wie auf den Photos?«

»Wunderschön. Eine hübsche Brünette mit großen, blauen Augen. Genau wie du.«

»War sie klug?«

»Nein, mein Schatz. Sie war töricht und unbekümmert. Aber immer lieb und freundlich.«

Wir blickten uns einen Moment lang stumm an, während ich versuchte, soviel Offenheit zu verdauen. Mrs. Colson begann über Swan und meine Mutter zu reden, wie nahe sie sich gewesen waren, wie sie miteinander gelacht und gescherzt hatten, wie Swan ihre Tochter geliebt und verwöhnt hatte. Ich verspürte einen feinen Stich. Meine Mutter hatte eine richtige Mutter gehabt. Warum konnte mich Swan nicht genauso lieben?

Mrs. Colson schüttelte bekümmert den Kopf. »Zu traurig, das mit ihr und Katherine. Die arme Katherine. Wildes, ungebärdiges Blut. Aber was soll man bei einer solchen Mischung schon erwarten?«

Katherine Dove. Sie meinte Matildas Tochter, Karens Mutter, das unbekannte Mädchen, von dem wir nie ein Bild gesehen hatten, von der nie gesprochen wurde. Steif rutschte ich vom Sessel. Mrs. Colson legte mir eine feuchte Hand auf den Arm und blickte mir tief in die Augen. »Ohne den schlechten Einfluß dieses Mädchens wäre das Leben deiner Mutter anders verlaufen. Du armes Kind. Aber denke nur niemals schlecht von ihr. Du hattest vielleicht keine gute Mutter, aber du hast eine wunderbare Großmutter.«

Die Kehle wurde mir eng. »Hat meine Mutter mich nicht gewollt?«

Mrs. Colson strich mit ihrer Hand über meinen Arm und schnalzte bedauernd mit der Zunge. »Nun ... nein, aber deine Großmutter will dich. Und wenn Swan Hardigree Samples ihr Herz an etwas gehängt hat, gibt es kein Entkommen.« Sie gab meinen Arm frei, strich mir kurz über den Kopf, stand auf, lief den Flur entlang, verschwand in einem Zimmer und zog die Tür hinter sich zu.

Verwirrt und benommen stolperte ich zum Wäscheschrank und öffnete die Tür. Eli saß noch immer mit Bell auf dem Schoß da. Sie hatte sich das Badetuch über den Kopf gezogen. Swans Monogramm – SHS – war alles, was ich von ihrem Gesicht sah. Mitleidig blickten mich Elis große braune Augen an, und ich erkannte zu meinem Entsetzen, daß er jedes Wort gehört hatte.

»Darl ...«, sagte er heiser und verstummte wieder. Es war das erste Mal, daß er mich bei meinem Namen nannte.

Die Luft wurde mir knapp. »Ich gehe in den Steinblumengarten.« Ich drehte mich um, lief die Hintertreppe hinab, durch eine Tür in den Wintergarten und durch den Wintergarten in den hellen Frühlingsnachmittag hinaus. Ich rannte über die Terrasse, an den Schneeballbüschen vorbei und ein paar Steinstufen hinab. Ich ließ den Goldfischteich hinter mir und raste in den Wald. Heckenrosenranken zerrten an meinem Kleid, der laubbedeckte Boden ließ mich rutschen und fast den Halt verlieren. Als ich endlich im Steinblumengarten angelangt war, warf ich mich neben eine Bank, schlug die Hände vors Gesicht und schluchzte.

Eli folgte mir mit Bell. Sie setzten sich neben mich ins Laub. Zu meiner großen Verwunderung legte er mir einen Arm um die Schultern. »Hier sind wir sicher. Es ist ein guter Platz«, sagte er. »Hier brauchen wir nicht zu sein, wer wir sind. Wir sind einfach die, die wir sein wollen. Okay?«

Ich hob den Kopf und nickte. Plötzlich berührten kleine, weiche Finger meinen Arm. Überrascht sahen Eli und ich Bell an. Sie zeigte auf die Shorts, die ich ihr gegeben hatte. »Jetzt bin ich rosa«, flüsterte sie. Ihre Augen blickten traurig, ihre Stimme klang sanft und melodisch. Sie tätschelte meinen Arm. »Wie du.«

»Halleluja, sie spricht«, sagte Eli leise. Meine Tränen hatten Bells mitfühlende Seele angerührt. Ich rieb mir die Augen und setzte mich auf. Eli und ich tauschten Blicke aus. Elis Arm um meine Schulter fühlte sich gut an. Er nickte mir zu. »Wir sind und bleiben wir selbst«, sagte er. »Ganz gleich, was passiert.«

Von da an trafen er, Bell und ich uns häufig in dem geheimnisvollen, verschwiegenen Garten und träumten gemeinsam an dem einzigen sicheren Ort, den wir kannten.

4

Drei Jahre verstrichen. Eli zählte noch immer jeden einzelnen Tag des neuen Lebens seiner Familie wie ein Knauser, der an keinem Pfennig vorbeigehen kann, aber im Steinblumengarten vertraute er Darl seine Träume an. Wie er die Arbeit im Büro von Hardigree Marble verabscheute, äußerte er nie, vermutete jedoch, daß sie es ohnehin wußte. Ebenso vermutete er, daß sie das einsamste Geschöpf auf Erden war – es sei denn, sie verbrachten ihre Zeit miteinander. Die Welt drehte sich in kleinen, ruhigen Kreisen, und sie im Mittelpunkt.

Gottderallmächtige, da ist Leon Forrest höchstpersönlich, und wenn Blicke töten könnten, wäre jeder in dieser Stadt mausetot.

Das war Elis erster Gedanke, als der Junge an einem Winternachmittag in das Büro geschlendert kam, um die Bewerbung für einen Job im Steinbruch auszufüllen. Eli blickte von dem Ecktisch hoch, an dem er für Mr. Alberts Lohnsummen addierte, so schnell sein Stift schreiben konnte. Leon stand da wie eine drohende Gewitterwolke. Er war inzwischen vierzehn Jahre alt, größer als einsachtzig und dünner als der wenige Zentimeter kleinere Eli. Leons Haut war pechschwarz, und seine Haare standen in wirren Büscheln ab, obwohl er sich die größte Mühe gab, sie zu bändigen. Seine Familie hatte ihr Auskommen in der Landwirtschaft verloren, und nun verließ er die Schule, um im Steinbruch zu arbeiten. Er schob die Schultern in seiner alten Armyjacke vor und musterte Eli erbost. »Was gaffst du so?«

Eli umklammerte seinen Stift und zwang sich, den Blick nicht abzuwenden. »Ich gaffe nicht. Schätze, wir sind im selben Boot. Ich arbeite auch hier.«

»Ha! Was du da machst, ist doch keine Arbeit.«

»Immer noch besser, als bei dieser Kälte Marmor zu brechen.« Eli zeigte auf ein Kontobuch. »Dafür braucht man Köpfchen.«

»Soll das heißen, daß ich dafür zu dämlich bin?«

»Keine Ahnung. Aber ich würde dir gern beibringen, wie man diese Bücher führt, wenn man mich läßt. Ich hasse diesen Job.«

»Ich kann Bücher führen. Ich mag Bücher. Mit Sicherheit werde ich nicht mein ganzes Leben lang im Steinbruch arbeiten.«

»Das wirst du aber, wenn du nicht etwas anderes lernst. Ich habe oft genug erlebt, wie schnell das geht.«

Leon schnaubte vor Wut. Mr. Albert sah ihn durch das Fenster seines Büros und kam heraus. »Lungere hier nicht herum, Junge. Dein Daddy kann vorbeikommen und den Papierkram für dich erledigen.« Er deutete durch das Panoramafenster auf den Steinbruch hinaus. »Geh zu dem großen Mann in dem blauen Kittel und sage ihm, er soll dir eine Arbeit zuweisen.«

»Yessir«, murmelte Leon.

Mr. Alberts rümpfte die Nase über Leons schlammbespritzte Gummistiefel. »Und komm ja nicht noch einmal mit schmutzigen Schuhen ins Büro.« Er machte auf dem Absatz kehrt und verließ den Raum.

Eli blickte Leon Forrest mitleidig an und bemerkte, wie gekränkt er war. »Der Mann in dem blauen Kittel ist mein Pa. Tu einfach, was er sagt, und er wird dich fair behandeln. Keine Angst.«

Finster starrte Leon ihn an. »Es kommt der Tag, an dem mir hier niemand mehr sagt, was ich zu tun und zu lassen habe.« Er stürmte hinaus.

Um sechs Uhr schloß Mr. Alberts das Büro. »Feierabend,

Mister Superhirn«, verkündete er. Dankbar legte sich Eli einen dicken Schal um den Hals, zog die wattierte Jacke an und lief zum abgelegenen Parkplatz, um auf seinen Vater zu warten. Nur noch wenige Pick-ups standen auf der Kiesfläche, und mit Hemlocktannen und Fichten bestandene Hänge schufen eine Art natürlicher Arena. Die Kälte ließ seinen Atem gefrieren. Fröstelnd blickte Eli sich um und sah, wie drei junge Schwarze Leon zwischen den Bäumen hervorzerrten und drohend die Fäuste schwangen. Eli kannte keinen von ihnen. Schnell wälzten sich die vier zwischen den Pick-ups auf der Erde.

Ich sollte Pa holen, dachte Eli, doch dafür war keine Zeit. Er setzte sich in Bewegung, duckte sich hinter die Fahrzeuge, bis er nahe genug war, um das Fluchen und Keuchen zu hören. Leon wurde brutal zusammengeschlagen. Plötzlich zog einer der jungen Männer ein Klappmesser und wollte auf Leon einstechen. Eli sprang hoch und schrie, was seine Lungen hergaben. Erschreckt zuckten die drei zusammen. Die Messerspitze traf Leons Wange und hinterließ einen häßlichen Schnitt. Blut rann über Leons Kinn und seinen Hals.

Mit einem Satz sprang Eli die Angreifer an und hob die Fäuste. Der Anblick eines schlaksigen, weißen Jungen, der laut schreiend auf sie einprügelte, muß sie wohl an die weißen Polizisten von Burnt Stand und unangenehme Scherereien erinnert haben.

»Verpiß dich, Schnösel«, knurrte der Messerstecher und schwang seine Klinge gegen Eli. Dann liefen er und die beiden anderen zu einer silberfarbenen Limousine und rasten vom Parkplatz, daß der Kies nur so spritzte.

Ein paar Sekunden blieb Eli wie erstarrt stehen, dann blickte er an sich hinab. Direkt über seinem Magen quoll aus einem dreißig Zentimeter langen Schnitt die Wattierung aus seiner Jacke. Mit zitternden Fingern knöpfte er sie auf und vergewisserte sich, daß seine Haut noch intakt war. Stöhnend richtete sich Leon auf. Eli lief zu ihm, ging in die Hocke und verzog das Gesicht. Die Schnittwunde klaffte wie ein Reißverschluß, rohes Fleisch zeigte sich unter der schwarzen Haut. »Schätze, das mußt du nähen lassen«, sagte Eli.

»Bloß nicht. Für sowas hat meine Familie kein Geld.« Leon riß Elis Jacke auf. »Haben sie dich auch erwischt?«

»Nein, ich bin zu dünn, und die Jacke ist eine Nummer zu groß.«

»Du bist ja verrückt. Halte dich lieber aus meinen Problemen heraus.«

»Was sind denn deine Probleme?«

»Ach, diese Mistkerle sind aus Ludawissee Gap. Einer von ihnen hat meine Schwester Prig beleidigt. Sie hat da drüben ein Lebensmittelgeschäft. Sie haben sie schon mehrmals beklaut. Da bin ich mit einem Kumpel losgezogen, um ihnen in den Arsch zu treten. Sie haben es mir nur heimgezahlt.«

Also hatte Leon auch eine Schwester, die er zu beschützen hatte. Eli erkannte das Ehrenwerte seines Verhaltens auf Anhieb. Er mußte Darl von Leons Heldentaten erzählen. Dabei könnte er erwähnen, wie knapp er dem Abstechen entgangen war. Darl würde tief beeindruckt sein. »Das hast du gut gemacht«, versicherte er Leon. »Aber mit den Fäusten kommst du nicht weit. Ich habe es im Grunde aufgegeben.«

»Ha! Und du meinst, du bist geheilt? Du hast auf diese Ratten eingeprügelt wie ein Verrückter. Für wen hältst du dich? Für Joe Frazier?« Leon grinste ihn mit schmerzverzogenem Gesicht an und versetzte ihm einen Schlag auf den Rücken.

Sie standen auf, und Eli zog ein Büschel Watte aus seiner zerfetzten Jacke. »Hier. Das kannst du dir gegen das Gesicht halten, bis du zu Hause bist.«

In diesem Moment kam Elis Vater auf den Parkplatz und blickte sich nach Eli um. »Sollen wir dich vielleicht nach Hause bringen?« fragte Eli, rechnete aber damit, daß Leon von Weißen keine Gefälligkeit annahm.

Er hatte recht. Der ältere Junge schüttelte den Kopf. Er

drückte sich das Wattepolster gegen die Wange und lief auf die Bäume zu. Dann drehte er sich noch einmal um. »Eines Tages revanchiere ich mich. Dann helfe ich auch dir aus der Klemme.«

Eli nahm alle Versprechen sehr ernst. »Wenn du das tust, wäre ich dir sehr dankbar.«

Er erzählte Darl von dem Überfall auf Leon, sie berichtete es Matilda, und Matilda sorgte dafür, daß Leon Forrests Wunde von einem Arzt versorgt wurde. Leons Probleme berührten sie, und sie nahm Leon unauffällig unter ihre Fittiche. Bisher hatten sie und Karen sich von den wenigen schwarzen Familien in Burnt Stand bewußt ferngehalten, und diese reagierten entsprechend. Eli fragte sich häufig, ob Matilda ihnen mit ihrem Beistand für Leon zu verstehen gab, daß sie ihr nicht gleichgültig waren.

Wenn das zutraf, war es ein Wunder, das Darl und er bewirkt hatten.

An meinem zehnten Geburtstag saßen Swan und ich uns im Speisezimmer von Marble Hall gegenüber und aßen Brathühnchen, Mais-Muffins und Bohnensalat. Ich war selig, eine Mahlzeit allein mit ihr einnehmen zu dürfen, ihre ganze Aufmerksamkeit zu haben. Es war ein Sonntag, und wie üblich hatten wir am Morgen den Gottesdienst in der Methodist Church von Burnt Stand besucht, einem historischen Marmorheiligtum, an dem eine Gedenktafel Gott in Erinnerung rief, daß Urgroßmutter Esta die Bauherrin gewesen war.

Annie Gwen Wade kam mit einem Silbertablett durch die Schwingtür, auf dem unter einer weißen Serviette irgendein eckiger Gegenstand lag. Sie lächelte über meinen überraschten Blick, setzte das Tablett auf dem wuchtigen Buffet ab, griff unter die Serviette und zog ein braunes Kabel hervor. Mit in der Luft schwebender Gabel sah ich zu, wie sie das Kabel in eine Steckdose stöpselte.

Sie sah Swan an, die sie mit einem Kopfnicken entließ.

»Herzlichen Glückwunsch, Miß Darl«, sagte Annie Gwen und zog sich zurück. Ich blickte von dem geheimnisvollen Kabel auf meine Großmutter. Sie erhob sich, elegant wie immer in einem wadenlangen, bernsteinfarbenen Rock und passender Jacke. Ich trug nach wie vor Rosa.

»Du bist zehn Jahre alt«, sagte Swan. »Das muß gefeiert werden.« Sie zog eine Flasche Champagner aus dem Silberkühler auf dem Buffet, füllte zwei Flöten mit der cremefarbenen Flüssigkeit und goß aus einer Karaffe Orangensaft hinzu. »Dein erster Mimosa. Komm her.«

Ich stand auf, bewegte mich zum Buffet, beäugte aber argwöhnisch die weiße Serviette und fragte mich, was sie wohl verbergen mochte. Wollte sie mir vielleicht ein Brandzeichen verpassen? Swan reichte mir ein Sektglas, und ich hielt es so, wie ich es bei ihren Partygästen gesehen hatte. Sie stieß mit ihrem Glas gegen meins. Es hörte sich an wie das Klingen kleiner Glöckchen. Ich wartete darauf, daß sie etwas sagte, »herzlichen Glückwunsch« vielleicht, aber vergebens. Seufzend setzte ich das Glas an die Lippen. Das Getränk schmeckte orangig süß, mit einem Hauch bitterer Schärfe, und eine prickelnde Wärme durchströmte mich bis in die Zehenspitzen.

Ich trank das Glas mit einem Schluck aus. Ich wollte brennend gern erwachsen sein, wollte, daß sie stolz auf mich war. »Tu das nie wieder«, rügte Swan. Schon leicht benommen blinzelte ich sie verwirrt an. »Stürze ein alkoholisches Getränk nicht hinunter wie eine Gewohnheitstrinkerin, die ein Bier kippt. Trink schlückchenweise. Und laß stets einen kleinen Rest im Glas zurück. Verhalte dich maßvoll – vor allem, wenn es um Alkohol geht. Und nie mehr als zwei Drinks bei einer Gelegenheit – und gar keinen, wenn du dich allein in der Gesellschaft eines Mannes befindest.«

»Ja, Ma'am.«

Swan nahm mir mein Glas ab und stellte es neben ihr halb volles. »Ich habe ein Geschenk für dich.«

Ich starrte das verdeckte Tablett an. Meine Zunge fühlte sich schwer und dick an. »Tut es sehr weh?«

»Was?«

»Oh, nichts. Entschuldigung, Ma'am.«

Sie hob die Serviette an, und ich sah ein wunderhübsches Schmucketui. Sie öffnete den Deckel und streckte es mir entgegen. Voller Bewunderung betrachtete ich den Anhänger, der an einer dünnen Goldkette hing. Rosa Marmor war zur Form eines Tautropfen geschliffen und in filigranes Gold gefaßt worden. In der Mitte der flachen Steinscheibe saß ein Diamant. »Ganz genau wie dein Anhänger!«

»Ja. So soll es auch sein.« Swan nahm den Schmuck aus dem Etui, legte es auf das Buffet und zog ihre Kette unter dem Kragen ihrer Jacke hervor. »Ich habe sie von meiner Mutter bekommen, als ich zehn Jahre alt war. Wenn du ihr Porträt betrachtest, wirst du sehen, daß auch sie einen solchen Anhänger trägt.« Swan brach ab und verzog leicht den Mund. »Meine Schwester Clara besitzt ebenfalls einen. Und …« Erneut verstummte sie, fügte jedoch nach kurzer Pause hinzu: »Deine Mutter hat ihren von mir bekommen, als sie in deinem Alter war. Wir alle, alle Frauen der Familie Hardigree tragen diesen Marmoranhänger.«

»Meine Mutter hast du geliebt. Liebst du mich auch?« sprudelte ich hervor.

Ihre Miene wurde streng. »Du bist meine Enkeltochter und meine einzige Erbin. Das hat eine große Bedeutung für mich.«

Meine Freude, meine Aufregung waren wie fortgeblasen. Sie konnte nicht einmal *sagen*, daß sie mich liebte. Warum war ich ihre Zuneigung nicht wert? Sie legte das Goldband um meinen Hals und schloß es. Die kurze Kette hielt den Anhänger knapp unterhalb meiner Schlüsselbeine. Swan zog die Serviette ganz vom Tablett.

Ich starrte auf etwas, das aussah wie ein Zündnadelgewehr. In meinem Kopf begann es, sich zu drehen. »Das ist ein Lötkolben«, sagte Swan. Sie faltete die Serviette und schob sie in meinem Nacken unter das Kettenschloß. Ich erstarrte. »Keine Angst. Ich will nur das Schloß verlöten.«

»Warum?«

Ihre kühlen, blauen Augen bohrten sich in meine. »Weil das der Tradition unserer Familie entspricht. Meine Kette wurde gleichfalls verlötet, wie auch die deiner Mutter, meiner Schwester, deiner Urgroßmutter. Alle verlötet.«

»Das heißt, ich kann sie nie wieder abnehmen?«

»So ist es.«

Wie ein geduldiges Lamm stand ich da und ließ über mich ergehen, wie sie das Schloß mit einem feinen Goldfaden verlötete. Es roch scharf und beißend, und mein Magen begehrte auf. *Sie liebt mich nicht, deshalb legt sie mir eine Kette um den Hals. Wie einem Hund. Ich trage ein Hundehalsband …* »So«, sagte Swan und trat einen Schritt zurück. »Erledigt.«

»Vielen Dank, Ma'am«, hauchte ich.

Bei der nächstbesten Gelegenheit verließ ich das Eßzimmer und lief hinaus, über die Terrasse, die Treppe hinunter, am Koi-Teich vorbei in den Wald. Dort übergab ich mich.

»Nein, Schwesterchen, den auf keinen Fall.« Eli entriß Bell den Luftballon, den sie gerade am Zweig eines jungen Sassafrasbaumes befestigen wollte, der letztes Jahr im Steinblumengarten aus der Erde gekommen war. Obwohl Eli, Darl und Bell im Garten emsig Laub harkten, Sträucher und Büsche beschnitten und Wildwuchs beseitigten, hatten sie beschlossen, den jungen Sassafrasbaum wegen seiner komischen, handförmigen Blätter zu verschonen.

Mit gerunzelter Stirn sah Bell Eli an. »Was hast du gegen ihn?«

»Er ist rosa. Rosa kommt nicht in Frage.«

Sie machte ein bekümmertes Gesicht. »Oh! Das würde Darl gar nicht gefallen!«

Eli ließ die Luft aus dem Ballon entweichen und stopfte die

schlaffe Hülle in seine Jeanstasche. Er blickte auf die Armbanduhr, die ihm seine Eltern zum dreizehnten Geburtstag geschenkt hatten. »Okay. Es ist Zeit. Schätze, ich laufe den Hügel hinauf und sehe nach, ob sie schon kommt. Halte dich bereit.«

Bell lächelte. »Klar.« Mit ihren sieben Jahren war sie noch immer ein stilles, leicht schreckhaftes Mädchen, aber kaum etwas erinnerte an das verängstigte Kleinkind, das bei jedem Blick eines Fremden in Tränen ausbrach. Sie lief hinter die große Marmoramphore und duckte sich. Eli nickte zufrieden, rückte seine Brille zurecht und lief den Hang hinauf.

Seine Eltern hatten ihm inzwischen eine Pilotenbrille gekauft, die ihm besser gefiel. Alle sechs Wochen ließ er sich beim Friseur ordentlich die Haare schneiden, wo seine und Pas dunkle Locken genauso auf den Boden fielen wie die eines jeden anderen Mannes im Ort.

Es ging aufwärts. Im Steinbruch wurde davon geredet, daß Pa schon bald zum Vorarbeiter befördert werden könnte. Mama hatte von ihrem Lohn als Hausmädchen in Marble Hall genügend gespart, um eine eichenfurnierte Wohnzimmereinrichtung bei einem Möbel-Discounter in Asheville zu kaufen, wozu Pa stolz zwanzig Dollar für zwei tolle Lampen vom Flohmarkt beisteuerte.

So geht es nun mal in der Welt, dachte Eli düster, als er sich auf den umgestürzten Stamm einer alten Eiche setzte, um auf Darl zu warten. Man muß viel geben, um ein wenig voranzukommen. Gott und Swan Hardigree Samples waren gut zu seiner Familie, aber dafür mußte seine Familie auch hart schuften, und Eli würde nichts tun, was ihre Glückssträhne abreißen lassen könnte. Er hörte Schritte im Laub rascheln und stand schnell auf. Seine Stimmung hellte sich auf wie immer, wenn er Darl sah. Sie hob grüßend die Hand, und er winkte zurück.

Wenn sie in den Wald kam, trug sie nie Rosa. In sanften Wellen fielen ihre nerzbraunen Haare über ihre Schul-

73

tern und auf eine blaue Bluse. In den letzten Jahren war sie gut zehn Zentimeter gewachsen, und sie würde so groß und schlank werden wie ihre Großmutter. Ihre Arme und Beine waren lang und kräftig, ihre Haut zart wie Seide, ihre Augen blau wie Veilchen. Er sah ihr entgegen und verspürte wieder dieses Gefühl, das mit jedem Tag stärker wurde. Er liebte sie, aber er durfte sie nicht so anstarren. Sie hatte ja noch nicht einmal Brüste.

Für jede Minute, die sie im Steinblumengarten zusammen waren, einander Bücher vorlasen, über das Leben sprachen, zu Songs aus dem tragbaren Radio tanzten, verbrachte er ähnlich viel Zeit mit Gedanken an Fünfzehnjährige mit schwellenden Brüsten, an Wäsche-Mannequins im Sears-Katalog oder sogar an Birnen und Äpfel im Supermarkt von Burnt Stand. Und das war ihm unendlich peinlich.

Doch jetzt kam sie auf ihn zu, seine beste Freundin, seine getreue Verteidigerin, seine einzige Liebe Darl Union. Ihr Gesicht wirkte ein bißchen traurig, aber das war häufig so – bis er mit ihr sprach. Es gefiel ihm, wie ihre Augen aufleuchteten, wenn sie ihn sah.

»Bleib da stehen.« Er lief zu ihr und zog ein blaues Halstuch aus der Tasche. »Ich muß dir die Augen verbinden. Bell und ich haben eine Überraschung für dich.«

»Ha. Wenn ich den Hang hinabrolle, ist das eine noch größere Überraschung.«

»Gib mir deine Hand. Ich führe dich.« Als er ihr das Tuch über die Augen legte und am Hinterkopf verknotete, atmete er den Duft ihrer Haut und ihrer Kleidung tief ein. Er strich ihr eine Haarsträhne aus der Stirn und legte seine Finger um ihren Arm. »Überlaß dich nur meiner Führung.«

»Das dürfte nicht schwer sein.«

Behutsam führte er sie den Hang entlang. Als sie oberhalb des Steinblumengartens angekommen waren, nahm er ihr sanft das Tuch ab. »Herzlichen Glückwunsch zum Geburtstag!« Lachend schlug sie die Hände vors Gesicht. Bunte Luftballons füllten die Senke des Gartens. An Bänken, Marmor-urnen, dem Sassafras-Schößling und Rhododendronbüschen befestigt, tanzten sie in der warmen Spätsommerluft.

»Herzlichen Glückwunsch, Darl!« rief Bell und sprang hinter der Amphore hervor. In ihren ausgestreckten Händen hielt sie eine kleine Torte mit zehn brennenden Kerzen.

»Oh, wie wundervoll«, flüsterte Darl. Sie packte Elis Hand, rannte den Hang hinunter und blieb vor der Torte stehen. »Hm, sieht die gut aus.«

Bell wurde rot und senkte den dunkelhaarigen Kopf. »Die habe ich gebacken«, flüsterte sie.

»Wirklich? Toll!«

Eli drückte ihre Hand. »Wünsch dir was und puste die Kerzen aus.«

Darls Lächen schwand, ernst blickte sie auf den Kuchen mit seinen flackernden Kerzen. »Ich wünsche mir, du, Bell und ich wären eine Familie.«

Bell strahlte, und Eli verspürte eine Mischung aus Freude und Unbehagen. »Aber du darfst den Wunsch nicht laut aussprechen.«

Bell nickte eifrig. Sie glaubte fest an Wunder. »Dann geht er nicht in Erfüllung.«

Darl wurde noch ernster. »Ich werde dafür sorgen, daß er wahr wird. Irgendwie.« Sie blies die Kerzen aus und sah Eli an.

Sein Herz begann heftig zu klopfen. Er zog ein kleines Päckchen aus der Jeanstasche. Das Geschenk war von weißem Zellstoffpapier verhüllt. Darl öffnete es so behutsam, als wäre es die feinste Seide. Vor ihr lag ein Stück Marmor. Zu einem perfekten Oval gefeilt und auf Hochglanz geschliffen. »Das habe ich für dich gemacht«, sagte Eli. In das Oval war die Zahl acht graviert. »Das ist ein mathematisches Symbol«, erläuterte er brummig. »Für Unendlichkeit. Für immer.«

Sie küßte ihn. Reckte sich auf die Zehenspitzen, packte ihn am Hemd, zog ihn an sich heran und küßte ihn schnell auf die

Lippen. Sein Gesicht brannte, und auch sie wurde rot. Sie sah ihm in die Augen, wandte dann aber verlegen den Blick ab. »Für immer«, flüsterte sie.

Danach wußte keiner so recht, was er sagen sollte. Eli und Darl setzten sich vor einer Bank auf die Erde, zupften mit den Fingern kleine Brocken aus dem Kuchen und steckten sie sich in den Mund. Sie sahen weder sich an noch die lächelnde Bell.

Eli glaubte, vor Seligkeit vergehen zu müssen. Der Kuchen schmeckte himmlisch süß. Aber Darl war süßer. Für immer.

Es war ein klarer, warmer Sonntag und Mitte Oktober. Ich erinnere mich an die Silhouetten der Eichen an der Auffahrt von Marble Hall, an die Stille der Natur, an die fast unheimliche Ruhe im Haus. In der vergangenen Nacht hatte ein heftiger Herbstregen die letzten Blätter von den Bäumen geholt. Auch in mir war es leer und kahl, wenn ich an den kommenden Winter dachte.

Ich saß auf der Polsterbank am Erkerfenster der Bibliothek, ließ mich von der Sonne wärmen und las *Watership Down*. Irgendwo im Haus telephonierte Swan mit ihrem Caterer, um die Partys zu besprechen, die sie in der kommenden Vorweihnachtszeit sowohl in Burnt Stand wie in Asheville geben wollte. Matilda war über das Wochenende verreist, und Karen hielt in meinem Zimmer ein Mittagsschläfchen. Annie Gwen Wade, die in Küche und Haushalt mittlerweile selbständig nach dem Rechten sah, wischte im Wohnzimmer Staub.

In einer Stunde wollte ich mir den Mantel anziehen, um mich mit Eli, Bell und Karen im Steinblumengarten zu treffen. Ich hatte qualvolle Tanzstunden in Asheville hinter mir und wollte Eli das Walzertanzen beibringen. Aber dazu hatte er nicht viel Lust. Bell, Karen und ich drehten unermüdlich unsere Kreise im Gras, während er sich in der Sonne ausstreckte und über uns grinste.

Leise tickte die Uhr auf dem Kaminsims. Ich blätterte eine

Seite in meinem Buch um. Ein Geräusch drang an meine Ohren, aber zunächst verdrängte ich es, als wäre es eine lästige Fliege. Es wurde lauter, und ich hob den Kopf und lauschte. Ein Auto kam die Auffahrt herauf. Offenbar hatte Swan ein paar Ladys aus der Stadt zum Tee gebeten, und die würden sich hüten, ihre Einladung zu ignorieren.

»Ich gehe an die Tür«, rief ich Annie Gwen zu. Ich lief in die hohe Halle und spähte neugierig durch das Fenster neben der schweren Eichentür. Ein knallroter Sportwagen von Trans Am kam die Auffahrt heraufgebraust. Ich zwinkerte verdutzt. Swan verkehrte nicht mit Leuten, die Trans Ams fuhren. Das Verdeck des Wagens war offen, aber den Fahrer konnte ich nicht erkennen. Ich öffnete die Tür, trat auf die Säulenveranda hinaus, deren breite Treppe von zwei hohen Zedern in Marmorkübeln flankiert wurde, und blinzelte in die Sonne.

Eine Frau. Eine dunkelhaarige Frau saß hinter dem Steuer des feuerroten Autos, ihre Augen waren hinter einer dunklen Brille verborgen. Mit Schwung ging sie in die Kurve und riß um ein Haar einen Marmorkübel um. Mit quietschenden Reifen kam sie nur wenige Zentimeter vor den Marmorstufen der Freitreppe zum Stehen. Die Dramatik dieser Ankunft verschlug mir den Atem. Sie stieß die Tür auf und schraubte sich aus dem Sportwagen. Rote Stiefel mit hohen Absätzen trafen auf rosa Marmorfliesen. Hautenge Designerjeans umschlossen lange, schlanke Beine. Sie straffte die Schultern in ihrer gefransten Lederweste. Ihre üppigen Brüste spannten die weiße Bluse, die so dünn war, daß ich ihren winzigen schwarzen BH erkennen konnte. Ihre Lippen waren kirschrot, ihre Haare ein wildes Lockengewirr.

Mit offenem Mund starrte ich sie entgeistert an. Eine Frau ohne alle Hemmungen, und das auf *unserer* Treppe.

Sie erwiderte meinen Blick, und ein arrogantes Lächeln überzog ihr Gesicht, ließ feine Falten über ihrer Oberlippe sehen, betonte die schlaff werdende Haut ihrer Wangen. Sie war nicht so jung, wie sie gern aussehen würde, aber so ironisch wie beabsichtigt. »Nun, wenn du nicht eine perfekte kleine Kopie deiner gottverdammten Großmutter bist«, murmelte sie.

Wut ließ meine Haut kribbeln. Ich machte den Mund zu und reckte würdevoll den Kopf. »So sprechen nur unkultivierte Leute mit mir, Ma'am.«

Sie lachte. »O Gott. Genau wie Swan!«

Hinter mir knarrte es leise. Schnell drehte ich mich um. In der weit offenen Tür stand Swan und sah unsere Besucherin an. Sie hätten unterschiedlicher gar nicht sein können. Swan in ihren maßgeschneiderten Hosen, einem grauen Pullover, einer einreihigen Perlenkette, bot ein Bild kühler Eleganz. Die Besucherin war von schriller, aufdringlicher Gewöhnlichkeit.

Keine von beiden sagte ein Wort. Keine Sekunde lang verließen Swans eiskalte Blicke das Gesicht der Frau, die mürrisch und verdrossen zurückstarrte. Die Stille dehnte sich aus. Meine Lungen schmerzten, weil ich noch immer den Atem anhielt. Sie wirkten wie Pistolenhelden beim Showdown in einem alten Western.

»Zieht«, murmelte ich unwillkürlich.

Die Besucherin nahm ihre Sonnenbrille ab. Ich schnappte nach Luft. Ihre blauen Hardigree-Augen starrten Swan an wie ein Mungo eine Kobra. »Hallo Schwester«, sagte die Frau.

»Hallo Clara«, brachte Swan zwischen zusammengebissenen Zähnen hervor.

»Und dann holte sie vier oder fünf große Koffer aus dem Auto und schleppte sie ins Haus«, sprudelte ich atemlos hervor. »Meine Großmutter stand nur da. Sie sagte nicht: ›Halt, nein‹ oder ›Du bist hier nicht willkommen‹. Großmutter ließ sie einfach hineingehen. Und so trug meine … meine Großtante Clara alle ihre Koffer die Treppe hinauf, ging in das größte Gästezimmer im ganzen Haus und schlug die Tür hinter sich zu. Und meine Großmutter ging in ihr Arbeitszimmer und knallte dessen Tür zu. Und ich machte Stielaugen wie eine

Schnecke und versuchte herauszubekommen, was als nächstes geschah.«

Eli, Karen und Bell saßen vor mir im Steinblumengarten. Eli schien angestrengt nachzudenken. Bells Lippen schienen sich auf Dauer zu einem »Oh!« verzogen zu haben. Karen pfiff leise durch die Zähne. Schließlich schüttelte Eli den Kopf. »Nun, das hat absolut nichts mit dir zu tun. Und das ist alles, was mich interessiert.«

Ich beugte mich näher zu ihm. »Hat deine Mutter jemals irgend etwas über meine Mutter und Clara gesagt? Ich bin mir sicher, daß Matilda etwas weiß. Mit mir redet sie natürlich nicht darüber, aber vielleicht mit deiner Mutter.«

»Mama ist verschwiegen wie eine Maus«, wisperte Bell. »Das habe ich von ihr.«

»Ich muß unbedingt dahinterkommen. Großmutter und Clara hassen sich. Aber niemand will mir sagen warum.«

Eli runzelte die Stirn und schob sich die Pilotenbrille höher auf die Nase. »Du solltest ihnen aus dem Weg gehen. Wenn sie sich verprügeln, Pistolen ziehen oder Atomraketen abfeuern, brauchst du nur zu rufen. Dann komme ich dir zu Hilfe.«

Mir wurde ganz warm. »Ich verstecke mich neben dem Koi-Teich und mache die Schwalbe, wenn Bomben fallen.«

»Keine Schwalbe«, korrigierte Karen trocken. »Einen Schwan.«

Wir glucksten vor Lachen. Plötzlich hörten wir es aus der Ferne läuten. Im Garten hing eine Messingglocke an einem Eichenpfahl, und mit der riefen uns Großmutter oder Matilda aus dem Wald zurück. Karen und ich sprangen hoch. »Wir müssen ins Haus.«

Auch Eli und Bell standen auf. »Hüte dich vor Schwalben und Clara!« rief Bell.

»Ich habe keine Angst vor Clara«, versicherte ich und umarmte sie schnell. »In ihren roten Sachen sehe ich sie schon von weitem kommen. Sie kann sich gar nicht an mich anschleichen.«

Eli runzelte die Stirn und musterte mich besorgt. »Aber du rufst, wenn du mich brauchst. Versprich es mir.«

Am liebsten hätte ich ihn geküßt. Aber ich verdrängte diesen Wunsch und nickte nur.

Banges Unbehagen grummelte in meinem Magen, als Karen und ich uns der Terrasse näherten. Da oben stand Matilda und wartete auf uns. Ihr Miene wirkte irgendwie düster, ihre Gestalt in dem braunen Wollkostüm schien wie erstarrt. Wir rannten die Stufen hinauf. »Pack ein paar Sachen ein, Darl«, befahl sie. »Deine Großmutter möchte, daß du für ein paar Tage zu uns kommst.«

»Hurra!« schrie Karen.

»Kommt es zum Kampf zwischen Großmutter und Clara?« wollte ich wissen.

»Clara möchte Geld, und wenn sie bekommt, was sie will, wird sie wieder gehen. Es geht nur darum, wieviel deine Großmutter ihr geben wird und wann und wie lange Clara warten kann.« Ich wollte meinen Ohren nicht trauen. Matildas Worte waren mehr, als mir jemals jemand anvertraut hatte.

Ich packte Karens Hand, und wir eilten ins Haus, um zu packen. Ich lauschte in die Stille, auf das verbitterte Schweigen zwischen Großmutter und ihrer Schwester, und wartete angespannt darauf, daß ihr Zorn sich entlud, um meine Welt zu zerstören.

»Es macht mir nichts aus, hier zu sein«, wisperte ich Karen an diesem Abend zu, als wir uns unter der Steppdecke ihres Baldachinbettes ausstreckten. »Ich habe Eli gesagt, wo ich bin.« Alles im Raum war cremefarben oder sonnengelb, und auf der Kommode stand ein Photo von Karens Vater in Marineuniform. »Es gefällt mir hier. Hier ist wenigstens nichts rosa.«

Sie schmiegte sich näher an mich. Tagsüber war es in den Bergen noch sehr warm, aber die Nächte wurden kühl. »Wenn du weiß wärst, könntest du mich ständig besuchen. Dann würden die Leute nicht klatschen.«

»Es wäre schön, wenn du häufiger bei mir in Marble Hall übernachten könntest. Über die Gäste meiner Großmutter wagt niemand, sich den Mund zu zerreißen.«

Karen seufzte. »Ich wünschte, wir wären Schwestern.«

»Ich auch.« Wir verschränkten unsere Finger miteinander. »Wir wären anders als meine Großmutter und Clara. Wir würden uns lieben.«

»Aber leider ist das nicht möglich. Ich bin ein Nigger, Darl.«

Das Wort hing in der Luft wie ein schattenhafter Dämon. Sie hatte es so gelassen ausgesprochen, als wäre es eine Selbstverständlichkeit. Aber selbst in unserer abgeschotteten Welt war es uns nicht möglich gewesen, ihm zu entkommen. Ich blickte auf die gelbgestrichenen Wände, die gelbe Spitze an den Fenstervorhängen, den goldgelben Bilderrahmen, aus dem uns Karens schwarzer Vater stolz anblickte. »Es ist doch völlig egal, was die Leute sagen.«

»Du weißt nicht, wie sie Großmutter und mich nennen, wenn wir allein ausgehen.«

»Das wagen sie nicht! Swan würde es niemals zulassen.«

»*Hier* nicht. Aber wenn Großmutter und ich nach Asheville fahren, starren uns Ladys in den Geschäften unverblümt an. Einmal bemerkte eine ganz laut zu ihrer Begleiterin: ›Nun sieh dir an, wie elegant diese Nigger gekleidet sind.‹ Und an einer Tankstelle meinte der Tankwart zu meiner Großmutter: ›Sie müssen für eine reiche, weiße Lady arbeiten. Sie läßt ihre Nigger einen wirklich tollen Wagen fahren.‹ So etwas passiert immer wieder, Darl. Deshalb wagen Großmutter und ich uns allein nie weit weg.«

»Ich werde dich immer beschützen. Das verspreche ich dir.«

»Ich will nicht, daß du mich beschützt, du Schaf«, schnaubte sie verächtlich. »Abgesehen davon kannst du es gar nicht.

Nicht einmal du. Der Rest der Welt ist nun einmal nicht wie Burnt Stand.«

Mein Herz krampfte sich zusammen. Was nutzte mir Geld und Macht, wenn ich dennoch jenen nicht helfen konnte, die mir die liebsten waren? »Verdammt! Verdammt!« Verzweifelt schlug ich mit den Fäusten in die Kissen.

Der Rest der Welt war wie Clara.

❧ 5 ❧

Am Nachmittag des nächsten Tages verließ Matilda das Haus, um Besorgungen zu machen, und Karen war auf der Couch im Wohnzimmer inmitten ihrer Schulbücher eingeschlafen. Eine Episode von *Days of Our Lives* flimmerte verbotenerweise über den Bildschirm des alten Schwarzweißfernsehers, Matildas einzigem Zugeständnis an seichte Unterhaltung. Ich zog einen rosa Pullover über meine rosa Bluse und meinen rosa Wollrock, schlüpfte auf rosa Tennisschuhe aus Matildas Bungalow und marschierte anderthalb Kilometer nach Westen, durch hügeliges Waldland und über die sandigen Zufahrtsstraßen abgelegener Bergfarmen.

Der Oktobernachmittag war warm, daher zog ich den Pullover wieder aus und schlang ihn mir um die Taille. Die Sonne warf ihre schrägen Strahlen durch die buntbelaubten Bäume, als ich schließlich über die Auffahrt auf Marble Hall zulief. Da es noch nicht fünf war, würde Swan wahrscheinlich entweder im Büro des Steinbruchs oder im Ausstellungsraum im Ort sein. Ich schlich um die Hausecke durch den Buchsbaumgarten. Ich hatte einen Schlüssel zur Küchentür und die feste Absicht, ihn auch zu benutzen. Um mich verstohlen an Clara heranzuschleichen und auszukundschaften, ob ihre verderbliche Aura in der warmen Herbstluft schmolz wie Eis.

Ich brauchte nicht weit zu gehen. Durch ein offenstehendes Tor in der Marmormauer verließ ich den Buchsbaumgarten …

und da, neben dem Swimmingpool, saß Clara auf einem weißgestrichenen Rohrstuhl und sonnte sich.

Splitterfasernackt.

Ich erstarrte wie ein Reh beim Anblick eines Jagdhundes
und hoffte, auf diese Weise mit der rosa Mauer zu verschmel-
zen, unsichtbar zu sein. Vielleicht ließ mich Swan deshalb
immer Rosa tragen, um mich zu meinem eigenen Schutz zu
tarnen. Aber es war zu spät. Clara beugte den Kopf ein wenig vor, ein Lächeln verzog ihre Lippen. Ihre Augen hinter
den weißgerahmten, achteckigen Gläsern ihrer Sonnenbrille
konnte ich nicht erkennen. Sie gaben ihr das Aussehen eines
mutierten Insekts aus einem Horrorfilm. Vielleicht überlegte
sie, ob sie mich nur so zum Spaß vertilgen sollte. Ihre brünett
gefärbten Haare fielen in lockigen Wellen von einem Knoten
auf dem Kopf herab. Provokant schlug sie die langen, schlanken Beine übereinander.

Sie war achtundvierzig Jahre alt, besaß aber noch immer
den geschmeidigen Körper, der Hardigree-Frauen so attraktiv
und angriffsfähig macht. Noch nie hatte ich einen nackten
Menschen gesehen, geschweige denn eine Verwandte. Wie
gebannt starrte ich ihre bloßen Brüste an und vermied jeden
Blick auf die Stelle zwischen ihren Beinen.

»Komm doch her, Darling Darl«, gurrte sie leise. Die Freundlichkeit ihrer Stimme überraschte mich. »Ich beiße nicht.«

»Ich bin nur auf einen Sprung vorbeigekommen, Ma'am.
Um mir ein paar Sachen zu holen.«

»Klar. Sicher.« Sie rutschte ein bißchen tiefer auf dem blauen
Badelaken, dessen Enden auf die rosa Marmorfliesen hingen.
Wie zum Zugeständnis an meine Verlegenheit deckte sie eine
Ecke des Tuchs über ihre Lenden, gab ihre Brüste jedoch weiterhin meinen Blicken preis. »Komm her, setz dich.« Sie zeigte
auf einen nahe stehenden Stuhl. »Oder fürchtest du dich etwa
vor deiner Großtante, Schätzchen? Ich kann mir nicht vorstellen, daß Swan eine kleine Memme aufgezogen hat.«

Grimmig entschlossen lief ich auf sie zu. Ein beißender

Geruch stieg mir in die Nase, und ich entdeckte den halb versteckten Aschenbecher neben ihrem Stuhl. Von einer offenbar selbstgedrehten Zigarette stieg Rauch spiralförmig in die Luft. Daneben stand eins von Swans feinsten Baccarat-Gläsern. Leer. Über Alkohol wußte ich genug, aber noch nie hatte ich Marihuana gerochen. Ich hockte mich auf die Kante des Stuhls und drückte die Knie fest zusammen, als könnte der Rauch unter meinen Rock dringen und mich dazu bringen, auch meine Kleider von mir zu schleudern.

Und dann sah ich es. Das Halsband. Der Marmor-Anhänger mit dem eingelassenen Diamanten hing an einer goldenen Kette um Claras Hals wie um Swans und meinen. Erleichtert atmete ich auf. Konnte Clara wirklich schlecht sein, wenn sie die Hardigree-Traditionen hochhielt? »Ich habe auch so einen Anhänger, Ma'am.« Ich zog meine Kette aus der rosa Bluse hervor.

Sie lachte heiser. »Gebrandmarkt fürs Leben. Ich sollte mir das Ding vom Hals reißen und durch das nächstbeste Klo spülen, aber es ist ungefähr das einzige, was mir von meiner Mutter blieb, als Swan mich aus der Stadt jagte. Damals war ich gerade einmal sechzehn. Kennst du die Geschichte?«

Wieder ergriff mich Unbehagen. »Nein, Ma'am.« Ich stand auf. »Ich sollte besser gehen, meine Sachen zusammensuchen.«

Clara hob beruhigend eine Hand, an der sie lange Fingernägel hatte. »Ich belästige dich nur, weil ich mich langweile. Ich kann Marble Hall nicht verlassen.« Wieder lachte sie. »Swan hat mich unter Hausarrest gestellt.«

»Warum, Ma'am? Hast du etwas Böses getan?«

»Wenn man Swan glaubt, vereinige ich in mir die schlimmsten Eigenschaften unserer Familie, Darling Darl.«

Ich steckte meine Hand in die Rocktasche und betastete Elis Marmorstein. Clara jagte mir Angst ein, und ich brauchte das beruhigende Gefühl von Elis Geschenk. »Sie hat mir nie viel über dich erzählt.«

»Natürlich nicht. Ich lebe auf der dunklen Seite des Hardigree-Planeten. Da, wo das Vergnügen ist, der Spaß.« Sie beugte sich vor. Ihre Brüste schaukelten hin und her. Ich kam mir vor wie hypnotisiert. Clara schmunzelte. »Ich könnte dir *einiges* über unsere Familie erzählen … aber ich verkneife es mir.«

Ich wollte den Stein fester packen. Aber meine Hand war feucht vor Nervosität, und der Stein rutschte mir aus den Fingern, aus der Tasche und auf die rosa Marmorfliesen. Flink wie eine Springbohne schlitterte und hüpfte er auf Clara zu. Sie streckte die Hand aus und hob ihn auf. »Oh, du hast einen kleinen Marmor-Talisman. Wie hübsch. Was hat die Acht zu bedeuten?«

»Nichts Besonderes, Ma'am.« Ich hielt ihr meine Hand entgegen. »Darf ich ihn wiederhaben? Bitte.«

»Nein.« Sie schloß ihre Finger um den Stein. »Sag mir, was die Zahl bedeutet, oder ich werfe ihn in den Pool.«

Ich begann zu zittern. »Die Acht hat nichts zu bedeuten. Wirklich nicht. Es ist gar keine Acht. Man muß sie von der Seite betrachten. Es ist ein mathematisches Symbol. Es steht für Unendlichkeit. Für Ewigkeit.«

»Hmm. Donnerwetter, du bist ja eine richtige kleine Denkerin. Oder?«

»Darf ich den Stein jetzt wiederhaben?«

»Nicht so hastig.« Sie öffnete die Faust, drehte den Stein um und gluckste leise. »Da schau her. Ein Herz. Und Initialen. D. U. steht für dich. Und E. W. Hmm. Darl hat einen Liebsten. Wer ist dieser E. W.?«

»Nur ein Freund.«

»Nein, er ist mehr. Und er kann Steine gravieren.«

»Nein, Ma'am. Nein.«

Sie lachte. »Der Sohn eines Steinschleifers! Oh, das ist gut! Das ist sogar sehr gut!« Sie lehnte sich auf ihrem Stuhl zurück und brüllte vor Lachen wie ein Trucker. Dabei warf sie mir den Stein zu. Ich fing ihn auf und steckte ihn wieder in meine

Tasche. Clara schob sich ihre Sonnenbrille auf die Nasenspitze und sah mich darüber hinweg mit spöttischer Verachtung an. »Verstehst du denn nicht? Swan will dich vor allem Übel bewahren, aber du bist mit dem Familienfluch geschlagen. Wir können unsere Hände nun einmal nicht von Männern lassen, die Steine schleifen – und je dreckiger, desto besser. Trenn dich von ihm, Schätzchen. Er wird dich zugrunde richten, dich töten oder dir das Herz brechen. Und selbst wenn er es nicht tut, dann mit Sicherheit Swan.«

Wie selbstgefällig sie doch war, wie gemein. Mein Stolz gewann Überhand über meine Vernunft. »Mein Freund ist der klügste Mensch in Burnt Stand. Er ist ein Genie und würde nie etwas tun, was mir schaden könnte. Großmutter hat ihm sogar einen Job im Büro gegeben. In ein paar Jahren wird er die Universität besuchen. Er wird nicht sein ganzes Leben lang Steine schleifen. Und er ist nicht schmutzig!«

»O doch, das ist er, und er wird weiterhin Steine schleifen, auf die eine oder andere Weise. Sieht er gut aus?« Sie musterte mich hinterhältig. »Ist er hübsch, aber mit Ecken und Kanten? So mögen wir unsere Männer. Ungeschliffen. Arm und stolz, aber nicht zu stolz, um nicht alles zu tun, was wir ihnen sagen. Behandle ihn im Moment ruhig wie einen Schoßhund, mein Engel. Aber wenn er alt genug ist, um auf dich zu scheißen, schick ihn in die Wüste. Oder Swan wird das für dich erledigen.«

Rotglühende Wut kochte in mir hoch. Mit geballten Fäusten ging ich auf sie zu. »Du hast eine miese Einstellung und ein noch mieseres Mundwerk. Ich begreife, warum Großmutter dich nie eingeladen hat. Nun, eins will ich dir sagen. Eli Wade ist der beste Junge auf der Welt. Und …«

»*Wie* heißt er?« Mit offenem Mund starrte sie mich an.

»Eli Wade. Vor drei Jahren ist er mit seinen Eltern und seiner kleinen Schwester nach Burnt Stand gekommen. Sie schuften alle sehr hart und wohnen im Stone Cottage. Seine Mutter arbeitet als Hausmädchen für Matilda, daran siehst du, daß sie ein guter Mensch ist. Darüber hinaus hat Großmutter den Wades gewisse Gefälligkeiten erwiesen, und du weißt, daß sie das für minderwertige Leute nie tun würde. Und ...«

»Wade. Wade? O mein Gott.« Clara nahm die Sonnenbrille ab und sah mich an, als müsse sie den Namen immer wieder aussprechen, um ihn glauben zu können. »Wade. Und du bist ganz sicher, daß die Familie so heißt?«

Ich trat zwei Schritte zurück. Ihre Intensität beunruhigte mich. »Ja.«

»Und wo haben sie früher gelebt?«

»Irgendwo in Tennessee.«

»Wie sehen sie aus – die Männer? Wie sieht Elis Vater aus?«

»Ich weiß nicht, was das soll. Er ist ein großer Mann mit muskulösen Armen, ein bißchen zurückhaltend und still ...«

»Hat er dunkle Haare und braune Augen?«

»Ja, aber ...«

»Das ist doch die Höhe.« Sie starrte ins Leere, ihre blauen Augen bewegten sich, als würden sie Notizen auf einer mentalen Tafel lesen. Verständnislos sah ich sie an. Clara sprang auf, warf sich das Badelaken wie eine Toga um den nackten Körper. Ihre Augen glitzerten fast wie im Fieber, sie zitterte leicht. »Verschwinde«, zischte sie mich an. »Und kein Wort darüber, daß wir über die Wades gesprochen haben. Und wage ja nicht, jemandem zu erzählen, daß ich in die Stadt gegangen bin.« Fort war die Vorspiegelung von Zuneigung oder auch nur zynischer Toleranz.

»Ich denke, du darfst das Haus nicht verlassen?«

»Das gilt nicht mehr. Wenn stimmt, was ich vermute, haben sich die Regeln des Spiels gründlich verändert.« Sie warf den Kopf zurück. »Swan und Matilda«, knurrte sie finster, »ihr verlogenen Schlampen.«

Clara lief auf das Haus zu, riß eine Terrassentür auf und verschwand im Inneren. Schreckensstarr blieb ich stehen. Furcht überkam mich.

Clara war durch irgendeinen Zauber unter Kontrolle gehalten worden, wie ein böser Geist oder Dämon.

Und irgendwie hatte ich diesen Zauberbann gerade gebrochen.

Eli träumte von der Zukunft. Das Glück war kein Vulkan, der in einzelnen Stößen ausbrach, davon war er überzeugt, dazu brauchte man nur an Darls Großmutter zu denken, der im Leben nichts als Gutes zu widerfahren schien. Das Glück war eine Summe, die sich proportional multiplizierte. Wenn man nur daran glaubte und sich entsprechend verhielt, nahm das Glück zu.

Wie jetzt für die Familie Wade.

»Laß uns feiern, Sohn«, lächelte Pa, und seine Augen strahlten, als der Bartender im Neddler's Place einen großen Krug Bier vor ihn hinstellte und ein kleines Glas für Eli. Das Neddler's war eine Kneipe an einer Ausfallstraße außerhalb von Burnt Stand. Es verfügte über eine Jukebox, einen langen Tresen, Pool-Billard-Tische und einen Geruch wie der Fußboden eines Badezimmers. Der Boden bestand aus Marmorbruch, und auch die Theke zierte eine Marmorplatte. Zwischen Hirschgeweihen und Leuchtreklame für Bier hingen Photos vom Steinbruch an den Spanholzwänden.

»Auf Jasper Wade, den neuen Vorarbeiter«, rief ein Mann, und Dutzende Steinschleifer erhoben sich mit Gläsern und Flaschen in den Händen. »Boß Wade, Boß Wade«, intonierten sie.

Auch Eli sprang auf die Füße und umklammerte sein Bierglas. »Auf meinen Pa«, sagte er stolz. »Auf Boß Wade.«

Alle tranken. Unangenehm bitter rann das Bier Elis Kehle hinunter. Hastig setzte er das Glas auf dem Tresen ab und lächelte seinen Vater an, der tief und dröhnend auflachte. In seinem ganzen Leben hatte Pa noch nie so glücklich ausgesehen. »Gleich gehen wir nach Hause, um deiner Ma und Bell die gute Nachricht zu überbringen«, sagte Pa. »Und weißt du was? Wenn ich den ersten Scheck mit dem höheren Lohn erhalte, gehen wir irgendwo ganz fein essen. In einem Restaurant in Asheville, mit Leinen und Kerzen auf den Tischen.«

»Das wird ganz toll, Pa.« Vorsichtig hievte Eli sich wieder auf seinen Barhocker und ließ die Beine baumeln. Seine Knie fühlten sich ein bißchen komisch an, aber plötzlich erkannte er, daß er inzwischen groß genug war, um seine Beine ebenso leicht auf die Fußraste der Bar zu stellen wie Pa. Er war inzwischen fast einsachtzig. Fast ein Mann. Eli schob sich die Pilotenbrille zurecht und hätte schwören können, daß die Welt wundervoll aussah – und mit jedem Tag besser. Wo lag eigentlich das Ende der Chancen, wenn Pa so glücklich war und zum Vorarbeiter befördert wurde, obwohl er nicht lesen konnte?

Eli dachte an Darl. Sie gab ihm das Gefühl, Berge versetzen zu können. *Ich brauche kein Hardigree-Stipendium*, ging es ihm durch den Kopf. *Ich werde mein Studium selbst finanzieren. Dann brauche ich später nicht für Hardigree Marble zu arbeiten, um das Darlehen zurückzuzahlen.* Er würde Darls wegen zurückkommen, wenn sie alt genug war, denn dann wäre er jemand, hätte einen College-Abschluß und zweifellos auch Geld. Er würde seine Familie von hier fortholen und auch Darl. Sie würden die Welt sehen und die Welt sie.

Die alte Holztür des Neddler's Place schwang auf. Köpfe drehten sich um, als ein Neuankömmling die fensterlose Kneipe betrat. Die Nachmittagssonne schickte ihre letzten Strahlen in das düstere, verqualmte Innere. Verdutzt blinzelte Eli die weibliche Silhouette im Türrahmen an. Lange Beine in engen Jeans, Füße in hochhackigen Stiefeln, Brüste, die fast die Bluse zu sprengen schienen, ein Wust lockiger Haare. Die Silhouette trat näher, und ein Mann am Rand des Tresens sprang auf, um die Tür zu schließen.

Alle Gespräche verstummten, selbst die Jukebox schwieg, und atemlose Stille breitete sich aus. Spieler verharrten mit über den Billardtischen gezückten Queues und starrten sie mit offenen Mündern an. Alles an ihr war grell, schrill, *sexy*. In der schummerigen Beleuchtung ging sie fast als Endzwanzigerin durch, aber ihre blauen Augen blickten raubgierig wie die eines alten Habichts. Sie strich sich eine braune Locke aus dem Gesicht und betrachtete die Männer am Tresen durchdringend. Eli verspürte eine Mischung aus Unruhe und neugieriger Faszination, ein Schauer lief ihm über den Rücken. Sein Gesicht wurde ganz heiß. Die Lady kam ihm sonderbar bekannt vor. Wer war sie?

Creighton Neddler, der bejahrte, weißhaarige Barbesitzer, erwachte zum Leben und räusperte sich. »Miß Hardigree«, sagte er und blickte sich um, als wollte er sichergehen, daß keinem im Raum seine Worte entgingen. »Wir ... äh, wir freuen uns, Sie hier zu sehen. Darf ich Ihnen ein Bier zapfen?«

Sie würdigte ihn keiner Antwort, sondern setzte ihre Musterung fort. Eli wurde die Kehle eng. Hardigree! Ist das Darls Großtante Clara? Dann mußte sie in etwa so alt sein wie Swan, also alt genug, um eine Großmutter zu sein. Er warf einen Blick auf seinen Vater, dessen Miene besagte, daß jedes Zusammensein mit einer Hardigree in dieser Bar nicht gut für Männer sein konnte, die auf Mrs. Hardigree Samples Lohnscheck angewiesen waren.

Pa stellte seinen Bierkrug ab und stand auf. Er fühlte sich für seine Leute verantwortlich. »Ma'am«, dröhnte seine tiefe Stimme durch den stillen Raum, »ich bin der neue Vorarbeiter von Hardigree Marble. Mein Name ist Jasper Wade. Können wir Ihnen vielleicht helfen? Suchen Sie jemanden?«

Ihre Augen richteten sich auf ihn wie ein elektrischer Impuls. Ihr Blick flog kurz zu Eli, kehrte dann aber zu Pa zurück. Sie legte den Kopf schräg, betrachtete ihn intensiv, und zu Elis Überraschung schwankte ihre Miene zwischen Zorn und irgendeinem Schmerz. Sie warf den Kopf in den Nacken, trat auf Eli und seinen Vater zu und blieb so nahe stehen, daß sie Pa berühren konnte.

Was sie plötzlich auch tat.

Elis Herz blieb fast stehen, als sie die Hand hob und mit ihren Fingern Pa über das Kinn fuhr. Pas Schultern wurden ganz steif, und er riß seinen Kopf zur Seite. Sie folgte der Bewegung mit der Hand und streichelte seine Wange. Am liebsten hätte Eli geschrien: *Lassen Sie ihn doch in Ruhe!*

Pa konnte sie nicht von sich stoßen, konnte nicht handgreiflich werden, weil Pa sich niemals an einer Frau vergriff. Aber er konnte auch nicht einfach zurücktreten, denn welchen Eindruck hätte das auf die anderen Männer gemacht? Jedermann machte große Augen. »Ma'am«, begann Pa mit gepreßter Stimme. »Ich würde es wirklich schätzen, wenn Sie Ihre Hand von mir nehmen. Ich bin ein verheirateter Mann. Wenn Sie weitermachen, muß ich Ihre Hand wegschieben.«

Sie ließ die Hand sinken, betrachtete ihn jedoch weiter mit zurückgelegtem Kopf. Ihre Brust hob sich bei jedem Atemzug, und Bitterkeit trat in ihre Augen. »Sie sehen genau aus wie er. Es muß also so sein. Ihr Vater ist Anthony Wade, stimmt's?«

Pa schwieg verblüfft. »Ja, Ma'am«, sagte er schließlich.

»Aus Wichitaw, Tennessee.«

»So ist es, Ma'am.«

»Er hat im Payson Marble Steinbruch gearbeitet, bevor er nach Burnt Stand kam.«

Eli hielt den Atem an. Was ging hier vor? Als er seinen Vater kurz anblickte, sah er auf dessen Gesicht eine ähnliche Verwunderung. »Mein Vater starb, als ich noch ein Junge war, Ma'am. Vor gut dreißig Jahren. Ich weiß nicht, worauf Sie hinauswollen. Haben Sie ihn gekannt?«

Sie lachte. »Ob ich ihn kannte? Oh, ich habe ihn gekannt – bevor Sie geboren wurden. Ich kannte ihn, als er hier in aller Munde war. Kein Mann konnte Stein so hervorragend bearbeiten wie Anthony Wade.« Ihre Worte hatten einen ausgesprochen häßlichen Beiklang.

Tiefe Röte stieg in Pas Gesicht. »Mein Vater hat nie in North Carolina gelebt, Ma'am, und war nie für Hardigree Marble tätig.«

»Woher wollen Sie das wissen? Es war vor Ihrer Geburt,

habe ich gesagt. Natürlich hat er hier gelebt.« Sie schwieg kurz und fuhr dann mit lauterer Stimme fort: »Meine Mutter hat ihn nach Burnt Stand geholt. Für sie hat er Marble Hall gebaut, wie auch die Esta Houses, das Stone Cottage und den Steinblumengarten.« Sie lächelte. »Er tat immer, was sie sagte.«

Fassunglos sah Eli die Frau an. All das sollte sein Großvater Wade geschaffen haben, der hilflose Krüppel und Alkoholiker? Sie wohnten in einem Cottage, dessen Steine er geschliffen und zu Mauern zusammengefügt hatte? Ihm hatte der Steinblumengarten die Amphoren, Pflanzurnen und Bänke zu verdanken? Marble Hall seine ganze Pracht? Warum hatte er seine Werke stets wie ein Geheimnis für sich behalten? Pa wirkte wie vom Donner gerührt. Die Männer um sie herum verharrten in angespanntem Schweigen. »Ich glaube, ich wüßte davon, wenn mein Vater etwas so Großartiges zustande gebracht hätte, Ma'am«, sagte Pa schließlich. »Er hätte meiner Mutter bestimmt davon erzählt. Ich glaube, Sie irren sich. Irren sich gründlich.«

Sie trat noch näher. Sie roch nach Parfum und frischer Luft. Ihre Augen glänzten. Wieder berührte sie Pas Gesicht und drückte einen Fingernagel in seine Wange. Hastig machte er einen Schritt rückwärts. »Er wollte nicht, daß es jemand erfährt«, sagte sie mit leiser Stimme, »weil er ein ausgehaltener Mann war. *Die männliche Hure meiner Mutter.*«

Pa sah aus, als hätte sie ihn geschlagen. Langsam drehte er sich zu Eli um und packte ihn bei der Schulter. »Wir gehen, Sohn. Sofort.« Dann wandte er sich an Clara Hardigree. »Ich glaube Ihnen kein Wort, aber wenn Sie ein Mann wären, würde ich Sie umbringen.«

Die finstere Drohung schien nicht den geringsten Eindruck auf sie zu machen, aber Eli erstarrte. Pa versetzte ihm einen leichten Stoß, und sie gingen an der Frau vorbei und auf die Tür zu. Elis Nackenhaare sträubten sich unwillkürlich. Alle Arbeitskollegen von Pa, die Männer, die ihn nun respektvoll

mit Boß Wade ansprachen, wurden Augenzeugen ihres demütigenden Rückzugs.

»Und ich werde Ihnen noch etwas sagen«, rief Clara Hardigree so laut, daß es alle hören konnten. »Ich weiß, auf welche
Weise sich Ihr Vater seine schwere Verletzung zugezogen hat.
Ein Dutzend seiner eigenen Männer warfen ihn aus der Stadt
und prügelten ihn dabei fast zu Tode. Wollen Sie den Grund
erfahren?«

Eli kam es vor, als würde die Welt explodieren. Er spreiz-
te die Beine, um nicht den Halt zu verlieren, und sah, wie
alle Farbe aus Pas Gewicht wich. Clara Hardigree lächelte.
»Weil er nur eine Hure war. Und ein Nigger-Lover. Sie sollten
besonders nett zu Matilda Doves kleinem Mädchen sein ...«
Clara Hardigree legte eine wirkungsvolle Pause ein. »Denn sie
ist seine Enkeltochter.«

In der Dämmerung schlich ich zu Matildas Haus zurück, und
Karen beschimpfte mich heftig wegen meines Abenteuers.
Aber sie beruhigte sich schnell wieder, und wir schlossen
uns in ihrem Zimmer ein. Wir diskutierten stundenlang über
meine Begegnung mit Clara und was deren seltsames Verhalten zu bedeuten haben könnte.

Am Abend kehrte Matilda von ihren Besorgungen zurück.
Sie wirkte erschöpft und abwesend. Nahezu schweigend nahmen wir ein Abendessen aus Gemüsesuppe und Thunfisch-
Sandwiches ein. Ich wollte ihr eigentlich von meinem Zusammentreffen mit Clara erzählen, aber die Worte blieben
mir im Hals stecken. Matilda zog sich einen langen, blauen
Hausmantel an und setzte sich mit einem Glas Bourbon ins
Wohnzimmer. Noch nie zuvor hatte ich sie Alkohol trinken
gesehen.

»Also gut, ich habe euch etwas mitzuteilen«, sagte sie
schließlich zu uns. »Clara ist in den Ort gegangen, und niemand weiß, wo sie ist. Sie hat Swan zwar fest versprochen,
Marble Hall nicht zu verlassen, hat sich aber offenbar nicht

daran gehalten. Sollte sie aus irgendeinem Grund hier auftauchen, erwarte ich von euch, daß ihr oben bleibt und nicht
einmal eure Nasen aus der Schlafzimmertür steckt, während
ich mit ihr spreche.«

»Weil sie ein schlechter Mensch ist?« fragte Karen und warf
mir einen wissenden Blick zu.

»Ja«, erwiderte Matilda unumwunden. »Sie ist unbarmherzig und verantwortungslos, und sie hat in der Stadt einen sehr
schlechten Ruf. Swan bemüht sich, die Situation in den Griff
zu bekommen, und wir müssen sie nach besten Kräften dabei
unterstützen.«

»Vielleicht kommt sie nicht wieder. Vielleicht ist sie nach
Chicago zurückgefahren«, murmelte ich.

Matilda sah mich an. »Nein, Darl. So leicht gibt das Böse
nicht auf.«

Sie war irgendwo da draußen und tat etwas Schreckliches.
Meinetwegen.

❦ 6 ❧

Selbst in ihren schlimmsten Zeiten hatte Eli seinen Vater nie so verzweifelt erlebt wie jetzt nach ihrem Besuch im Neddler's Place. »Es wird bestimmt alles gut, Jasper«, versicherte Mama. Sie saß zu Pas Füßen auf dem Boden, umarmte seine Knie und blickte ihn mit Tränen in den Augen flehend an.

Zusammengefallen hockte Pa in dem großen Sessel, den Mama zu seinem Geburtstag im Sommer bei Sears bestellt hatte. Er stützte sein Gesicht in die Hände. Im Marmorkamin knisterte ein Feuer, und die Flammen warfen Schatten über die Stehlampen und auf das Regal mit Mamas Sammlung von Keramiktieren. Im Wohnzimmer des Stone Cottage war es warm und behaglich wie immer, aber nichts konnte Pa trösten.

Immer wieder blickte Eli zu dem kleinen Photo von Großvater Wade hinüber. Bell hatte ihre Arme um seine Taille geschlungen und drückte ihr tränennasses Gesicht an seinen Bauch. Pa weinte nicht, aber Eli hörte die Qual in seiner Stimme. »Ich bin erledigt. Wenn es stimmt, was diese Frau sagt, dann ist der Name Wade in Burnt Stand nur noch ein schlechter Witz.«

»Sie hat gelogen, Jasper. Clara Hardigree ist nicht bei Sinnen und niederträchtig. So war sie schon immer, flüstern die Leute hinter vorgehaltener Hand. Selbst Miß Swan kann sie nicht ertragen und will nicht, daß andere erfahren, wie gemein sie ist. Deshalb hat Miß Matilda mich gebeten, nicht in der Villa zu arbeiten, solange Clara da ist.«

Mit geduldiger Zuneigung sah Pa sie an. »Verstehst du denn nicht, Annie Gwen? Miß Swan und Miß Matilda wollten nur verhindern, daß sie unseren Namen erfährt. *Wade.* Sie haben versucht, uns zu verstecken.«

Entsetzt rang Mama nach Luft. Mit gesenkten Köpfen saßen sie schweigend beieinander. Sie waren keine besonders redegewandten Menschen und drückten ihre Gefühle durch Gesten aus, nicht mit Worten. Unglücklich sah Eli zu, wie er ihr mit einer Hand über die hellbraunen Haare strich, über den schmalen Rücken. »Ich bin nie besonders klug gewesen, kann nicht einmal lesen, aber ich wollte immer, daß du stolz auf mich bist. Tut mir leid.«

Mama drückte seine Hand. »Ich *bin* stolz auf dich. Was dein Vater vor vierzig Jahren vielleicht getan haben mag, hat doch mit dir nichts zu tun. Und wenn es eine Schande sein sollte, farbige Verwandte zu haben, dann hätte nahezu jeder Weiße auf der Welt etwas zu verbergen.«

Jasper Wade umfaßte ihr Kinn und blickte ihr tief in die Augen. »Du weißt, daß meine Mutter mich immer ermahnt hat, Farbige fair zu behandeln. Und Matilda und Karen sind doch fast weiß. Aber im Steinbruch gibt es Leute, die Farbige hassen. Annie Gwen. Ich bin jetzt der Vorarbeiter dieser Männer. Für sie bin ich von nun an ein Mann, der Farbige zu Verwandten hat.«

Sie schüttelte heftig den Kopf. »Ich bitte dich, hör auf mich. Burnt Stand ist ein anständigerer Ort als jeder andere, in dem wir gelebt haben. Miß Swan wird unsinniges Gerede nicht dulden. Auch ein paar unverbesserliche Sturköpfe im Steinbruch werden sie nicht davon abbringen, daß du der neue Vorarbeiter bist.«

Pa schlang seine Arme um sie und legte seinen Kopf auf ihre Schulter. »Alles, was wir hier geschaffen haben, wurde mit harter Arbeit, Schweiß und Tränen verdient. Es steht uns zu. Ich schwöre dir und ich schwöre bei Gott – kampflos gebe ich nicht auf.«

Später lag Eli in der Dunkelheit und hörte seine Eltern immer noch leise miteinander reden. Im Bett neben ihm schlief Bell. Beide waren sie so erschöpft gewesen, daß sie sich nicht ausgezogen hatten. Eli hörte Mamas und Pas Schritte in der Diele, dann das Klirren der Pick-up-Schlüssel. »Ich fahre nur schnell zu Creighton Neddler und frage ihn, was die Männer gesagt haben, nachdem wir verschwunden sind«, sagte Pa leise.

Eli setzte sich auf und lauschte auf die besorgte Antwort seiner Mutter. »Laß uns doch bitte bis zum Morgen warten.«

»Das schaffe ich nicht. Es bringt mich um. Ich bin gleich wieder da. Mach dir keine Sorgen.«

Zum zweiten Mal an diesem Tag sprach Pa von Umbringen. Eli stand auf, öffnete das Fenster und kletterte hinaus. Als Pa den Motor des Pick-up startete, hatte sich Eli längst auf der Ladefläche versteckt.

Er würde Pa nicht allein kämpfen lassen. Er brauchte Unterstützung.

Fröstelnd saß Eli auf der Ladefläche und spähte verstohlen durch die gesprungene Rückscheibe des Fahrerhauses. Neddler's Place war ein quadratischer Bau aus Marmorbruch, mit einem Wellblechdach und mit brettervernagelten Fenstern, auf denen Bierreklame prangte, selbst am Tage kein hübscher Anblick, und nachts in der Dunkelheit noch scheußlicher. Die Kneipe stand allein an einer schmalen Straße, die auf den Doe Ridge führte, einen der Hügel, die Burnt Stand umgaben. Nur eine an einem Strommast befestigte Straßenlaterne beleuchtete den Parkplatz. Ein kalter Wind wehte und brachte die kahlen Äste der Bäume zum Zittern.

Neben zwei anderen Pick-ups und Neddlers Sedan stand nur noch ein Auto auf der düsteren Parkfläche: Claras blutroter Trans Am. War sie etwa die ganze Zeit in der schäbigen Kneipe geblieben? *Allmächtiger*, dachte Eli. *Welche Lady tut so etwas?*

Er wartete, bis Pa in der Bar verschwunden war, rutschte

zum Ende der Ladefläche, kletterte über die Ladeklappe und sprang behende zu Boden. Knarrend flog die Tür der Bar auf. Eli zuckte zusammen.

Zornig kam Pa aus der Bar, beide Fäuste in die Taschen seiner grünen Jacke geschoben, als müßte er sich zwingen, nicht um sich zu schlagen. Der alte Mr. Neddler folgte ihm und rieb sich verlegen beide Hände an seiner Bartenderschürze. »Ich werfe Sie nicht hinaus, Jasper. Ich bitte Sie nur um Verständnis für meine Situation. Ich mußte heute abend die meisten meiner Stammgäste vor die Tür setzen, um zu verhindern, daß sie wegen sexueller Belästigung gefeuert werden. Denn ich garantiere Ihnen, daß Swan Samples jedem Mann kündigt, der ihrer Schwester zu nahe tritt, obwohl es Clara herausgefordert hat.«

Pa machte auf dem Absatz kehrt und sah den Kneipenbesitzer an. »Es ist nicht richtig, daß jemand mit ihrem Einfluß Menschen mit Geschichten aus der Vergangenheit das Leben schwermacht. Verdammt, sie kann es nicht einmal beweisen.« Er zögerte kurz, setzte dann aber hinzu: »*Hat mein Vater Esta Hardigree gebumst?*«

Der alte Mann fiel sichtlich in sich zusammen. »Es wurde damals gemunkelt, daß er mehr Zeit im Bett der Lady verbrachte als im Steinbruch.«

Pa stöhnte laut auf. Elis Gesicht brannte vor Scham – für Pa, für ihre Familie und auch für Darl. Ihre Großtante war trotz ihres Reichtums eine gewöhnliche Schlampe und ihre Urgroßmutter eine – was eigentlich? Ihm wurde bewußt, wie sehr er Darl liebte. Ihm ging ihr Elend ebenso nahe wie das seine.

»Fahren Sie nach Hause«, drängte Neddler Pa. »Diejenigen, die Sie und Ihre Familie in den Schmutz ziehen wollen, werden das ohnehin tun, und der Rest weiß es besser. Und vielleicht erfährt Miß Swan überhaupt nichts von den Vorfällen hier.«

Pa nickte und drehte sich wieder zum Pick-up um. In diesem

Moment trat Clara Hardigree aus dem Lokal. Ein Blick zeigte, daß sie getrunken hatte. Leicht schwankend kam sie auf den Parkplatz getänzelt. Von einer Zigarette in ihrer rechten Hand kräuselte sich Rauch. Sie schnippte die Kippe mit der Routine einer Raststellenkellnerin von sich. »Ihr Rückzug enttäuscht mich. Sie werden dem Ruf Ihres Vaters nicht gerecht.«

Trotz der Dunkelheit sah Eli deutlich, wie in Pas Wange ein Muskel zu zucken begann. »Bleiben Sie mir vom Leib.«

Mr. Neddler wollte ihr den Weg verstellen, aber sie wich ihm aus, trat blitzschnell auf Pa zu und schlang ihm ihre Arme um den Hals. Sie drückte sich an ihn und legte ihren Kopf in den Nacken. Pa riß ihre Arme so heftig herunter, daß sie den Halt verlor, über ihre hohen Absätze stolperte und stürzte. Mr. Neddler wollte sie halten, kam aber zu spät. Sie landete auf der Seite und schlug Mr. Neddlers Hand fort. Eli versteinerte. Pa beugte sich über sie. »Wenn Sie meiner Familie Schaden zufügen, bringe ich Sie um«, sagte er. »Obwohl Sie kein Mann sind.«

Er drehte sich um, ging zum Pick-up, zog die Fahrertür auf und stieg ein. Eli machte einen Satz, war jedoch nicht schnell genug. Hilflos mußte er zusehen, wie sein Vater ohne ihn losfuhr. Wütend rappelte Clara Hardigree sich hoch. »Das lasse ich mir nicht bieten!« Sie lief zum Trans Am, zog die Schlüssel aus ihrer Jeanstasche, glitt hinter das Steuer des Wagens und raste davon, hinter den Rücklichtern des Pick-up her.

»Hol sie der Teufel«, murrte Mr. Neddler halblaut. »Vielleicht kommt sie von der Straße ab, und das ganze Elend hat ein Ende.«

Bebend vor Sorge und Zorn duckte Eli sich in die Dunkelheit. Vor ihm lag ein langer Heimweg, doch das schreckte ihn nicht.

Daß Clara Hardigree Pa folgte, machte ihm Angst.

Es war fast Morgen. Grübelnd lag ich neben Karen im Bett. Ich sollte Großmutter anrufen und ihr von meiner Begegnung mit Clara berichten. Schließlich hatte ich sie provoziert, sie zum Durchdrehen veranlaßt. Aber dann müßte ich Swan auch gestehen, daß wir über die Wades gesprochen hatten, und das wollte ich nicht riskieren. Verzweifelt rollte ich mich neben der tief schlafenden Karen zu einem festen Ball zusammen und zog die Knie bis ans Kinn.

Plötzlich hörte ich, daß ein Stein gegen das Fensterbrett flog, und kroch aus dem Bett. Als ich in Matildas Garten spähte, sah ich im Mondschein Eli zu mir hochschauen. Ich winkte ihm zu, streifte mir einen Morgenrock über, schlich auf Zehenspitzen die Treppe hinab und zur Hintertür hinaus. »Was ist los? Warum bist du mitten in der Nacht unterwegs?«

»Ich komme vom Neddler's und will nach Hause.«

»Was hattest du denn in *der* üblen Kneipe zu suchen? Was ist geschehen?«

Er umklammerte meine Hände. Seine Schultern unter der dünnen Denimjacke krümmten sich, sein Atem bildete kleine Wölkchen vor seinen Lippen. »Ich weiß nicht, wie ich es dir sagen soll ... was passiert ist ... wie sich deine ...«

»Clara!« ächzte ich und räusperte mich schnell. »Sie hat irgendwas Schreckliches angestellt, stimmt's?« Er nickte stumm. Hastig informierte ich ihn über meine Unterhaltung mit Clara am Swimmingpool von Marble Hall. Er zog mich aus dem Mondschein, und wir setzten uns auf eine Marmorbank im Schatten einer gelbblättrigen Eiche. Und schließlich erzählte er mir, was Clara im Neddler's Place über seine Familie gesagt hatte.

Ich glaubte, meinen Ohren nicht trauen zu dürfen. Elis Großvater hatte als junger Mann in Burnt Stand gelebt? Er hatte für meine Urgroßmutter Esta gearbeitet? Und Marble Hall ebenso erbaut wie das Stone Cottage und den Steinblumengarten, den Eli und ich so liebten? Und er ... er hatte mit Matilda geschlafen? Katherine war ihre gemeinsame Tochter? Karen *seine Enkelin*? Es kam mir vor, als würde mein Schädel platzen. Ich drückte meine Hände gegen die Schläfen.

Eli senkte den Kopf. »Du weißt, was die Leute sagen werden, wenn sich das herumspricht.«

»Nein, das weiß ich nicht. Was denn?«

»Daß wir mit Matilda verwandt sind. Daß wir Schwarze in der Familie haben.«

»Aber du bist doch nicht schwarz.«

»Egal. Pa sagt, es gibt da ein paar Männer im Steinbruch, die ihm daraus einen Strick drehen werden. Sie werden behaupten, daß sein Vater ein … daß Großvater Wade schwarze Frauen liebte.«

»Aber dein Vater hat doch nichts Unrechtes getan. Keiner von euch. Nur dein Großvater. Und Matilda, nehme ich an, aber ich kann mir einfach nicht vorstellen …«

»Hey!« rief Karen leise. »Was geht denn hier vor sich?« Eli und ich zuckten zusammen. Sie hatte sich einen weißgelben Quilt um ihr Nachthemd geschlungen, und sah im Mondlicht aus wie ein hübscher Schmetterling mit einem goldenen Gesicht. Wenn das alles stimmt, dachte ich benommen, dann ist sie Elis Cousine.

Eli stand auf. »Ach, wir vertreiben uns nur die Zeit. Ich mußte Darl einfach sehen.«

»Du bist mir ein komischer Freund, Eli Wade. Du wirst uns alle in Teufels Küche bringen.« Verspielt stieß sie ihm mit der Faust gegen die Schulter.

Er blickte sie einen Moment lang schweigend an und streckte ihr dann eine Hand entgegen. »Schlag ein.«

»Warum?«

»Wegen Teufels *Küche*, nehme ich an. So sitzen wir alle in einem Boot.«

»Okay.« Karen griff nach seiner Hand und schüttelte sie heftig.

Ich stand auf und legte meine Finger auf ihre Hände. »Ich auch«, erklärte ich. «Einer für alle und alle für einen.«

Ich blickte Eli in die ernsten, offenen Augen. Wir konnten Karen nicht erzählen, was wir gehört hatten. Noch nicht. Es konnte eine Lüge sein. Es konnte an uns vorübergehen. In dieser Nacht hatten wir keine Ahnung von den Folgen, die Claras boshafte Äußerungen auf Matilda und Karen, auf Elis und meine Familie haben würden.

Und so hielten wir einander fest bei den Händen und hofften, das würde uns helfen.

Eli lag schlaflos im Bett, als er seinen Vater nach Hause kommen hörte. Abrupt richtete er sich auf. Im anderen Bett drehte sich Bell um und seufzte im Schlaf, dann war alles wieder still. Mit angehaltenem Atem lauschte Eli, wie Mamas Schritte die Diele durchquerten.

»Jasper? Wo warst du nur so lange? Ich habe mir mächtige Sorgen gemacht.«

»Ich bin ein bißchen herumgefahren und habe nachgedacht. Tut mir leid. Ich hockte oben am Cheetawk Point und habe in die Sterne geblickt.«

»Was ist geschehen?«

»Nichts. Creighton Neddler erzählte mir, daß Clara Hardigree schon immer Unruhe gestiftet hat und daß, nun ja, daß mein Dad ein Frauenheld war. Ich weiß kaum noch, wo mir der Kopf steht. Ich muß unbedingt noch eine Stunde oder zwei schlafen, bevor ich zur Arbeit gehe. Aber ich werde meinen Job nicht verlieren, das verspreche ich dir.«

»Hör auf, dir Sorgen zu machen. Du weißt, daß ich dich liebe«, erklärte Mama. »Zieh die verschwitzten Sachen aus und komm ins Bett.«

In Elis Schädel drehte sich alles. Nachdem sie ihre Schlafzimmertür hinter sich geschlossen hatten, drückte er beide Fäuste gegen den Kopf. Wo hatte Pa gesteckt? Was war aus Clara Hardigree geworden? Und warum hatte Pa Mama nicht erzählt, daß er noch einmal mit ihr zusammengetroffen war?

Clara schien verschwunden zu sein. Ich kam mir vor wie auf glühenden Kohlen. Noch hatte Swan nichts von ihrem Auftritt im Neddler's erfahren. Die Gerüchte über die Wades und Matilda kursierten weiterhin unter den Steinschleifern, ihren Frauen, Kindern und Freunden. Gewiß wollte niemand damit in den inneren Kreis des Solarsystems von Burnt Stand eindringen. Swan war unsere Sonne, und je näher man der Sonne mit unangenehmen Dingen kam, desto größer war die Gefahr, sich dabei zu verbrennen.

Am Nachmittag ordnete ich im Büro des Steinbruchs Rechnungen ein, während Eli für Mr. Alberts lange Zahlenkolonnen addierte. Swan sprach zu niemandem ein Wort und sah höchst erregt aus. Das Funkeln in ihren blauen Augen und die starr aufrechte Haltung sagten mir, was Clara zu erwarten hatte, weil sie gegen Swans Gebot aus dem Haus gegangen war. Wenn ich daran dachte, was geschehen würde, wenn Swan von ihren Äußerungen im Neddler's erfuhr, überlief mich Gänsehaut.

Dunkle Schatten lagen unter Elis Augen. Immer wieder fand er eine Ausrede, um an das Panoramafenster zu treten und hinauszublicken. Da unten rückte sein Vater mit einem Sägeblatt einem gewaltigen Marmorblock zu Leibe. Wasser spritzte, kühlte das Metall. Jasper Wade blickte weder nach rechts noch nach links. Er durchschnitt das Gestein mit einer wilden Entschlossenheit, die mich frösteln ließ.

Das Wetter war umgeschlagen. An diesem Tag hätte niemand Clara nackt am Pool antreffen können. Es war inzwischen fast fünf, und ich fragte mich beklommen, was aus ihr geworden war und was als nächstes passieren würde. Plötzlich hörten wir draußen Geschrei. Eli und ich stürzten zum Fenster, gemeinsam mit Mr. Alberts, einem dünnen Mann mit schütteren Haaren, der dem Bild eines erbsenzählenden Managers mehr als entsprach.

Was wir sahen, ließ mir das Herz stocken.

Auf einem schmalen Holzsteg, der an einem Ende über den Steinbruch führte, stand Prediger Al. Er war uralt, hatte wehende Haare und einen weißen Bart, war ein eifriger Verfechter des Alten Testaments, und seine zerfransten Jeans und sein schwarzer Mantel sahen aus wie ein Prophetengewand. Er hielt ein mindestens einen Meter großes, quadratisches Pappschild hoch, auf das er mit blutroter Farbe die Worte gemalt hatte:

JEZEBELS ANDERE TOCHTER IST ZURÜCKGEKEHRT, UM DIE WAHRHEIT AUSZUSPRECHEN.

»Er meint Clara«, flüsterte ich Eli zu.

Einige Männer hasteten die Eisentreppe zum Steg hinauf, der sich knapp dreißig Meter über der Marmorgrube befand. Allen voran Jasper Wade. Eli krampfte seine Finger um das Fensterbrett. Der Holzsteg besaß ein Geländer, doch das war nur hüfthoch, und Prediger Als Gleichgewicht war nicht das beste, verursacht durch Rheumatismus und einen hohen Blutdruck, der ihn auch dann schwindlig machte, wenn er nicht gerade biblische Erscheinungen hatte. Mit dem Schild in den erhobenen Händen schwankte er hin und her. »Du hast deine Hurenschwester und den Sohn des Sünders hergeholt, um die Frömmigkeit dieser Stadt erneut auf die Probe zu stellen«, schrie er uns zu.

»Er redet von meinem Pa«, hauchte Eli entsetzt. »Für ihn ist er der Sohn des Sünders.«

Offenbar glaubte der Prediger, daß sich Swan im Büro aufhielt, aber sie hatte es wenige Minuten zuvor verlassen, um sich eine neue Schleifmaschine in der Werkstatt anzusehen. »Prahlt nicht mit weltlichen Sünden«, brüllte Prediger Al. »Die Verfehlungen des Vaters wiederholen sich im Sohn! Die Schwester und die Mutter der Schande gebären neue Schande! Swan Hardigree! Kommt aus Eurer Höhle des Lasters, Weib, und schwört dem frevelhaften Gebaren Eurer Familie ab!«

Leise stöhnend stützte ich mich auf das Fensterbrett und beobachtete, wie Jasper Wade und einige andere oben am Steg ankamen. Für mehrere Männer war er zu schmal. Elis Vater winkte den Prediger zu sich. Als diese Geste wirkungslos blieb, setzte Jasper Wade einen Fuß auf den Steg.

»Hebt Euch von mir, Dämon Wade!« kreischte Prediger

Al. »Euer Vater war ein Faustpfand der Hardigree-Lust, und er hat sich mit der schwarzen Rasse gebettet!«

Jasper Wade erstarrte. Eli zitterte wie Espenlaub. In diesem Augenblick erschien meine Großmutter auf dem zum Steg führenden Plankenweg. »O mein Gott«, wisperte Mr. Alberts neben uns. »Jetzt bekommt er es mit Miß Swan zu tun.«

Mit den gelassenen Schritten einer Frau auf einem Sonntagsspaziergang ging sie auf den Steg zu. Die Männer sahen sie kommen und wichen zur Seite, um sie vorbeizulassen. Sie legte eine Hand auf Jasper Wades Arm und schüttelte den Kopf. Er runzelte die Stirn, trat aber zur Seite.

Schnell bewegte sie sich über den Steg auf Prediger Al zu. Sie sah ihn direkt an, sagte aber kein Wort. Er begann zurückzuweichen, schwenkte sein Schild und rief ihr Bibelsprüche entgegen. Entschlossen ging sie weiter auf ihn zu. Plötzlich verzog er ängstlich das Gesicht, überkletterte das Geländer, hielt sich mit einer Hand außen daran fest und umklammerte mit der anderen sein Schild. »Ich kannte damals die Wahrheit, und ich kenne sie jetzt«, schrie er.

Swan blieb stehen und sprach leise und eindringlich auf ihn ein. Wir konnten sie nicht verstehen, erfuhren aber später, was sie sagte. »Sie haben Anthony Wade viel zu verdanken. Er hat Ihnen in diesem Steinbruch das Leben gerettet. Sie haben es sich selbst zuzuschreiben, wenn Sie sich von meiner Schwester dazu überreden ließen, seine Geheimnisse zu verraten. Damit werden Sie leben müssen. Oder sterben. Es ist Ihre Entscheidung.«

Elis Vater und die anderen Männer riefen dem Prediger zu, das Schild fallen zu lassen und wieder auf den Steg zu klettern. Aber ihre Ratschläge waren kein Balsam für das Höllenfeuer, das er in Swans Augen sah. Er reckte den rechten Arm, als wollte er sich mit seinem jämmerlichen Schild schützen. Eine Ecke der Pappe traf sein Auge, und er riß den Kopf hoch. Dabei löste sich sein Griff um das Geländer, und er stürzte. Mit weit aufgerissenem Mund und schreiend, fiel er vom Steg und landete dreißig Meter tiefer auf dem harten Boden des Stein-bruchs.

Man brauchte nicht zweimal hinzusehen, um zu wissen, daß er tot war.

Ich lehnte mich an Eli. Er legte mir einen Arm um die Schultern und keuchte: »Sie hat ihn mit ihren Blicken ge-tötet.«

Ich konnte nur nicken.

Swan ging mit mir in die Villa zurück und rief auch Matil-da und Karen nach Marble Hall. Wir verbarrikadierten uns hinter Marmormauern. Das Gefühl eines unabwendbaren Verhängnisses lastete schwer auf mir. Karen, die noch immer nicht wußte, daß sie mit den Wades verwandt war, äußerte ihr Mitleid über die furchtbaren Dinge, die ich mit angesehen hatte. Im Bett hielt sie meine Hand, bis ich einschlief. Den-noch träumte ich in der Nacht immer wieder von Prediger Als Tod und sah ihn stürzen. Es hörte sich an, als würde eine Wassermelone zerplatzen.

Am nächsten Morgen ließ ich Karen schlafen und lief im Nachthemd die Treppe hinab. Unten traf ich auf Matilda. »Geh wieder ins Bett«, sagte sie. »Deine Großmutter und ich sprechen gerade über die Dinge, die Clara über deine Ur-großmutter und Anthony Wade erzählt hat.« Sie machte eine kleine Pause. »Und über mich. Die Gerüchte, die sie in Um-lauf gebracht hat, sind sehr ernst und nichts für deine und Karens Ohren.«

»Aber ich kenne sie bereits.«

»Das haben wir schon vermutet. Und wir bedauern es sehr.«

»Wirst du es Karen erzählen? Ich glaube, es macht ihr nichts aus, weiße Verwandte zu haben.«

Matilda legte eine kühle, goldbraune Hand an meine Wan-ge. Der Ausdruck in ihren Haselnußaugen wurde sanfter. »Was denkst du jetzt von mir? Sei ehrlich.«

»Ich weiß nicht, was ich denken soll.« Ich verstummte kurz. »Aber ich habe dich noch immer sehr gern.«

In hellgrauen Hosen und einem gleichfarbigen Kaschmir-Pullover trat Swan aus einer Tür. Ihr Gesicht war kühl und gefaßt. »Es ist an der Zeit, daß wir miteinander reden«, sagte sie, als sie mich sah.

»Ich g...glaube, ein p...paar Informationen wären ganz g...gut, Ma'am«, stotterte ich.

Sie führte mich ins Wohnzimmer, und wir setzten uns auf brokatbezogene Sessel mit Marmorfüßen. Sie räusperte sich. »Eine bestimmte Art von Gerüchten kann alles gefährden, was du einmal erben wirst. Ich möchte, daß du dir stets bewußt bist, wieviel Gutes wir in Burnt Stand und Umgebung bewirkt haben. Die Stadt, die guten Menschen, die wegen der einmaligen Schönheit von Burnt Stand hierherziehen, die zweihundert Arbeitsplätze, die wir zur Verfügung stellen, die karitativen Einrichtungen, die wir unterhalten, der hohe Lebensstandard hier – das alles ist der Energie und dem Geld der Hardigrees zu verdanken. Wir haben diese Stadt aufgebaut, und wir sorgen für sie. Wir tragen Verantwortung. Verstehst du das?«

»Ja, Ma'am. Wir haben großes Glück.«

»Nein. Glück fällt nicht vom Himmel. Man muß sich sein Glück schmieden. Ohne die Entschlossenheit deiner Urgroßmutter Esta, ihr Glück in die eigenen Hände zu nehmen, würde es diese Stadt nicht geben. Hätte hier nichts Gutes entstehen können. Würde wird nicht in Stein gehauen, Darl. Würde und Selbstachtung sitzen hier.« Sie drückte ihre Fingerspitzen an ihr Herz. Auch ich legte meine Hand auf die Brust und nickte.

»Und nun mußt du erfahren, daß die furchtbaren Dinge zutreffen, die deine Großtante Clara behauptet hat. Zumindest teilweise.«

»Also hat Elis Großvater vor langer Zeit tatsächlich für uns gearbeitet?«

»Ja. Vor nahezu vierzig Jahren.«

»Und er hat Urgroßmutter … gern gehabt?«

»Ja, so ist es.«

»Wie auch Matilda?«

»Ja.«

Ich riß die Augen auf, bis sie schmerzten. »Und nun ist alles herausgekommen.«

»Ja. Wenn die Leute die Fakten nicht kennen, können sie nur Fragen stellen und klatschen. Wenn aber handfeste Beweise zur Verfügung stehen, können sie ausgesprochen widerlich werden. Bedauerlicherweise lebt der Beweis in unserem Stone Cottage.«

Ich verkrampfte die Hände. »Bitte, sag nicht, daß du Elis Vater kündigen und die Familie fortschicken mußt. Bitte nicht.«

»Mir bleibt keine andere Wahl. Ich möchte nicht, daß man sich über die Wades, über Matilda und Karen die Mäuler zerreißt und Unruhe stiftet. Oder willst du, daß man Karen verächtlich behandelt?«

»Nein, aber …«

»Matilda ist eine von uns. Sie steht unter meinem Schutz. Aber ich kann nicht jeden beschützen. Die Wades müssen fortziehen.«

Ohne Eli muß ich sterben, dachte ich. Ich werde zu Stein erstarren. Ich wollte Swan anflehen, unter Tränen anbetteln, doch das hätte ihr nur einen weiteren Grund gegeben, die Wades fortzuschicken. »Aber wenn Matilda sie hier behalten will? Sie ist schließlich mit ihnen verwandt …«

»Ich habe Matilda gesagt, daß ich für Jasper Wade woanders einen guten Job finden werde. Matilda versteht das. Sie muß jetzt vor allem an Karen denken, an ihren guten Ruf. Und auch für die Wades ist es am besten so. Häßliche Gerüchte haben noch niemandem gutgetan.«

»Es sollte nichts ausmachen, daß sie mit den Doves verwandt sind. Was besteht da schon für ein Unterschied? Matilda und Karen sind genau wie wir!«

»Du mußt erst noch älter werden, um die Dummheit der Menschen verstehen zu können.«

»Nein, ich verstehe schon jetzt sehr gut. Du kannst Eli nicht einfach fortschicken.«

Die Unterhaltung nahm eine neue Wendung. Swan musterte mich durchdringend. »Du solltest eigentlich wissen, daß Elis Schicksal dich nichts angeht. Selbst wenn er bliebe, würde ich eine engere Beziehung zwischen euch nicht gestatten.«

»Wenn jede in unserer Familie lieben konnte, wenn sie wollte, dann möchte ich das auch. Und ich würde Eli nicht dafür bezahlen, daß er mich liebt, so wie Urgroßmutter Esta es mit Anthony Wade getan hat.«

Swan stand auf, beugte sich vor und schlug zu, daß ich hören konnte, wie es in meinem Nacken knackte. Noch nie zuvor in meinem Leben hatte sie mich geschlagen. Ich sah Sterne, fühlte mich aber komischerweise plötzlich stärker. Ich zwinkerte kurz und blickte sie dann ohne jeden Funken von Reue an, forderte sie geradezu heraus, erneut zuzuschlagen. Aber da sah ich die Tränen in ihren Augen.

Wir hörten ein Auto. Swan verließ schnell das Zimmer, und ich eilte ihr hinterher. In der Halle kam uns Matilda entgegen. »Es ist Clara«, sagte sie.

7

Clara brachte ihren feuerroten Trans Am vor der Villa zum Stehen. Sie entstieg dem Wagen in offenbar neuerworbener Kleidung, da sie ohne Gepäck losgefahren war. »Neiman Marcus«, erklärte sie und zeigte auf ihren cremefarbenen Hosenanzug. »Ich war shoppen. In Atlanta. Überquerte die Staatsgrenze nach Georgia, fuhr einfach immer weiter nach Süden und überlegte unterwegs, was ich einkaufen könnte. Meine Güte, wenn es um Shopping geht, wirkt Asheville wie ein verschlafenes Provinznest, verglichen mit Atlanta.« Sie hob ihre rechte Hand. Ein Brillantring blitzte in der Morgensonne. »Wie gefällt er dir, Schwester? Du hast ihn bezahlt. Du zahlst für alles.« Clara lächelte. »Ich habe den Schlüssel zu deinem Herzen, ist es nicht so? Den Schlüssel mit der Aufschrift ›Wade‹. Hallo, Matilda. Nun, was ist es für ein Gefühl, das Stadtgespräch zu sein? Du hast Anthony Wade immer zurückhaben wollen, aber alles, was du finden konntest, war sein Sohn.«

»Du bist und bleibst ein erbärmliches Geschöpf«, stellte Matilda gelassen fest.

Lachend wollte Clara die Stufen des Portiko heraufkommen. Aber Swan vertrat ihr den Weg. »Du wirst nie wieder einen Fuß in dieses Haus setzen.«

»Das meinst du!« Aber selbst Clara wagte es nicht, Swan zur Seite zu schieben. Sie verzog ihr Gesicht. »Hör zu, ich gehe hinein, um meine Sachen zu packen, und dann reden wir über mein künftiges Einkommen.«

»Ich fürchte, du unterliegst einem verhängnisvollen Irrtum.«

Clara wirkte nur kurz verdutzt. »Also gut. Ich gehe durch die Hintertür. Ich habe den Schlüssel zur Küche.« Sie machte kehrt, lief die Stufen hinter und machte sich auf den Weg um das Haus herum. Swan und Matilda gingen ihr nach. Ich folgte den dreien mit flatterndem Nachthemd.

»Die Hintertür ist von innen verriegelt«, sagte Matilda, als sie den Pool erreichten.

Clara drehte sich um. »Warum?«

»Ich habe sie verriegelt, weil ich dich kenne«, antwortete Swan.

»Alles was ich will, ist mehr Geld, Schwester. Ich verlange mehr von meinem Anteil am Familienvermögen.«

»Ich habe dein ganzes Leben lang für dich gesorgt. Du brauchst nicht mehr.«

»Für mich gesorgt? *Du hast für mich gesorgt?*« Wutschnaubend reckte sie den Kopf – und entdeckte mich, wie ich halb verborgen von der Terrassenmauer lauschte. Mit wenigen, schnellen Schritten kam sie auf mich zu. »Nur nicht so schüchtern, Darling Darl. Versteck dich nicht, Mädel. Stell dich der Wahrheit wie deine alte Tante Clara. Ich habe da ein paar hübsche Familiengeschichten für dich.«

Ich wollte zurückweichen, aber sie packte mich am Arm. Mit blitzenden Augen blickte sie zu Swan und dann wieder auf mich. »Deine Urgroßmutter Esta besaß das größte Hurenhaus der Stadt. Swan und ich wurden in diesem Bordell geboren. Wie auch Matilda. A. A. Hardigree hat uns alle drei gezeugt. Matildas Mutter war natürlich eine farbige Hure. Damit ist Matilda unsere Halbschwester. Nun, findest du das nicht hochinteressant?«

Mein Kopf zuckte nach hinten, als hätte sie mich geschlagen. Plötzlich stand Swan neben uns, riß Claras Finger von meinem Arm und schob mich auf Matilda zu, die mir ihre Hände auf die Schultern legte. Swan und Clara starrten sich an. »Hör auf damit. Sofort!« zischte Swan zwischen zusammengebissenen Zähnen hervor.

Aber Clara dachte gar nicht daran. »Deine Urgroßmutter hat A. A. Hardigree nie geheiratet, Darl«, rief sie mir höhnisch zu. »Aber sie wollte unbedingt eine Lady sein und ihre Töchter in allem Anstand großziehen. Also steckte sie den ganzen verdammten Ort in Brand und sorgte dafür, daß A. A. dabei umkam. Dann zauberte sie eine Heiratsurkunde und ein Testament aus dem Hut, das ihr den Steinbruch sicherte. So und nicht anders wurden sie und ihre Töchter feine Ladys. Die kleine Matilda, unsere dunkelhäutige Halbschwester, schleppten wir aus Barmherzigkeit mit durch.«

»Halt endlich deinen Mund«, fauchte Swan. »Ich gebe dir das Geld, das du verlangst, und du kannst verschwinden.«

»Weißt du, was deine Großmutter mir angetan hat, Darl? Sie schickte mich in eine gottverdammte Besserungsanstalt, als ich sechzehn Jahre alt war. In ein von gottverdammten Nonnen geleitetes Gefängnis für Mädchen. Sie wollte mich loswerden, weil ich den Mund nicht hielt. Weil ich über unsere Familie sprach, die Wahrheit sagte. Matilda durfte bleiben und Anthony Wades Baby bekommen, aber ich wurde fortgeschickt.« Boshaft funkelte sie Swan und Matilda an. »Aber ich komme immer wieder, nicht wahr? Und ich halte auch meinen Mund nicht. Damit wirst du dich abfinden müssen.«

»O nein«, sagte Swan. Sie hob die Hand und schlug zu, daß Claras Zähne klapperten. Clara drückte eine Hand gegen die Wange und starrte ihre Schwester fast furchtsam an. Der Ausdruck auf Swans Gesicht war der, mit dem sie den armen Prediger Al gemustert hatte.

Erneut schlug Swan zu. Aber nicht mit der flachen Hand, sie stieß Clara mit beiden Fäusten gegen die Brust. Clara stolperte rückwärts. Swan ihr nach. Wieder schlug sie zu. Matilda schrie laut auf. »Paß auf!« rief ich. Blindlings streckte Clara die Hand nach einem der Marmorschwäne aus. Ihre Finger schlossen sich um den langen Hals.

Aber die Terrassenhüter meiner Großmutter schienen nicht bereit, den Menschen zu retten, der alles gefährdete, was sie aufgebaut hatte. Verzweifelt krallten sich Claras Finger um den Marmorhals, glitten aber ab. Sie stürzte über die Terrassenmauer, drehte sich in der Luft und verschwand.

Ich sah nicht, wie sie auf dem Marmorrand des Koi-Teiches aufschlug, aber es hörte sich genauso an wie bei Prediger Als Sturz. Ich rannte zur Terrassenmauer. Swan streckte einen Arm aus und hielt mich auf. Ich war so verstört, so blind vor Entsetzen, daß ich möglicherweise auch über die Mauer gegangen wäre. Matilda trat zu uns, und gemeinsam blickten wir auf die Szene, die sich uns da unten bot.

Mit dem Gesicht nach unten trieb Clara im Teich. Rund um ihren Kopf stiegen Blasen auf. »Sie atmet noch«, schrie ich, entzog mich Swans Griff und rannte zur Treppe. Mit Swan und Matilda auf den Fersen lief ich die Stufen hinunter. Ich wollte gerade in den seichten Teich steigen, als sich Swans Hände um meine Taille legten.

»*Wir* werden sie herausziehen«, sagte sie ruhig. »Lauf du ins Haus und hole die Erste-Hilfe-Kiste. Schnell. Vergeude keine Zeit mit Anrufen, um Hilfe zu holen. Sprich mit niemandem, auch nicht mit Karen. Beeil dich!«

»Ja, Ma'am.« Ich stürzte die Treppe wieder hinauf. Aber als ich mich oben umsah, hatte Swan beide Hände auf Matildas Schultern gelegt und sprach eindringlich auf sie ein, aber so leise, daß ich kein Wort verstehen konnte. Matilda zeigte auf Clara und wollte sich losreißen, aber Swan schüttelte sie leicht. Dann stieg Swan in den Teich. Sie watete zu Clara und beugte sich über sie, machte aber keine Anstalten, sie umzudrehen. Noch immer stiegen Luftblasen auf. Swan streckte die Hand aus und stieß mit einem Finger gegen Claras Schulter. Wie erstarrt stand Matilda mit dem Rücken zum Teich und bedeckte ihr Gesicht mit den Händen.

Ich wußte nicht, was ich davon halten solle. Was machten sie da? Was hatte das zu bedeuten? Ich rannte in die Küche und holte die Erste-Hilfe-Kiste aus der Speisekammer. Nach Luft ringend, raste ich mit der Kiste unter dem Arm die Terrassentreppe wieder hinab. Swan und Matilda saßen auf der Marmorbrüstung des Teichs. Matilda hatte Claras Kopf auf ihren Schoß gebettet, beugte sich über sie und weinte lautlos. Claras Augen standen weit offen. Ihr Gesicht war schneeweiß. Ich fiel auf die Knie und streckte ihnen die Kiste entgegen, als enthielte sie alle medizinischen Wundermittel der Welt. »Hier sind Salben, Pflaster, Mullbinden und …« Mir versagte die Stimme. »Ich hätte mich mehr beeilen müssen …«

Swans kühler Blick brachte mich zum Schweigen. »Nein. Wir können nichts mehr tun.«

Verzweifelt heulte ich auf und brach über meiner nutzlosen Erste-Hilfe-Kiste zusammen. Mit geduldiger Gelassenheit ließ Swan mich schluchzen und schluchzen. Sie sah zu ihrer toten Schwester hinüber und strich Clara eine feuchte Haarsträhne aus der Stirn. Ihre Finger zitterten ein wenig, aber ihr Blick auf Matilda war ruhig und fest. »Das habe ich zu verantworten, nicht du.«

»Nein. Ich habe es zugelassen.« Matilda legte ihre Hand an Claras leblose Wange. »Ich habe immer gehofft und gebetet, sie würde sich ändern. Ich konnte nie verstehen, warum sie sich und anderen das Leben so schwer macht.« Sie beugte sich über Clara und strich ihr die Haare von der dunkelroten Stelle an der Schläfe, mit der sie auf den Teichrand aufgeschlagen war. »Ich werde hier bei ihr bleiben, während du die Polizei rufst.«

Swan rührte sich nicht. Matilda hob den Kopf. Sie tauschten Blicke aus, Swan entschlossen, Matilda erst verwundert, dann schockiert. »Swan …«

»Gestern ist Prediger Al nach einer Auseinandersetzung mit mir vom Holzsteg gestürzt. Heute streite ich mit Clara, und sie stürzt von der Terrasse.«

»Es war ein Unfall. Niemand kann dich beschuldigen, absichtlich …«

»Clara hat Burnt Stand vor zwei Tagen verlassen. Für mich ist sie einfach nicht wiedergekommen.«

»Swan! Das geht doch nicht! Wir können nicht einfach …«

»Du weißt, wie schnell Gerüchte entstehen. Clara hat uns genug Leid zugefügt. Ich lasse mir durch ihren Tod nicht meinen Ruf endgültig ruinieren – oder deinen.«

»Aber was du vorschlägst, ist …«

»Soll sie uns über den Tod hinaus schaden können? Nach allem, was sie uns über die Jahre angetan hat?«

Schweigen. Matildas Miene nahm einen Ausdruck an, den ich noch nie gesehen hatte. Blanker Haß trat in ihre Augen. »Nein. Du hast recht.«

Swan nickte. Ich hockte da und starrte in Claras Gesicht. Übelkeit kam in mir hoch. Meine Fingernägel kratzten Farblack von der Erste-Hilfe-Kiste. »Was … was soll geschehen?«

Meine Großmutter sah mich an, ohne auch nur mit der Wimper zu zucken. »Wir werden Clara im Wald begraben. Und keiner Menschenseele etwas davon erzählen.«

An den Rest des Tages und die folgende Nacht kann ich mich kaum erinnern. Ich weiß aber, daß der alte Carl McCarl irgendwann aus der Fahrerkabine eines riesigen Möbelwagens kletterte, Claras roten Trans Am über die Laderampe ins Innere manövrierte und damit davonfuhr. Ich weiß auch, daß Matilda und Swan später am Abend, als Karen und ich bereits im Bett lagen, Claras Körper, der in ein Laken gehüllt war, in den Steinblumengarten schleppten.

Ich folgte ihnen und versteckte mich hinter Sträuchern oberhalb des Gartens. Dann sah ich zu, wie sie im Schein einer Laterne am Fuß der großen Marmoramphore eine Grube aushoben und Clara hineinlegten. Ich beobachtete, wie Matilda ein Gebet sprach. Swan legte ihr eine Hand auf die Schulter, zeigte jedoch ansonsten kein Anzeichen von Mitgefühl oder Trauer. Dann bedeckten sie Clara mit Erde.

Ich schwankte zur Villa zurück, setzte mich mit verschränkten Beinen neben den Goldfischteich und wartete auf sie. Als sie die Terrassentreppe hinaufgehen wollten, entdeckten sie mich und blieben stehen. »Sind wir nun Mörderinnen?« fragte ich.

Matilda kniete sich neben mich, nahm mich in die Arme und sagte: »Nein. Natürlich nicht. So etwas darfst du nicht einmal denken.« Aber meine Großmutter sah mir nur direkt in die Augen.

»Wir haben getan, was getan werden mußte«, war alles, was sie sagte.

Eine Woche lang wagte ich mich nicht aus der Villa. Nachts träumte ich davon, daß sich im Steinblumengarten der Erdboden öffnete. Daß Clara von den Toten auferstand und durch den Wald auf mich zukam, über die Terrasse, in die Villa, die Treppe herauf, direkt in mein Zimmer. Und hinter ihr schwebte Prediger Al herein. Blut tropfte aus seinen Ohren und seinem weit aufgerissenen Mund. Clara und Prediger Al wollten nicht zu Swan. Swan würde selbst die Toten zur Ordnung rufen. Aber mich konnten sie peinigen und quälen.

Warum hast du mich sterben lassen? wollte Clara wissen. Geisterbleich und von ekligen Würmern bedeckt, beugte sie sich über mich. *Warum bist du nicht schneller gelaufen? Warum habt ihr mich nicht wenigstens in unserer Familiengruft begraben? Warum hast du zu allem geschwiegen? Ich werde dir bis zum Ende deines Lebens als Geist erscheinen.*

Jezebels Sünden lasten nun auch auf dir, klagte Prediger Al mit hohler Stimme.

Eines Nachts verschwammen ihre Gesichter vor meinen Augen und wurden durch Swans Züge ersetzt. Ich fuhr hoch, und da war sie in Fleisch und Blut und beugte sich in der Dunkelheit über mich. In ihrem cremeweißen Negligé sah sie aus wie ein Engel. Seit kurzem zeigte sich an ihren Schläfen das erste Grau, aber sonst umrahmten ihre vollen Haare ihr Gesicht.

Sie strich mir die Haare aus der schweißnassen Stirn und legte ihre kühlen Finger auf meine Wange. »Träum nicht«, befahl sie leise. »Mit der Zeit wird es besser. Du wirst die Einzelheiten vergessen, aber nicht, warum wir es getan haben. Und dieses Wissen wird dich stärker machen.«

Sie hat Clara getötet, schoß es mir durch den Kopf. *Wenn ich nicht mache, was sie will, könnte sie auch mich umbringen.* »Mit mir ist alles in Ordnung«, murmelte ich und fröstelte unter der Decke. »Ich werde niemandem etwas erzählen.«

Swan schwieg eine Weile, und etwas in ihren blauen Augen deutete an, daß sie ihren eigenen Schmerz eingestehen könnte. Doch sie besann sich anders. »Gut.«

Am nächsten Tag zwang ich mich dazu, in den Steinblumengarten zu gehen, um nachzusehen, ob Clara noch immer unter der Erde lag. Aber ich brachte es nicht über mich, ganz in den Garten hinunterzugehen, den ich früher so geliebt hatte. Auf halber Höhe des Hangs blieb ich stehen. Sorgfältig hatte Swan das Flechtwerk aus Erde, Wurzeln und Gras über die Grube gezogen. Es sah aus, als wäre dort unten nie etwas geschehen. Das Talent meiner Großmutter für das Vertuschen familiärer Sünden war bemerkenswert.

Plötzlich hörte ich es rascheln. Clara! Ich fuhr zusammen. Clara kehrte zurück. Als Geist, als Gespenst. Die Angst schnürte mir die Kehle zu.

»Darl!« Eli tauchte hinter ein paar Sträuchern auf und kam schnell auf mich zu. »Wo hast du denn nur gesteckt?« Besorgt sah er mich an. «Ich bin jeden Tag hergekommen und habe auf dich gewartet.«

»Ich ... Ich war krank. Ich hatte mich erkältet.«

Er hob die Hand und berührte meine Wange. »Aber du bist ganz kühl. Fieber hast du jedenfalls nicht.«

»Es ist fast vorbei. Mir geht es inzwischen wieder ganz gut.« Ich schmiegte meine Wange an seine Hand. Es war eine zärtlich sinnliche Geste, fast erwachsen, und doch so hilflos wie meine Einsamkeit. Er sah nicht viel besser aus als ich. Tiefe

Schatten lagen unter seinen Augen, sein Gesicht war sehr blaß.

Ohne Vorankündigung zog er mich an sich, umschlang mich mit seinen langen, schlaksigen Armen, und ich fand es einfach wunderschön. Sein Brillengestell verfing sich in meinen Haaren. Nach einer kurzen Weile lösten wir uns verlegen wieder voneinander.

»Mein Pa macht sich Sorgen. Hast du irgendwas gehört?« Ich schüttelte den Kopf. Ich war mir sicher, daß Swan Matilda versprochen hatte, die Wades erst einmal in Ruhe zu lassen. Zu viele Ereignisse in zu kurzer Zeit würden nur noch mehr Aufmerksamkeit erregen. Beunruhigt blickte Eli mich an. »Ist Clara zurückgekommen?«

Swan hatte mir genau erklärt, was ich sagen mußte, wenn mir jemand diese Frage stellte. Ich sah zu meinem besten Freund auf. »Sie ist nach Hause gefahren, nach Chicago«, log ich.

Er seufzte, schloß kurz die Augen und öffnete sie wieder. »Wann?«

»Gleich nach dem Abend im Neddler's Place. Swan hat sie aufgefordert, die Stadt zu verlassen. Das habe ich aber auch erst später erfahren.«

»Du hast sie jedoch nicht abfahren gesehen, oder?«

»Nein, aber sie ist ... fort.«

»Dem Himmel sei Dank«, brach es aus ihm heraus. Eli griff nach meiner Hand und zog mich den Hang hinunter. Knapp einen halben Meter von Claras Grab entfernt, setzte er sich auf eine Bank und wollte mich neben sich ziehen. Aber ich blieb störrisch stehen und starrte auf das Grab. Der Magen drehte sich mir um.

»Ich muß ... gehen.« Ich riß meine Hand los, stolperte den Hang hinauf, fiel auf die Knie und erbrach milchigen Schleim.

Eli kam mir nach, hockte sich neben mich und legte mir einen Arm um die Schultern. »Du bist immer noch krank. Komm, ich bringe dich nach Hause.«

Mit seiner Hilfe rappelte ich mich hoch. An ihn gelehnt, eine seiner Hände gegen meinen Magen gedrückt, schaffte ich es bis zum Fuß der Terrasse, wo mein Blick auf den Koi-Teich fiel und ich mich erneut übergeben mußte. Dann stieß ich ihn von mir und rannte die Treppe hinauf, ohne mich auch nur einmal umzusehen.

Die ersten Schläge steckte Eli ein und erwiderte sie mit einer Wucht, die die älteren Jungen schnaufen und stöhnen ließ. Aber die Angreifer waren breitschultrige Footballer der Hardigree County High Warriors. In weniger als sechzig Sekunden lag er zwischen den Abfalltonnen vor der Schul-Cafeteria. Seine Rippen schmerzten, aus einer Platzwunde über einem Auge tropfte Blut. Er rang nach Luft. »Such dir nächstes Mal ein paar Nigger, die dir helfen«, knurrte ein Junge, und ein anderer fügte grinsend hinzu: »Schließlich braucht er dazu nur seine Leute zu rufen, oder?«

Nachdem sie verschwunden waren, fand Eli seine Brille unter dem Deckel einer Mülltonne wieder. Der Rahmen war verdreht und gebrochen. Mühsam kam er auf die Beine. Ohne die Brille verschwamm alles vor seinen Augen. Langsam verließ er das Schulgelände, überquerte die Straße und machte sich auf den drei Kilometer langen Weg durch den Wald zum Steinbruch. Er brauchte mehr als eine Stunde, weil er immer wieder in die Irre lief. Als er den Steinbruch schließlich erreichte, versteckte er sich am Rand des Parkplatzes hinter ein paar Sträuchern, bis sein Vater die Arbeit beendet hatte und auf den Pick-up zugelaufen kam.

Halbblind, mit schmerzenden Gliedern und bohrenden Kopfschmerzen verließ Eli sein Versteck. Pa umfaßte sein Kinn und musterte ihn sorgfältig. »Kannst du es wegstecken, Sohn?«

»Yeah. Und du?«

Pa nickte. Die Knöchel seiner rechten Hand waren geschwollen. »Vom Sohn eines Niggerfreundes brauche ich mir doch keine Anweisungen geben zu lassen«, hatte einer seiner Arbeiter zu ihm gesagt. Woraufhin Pa keinen Zweifel daran ließ, was er von einer solchen Auffassung hielt.

»Steig ein«, sagte Pa. »Ich bringe dich zum Augenarzt, damit du so schnell wie möglich eine neue Brille bekommst.«

Eli nickte. Vorsichtig kletterte er in den Pick-up. Während der Fahrt sprach keiner von ihnen ein Wort. Eli brachte es nicht über sich, nach den Ereignissen in jener Nacht zu fragen. Clara war fort. Das war alles, was zählte.

Jeden Tag lief Eli in den Steinblumengarten, aber Darl ließ sich nie sehen. Irgendwann hörte er auf, in den Garten zu gehen, und schlug statt dessen Holz hinter dem Cottage, bis seine Schultern schmerzten und er Blasen an den Händen bekam. An einem kalten Nachmittag beobachtete Bell ihn besorgt. In wattierter Jacke und Thermohosen flitzte sie herum, sammelte die Holzscheite ein und stapelte sie auf der Veranda.

Wütend ließ Eli die Axt auf eine Baumscheibe niedersausen. Darl will mit mir nichts mehr zu tun haben. Sie würde es zwar niemals geradeheraus sagen, aber sie kann nicht ertragen, daß ich Anthonys Enkelsohn bin. Die Wades bringen ihrer Familie nichts als Kummer und Sorgen.

Vielleicht brachten die Wades auch sich selbst nur Kummer und Sorgen. Vielleicht war Glück doch etwas, was abnahm und nicht zu? Sie brauche ihre Hilfe in der Villa nicht, hatte Matilda Dove zu Mama gesagt, zumindest im Moment nicht. Und auch wenn Pa im Steinbruch nicht gekündigt worden war, hatte Mr. Alberts plötzlich für Eli nachmittags nach der Schule keine Aufgaben im Büro mehr.

Wieder schwang Eli die Axt. Er empfand noch immer eine Art schmerzhafter Verwunderung über Pa, weil er Mama belogen hatte. Vielleicht wollte er ihr nur nicht sagen, daß Clara in jener Nacht vor dem Neddler's noch einmal mit ihm gesprochen hatte und daß sie ihm gefolgt war. Weil es sich irgendwie ungehörig anhörte. Aber für Eli war es ein Bruch im bislang so unerschütterlichen Vertrauensverhältnis seiner Eltern zueinander und in Elis Glauben an Pa.

Ein herumfliegender Holzspan traf Bell am Mund. Sie schlug die Hände vor das Gesicht und begann zu schluchzen. Großer Gott, sie war sieben Jahre alt, benahm sich manchmal aber noch immer wie ein Baby. Er lief zu ihr und zog ihr die Hände vom Gesicht. Aus einem Riß in der Unterlippe tropfte Blut. »O Schwesterchen. Es tut mir leid.« Zu seiner Überraschung traten auch ihm Tränen in die Augen. Hastig wischte er sie fort, aber sie kamen wieder.

Entsetzt sah Bell ihn an und hörte auf zu weinen. »Du weinst doch sonst nie, Eli. Was ist denn nur los?« Sie strich ihm über die Wange.

Eli schüttelte den Kopf. Er war ihr großer Bruder, der zweite Mann in der Familie, und in zwei Wochen war Weihnachten – eine Zeit, sich zu freuen und sich möglichst gut zu benehmen. Und doch fühlte er sich einsamer als je zuvor in seinem Leben, weil Darl nichts mehr von ihm wissen wollte.

Unser Glück verläßt uns, dachte er, sprach es aber nicht aus.

8

Marble Hall erstrahlte in weihnachtlichem Glanz. In allen Räumen des Erdgeschosses standen mit Lichtern und Kugeln geschmückte Bäume. Auf jedem Tisch stand ein festliches Gesteck, Töpfe mit Weihnachtssternen füllten alle Ecken. Sobald ich sie anblickte, sah ich Blut und Claras roten Trans Am.

Eines Nachmittags brachte Matilda Karen mit, die sofort in mein Zimmer heraufkam. Ich saß auf der rosagepolsterten Fensterbank im Erker und blickte auf die Terrasse hinaus, den Wald, den Steinblumengarten. Karen setzte sich mir gegenüber. »Was treibst du so?« wollte sie wissen.

Schweigend sah ich sie an und dachte an all die Dinge, die sie nicht wußte. Daß ihre Großmutter Swans Stiefschwester war und ihr Großvater Anthony Wade. Daß unsere Großmütter ihr Leben als Töchter von Prostituierten begonnen hatten – ein Wort, unter dem ich mir nicht allzuviel vorstellen konnte, das mich aber mit Schrecken erfüllte. Daß Eli ihr Vetter war, sie meine Cousine. Diese Geheimnisse kannte nur ich. Den Hardigree-Fluch.

»Nun?« bohrte sie ungeduldig nach. »Hörst du gar nicht zu? Ich habe dich was gefragt.«

»Ich versuche klar zu denken«, antwortete ich. »Es geht mir noch nicht besonders gut.«

»Du hattest die Grippe länger als jeder, den ich kenne.«

»Ich lasse mir immer Zeit mit dem Gesundwerden.«

Stirnrunzelnd blickte sie auf die schweren, ledergebundenen Bücher, die zu meinen Füßen lagen. Ich hatte sie mir aus Swans Bibliothek geholt. Sie hob einen Band auf den Schoß und grinste über das rosa Briefpapier, das ich als Lesezeichen benutzte. »Was sind das für Schwarten?«

»Juristische Bücher. Über Gesetze und so.«

»Juristische Bücher?« Sie öffnete das Buch an der Stelle mit dem Lesezeichen. »Beihilfe«, las sie und verdrehte die Augen. »Was heißt das?«

»Daß man selbst etwas nicht wirklich getan haben muß und trotzdem ins Gefängnis kommt.«

Wieder verdrehte sie die Augen, schlug das Buch zu, zog gähnend ihre Schuhe aus und deponierte ihre Füße auf meinem Schoß. Ich legte meine Hände auf die gelbgerandeten Söckchen meiner Cousine, meine Finger berührten die goldbraune Haut oberhalb ihrer Knöchel, und ich dachte daran, wie gern ich sie hatte. Wieder blickte ich zum Fenster hinaus. Eli fehlte mir sehr, aber ich brachte es nicht über mich, auch nur noch einmal einen Fuß in den Steinblumengarten zu setzen. Ich konnte mich ihm nicht offenbaren, konnte ihm nichts von Clara und Urgroßmutter Esta erzählen, von Hurenhäusern, Swan und Matilda, und was vor der großen Marmoramphore in der Erde verborgen lag.

In dieser Minute hätte es mir absolut nichts ausgemacht, wegen Beihilfe an einem Mord zum Tod auf dem elektrischen Stuhl verurteilt zu werden, aber ich wollte Swan und Matilda nicht belasten. Was sollte in unserer grausamen Welt aus Karen ohne ihre Großmutter werden? Also konnte ich mit keinem darüber sprechen, niemanden um Rat fragen.

Niemals.

Unter keinen Umständen.

Eine Woche vor Weihnachten entdeckte ein Angler Claras Trans Am in sieben Meter Tiefe Wasser des Briscoe Lake. Der große Bergsee liegt eine Autostunde von Burnt Stand entfernt im Nantahala National Forest. »Land der Mittagssonne« nannten die Cherokee den Wald, in dem Berge so hoch und steil aufragten, daß ihre Schatten – mit Ausnahme eines kleinen, roten Sportwagens – alles verbargen.

»Wir haben den Wagen geborgen, und nun wird er von den Jungs von der Staats-Kripo unter die Lupe genommen«, sagte Chief Lowden, der Chef unserer lokalen Polizei, zu Swan. »Bisher haben sie nichts entdeckt.« Ich saß auf einem Sessel in der Nähe und hörte äußerlich gelassen zu. Stirnrunzelnd blickte Chief Lowden, ein großer, stämmiger Mann mit roten Haaren, in meine Richtung. »Glauben Sie, daß Darl das alles hören sollte, Miß Swan?«

»Meine Enkeltochter ist kein gewöhnliches Kind«, entgegnete Swan. »Fahren Sie fort.«

»Nun, wir haben beschlossen, Taucher einzusetzen, Ma'am. Um nach … einer Leiche zu suchen.«

Swan nickte so ungerührt, als würde er über eine Fremde sprechen und nicht über Clara. »Vielleicht haben Sie Erfolg.«

»Ihren Worten zufolge hat Ihre Schwester Burnt Stand noch am selben Abend verlassen, an dem sie im Neddler's Place gesehen wurde …«

»Ja. Sie sagte mir am Nachmittag, daß sie nach Chicago zurückkehren wollte. Danach habe ich sie nicht mehr gesehen. Ich wußte nicht, daß sie vor dem Verlassen der Stadt dieses Lokal aufsuchen wollte. Aber als ich davon hörte, überraschte es mich nicht.«

»Mir ist bewußt, daß Sie und Clara Hardigree sich nicht sonderlich nahe stehen, Ma'am … Aber sollte man nicht annehmen, daß sie sich von Chicago aus meldet, nur um Ihnen mitzuteilen, daß sie gut zu Hause angekommen ist?«

»Nein. Wir haben oft jahrelang kein Wort gewechselt.«

Er nickte seufzend. Jeder in Burnt Stand wußte, daß Clara das schwarze Schaf der Familie war. Ihr schlechter Ruf und die schmutzige Vergangenheit unserer Familie lagen zum Greifen nahe in der Luft, selbst Marmormauern konnten uns nicht davor schützen. »Ich nehme an, sie war so tollkühn, die Interstate mit einer Abkürzung durch den National Forest erreichen zu wollen«, fuhr Chief Lowden fort. »Aus irgendeinem Grund machte sie einen Umweg zum See. Der Forstverwaltung zufolge stand die Schotterstraße für Besucher offen. Sieht so aus, als wäre sie von einer Holzbrücke über eine abgelegene Bucht abgekommen.«

Swan zuckte mit keiner Wimper. »Meine Schwester war nie sonderlich vernünftig. Durchaus möglich, daß sie betrunken war, als sie das Neddler's verließ.«

»Ich kann mich erinnern, daß sie als Teenager zwei oder drei Autos zu Schrott gefahren hat, weil sie getrunken hatte.« Er zuckte zusammen. »Verzeihung.«

»Keine Ursache. Ich habe die Beweggründe meiner Schwester noch nie verstanden. Was sie allein am Briscoe Lake gesucht haben könnte, entzieht sich meiner Phantasie. Offen gestanden möchte ich es mir auch gar nicht vorstellen.«

»Nein, Miß Swan. Das kann ich Ihnen nachfühlen.« Chief Lowden, der seinen neuen Streifenwagen und die Renovierung des Polizeireviers einer großzügigen Spende von Hardigree Marble verdankte, entschuldigte sich ausgiebig für die Überbringung der traurigen Nachricht. In majestätischer Gelassenheit hörte Swan sich seine Beileidsbekundungen an. Er verließ unseren Salon mit dem Hut in der Hand.

Ich begann unkontrolliert zu zittern. Swan kam zu mir, umfaßte mein Gesicht mit den Händen und sah mich fast mitleidig an. »Vergiß alles bis auf die Wahrheit, mit der du leben willst«, sagte sie. Sie trat an eine Kredenz mit Marmorintarsien und goß sich aus einer Kristallkaraffe ein Glas Wein ein. Swan nahm einen großen Schluck und schloß die Augen. Als sie sie wieder öffnete, war jeder Anflug von Besorgnis daraus verschwunden. »Denk immer daran, Darl. Ein guter Ruf ist das wichtigste im Leben. Dein guter Ruf ist dein Schicksal.«

Ich saß auf dem Sessel und drückte die Fingernägel so fest in meine Handflächen, daß es weh tat.

Als er erfuhr, daß Clara doch nicht nach Chicago zurückgekehrt war, verbarg Eli seinen Kopf in den Armen und schluchzte.

Alle sprachen nur von dem Autofund im Briscoe Lake, in dem die Taucher jedoch keine Spur von Claras Leiche entdecken konnten. Die Neuigkeiten regten sogar zu weiterem Klatsch in Burnt Stand über Claras Enthüllungen an. Dennoch ließ es Swans Stolz nicht zu, die traditionelle Weihnachtsfeier von Hardigree Marble abzusagen, die in diesem Jahr zum fünfzigsten Mal stattfand.

»Wird sie die Wades fortschicken?« fragte ich Matilda.

Sie wandte den Blick ab und nickte. »Nach den Feiertagen.«

Und so stand ich in der Woche vor Weihnachten neben Swan in einem riesigen, beheizten Zelt am Steinbruch. Sie in einem beigefarbenen, wadenlangen Seidenkleid, ich natürlich in Rosa. Mehrere hundert Menschen – Angestellte von Hardigree Marble und ihre Familien, der Bürgermeister und andere Honoratioren, buchstäblich jeder und jede, die in unserem kleinen Universum von Bedeutung waren – drängten sich an mit Essen und Getränken beladenen Tischen vorbei. Ein eigens engagierter Santa Claus und seine Zwerge beschenkten die Kinder mit Spielzeug und Süßigkeiten. In der Mitte des Zeltes und unter eimergroßen Mistelgebinden mit roten Schleifen erhob sich ein Tanzboden. Bunte Lichterketten schlangen sich um die Zeltverstrebungen. Eine kleine Kapelle spielte Weihnachtslieder.

»Herzlich willkommen«, sagte Swan zu den eintretenden Gästen, von denen die meisten nur errötend irgendeine Antwort stammelten.

»Gott zum Gruß«, sagte ich.

Ich brannte vor Ungeduld und Anspannung. Eli und seine

Familie waren noch immer nicht da. Würden sie etwa gar nicht erscheinen?

»Da sind sie«, flüsterte Karen. Sie stand hinter mir, neben Matilda, die sie neuerdings an einer so kurzen Leine hielt, daß ich sie kaum noch zu sehen bekam. Karen sah in ihrem grüngoldenen Kleid aus wie eine kleine Elfe, und sie hatte noch immer nicht die geringste Ahnung, daß es bei der allgemeinen Aufregung um noch etwas anderes gehen könnte als um Claras Verschwinden.

Mein Herz klopfte wie wild, als Eli, Bell, Annie Gwen und Jasper Wade durch den girlandengeschmückten Zelteingang traten. Die Familie hatte sich herausgeputzt. Bells Gesicht leuchtete auf, als sie mich sah, zupfte aber nervös am Saum ihres Pullovers. Eine mit einem Stechpalmenzweig aus Plastik verzierte Spange hielt ihre Haare in einem Pferdeschwanz zusammen. Annie Gwen trug ein schlichtes braunes Kleid unter einer karierten Jacke. Sie wirkte blaß, aber gefaßt. Mit unbewegter Miene blickte Jasper Wade weder nach links noch nach rechts, aber sein Auftritt in Anzug und Krawatte ließ Frauen verstohlen die Hälse recken. Der Anzug mochte aus dem Sears-Katalog stammen, die Krawatte aus dem Secondhandshop von Burnt Stand, dennoch schien sein Anblick gewisse Phantasien zu wecken.

Ich hatte nur Augen für Eli. Er trug einen blauen Anzug wie sein Vater, mit festgezurrter, leicht schief sitzender Krawatte. Seine Hosen waren bereits wieder zu kurz, und die Jackenärmeln endeten oberhalb seiner Handgelenke. Forschend sah er mich an, schien tausend Antworten auf einmal von mir zu fordern. Ich erbebte vor Sehnsucht, endlich wieder mit ihm zu sprechen. Plötzlich spürte ich, daß mir meine Kindheit abhanden gekommen war, mit meinen zehn Jahren fühlte ich mich erwachsen. Und ich sah, daß auch seine Jungenjahre hinter ihm lagen, daß er mit dreizehn bereits ein ernster junger Mann war. »Gott zum Gruß«, sagte ich.

Er antwortete nicht.

»Herzlich willkommen«, sagte Swan zu seinen Eltern.

»Danke, Ma'am«, sagten sie unisono, aber ihre Augen musterten besorgt die Menge. Leute erwiderten die Blicke, tuschelten miteinander, starrten sie unverhohlen an. Eine Sekunde lang blickte Jasper Wade an Swan vorbei und tauschte einen forschenden Blick mit Matilda aus. Sie hielt der Musterung durch den Sohn ihres Geliebten mit grimmiger Würde stand. Eine Hand legte sich schwer auf die Schulter der verblüfften Karen. Die andere hing weiter vor ihrem weinroten Kleid herab.

Mit ausdrucksloser Miene wandte Swan sich ab. »Komm, Darl. Wir haben andere Gäste.« Sie hatte die traditionelle Hardigree-Gastfreundschaft gewahrt, aber nun sagte ihr Rücken, daß sie mit Jasper Wade fertig war. Das machte sie überaus deutlich, indem sie sich in die Schar ihrer Angestellten hineinbegab. Die wichen ihr aus dem Weg wie servile Höflinge, schlossen dann aber ihre Reihen wieder und starrten die Wades an.

Swan war es gewohnt, daß ich jede ihrer Anordnungen widerspruchslos befolgte. Sie drehte sich nicht einmal nach mir um. Ich war jedoch stehengeblieben. Mein Herz fühlte sich an, als würde es brechen. Ich konnte sehen, wie Jasper Wade das ganze Ausmaß seiner drohenden Verbannung dämmerte. In Burnt Stand gab es für ihn keine Zukunft mehr. Die Steinbrucharbeiter wußten, daß er bei Swan in Ungnade gefallen war, und warteten wie Rudeltiere ab, wie lange er sich noch dagegen wehrte, nicht aus der Stadt getrieben zu werden.

»Was ist denn nur los?« fragte Karen. »Warum verhalten sich alle so komisch?«

Ein schwarzer Junge, der Sohn eines der farbigen Landarbeiter aus der Umgebung von Burnt Stand, lief auf sie zu und spuckte ihr voll vor die goldenen Ballerinaschuhe. »Warum spielst du eigentlich nicht mit deinen Verwandten?«

»Wovon redest du, du Trottel?«

»Von den Wades. Du bist ihr Fleisch und Blut, Whitey.«

Alles geschah so schnell, daß nicht einmal die geschockte Matilda es verhindern konnte. Einen Moment später löste sich Leon Forrest aus der Menge, und der Junge suchte ängstlich das Weite. Wie ein unglücklich Liebender blieb Leon in seinem billigen Polyesteranzug vor Karen stehen. »Ganz gleich, was du bist«, versicherte er ihr. »Mir ist es egal.«

Mit offenem Mund blickte Karen auf ihn, zu mir und dann zu ihrer Großmutter. »Komm mit«, befahl Matilda, legte eine feste Hand auf ihre Schulter und schob sie auf einen Seitenausgang zu. Karen wehrte sich, sah verzweifelt über die Schulter zurück, suchte meinen Blick, dann Elis, der stumm das Gesicht verzog. Ihre Miene fiel in sich zusammen. Ich ballte die Hände zu Fäusten. Matilda und Karen verschwanden. Jetzt würde Karen alles erfahren, was ich über unsere Familie wußte. Nur nicht, daß wir Clara ermordet hatten.

Steifbeinig ging ich auf Eli zu und ließ ihn nicht aus den Augen. Aus Zorn wurde Sorge, wurde Unsicherheit, dann Resignation. Er wußte, daß er und seine Familie verloren hatten. Die kleine Kapelle spielte ein langsames Lied. Ich streckte meine Hände aus. »Wollen wir tanzen?«

Er war schon immer ein schlechter Tänzer. Eine Sekunde lang sagte er kein Wort, blickte mich nur verzweifelt an. »Der einzige Ort, an dem wir zusammensein können, ist der Steinblumengarten.«

Das ließ mich fast in Tränen ausbrechen. »Nein, ich gehöre überall zu dir.«

Ein tiefer Atemzug hob seine Brust. Er legte eine Hand um meinen Ellbogen, und wir betraten das Tanzpodest. Unter den Blicken der ganzen Stadt standen wir allein auf dem Parkett. Eli und ich sahen uns an, umarmten einander und bewegten uns langsam im Rhythmus der Musik. Als das Lied endete, wagte niemand, sich zu rühren oder etwas zu sagen. Verblüffung, Mißbilligung und Verwunderung erfüllte das riesige Zelt.

»Das reicht, Sohn«, sagte Jasper Wade hinter uns. »Wir gehen.«

Eli sah mich weitere fünf geschlagene Sekunden an. Seine Lippen bewegten sich, aber seine Worte waren so leise, daß ich sie eher spürte als hörte. »Gott zum Gruß«, sagte er zum Abschied.

Meine Augen füllten sich mit Tränen. »Gott zum Gruß.«

Zusammen mit seiner Familie verließ er das Zelt. Allein und verlassen drehte ich mich auf dem Tanzboden um und sah direkt in die erbarmungslosen blauen Augen meiner Großmutter.

Am nächsten Tag erschien Mr. Neddler in Chief Lowdens Büro auf dem Polizeirevier von Burnt Stand. »Keine Ahnung, ob es überhaupt irgendwas zu bedeuten hat, Chief, aber seit Clara Hardigrees Wagen aufgetaucht ist, geht es mir nicht mehr aus dem Kopf.« Creighton Neddler berichtete von Jasper Wades Auseinandersetzung mit Clara vor der Bar, wie aufgebracht Jasper war, wie er sie zu Boden stieß, wie er drohte, sie umzubringen, und daß Clara ihm dann über die dunkle Bergstraße nachgerast war.

Chief Lowden wiederholte jedes Wort dieser Schilderung, als Swan ihn in unser elegant eingerichtetes Wohnzimmer in Marble Hall führte. »Der letzte Mensch, der Ihre Schwester an diesem Abend gesehen hat, war Jasper Wade, Miß Swan, und er hatte allen Grund, ihr schaden zu wollen«, schloß er. »Ich nehme wirklich nicht gern das Schlimmste an, aber ich tue es.«

»Großmutter«, sagte ich warnend. »Großmutter ...«

Swans Miene besagte, daß das Thema Clara ihre Geduld mehr als erschöpft hatte. Sie verströmte eine Kälte wie ein Eisberg. »Laß uns allein, Darl.«

Energisch schüttelte ich den Kopf. Ich würde nicht zulassen, daß sie Elis Vater unsere Taten anhängte. Aber was sollte ich sagen? Vielleicht: *Wir waren es, Chief Lowden, Großmutter, Matilda und ich. Wir haben Clara im Goldfischteich ertrinken lassen, ihre Leiche im Dunkel der Nacht in den Steinblumengarten*

geschleppt und dort vergraben. Bringen Sie uns alle hinter Gitter …
Das konnte ich Matilda und Karen nicht antun. »Mister Wade
ist kein Mörder, Großmutter«, knirschte ich zwischen zusammengebissenen Zähnen hervor. »Das weiß ich einfach.«

Ihre Augen bohrten sich in meine. Die Auseinandersetzung
zwischen uns war zu einem unausgesprochenen Kampf geworden. »Ich bin sicher, daß du recht hast. Aber Chief Lowden
wird Mister Wade nur ein paar Fragen stellen.«

Der Chief nickte. »Du bist ein liebes Mädchen, Darl, das
von allen nur immer das Beste denkt, und ich stimme mit dir
überein. Doch das gehört nun einmal zu meinem Job. Nach-
her werde ich kurz am Stone Cottage vorbeifahren, mit Jasper
Wade sprechen und ihn bitten, ein paar Dinge zu erklären.
Und das wär's dann auch schon. Niemandem wird ein Leid
angetan, Kleine.«

Das ist längst geschehen, hätte ich am liebsten geschrien,
aber ich war innerlich wie erstarrt. Ich lernte gerade, mich
zu verstellen. »Also gut.« Ich seufzte scheinbar befriedigt und
verließ unter Swans prüfenden Blicken langsam den Raum.
Sobald ich die Tür hinter mir geschlossen hatte, rannte ich
zu den Terrassentüren hinaus, die Treppe hinunter, am Koi-
Teich vorbei und in den Wald.

Ein Anhänger für den Transport ihrer Habseligkeiten. Ein
paar Möbel und Schnickschnack. Ein neuer Motor für den
alten Pick-up. Ein Bündel Bargeld – ihre von der Bank ab-
gehobenen Ersparnisse – in einer Pappschachtel unter dem
Vordersitz. Das waren die einzigen sichtbaren Zeichen, daß
die drei Jahre in Burnt Stand ihr Leben verändert hatten. Eli
versuchte, nicht daran zu denken, wie schäbig sie bei ihrem
Auszug aus der Stadt immer noch wirken mußten. Er zerrte
das Seil um den Küchenstuhl oben auf dem Möbelstapel fest.
Tränen brannten in seinen Augen. Verzweiflung und Zorn
schmerzten in ihm wie Axthiebe, unterschieden ihn von dem
Jungen, der er einmal gewesen war.

»Das wär's«, sagte Pa und warf eine Jacke auf den Vordersitz des Pick-up.

»Hier.« Mama kam mit einem großen Pappkarton aus dem Cottage. Eli sprang hinzu, um ihn ihr abzunehmen.

»Ja, Mama?« Ihre Augen waren vom Weinen geschwollen.

»Kannst du dafür vielleicht einen Platz finden? Vorsicht. Es sind Truthahn-Sandwiches und alles, was dazugehört. Stell den Karton irgendwo sicher ab, wo sie nicht zerdrückt werden.«

»Ja, Ma'am.«

Sie hatten den Braten am Weihnachtsabend an ihrem hübsch gedeckten Tisch essen wollen, während im Fernsehen ein Weihnachtskonzert lief. Jetzt war es in Plastikdosen verpackter Reiseproviant. Eli hätte vor Wut schreien können. Als er an die Ladefläche des Pick-up trat, schob sein Vater gerade mit Kleidung und anderen Habseligkeiten gefüllte Müllsäcke zurecht. Pa richtete sich auf, sah, daß der Weihnachtsbraten der Familie in einem Pappkarton gelandet war, und wurde schneeweiß. »Verdammt«, murmelte er, drehte sich wieder um und hämmerte mit der Faust gegen den Pick-up. »Mein verfluchter Vater, diese verfluchte Stadt, die verfluchte Clara Hardigree.«

Bell kam mit einer Plastiktüte voller Weihnachtsschmuck aus dem Cottage, hörte Pas Worte und begann laut zu schluchzen. »Ich will hier nicht weg. Es ist unser Zuhause!« Mama lief zu ihr und zog sie in ihre Arme.

In diesem Moment drehte Eli sich um und sah Darl auf das Cottage zustürmen. »Eli!« schrie sie, und er lief ihr entgegen. Ihre langen Haare waren zerzaust, ihre Gesichtszüge hochrot. Sie rang heftig nach Luft. »Ich bin ... so schnell gerannt, wie ich konnte. Chief Lowden ...«

»Nun komm erst einmal zu Atem. Beruhige dich.« Er legte einen Arm um sie, aber sie reckte den Kopf, sah den beladenen Pick-up und den Anhänger. »Nein!«

Eli kämpfte um Beherrschung. »Hör zu, ich möchte, daß du

wieder gehst. Du läufst jetzt den Hang da hinauf und drehst dich nicht um. Ich will mich nicht von dir verabschieden. Ich will es einfach nicht. Sobald wir irgendwo angekommen sind, schreibe ich dir.«

Sie packte ihn am Hemd und schüttelte ihn. »Eli, die Polizei ist unterwegs. Sie will zu deinem Vater.«

Großer Gott, Pa, dachte Eli. *Hast du es getan?* Darls Warnung kam zu spät. Schon hörten sie, daß sich Autos näherten. Zwei Streifenwagen bogen um die Kurve der Waldstraße und hielten vor dem Cottage. Dem ersten entstieg Chief Lowden und winkte allen bemüht freundlich zu. Sein bulligster Officer, ein stiernackiger Kirchen-Diakon und Exmarine namens Canton, kletterte aus dem zweiten Fahrzeug.

Eli sah, wie der Polizist eine Hand auf den Griff seines Dienstrevolvers legte. Bei einem Vortrag in der High School hatte sich Officer Canton gerühmt, die schlimmsten Fälle zu übernehmen und zu lösen. In einer Stadt, in der alle Jubeljahre ein Mord geschah, war dies hier einer der schlimmsten Fälle.

»Ganz ruhig, Annie«, befahl Pa. Er blickte Eli in die Augen. »Kümmere dich um deine Mutter und deine Schwester, Sohn.«

Scham schnürte Eli fast die Kehle zu. »Yessir.« Er stellte sich vor Mama und Bell, konnte aber nicht verhindern, daß Darl ihm folgte. Er war sogar insgeheim froh darüber, schob sie jedoch schnell hinter sich, in eine Reihe mit Mama und Bell.

Pa trat auf den Chief zu. »Wir verlassen Burnt Stand. Ich warte nicht, bis Miß Samples mich feuert.«

Chief Lowden seufzte hörbar. Hinter ihm stand breitbeinig Officer Canton, die Hand an seiner Waffe. »Nicht so eilig, Jasper«, sagte der Chief. »Ich muß mit Ihnen reden. Antworten Sie einfach ganz offen auf meine Fragen.«

»Ich habe nichts zu verbergen.«

»Gut. Denn wie ich hörte, gab es zwischen Ihnen und Clara Hardigree noch eine weitere Auseinandersetzung vor der Bar am Doe Mountain.« Eli spürte, wie sich Mamas Finger in seine Schulter krallten. Entsetzt hörte Eli zu, wie der Chief die häßliche Szene vor dem Neddler's Place in allen Einzelheiten schilderte. Mama stöhnte entsetzt auf. Pa hatte ihnen den Rücken zugewandt, seine breiten Schultern schienen mit jedem Wort mehr zusammenzusacken. Der Chief ließ ihn nicht aus den Augen. »Wohin sind Sie danach gefahren? Wie wir wissen, ist Miß Hardigree Ihnen gefolgt.«

»Er kam direkt nach Hause«, rief Mama heiser. »Und hat das Cottage nicht mehr verlassen.«

Pa fuhr herum und sah sie mit Tränen in den Augen an. »Nicht, Annie«, sagte er rauh. Dann drehte er sich wieder zum Chief um. »Meine Frau will mir helfen, aber das ist nicht nötig. Ich sage die Wahrheit. Ich ließ mich von Clara Hardigree überholen und fuhr zum Cheetawk Point hinauf. Dort stellte ich den Motor ab, blickte zu den Sternen auf und dachte über alles nach. Kurz vor dem Hellwerden kam ich nach Hause.«

Chief Lowden schüttelte bekümmert den Kopf. »Tut mir leid, Jasper, aber das heißt, daß Sie kein Alibi haben. So, wie ich es sehe, hatten Sie genügend Zeit, Clara Hardigree zu töten, zum Briscoe Lake zu fahren und ihren Wagen mit ihrer Leiche zu versenken. Sie hatten genügend Zeit, um den Mord zu begehen, Jasper, und Sie hatten ein Motiv.«

Pa ballte die Fäuste. »Ich habe Clara Hardigree nicht getötet. Das ist doch Wahnsinn!«

»Das hoffe ich. Das hoffe ich wirklich. Aber Sie müssen mich in die Stadt begleiten und ein paar weitere Fragen beantworten.«

»Sie nehmen mich fest?«

»Nun, so würde ich es nicht nennen. Ich möchte nur, daß Sie Ihre Aussagen auf Band sprechen, mit ein paar Jungs von der Staatspolizei reden, sich Ihre Fingerabdrücke nehmen lassen, mehr nicht. Kommen Sie schon. Steigen Sie in mein

Auto, fahren Sie mit mir in die Stadt und bringen Sie die Sache hinter sich. Wahrscheinlich sind Sie nach ein paar Stunden wieder zurück.«

Pa rührte sich nicht. Eli wurden die Knie weich. Er konnte sich gut vorstellen, was Pa durch den Kopf ging. Unter ärmlichsten Verhältnissen aufgewachsen, den Vater bei einem Unfall im Steinbruch verloren, als er noch ein kleiner Junge war, mit einer unüberwindbaren Leseschwäche geschlagen, von niemandem geachtet bis auf seine Fähigkeiten im Umgang mit Marmor, aus Barmherzigkeit nach Burnt Stand geholt und erst unterstützt und aufgebaut, aber nun ruiniert. Es war einfach zuviel: Vor seiner Frau, seinem Sohn, seiner kleinen Tochter des Mordes beschuldigt und aufgefordert zu werden, auf dem Rücksitz eines Polizeiautos in die Stadt zu fahren, damit jedermann Augenzeuge seiner Schande wurde. Es war ein Tag vor Weihnachten, und Pas Unglück im Leben erreichte seinen endgültigen Höhepunkt.

»Fahr nur mit, Pa«, rief Eli. »Ich begleite dich.«

Sein Vater schüttelte kaum merklich den Kopf. »Ich lade meine Familie ins Auto und verlasse die Stadt, aber ich komme nicht mit auf Ihr Revier, Chief. Nicht einmal für eine Befragung.«

»Ich kann Ihnen nicht erlauben, Burnt Stand zu verlassen, Jasper. Steigen Sie ein, Mann.«

Pa drehte sich um und lief zum Pick-up. Mit offenem Mund starrte Chief Lowden ihm nach. »Bleiben Sie stehen, Jasper. Sie machen mich nervös, und Officer Canton mag es gar nicht, wenn ich nervös werde.« Canton zog seine Pistole aus dem Holster. Pa zog die Tür auf und griff unter den Fahrersitz. Eli wußte plötzlich, was Pa dort neben der Schachtel mit ihrem Geld versteckt hatte. Nein, Pa, nicht! Tu es nicht! Eli öffnete den Mund, um die Worte herauszuschreien, und Mama, die ebenfalls Bescheid wußte, schrie wie am Spieß.

Pa zog eine Pistole unter dem Sitz hervor.

»Lassen Sie die Waffe fallen, Jasper Wade«, rief Chief Lowden. Canton hob seine Pistole. Pas Revolver lag auf seiner Handfläche, er zielte nicht, aber er hob die Hand langsam, und seine Finger legten sich um Griff und Auslöser. »Verschwinden Sie«, sagte Pa. »Ich nehme meine Familie und verlasse die Stadt. Das ist alles, was ich will.«

»Lassen Sie die Waffe fallen!«

»Das werde ich nicht tun.« Pa krümmte seinen Finger um den Auslöser. Vielleicht wollte er nur einen Schuß zum Himmel abgeben, eine letzte, verbitterte Kugel in Gottes Richtung, bevor er die Waffe auf die Kühlerhaube des Pick-up legte und sich, wie befohlen, von der Polizei in die Stadt bringen ließ, aber dazu kam es nicht.

Officer Canton schoß ihn mitten ins Herz.

9

Halb benommen von Beruhigungsmitteln, lag ich in meinem Bett und bekam gerade noch die Worte mit, die zwischen Swan, Chief Lowden und unserem Hausarzt gewechselt wurden. »Sobald ich sie bemerkte, habe ich sie unverzüglich vom Tatort entfernt, Doktor«, sagte der Chief. »Sie wehrte sich wie besessen. Ich mußte sie fortschleifen. Sie haben selbst gesehen, in welchem Zustand sie sich befand. Geradezu hysterisch.« Mein Zimmer befand sich in einem Chaos, Gegenstände waren zerbrochen, überall lagen Kleidungsstücke herum. Ich hatte sogar die Scheiben des großen Fensters eingeschlagen, das in den Wald hinausführte. Meine Hände waren verbunden.

»Ich rate dringend, das Kind für mindestens eine Woche ruhigzustellen«, flüsterte der Arzt. »Wahrscheinlich noch länger.«

»Ich denke nicht, daß das nötig ist«, entgegnete Swan. Ihre Stimme klang erschöpft.

»In den letzten Wochen wurde sie Zeugin von Prediger Als Todessturz, dann hat sie ihre Großtante verloren, und jetzt mußte sie auch noch mit ansehen, daß ein Mann erschossen wurde. Sie wird einen Nervenzusammenbruch erleiden, Miß Swan.«

»Nein, sie wird der stärkste Mensch werden, den Sie je gekannt haben. Sie ist schon jetzt stärker, als Sie beide es sich vorstellen können.«

»Sie wird *hart* werden, Miß Swan. Nicht stark. Eigensinnig und hart.«

»Beides kann von Vorteil sein. Die Welt geht mit schwachen Frauen nicht gerade freundlich um.«

Die Männer sahen sie erstaunt an. Der Arzt räusperte sich. »Wie auch immer … Jedenfalls werden Sie das Kind nur im Haus halten und vor Verletzungen bewahren können, wenn es Beruhigungsmittel bekommt.«

Swan schwieg. »Schreiben Sie ein Rezept aus, ich werde das Medikament holen lassen«, sagte sie schließlich.

Die Männer verabschiedeten sich und gingen. Ich spürte Swans Hand auf meiner Stirn und öffnete die Augen. Sie saß neben mir auf dem Bett. Ihr Parfum machte mich fast schwindlig. Vermutlich würde mir in Zukunft immer schlecht werden, sobald ich ihr Parfum roch. »Als ich ein kleines Mädchen war«, begann sie leise, als wollte sie mir eine Gutenachtgeschichte erzählen, »lernte ich lautlos zu weinen, damit die Männer im Haus meiner Mutter mich nicht finden konnten.«

Verdutzt blinzelte ich sie an. Meine Großmutter hatte *geweint*? »Sie waren *freundlich*, aber auf eine Weise, die kleinen Mädchen gar nicht gefällt«, fuhr Swan fort. »Und ich brachte auch Matilda bei, lautlos zu weinen. Wir hatten denselben Vater, doch er beschützte keine von uns. Auch unsere Mütter nicht. Matildas Mutter arbeitete für meine. Sie war natürlich farbig, daher bedeutete sie unserem Vater weniger als nichts. Sie starb an einer Krankheit, die bestimmte berufstätige Frauen in jener Zeit befiel, und meiner Mutter, deiner Urgroßmutter Esta, blieb es überlassen, Matilda aufzuziehen.

Mutter dachte daran, sie in ein Waisenhaus für farbige Kinder in Asheville zu geben, aber ich bat sie, das nicht zu tun, und irgendwann ließ sie sich erweichen. ›Solange du ein braves Mädchen bist, darfst du sie behalten‹, sagte sie, als lebten wir noch in den Zeiten der Sklaverei. In Mutters Augen waren wir alle mehr oder weniger Sklaven. Schließlich verdiente sie sich ihren Lebensunterhalt damit, Frauen an Männer zu verkaufen.

Von da an erzählte Mutter jedem, daß Matilda meine kleine Zofe war, und das machte sie zu etwas Besonderem. Mutters Kunden fanden das ganz *reizend*. Aber Matilda und ich wußten, daß wir Halbschwestern sind. Wir wußten, daß wir uns aufeinander verlassen konnten. Gemeinsam erkundeten wir die besten Verstecke im Haus. Die anderen Frauen konnten uns nie finden.« Sie machte eine kurze Pause. »Und die Männer auch nicht.«

Swan umfaßte meine bandagierte Hand. Vermutlich glaubte sie, ich wäre zu benommen, um mir zu merken, was sie da erzählte, aber jedes ihrer Worte prägte sich mir unauslöschlich ein. »Wir waren etwa fünf Jahre alt, als Clara zur Welt kam. Unser Vater A. A. Hardigree verbrachte diesen Abend in der Gesellschaft einer der Frauen, die für Mutter arbeiteten. Matilda und ich hatten uns in einem Schrank in der Diele versteckt und sahen, wie er aus dem Zimmer der Frau geschwankt kam. Seine Hosen waren halb zugeknöpft, und er stank nach Alkohol und Schweiß. Er war ein großer, gutaussehender Mann, mit Händen wie ein Steinschleifer, aber so fein gekleidet, daß man wußte, daß er nie wieder Marmor anfassen würde. Ihm gehörte der Steinbruch. Er hatte die Stadt für seine Arbeiter gebaut und herrschte wie ein König. Wir hatten unheimliche Angst vor ihm. Plötzlich hörten wir ein Geräusch auf dem Treppenabsatz über uns.

Irgendwie war es meiner Mutter gelungen, ihr Schlafzimmer zu verlassen. Sie umklammerte das Treppengeländer und blickte schluchzend zu ihm hinunter. Ein blutbeflecktes, weißes Nachthemd klebte an ihrem Körper. Sie hatte lange braune Haare, genau wie du und ich, und strahlende blaue Augen. Sie war einfach phantastisch, wunderschön. ›Ich habe dir gerade eine zweite *weiße* Tochter geboren‹, rief sie. ›Hat das vielleicht irgendeine Bedeutung für dich?‹

Er warf den Kopf in den Nacken und grinste sie an, als wäre

Claras Geburt ein Witz. ›Söhne und Marmor haben ihren Wert‹, sagte er. ›Aber was ist die Tochter einer Hure schon wert? Nichts, absolut nichts.‹« Swan strich mit den Fingerspitzen über meinen Verband. »Ich glaube, in dieser Nacht hat sich Mutter entschieden, uns vor dem Schicksal zu bewahren, das er für uns vorgesehen hatte. Sie beschloß, aus sich selbst, ihren beiden Töchtern und deren kleiner farbiger Halbschwester etwas zu machen. Im nächsten Sommer und in der ärgsten Dürreperiode seit Jahren weckte sie uns – Matilda, Clara und mich – mitten in der Nacht und schickte uns mit einer ihrer Frauen aus dem Haus. Die Frau lief mit uns zur Stadt hinaus, in den Wald, aber brach schon bald schluchzend zusammen. Sie fürchtete sich vor der Dunkelheit, aber auch vor meiner Mutter, und so überließ sie uns einfach uns selbst.

Mit Clara im Arm kauerten Matilda und ich uns aneinander. Wir hatten keine Ahnung, was eigentlich vorging. Damals waren große Flächen auf den Hügeln um den Ort gerodet, daher konnten wir gut sehen, wie die Blitze eines Hitzegewitters über den Schuppen und Holzhäusern zuckten, aus denen Burnt Stand seinerzeit bestand. Nie werde ich vergessen, wie die Gebäude plötzlich in Flammen aufgingen. Hitze und Rauch drangen zu uns herauf, und wir flüchteten.

Am Bald Stone Trace gab es eine Quelle. Inzwischen ist sie längst versiegt, doch damals bildete sie da oben einen wunderhübschen, farnumstandenen Teich. Matilda und ich liebten ihn. Wir waren fest überzeugt, daß dort Feen lebten. Zu dieser Quelle liefen wir und setzten uns an den Rand. Endlich konnten wir wieder atmen. Clara rang keuchend nach Luft, aber nachdem wir sie gebadet hatten, ging es ihr besser. Ich weiß noch genau, wie frei und sicher wir uns fühlten, wie *wichtig* es uns war, Clara und uns gerettet zu haben, wie stolz wir waren. Seither liebe ich Wasser.

Das Haus meiner Mutter war ein viktorianischer Holzkasten mit einem Teerpappendach, und es loderte auf wie Zunder. Laut schreiend liefen Menschen aus dem brennenden

Haus, manche wie lebende Fackeln. Unseren Vater sahen wir nicht. Er wäre in Mutters Bett gestorben, hieß es. Die Blitze hätten den Ort in Brand gesetzt, sagten die Leute. Mutter sagte kein Wort.

Aber plötzlich präsentierte sie das Testament unseres Vaters und engagierte einen Anwalt aus Asheville, um dem Rechtskraft zu verleihen. Sie sagte unter Eid aus, daß er ihr den Steinbruch hinterlassen hätte. Sie schwor, sie wäre seine Ehefrau. Und sie gewann. Von da an war sie Mistress Hardigree. Alles gehörte ihr: die verqualmten Ruinen der Siedlung, der Steinbruch, sein Name, sein Geld. Nie verschwendete sie auch nur einen Gedanken an die Vergangenheit. Und wir versuchten, ihrem Beispiel zu folgen.«

Seufzend senkte Swan den Kopf. »Aber Clara begriff nie, woher wir kamen. Sie wuchs ganz anders auf als Matilda und ich. Sie empfand nie wirkliche Furcht und hatte keine Ahnung, was Demütigung heißt. Sie verstand nicht, warum wir auf einen guten Ruf bedacht waren, so entschlossen, uns von unserer Vergangenheit zu befreien. Mutter stürzte sich mit Feuereifer in die Aufgabe, Geld aus dem Steinbruch zu erwirtschaften, ihre Marmorstadt zu erbauen. Clara beachtete sie kaum. Sie konnte machen, was sie wollte. Vielleicht haßte Mutter sie wegen der Worte unseres Vaters in der Nacht ihrer Geburt. Ich weiß es nicht. Meine Mutter war nicht sehr mitteilsam. Wir standen uns nie sonderlich nahe.«

Swan lächelte dünn. »Matilda und ich versuchten, Clara beizubringen, sich wie eine Lady zu benehmen, aber es war hoffnungslos. Sie verstand nicht, warum wir so darauf erpicht waren, unseren guten Ruf zu wahren. Uns war bewußt, wie schnell Geld, Einfluß und Ansehen wieder verlorengehen konnten. Clara glaubte aber, sich aufgrund ihrer reichen Familie und ihrer Schönheit alles erlauben zu können.

Als wir das Teenageralter erreicht hatten, war Mutter reich genug, ihre großartigsten Pläne in Angriff zu nehmen. Sie suchte überall in den Steinbrüchen des Südens nach einem meisterhaften Steinschleifer, der ihr eine prachtvolle Villa aus Marmor bauen sollte. In Tennessee fand sie dann einen Mann namens Anthony Wade. Er war ein beeindruckender junger Mann, groß, gutaussehend, arm und nicht besonders gebildet, aber von gutem Benehmen. Seine Fähigkeiten auf dem Gebiet Baukonstruktion und Steinmetzarbeiten waren brillant. Er hatte eine natürliche Begabung für logisches Denken und Berechnungen.« Sie machte eine kleine Pause. »Er war vermutlich eine Art Genie, wie Eli.«

Ich stöhnte zornig auf und wollte ihr meine Hand entziehen, aber das ließ sie nicht zu. »Hör mir zu, dann wirst du verstehen«, befahl sie. »In einer anderen Zeit, an einem anderen Ort, hätte er vermutlich ein berühmter Architekt werden können. Meine Mutter gab ihm die Chance, sich einen Namen zu machen. Aber man bekommt nichts geschenkt. *Für jede Chance sind Opfer zu bringen.* Das darfst du nie vergessen.«

Sie schloß für einen Moment die Augen und fuhr dann fort. »Mutter holte ihn nach Burnt Stand und fand sehr schnell Gefallen an ihm – über seine Arbeit hinaus. Sie war nicht mehr ganz jung, aber noch immer eine schöne Frau. Ich glaube, sie hatte sich wirklich in ihn verliebt, und er ...« Swan zögerte, suchte nach Worten. »Er war nicht *unglücklich* darüber, von ihr bevorzugt behandelt zu werden. Zunächst jedenfalls nicht. Die Wirtschaftskrise wirkte sich noch immer aus, Jobs waren knapp, die Menschen verzweifelt. Die Steinschleifer waren Mutters *Eigentum*. Sie beherrschte den gesamten Ort.

Sie beauftragte Anthony Wade damit, Marble Hall zu bauen, das Stone Cottage und den Steinblumengarten. Sie stattete das Cottage mit den feinsten Möbeln aus und bestand darauf, daß er dort wohnte wie ein Prinz. Er wurde so etwas wie eine Berühmtheit. Dann ließ sie von ihm die Esta Houses und die öffentlichen Gebäude im Ort bauen. Die Menschen erstarrten in Ehrfurcht vor seinen Fähigkeiten. Aber sie wußten nicht, daß er auch noch andere Talente besaß, was meine

Mutter anbelangte. Ständig war er in ihrer Nähe, erfüllte alle ihre Wünsche.«

Swan schwieg und blickte zum Fenster. »Ich haßte Mutter für die Gerüchte, die nach und nach hinter vorgehaltener Hand über sie und Anthony Wade erzählt wurden. Und ich haßte Clara, die trotz ihres jungen Alters bereits im Ruf stand, hinter jedem jungen Mann im Ort her zu sein – mit Ausnahme von Anthony Wade, der ihr nie mehr als einen flüchtigen Blick schenkte.« Swan schwieg, schloß die Augen, und als sie sie wieder öffnete, war ihr Blick klar und hart. »Er schäkerte mit Mutter aus eindeutigen Motiven, aber in Matilda *verliebte* er sich.

Ich hätte es kommen sehen müssen. Matilda war sehr verunsichert, unzufrieden mit ihrem Platz in der Welt. Wir glichen uns in vielerlei Hinsicht, wurden aber sehr unterschiedlich behandelt. Ihre Haut war dunkler als die einer Weißen und ihr Haar kraus. Sie sah phantastisch aus, aber sie konnte nicht vorgeben, weiß zu sein, und was sie sich von weißen Männern gefallen lassen mußte, war widerwärtig. Sie wurde mißtrauisch und abweisend. Ich versuchte ihr nach Kräften zu helfen, konnte aber die Welt nicht verändern, in der wir lebten.

Ich besuchte ein privates College in Asheville und nahm Matilda mit, obwohl es einiges Gerede darüber gab, daß ich mich überallhin von meiner farbigen Zofe begleiten ließ. Wir wohnten bei Angehörigen der Familie Samples – und so lernte ich auch deinen Großvater kennen. Matilda durfte natürlich weder an den Vorlesungen teilnehmen noch an studentischen Veranstaltungen, was für uns beide sehr schmerzlich war. Sie fand eine Anstellung als Sekretärin in der Versicherungsagentur eines ziemlich prominenten farbigen Mannes. Er verkaufte Policen an Farbige überall im Staat. Matilda liebte ihn nicht, aber sie war einsam und er sehr beharrlich. Schon bald gehörten sie zur Crème der farbigen Gesellschaft. Jedermann nahm an, daß sie ihn heiraten würde.

In den Sommerferien kamen wir kurz vor meiner Verlobung mit Doktor Samples nach Hause zurück. Eines Tages schickte mich Mutter zum Stone Cottage, damit ich Anthony Wade ihre Entwürfe für ein Haus brachte, das er für sie bauen sollte. Ich nahm Matilda mit, weil ich es nie riskierte, mit ihm allein zu sein. Wir fuhren mit Mutters großem, protzigem Cord, beide ein bißchen aufgeregt und nervös. Anthony Wade stand in Mutters Diensten. Wir wußten beide, was das hieß.

Als wir ankamen, bot sich uns ein erstaunlicher Anblick. Er hatte neben dem Cottage ein kleines Gehege gebaut, in dem sich zwei Rehkitze befanden. Zwillinge. Er fütterte sie mit Kuhmilch aus einer Flasche, über deren Hals er einen Sauger gezogen hatte. Ihre Mutter wäre von Hunden getötet worden, erzählte er uns. Er hätte sie im Wald gefunden und bemühe sich nun, sie am Leben zu erhalten. Er wirkte schon ganz erschöpft, wollte aber nicht aufhören. Nie zuvor hatten wir erlebt, daß sich jemand so hingebungsvoll um kleine Tiere kümmerte. ›Darf ich Ihnen vielleicht helfen?‹ fragte Matilda. Sie war hingerissen. Sie sprach nur sehr selten mit weißen Männern, hielt lieber auf Abstand. Aber diesmal konnte sie sich einfach nicht zurückhalten.

Und Anthony Wade sah sie an wie eine Prinzessin, die sich dazu herabgelassen hatte, das Wort an ihn zu richten. ›Wenn eine Lady wie Sie die beiden berührt, werden sie ewig leben wollen‹, erwiderte er. Matilda legte eine Hand auf ihr Herz, als wollte sie andeuten, wie tief er sie berührt hatte. Von da an ging sie täglich zu ihm, um die Kitze zu füttern. Ich *sah*, daß sie sich an diesem Tag in ihn verliebte, und er in sie.«

Swan seufzte. »Natürlich war so etwas undenkbar – ein weißer Mann und eine farbige Frau. Ich flehte sie an, sich von ihm fernzuhalten, aber ohne jeden Erfolg. Er sehnte sich ebenso nach ihr wie sie nach ihm. Sie sprachen sogar von Heirat. Sie wollten zusammen durchbrennen, irgendwo hinfahren, wo eine solche Eheschließung möglich wäre.« Swan verstummte kurz, und ein rauher Ton kam in ihre Stimme.

»Ich wußte, daß es nur mit einer Katastrophe enden konnte. Ich hätte ahnen müssen, daß Clara sie auslösen würde.

Clara ertappte die beiden zusammen im Cottage. Sie war sechzehn Jahre alt und krankhaft eifersüchtig. Sie berichtete Mutter von Anthony und Matilda – und dann erzählte sie es *jedem*. Im Handumdrehen wußte die ganze Stadt, daß Anthony Wade mit Esta Hardigrees farbigem *Hausmädchen* erwischt worden war. Mutters Wut war mörderisch. Sie ging zu Prediger Al, der damals kein Prediger war, sondern ein Steinschleifer und übler Schläger, und bezahlte ihn dafür, daß er mit ein paar Kumpanen zum Cottage ging und Anthony tötete. Aber Matilda hörte irgendwie davon und schickte Carl McCarl los, um das Schlimmste zu verhindern.

Carl arbeitete schon seit vielen Jahren als Steinschleifer in Burnt Stand. Er hatte Matildas Mutter gekannt, er war ihr Lieblingskunde gewesen, bevor mein Vater ihre Dienste ausschließlich für sich beanspruchte. Ich glaube, er hat sie aufrichtig geliebt, und Matilda war er zugetan, als wäre sie seine Tochter.

Carl rettete Anthony das Leben, aber die Männer hatten ihn so übel zusammengeschlagen, daß er für immer gezeichnet war. Carl brachte ihn über die Staatsgrenze nach Tennessee und in ein Krankenhaus. Ich zahlte die Rechnungen. Niemand glaubte, daß Anthony überleben würde. Aber er tat es, und sobald er wieder laufen konnte, tauchte er unter.

Mutter warf Matilda aus dem Haus und riet ihr, nie wieder zurückzukommen. Ich brachte sie bei Freunden in Asheville unter und befürchtete, sie würde Anthonys Verlust nicht verwinden. *Es kam noch schlimmer: Sie war von ihm schwanger.* Das blieb ihrem Verehrer, dem farbigen Versicherungsunternehmer, nicht verborgen, und er brach jeden Kontakt mit ihr ab. Mutter drohte mir mit Enterbung, wenn ich sie weiterhin unterstützte. Es war eine furchtbare Zeit und Claras hämische Freude unübersehbar. Wundersamerweise gelang es mir, das alles so diskret zu behandeln, daß die Familie deines Großvaters zunächst nichts davon erfuhr, aber dann kamen ihr Gerüchte über meine Familie zu Ohren. Inzwischen war ich mit ihm verlobt. Ich wußte, daß ich irgend etwas unternehmen mußte, um meine und Matildas Zukunft zu retten.«

Swan verstummte. In mir überschlugen sich die Gedanken. Die Geschichte von Tod, Schmerz und Scham vermischte sich mit der Trauer, die ich in Elis Augen gesehen hatte, als er und seine Mutter den blutüberströmten Jasper Wade in ihren Armen hielten. Unaussprechliche Vorstellungen drängten sich mir auf und nahmen mir den Atem. »Dann starb Mutter plötzlich«, fuhr Swan fort, »und das änderte alles.« Ein weiteres Schweigen breitete sich aus, während mich lähmendes Entsetzen überfiel. Ich verstand kaum ansatzweise, was sie da andeutete, so wie ich nur ahnte, daß Claras Tod kein Unfall gewesen war. »Ich schickte Clara nach Illinois«, sagte Swan. »Auf eine von katholischen Ordensschwestern geleitete Schule.«

Eine Schule? In meinem Kopf drehte sich alles. Ein Gefängnis.

»Ich sorgte dafür, daß ich alles von Mutter erbte: den Steinbruch, das Haus, das Vermögen. Angesichts meines Reichtums schwanden alle Bedenken der Samples' im Hinblick auf die Gerüchte über meine Familie wie Butter an der Sonne. Ich heiratete deinen Großvater, und wir kehrten nach Burnt Stand zurück, um hier zu leben. Als Matildas Tochter in Asheville zur Welt kam, sah sie so weiß aus wie du und ich. Katherine war eine Schönheit, mit dunklen Haaren und dunklen Augen, aber so hell wie rosa Marmor. Niemand hätte sie für ein farbiges Kind gehalten.

Ich erzählte deinem Großvater, sie wäre die verwaiste Tochter einer entfernten Cousine, und wir nahmen sie zu uns. Dann holte ich auch Matilda nach Burnt Stand, gab ihr ein Haus in der Stadt und einen Job als meine Haushälterin, damit sie ihrer Tochter nahe sein konnte. Ein Jahr später wurde deine Mutter geboren. Julia und Katherine – was für ein hübsches

Pärchen sie doch waren. Matilda und ich zogen unsere Töchter gemeinsam auf, verschwiegen ihnen unsere Geheimnisse, verwöhnten sie, aber hielten sie an, sich damenhaft zu verhalten, stolz zu sein. Es waren prächtige Mädchen, gescheit, hübsch und stark. Katherine war fest überzeugt, eine weiße Hardigree zu sein, und sie genoß alle Privilegien, die damit zusammenhingen. Matilda behütete sie mit unübersehbarem Stolz.«

Swan schien zu zögern. Ihre Worte kamen nun langsamer, schroffer. »Als Julia und Katherine kurz davor standen, die Larson School in Asheville zu beenden, kehrte plötzlich Clara zurück. Sie freuten sich unbändig darauf, im Herbst aufs College gehen zu können, und sprachen ständig von Studentinnenverbindungen, von den jungen Männern, die sie kennenlernen würden. Ihr Leben war sorglos und sonnig.

Im Gegensatz zu dem Claras. Sie hatte eine Reihe von Beziehungen zu reichen Dunkelmännern hinter sich und führte ein zwielichtiges, leicht anrüchiges Leben. Damals war sie Ende Dreißig und wußte, daß ihre Anziehungskraft auf diese Art Männer nachzulassen begann. Sie verlangte ein regelmäßiges Einkommen von mir. Ich lehnte ab. Aber ich hatte ihre Rachsucht unterschätzt. Sie lief zu Katherine und Julia und erzählte ihnen die Geschichte unserer Familie, und natürlich auch, daß Katherine Matildas Tochter war.«

Swan schwieg. Wie gebannt starrte ich ihr ins gequälte Gesicht. »Clara drohte damit, es all ihren Schulfreunden zu erzählen, jedem, der die schönen, eleganten Hardigree-Cousinen verehrte. Ich war außer mir, genau wie Matilda. Ich gab Clara das verlangte Geld und versprach mehr für die Zukunft. Ich erkaufte ihr Schweigen, und sie verließ Burnt Stand, aber der Schaden war geschehen.

Deine Mutter und Katherine haben sich nie davon erholt. Sie waren so jung, so behütet in der unschuldigen, rosa Welt, die Matilda und ich für sie geschaffen hatten. Jetzt mußten sie mit der Tatsache fertig werden, daß sie Enkeltöchter von Huren waren – und Katherine obendrein ein Mischling. Katherine hatte Matilda stets sehr gern gehabt, aber doch wie eine liebenswerte Angestellte. Jetzt wußte sie, daß sie ihre Mutter war – eine farbige Frau, die auf Reisen nicht im selben Hotel absteigen konnte, es sei denn, ich wies sie als meine Zofe aus, eine Frau, die keine öffentliche Toilette benutzen durfte, die Weißen vorbehalten war …

Sie und Julia waren untröstlich. Sie warfen uns Heuchelei und Verlogenheit vor, als wären wir verantwortlich für die Vergangenheit, vor der wir sie bewahren wollten. Sie waren verzweifelt, zutiefst beschämt und rücksichtslos grausam. Beide suchten ihr Heil in erbitterter Rebellion und reagierten ihren Zorn an allem und jedem ab, der ihnen in die Quere kam. Katherine wollte mit uns nichts mehr zu tun haben und verschwand. In meiner Angst, Julia könnte es ihr nachmachen, schloß ich sie hier ein, drohte ihr, ließ sie nirgendwo allein hingehen. Aber natürlich machte sie das nur entschlossener, mir weh zu tun.«

Swan blickte mich fast entschuldigend an. »Sie war die gefangengehaltene Prinzessin aus dem Märchen, und dein Vater muß es wohl für seine Pflicht betrachtet haben, sie zu retten. Und sie *wollte* gerettet werden. Vor allem, wenn ihr Held der letzte Mann war, den ihre Mutter für sie ausgesucht hätte. Ein Steinschleifer. Sie wurde schwanger von ihm und heiratete ihn heimlich, bevor ich erkannte, daß sie mich überlistet hatte.

In meiner Verzweiflung versuchte ich, ihren Ehemann mit Großzügigkeit in meine Hand zu bekommen: Mit dem Stone Cottage und einem Job als Vorarbeiter im Steinbruch. Er ließ sich nicht lange bitten. Aber deine Mutter verabscheute mich für mein Eingreifen und begann ihn zu hassen, weil er sich so bereitwillig gefügt hatte. Sie paßten nicht zueinander. Er war grob und ungebildet, und sie erkannte schnell, daß es für sie keine gemeinsame Zukunft gab. Es kam zu erbitterten Auseinandersetzungen, aber sie wollte ihn nicht verlassen – nur, um mir eins auszuwischen, nehme ich an. Nachdem du geboren warst, nahm ich dich ihnen weg. An dem Tag, an dem deine Eltern starben, waren sie auf dem Weg zu einer gerichtlichen Anhörung in Asheville, um das Sorgerecht für dich wiederzuerlangen.« Sie schwieg kurz. »Indem sie sich mir widersetzten, erkannten sie an, daß wir eine Familie sind. Aber es war zu spät.«

Ob Swan mir – einem traumatisierten, zehnjährigen Mädchen – das alles erzählte, um zu erklären, zu entschuldigen oder auf absurde Art zu trösten – zumindest wußte ich jetzt, daß meine Mutter mich nicht im Stich gelassen hatte. Es war der einzige Lichtblick, und ich klammerte mich an ihn. Swan betrachtete mich aufmerksam. »Du hast jedes Wort in dich aufgesogen«, stellte sie fest. »Erstaunlich.«

Sie faßte meine bandagierte Hand ein weniger fester. »Hör dir nun auch den Rest an. Wir spürten Katherine in New York auf, wo sie eine Zeitlang für eine Bürgerrechtsorganisation gearbeitet und einen jungen farbigen Mann kennengelernt hatte. Sie erzählte ihm, daß sie die Tochter einer Farbigen war, und heiratete ihn. Ich nehme an, sie hat ihn geliebt. Ich weiß es nicht. Er wurde zur Armee eingezogen und fiel in Vietnam. Eine Woche später brachte Katherine ihre kleine Tochter Karen zu einer Freundin. Und dann beging sie Selbstmord.

Matilda und ich fuhren nach New York und holten Karen. Wir holten auch Katherine heim und bestatteten sie neben Julia in einer nicht näher bezeichneten Krypta. Niemand weiß es, aber sie liegt hier, im Hardigree-Mausoleum. Wir brachten Karen nach Burnt Stand, um sie gemeinsam mit dir aufzuziehen. Es war uns bewußt, daß wir euch eines Tages die Wahrheit sagen müßten, wenn ihr alt genug seid.« Swan blickte mich durchdringend an. »Ich denke, der Zeitpunkt ist gekommen.«

Ich öffnete den Mund, brachte aber kein Wort heraus. Swan legte einen Finger auf meine Lippen. »Vor drei Jahren begingen wir in bester Absicht einen verhängnisvollen Fehler, indem wir Anthonys Familie ausfindig machten und nach Burnt Stand holten. Matilda wollte ihnen helfen, aber damit war uns kein Erfolg beschieden. Es tut mir sehr leid. Das mußt du mir glauben. Ich habe dir das alles erzählt, damit du verstehst, daß ich nur eins bedauere.« Sie schwieg kurz. »Ich hätte Clara ertränken sollen, als sie noch ein Baby war, in jener Nacht am Bald Stone Trace.«

Alles, was sie mir erzählt hatte, jedes furchtbare und doch so traurige Detail über ihr und Matildas Leben, über Anthony Wade, Clara, unsere Mütter und uns selbst, verblaßte neben der Erbarmungslosigkeit, mit der sie andere dazu zwang, diese ganze zerstörerische Grausamkeit zusammen mit ihr zu erdulden. Sie verlangte von mir, unsere Vergangenheit als eine Art Ritus des Erwachsenwerdens zu akzeptieren, und ich tat es auf die einzige Art, zu der ich fähig war. »Ich hasse dich«, flüsterte ich.

Sie wandte die Augen ab, sah mich aber gleich wieder an. »Wenn es so leicht wäre, jemanden nicht mehr zu lieben, würde ich dir glauben.«

Sie ließ mich in der Dunkelheit allein, und ich schloß die Augen.

Eli, Mama und Bell begruben Pa auf demselben Kirchhof in Tennessee, auf dem Anthony Jahrzehnte zuvor seine letzte Ruhe gefunden hatte. Er lag am südlichen Rand von Nashville, und nach der Bestattung fuhr Eli mit dem Pick-up zwei Tage lang über die Interstate ins Blaue – er hatte kein Ziel, ebensowenig wie Mama oder Bell. »Ich werde für uns sorgen«, verkündete er eines Abends vor einem Motel.

Bell, die seit einer Woche kein Wort gesagt hatte, begann plötzlich zu schluchzen. »Hat Pa es getan?«

»Nein, nein, er hat es nicht getan«, weinte Mama. »Dazu wäre er gar nicht fähig.«

»Ich werde für uns sorgen«, wiederholte Eli wie in Trance. Im tiefsten Innern glaubte er, daß sein Vater Darls Großtante getötet hatte, und er erinnerte sich gut an den Ausdruck in Darls Augen, als Chief Lowden sie davonzerrte, einen Ausdruck, den er nicht als Mitleid mit ihm deutete, sondern als tiefes Bedauern, ihn geliebt zu haben, und als Entsetzen über die offenkundige Schuld seines Vaters. Elis Zorn, seine Trauer und sein Schwur, es im Leben zu etwas zu bringen, würden nichts an der Ablehnung ändern, die er glaubte, in ihren Augen gesehen zu haben.

Darl war ihm für immer verloren.

Ich hatte Eli verloren. Ich konnte ihm nicht nachfahren und ihm die Wahrheit erzählen, er würde mir niemals verzeihen. Ganz gleich, was ich auch tat, wie ich mein Leben von nun an gestaltete, wie ich mich Swan gegenüber verhielt, wie ich ihre Pläne für meine Zukunft durchkreuzte – ich würde in meinen Erinnerungen gefangen bleiben, meine uneingestandene Schuld unveränderlich wie unsere Blumen aus Stein. Geheime Stimmen begannen in mir zu wispern, Erinnerung mischte sich mit Erfahrung. Meine Mutter hatte mich nicht verlassen. Sie war von Swan aus dem Haus getrieben worden. Noch konnte ich mich von Swan nicht befreien, aber eines Tages würde ich das tun.

In meinem Dilemma konnten mir nur Liebe und Widerstand helfen.

Als die Beruhigungsmittel abgesetzt wurden, irgendwann im Februar oder März, stieg ich die Treppe hinauf zu einem kleinen Raum unter dem Dach, in dem Kasten und Kisten aufbewahrt wurden. Ich stöberte in ihnen, bis ich Kleider fand, die meine Mutter als Teenager getragen hatte. Der braune Rock und die weiße Bluse paßten mir schon jetzt, da ich kräftiger gebaut war als sie. Ich entdeckte sogar ein Paar ihrer Schuhe. Swan hatte alles auf den Boden gebracht, um die Erinnerung an meine Mutter vor uns beiden zu verschließen. Später würde ich den Schmerz meiner Großmutter verstehen, aber ihr nicht verzeihen.

Selbst die Schuhe meiner Mutter paßten mir. Ich würde ihrem Weg nicht folgen, wußte aber nun wenigstens, warum sie ihn eingeschlagen hatte. Ich zog den braunen Rock und die weiße Bluse an und lief wieder hinunter. Mit einer Marmorvase in den Händen stand Swan neben einem Tisch in der Halle. Sie machte einen unsagbar traurigen Eindruck auf mich. Unsicher blieb ich auf der untersten Stufe stehen. Aber sie hatte meine Schritte gehört und blickte mich an.

Eine Sekunde lang muß ich ihr vorgekommen sein wie meine Mutter. Die Vase entglitt ihren Händen und zerschellte auf dem Marmorboden.

Ich zuckte mit keiner Wimper.

»Nie wieder rosa«, sagte ich.

❧ TEIL ZWEI ❧

FÜNFUNDZWANZIG JAHRE SPÄTER

10

In der flirrenden Hitze eines Nachmittags im Spätherbst flog Eli mit seiner zweimotorigen Cessna in der Nähe von Memphis, Tennessee, den Mississippi entlang. Kiefernwälder und Marschen säumten die uralte Wasserstraße, mahnten ihn, über ihnen zu bleiben. *Den Teufel werde ich tun*, dachte er grimmig. Er war mit der Cessna im südamerikanischen Urwald gelandet, in den kanadischen Bergen, in den Wüsten des Westens und in Fischernestern an der Küste, wo sich in Sumpflöchern neben den Reifen der Maschine Alligatoren tummelten. Er war achtunddreißig Jahre alt, hatte ein wettergegerbtes, gutaussehendes Gesicht, die ausdrucksstarken, dunklen Augen seiner Jungenjahre und den breitschultrigen Körperbau seines Vaters, keine Frau, keine Kinder und mehr als fünfzig Millionen Dollar auf der Bank. Spieler, Investor, Erfinder – auf der Suche nach guten Geschäften kam er weit herum in der Welt.

Doch heute wartete nichts Gutes auf ihn.

Der Fluß breitete sich wie ein langer, silberner See unter ihm aus. Am Ufer tauchte ein Orientierungspunkt auf, und er schwenkte fast verwegen dicht über die Baumkronen. Der Wald zeigte große Lücken, aufgeworfene Erde, schwere Baumaschinen. Eine riesige Werbetafel tauchte unter ihm weg. »Rivercross Landing« stand darauf, erinnerte er sich, »Eigentumsvillen von $ 300 000 an«.

Eli erspähte den langen, schnurgeraden Asphaltstreifen, der

die Zufahrt zum Bauvorhaben bildete, und lenkte das Flugzeug entschlossen und zielsicher zwischen den Bäumen hindurch. »Han Solo« hatten ihn ein Fluglehrer und nicht wenige Passagiere genannt. »Solo« … Der Spitzname paßte. Eli reckte den Kopf, kalkulierte Entfernung und Geschwindigkeit, während die hölzernen Baugerüste monströser Eigenheime vorbeiflogen. Er setzte auf. Glatte Landung. Er rollte weiter, bis er einen Baucontainer mit der Aufschrift »Canetree Development« neben der Tür erreichte.

Als er aus der Maschine sprang, kam ein Arbeiter auf ihn zugerannt. »Was bilden Sie sich eigentlich ein, Sie verrückter Hund …« Der Mann verstummte. Eli war gut einsachtzig groß, hatte muskulöse Arme und kräftige, zupackende Hände. Der Schmutz harter Arbeit bedeckte seine schweren Arbeitsstiefel, die Khakihosen und das schweißfleckige, blaue Hemd. Er hatte die Brille mit Kontaktlinsen vertauscht und dann, vor einem Jahr, eine Laser-Operation über sich ergehen lassen. Er wußte, wie er im Moment aussah, genau wie sein Gegenüber. Der Mann machte einen Schritt rückwärts. Eli nickte ihm zu.

»Ich bin Alton Canetrees Schwager.« Eli reckte den Daumen Richtung Trailer. »Ist er da drinnen?«

»Klar. Aber er ist … äh, er hat einen schlechten Tag. Er läßt sich kaum blicken.«

»Was Sie nicht sagen.« Eli warf ein Herz-As in die Luft, fing es auf und knallte es wie eine Münze auf die Handfläche. Geduld. Immer mit der Ruhe. Er zählte bis zehn. Die Zahlen ließen einen nie im Stich. Als er auf den Trailer zuging, steckte er die Karte in seine Hemdtasche und ballte die Fäuste.

Eli riß die Metalltür so heftig auf, daß sie gegen die Seite des Containers knallte. Er trat ein und runzelte die Stirn. Mit einem Arm über den Augen lag Alton auf einem Sofa und schlief. Sein Polohemd war zerknittert, die Hose fleckig von Zigarrenasche, sein sandfarbenes Haar schweißverklebt. Eine halbleere Flasche Bourbon und ein voller Aschenbecher standen auf einem kleinen Metallregal, das Alton neben das Sofa gezogen hatte, bedenklich auf der Kippe.

Überrascht und besorgt blieb Eli stehen. Normalerweise war Alton weder ein starker Raucher noch ein Trinker. In den fünf Jahren seiner Ehe mit Bell hatte er sich nie anders als verläßlich gezeigt. Er war für Eli ein Ersatzbruder geworden, ein zweiter Sohn für Mama. Er liebte Bell ebenso wie sie ihn. Vor sechs Monaten war ihr erstes Kind geboren worden, und Alton betete seine Tochter Jessie förmlich an. Was dies alles um so unverständlicher machte.

»Verdammt noch mal, Alton, wach auf!« Eli beugte sich über ihn und packte ihn am Hemd. Ein kräftiger Ruck, und Alton fuhr hoch und starrte Eli mit trüben, blutunterlaufenen Augen an. Eli verzog das Gesicht. Alton hatte nicht nur getrunken. Er hatte geweint. Eli legte ihm die Hände auf die Schultern. »Was ist passiert? Warum hast du meine Schwester verlassen?«

»Ich wußte nicht, was ich sonst tun sollte. Ich weiß nur, daß es so nicht weitergeht. Dafür liebe ich sie zu sehr.«

»Ich gebe ja zu, daß sie mitunter ein bißchen komisch sein kann, aber du wirst deine Frau und dein Kind nicht verlassen. Auf keinen Fall.«

»Einer ihrer verrückten Kaffeesatzleser hat es nun geschafft: Sie redet über nichts anderes mehr als über die Dinge, die damals in North Carolina geschehen sind, als ihr Kinder gewesen seid.«

Eli stöhnte unhörbar. Bells Obsession mit der Vergangenheit war nichts Neues. Genau wie Mama war sie nie zur Ruhe gekommen, obwohl es keine Antworten gab. Aber Mama suchte in Gebeten und Gemeindearbeit Zuflucht, während Bell zu Kartenlesergurus und Hellsehern lief. »Damit versucht sie nur zu bewältigen, was uns zugestoßen ist. Du weißt, wie sprunghaft sie ist. Bestimmt handelt es sich nur um eine Phase, die vorübergeht. Wenn sie zuviel Geld für ihre Wahrsager ausgibt, schick mir einfach die Rechnungen.«

»Es sind nicht nur die verdammten Wahrsager. Es geht um weit mehr. Und ich will kein Geld von dir. Mir ist klar, daß du uns helfen würdest, wenn wir finanziell knapp wären. Aber darum geht es nicht.«

»Was auch immer. Du kommst jetzt mit mir nach Nashville. Unterwegs können wir miteinander reden. Ich werde dir und Bell helfen, miteinander ins reine zu kommen. Du siehst schlimm aus, aber sie noch schlimmer. Komm schon. Sie ist mit dem Baby bei Mama.«

Alton schob die Beine vom Sofa und stand schwankend auf. »So einfach, wie du glaubst, ist das nicht. Eine ihrer Hellseherinnen hat ihr eingeredet, daß sie dorthin zurückkehren muß, wo euer Vater gestorben ist. Dort wäre die Wahrheit verborgen, irgendwo in der Erde *begraben*. Ich weiß mir keinen Rat mehr. Ich habe es aufgegeben, mit deiner Schwester vernünftig zu reden. Seit Jessies Geburt geht das nun schon so! Sie behauptet, sie sei unserer Tochter den Beweis schuldig, daß ihr Großvater kein Mörder war.«

»Na und? Es ist doch völlig belanglos, was ein hirnloser Quacksalber Bell einflüstert …«

»Eli, deine Schwester hat hinter meinem Rücken alle unsere Ersparnisse ausgegeben.« Alton fuhr sich mit beiden Händen durch die Haare. »Sie hat für eine halbe Million Dollar Land gekauft, ohne mir etwas davon zu sagen.«

Eli erstarrte. »Was?«

Alton schlug die Hände vors Gesicht und gab ein Geräusch von sich, das ein Mittelding zwischen Schluchzen und Lachen war. »Das Grundstück in North Carolina, auf dem ihr gewohnt habt, mit dem Marmor-Cottage und diesem Garten …«

»Steinblumengarten.«

Alton nickte. »Dorthin will sie zurück und in der Erde buddeln.«

In trübseliger Stimmung brachte Eli den kurzen Flug nach Nashville hinter sich. Er hatte sein Jugendversprechen gehalten, irgendwo zur Ruhe zu kommen. Auf eine Art war das zum bestimmenden Element seines Lebens geworden. Dennoch bewegte er, der geborene Einzelgänger, sich unablässig über das Antlitz der Erde und gewann ständig an Höhe. Wenn er zurückblickte, sah er Burnt Stand, die rosa Stadt in North Carolina, den einzigen Ort, wo er nie landete, wo nie etwas glatt und eben verlaufen war und Fragen keine Antworten fanden. Selbst nach all diesen Jahren dachte er noch immer jeden Tag an Darl.

Er setzte die Maschine auf eine asphaltierte Landebahn inmitten hügeliger Wiesen und bewaldeter Hänge. In der Ferne ragte die berühmte Skyline von Nashville auf. Die Farm, die er vor einigen Jahren gekauft hatte, lag nur wenige Meilen von dem alten Friedhof entfernt, auf dem Pa bestattet war. Mama besuchte sein Grab jede Woche, und sie hatte der Gemeinde, zu der der Kirchhof gehörte, Tausende von Dollars gespendet. Sie war glücklich, Pa nahe zu sein.

Eli bestieg den schlammbespritzten SUV, den er neben der privaten Landebahn geparkt hatte, und fuhr die unbefestigte Straße zwischen eingezäunten Weiden hinunter, auf denen Rinder und Pferde grasten. Wenn er nicht herumreiste, arbeitete Eli auf der Farm und versuchte, auf dem Land heimisch zu werden, Wurzeln zu schlagen. Aber Mama, Bell und er waren so viele Jahre rastlos herumgezogen, daß es ihm fast unnatürlich vorkam, irgendwo seßhaft zu sein.

Sieh nach vorn und nicht zurück, sagte er sich oft.

Er kam an Scheunen, Ställen und dem kleinen Backsteinhaus vorbei, in dem der Verwalter und seine Familie lebten. Diese Ironie des Schicksals – der Vergleich mit seiner Kindheit – bereitete ihm immer ein gewisses Unbehagen. Jetzt war er der Landbesitzer, von dem das Wohl und Wehe einer Familie abhing. Allerdings achtete er stets auf anständige Behandlung und guten Lohn. Er überquerte eine Steigung, und die Gärten des Haupthauses breiteten sich unter hohen, schattenspendenden Bäumen vor ihm aus. Dazwischen stand das

Haus, das er für seine Mutter gebaut hatte. Geräumig, aber schlicht, genau wie es Annie Gwen Wades Wunsch gewesen war: Die Kopie eines weißgestrichenen Schindelhauses, dessen Photo sie in *Southern Living* entdeckt hatte.

Mit leicht besorgter Miene kam ihm seine Mutter an der Tür entgegen. Annie Gwen Wade war inzwischen fast sechzig Jahre alt, ein wenig mollig geworden, aber trotz der Arthritis in ihrer rechten Hüfte hielt sie sich kerzengerade. Ihre braunen, von grauen Strähnen durchzogenen Haare ließ sie von einem Coiffeur in Nashville zu einem kinnlangen Bob schneiden. Sie trug einen ihrer einfachen, blauen Trägerrökke und ein T-Shirt, über ihrer Schulter hing eine Babydecke. »Konntest du Alton nicht zur Rückkehr bewegen?« fragte sie.

Eli schüttelte den Kopf und umarmte seine Mutter. »Aber er liebt sie. Und ich werde mich um das Problem kümmern.«

»Wie?« Annie Gwen trat einen Schritt zurück und sah ihn an. »Hast du von ihm gehört, was sie getan hat?« Eli nickte. »Miß Swan wollte das Land verkaufen, und sie …«

»Ich weiß, Mama, ich weiß. Alton hat mir alles erzählt.«

»Sie muß den Verstand verloren haben! Sie will nach Burnt Stand zurück und dort in der Erde wühlen, aber sie weiß nicht einmal, warum.«

»Wir fahren nicht zurück, Mama. Und niemand wird in der Erde wühlen.«

Mama hob die Hand und schloß ihre Finger um das diamantenbesetzte Kreuz, das Eli und Bell ihr zu Weihnachten geschenkt hatten. Bell jagte Hirngespinsten nach, Mama betete um Zeichen. »Wenn ich wüßte, wie wir beweisen können, daß dein Pa Clara Hardigree nicht getötet hat, würde ich es tun. Aber das ist doch absolut töricht.«

»Nein, Mama, ist es nicht«, rief Bell von drinnen. »Es ist ein Fingerzeig des Schicksals.«

Eli trat ins Haus und blickte die weißgestrichene Treppe hinauf. Oben stand Bell auf nackten Füßen, in Jeans und einer tränenfeuchten, weißen Seidenbluse. Auch mit zweiunddreißig war sie noch immer von graziler Zierlichkeit und ein wenig verhuscht, mit den hellbraunen Haaren ihrer Mutter und den dunklen Augen der Wades. Annie Jessamine Canetree – Jessie – schlief in ihren Armen.

»Wir wollten nie wieder dorthin zurück«, erinnerte Eli sie.

»Wir werden für den Rest unserer Tage keine Ruhe finden, wenn wir es nicht tun«, schluchzte Bell und schaukelte das Kind leicht hin und her. »Ich möchte nicht, daß meine Tochter von der Vergangenheit verfolgt wird.«

Eli fuhr sich mit der Hand durch die Haare und unterdrückte den Wunsch, sie anzuschreien. »Dein Quacksalber weiß doch nicht, wovon er redet. Dort ist nichts zu finden als böse Erinnerungen.«

»Nein. Nichts geschieht zufällig. Nachdem mir meine Wahrsagerin gesagt hat, wo die Wahrheit vergraben ist, habe ich einen Anwalt engagiert. Nur um zu sehen, was er über Swan Samples und ihren Besitz in Erfahrung bringen kann. Sie ist jetzt Ende siebzig, und ich dachte, sie könnte inzwischen bereits alles an Darl übergeben haben, die …«

Eli hämmerte mit der Faust gegen das Treppengeländer. »Du hast dich doch nicht etwa mit Darl in Verbindung gesetzt, oder?«

»Nein, nein. Ich habe meinen Anwalt nur gebeten, mit Immobilienmaklern in Burnt Stand zu sprechen.« Jessie an die Schulter gedrückt, kam Bell die Stufen herunter. Mama lief ihr entgegen und nahm ihr das schlafende Baby ab. Mit glänzenden Augen streckte Bell ihrem Bruder flehend beide Hände entgegen. »Und der Anwalt brachte in Erfahrung, daß Swan Samples vor einem Jahr das Gelände hinter Marble Hall zum Verkauf angeboten hat! Das Cottage, den Steinblumengarten – alles! Das ist kein Zufall, Eli! Wir sollten das Grundstück kaufen!«

»Weiß Swan Samples, daß du die Käuferin bist?«

Bell schüttelte den Kopf. »Der Anwalt hat meinen Namen

geheimgehalten, weil ich nicht wollte, daß sie sich aufregt. Sie ist immerhin eine alte Frau.«

»Meinst du nicht, sie kommt sehr schnell dahinter, daß sie belogen wurde, wenn du Bulldozer und Männer mit Spitzhakken anrücken läßt?«

»Vielleicht gefällt es ihr sogar. Sie wird doch sicher die Wahrheit über ihre Schwester erfahren wollen. Im See wurde Clara nie gefunden.«

»Kaum überraschend. Es ist ein großer, tiefer See.«

»Clara Hardigree wurde ermordet – aber nicht von Pa. Ich werde dort graben lassen, bis ich etwas finde, das uns sagt, was wirklich geschehen ist.«

»Du wirst weder etwas finden«, erklärte Eli mit ruhigerer Stimme als zuvor, »noch etwas beweisen – bis auf die Tatsache, daß wir hirnverbrannte Toren sind, die mittlerweile etwas Geld haben.«

Bell begann vor Zorn zu zittern. »Warum willst du nicht an Pa glauben? Wie kannst du nur so tun, als wäre er ein Mörder? Willst du denn nicht, daß er endlich von diesem miesen Verdacht befreit wird? Er war unser Daddy. Er hat uns geliebt. Er verdient es nicht, als Mörder beschimpft zu werden. Ich will jedenfalls nicht, daß meine Tochter irgendwann erfährt, daß ihr Urgroßvater Anthony ein Weiberheld war und ihr Großvater Jasper eine Frau umgebracht hat. Willst du das eines Tages deinen Kindern sagen?«

Eli spürte Mamas bohrenden Blick auf sich. »Ich habe keine Kinder und rechne auch nicht damit, welche zu bekommen.« Mama seufzte, unterdrückte es aber schnell.

Erregt warf Bell die Hände in die Luft. »Begreifst du denn nicht, was mit dir los ist, Eli? Warum du dieses Zigeunerleben führst, rastlos durch die Lande ziehst, mit Computern herumspielst, Geld raffst und hin und wieder mit Frauen schläfst, wenn sie nur ein bißchen aussehen wie Darl Union ...«

»Bell ...«, sagte Mama leise.

Seine Schwester bemerkte die Warnung in Elis Miene und

erblaßte. »Tut mir leid, großer Bruder, aber du weißt, daß mit dir etwas nicht stimmt. Es ist wegen Pa, stimmt's? Du findest keine Ruhe, ebensowenig wie Mama und ich. Wir müssen nach Burnt Stand zurück, nur so können wir darüber hinwegkommen.«

Er griff nach dem Geländer. »Auf dem Grundstück ist nichts zu finden, das beweisen könnte, was Pa getan hat oder auch nicht. Laß die Dinge ruhen und ...«

»Die Dinge ruhen lassen? So wie du? Uns ist bekannt, was du in den letzten Jahren getan hast. Wir sind nicht blind.«

»Ich versuche nur, mit meinem Leben und meinem Geld etwas Gutes anzufangen.« Ein angespanntes Lächeln verzog sein Gesicht.

»Wir wissen von Darl und der Phoenix Group.«

Schweigen. Bell griff nach seinen Händen. »Du kannst nicht weiterhin so tun, als wäre sie ein Teil deines Lebens, ohne daß sie es weiß. Das ist nicht gut ... nicht fair. Weder für sie noch für dich.«

»Sie hat nicht den geringsten Grund, mich wiedersehen zu wollen. Oder einen anderen von uns.«

»Du hast doch keine Ahnung, ob sie uns haßt. Du weißt nicht, ob sie an Pas Schuld glaubt.«

»Sie glaubt es«, brachte er zwischen zusammengebissenen Zähnen hervor. »Es gibt zwei Dinge, die ich nie im Leben vergessen werde. Pas Anblick, wie er blutüberströmt auf der Erde lag ...« Eli bemerkte, wie seine Mutter gequält das Gesicht verzog, und verstummte. Er holte tief Luft. »Und den Ausdruck in Darls Augen.«

Bell begann wieder zu weinen. »Deshalb müssen wir nach Burnt Stand zurück.« Zärtlich strich sie ihm über die Hand. »Hast du dich nie gefragt, ob Darl nicht vielleicht ebenso leidet wie wir? Ob sie nicht auch wissen möchte, was wirklich geschehen ist?«

»Es könnte auch mit dem Beweis enden, daß Pa ihre Großtante getötet hat.«

Mit großen Augen sah ihn seine Mutter an. »Ist es das, wovor du Angst hast, Sohn?«

Nach einem Augenblick erstarrten Schweigens nickte er. Sie wurde kalkweiß und sank auf eine Treppenstufe.

»Mama!« Schnell nahm Bell ihr das Baby ab und setzte sich neben sie.

Mama wischte sich über die Augen. »Euer Pa war ein guter Mann, und ich weiß einfach, daß er Clara Hardigree nicht getötet hat. Vielleicht machen wir uns zu Narren, wenn wir da in der Erde wühlen, aber das ist mir egal. Bell hat recht. Wir müssen nach Burnt Stand zurück und darum beten, daß wir eine Wahrheit finden, die wir auch ertragen können.«

Eli war es, als hätte sich eine schwere Last auf die Schultern gelegt.

Darl ...

Wenn er sich nicht auf der Farm beschäftigte, verbrachte Eli seine Zeit in einem kleinen, fensterlosen Gebäude, das er sich ein paar Minuten vom Haus seiner Mutter entfernt im Wald errichtet hatte. »Solo, Inc.« stand auf einem kleinen Schild an der Tür. Es gab in dem Gebäude einen spartanisch eingerichteten Schlafraum und eine Küche, doch die waren nebensächlich. Bücher und CDs über Mathematik, Naturwissenschaften und Technologie füllten einige Räume, in anderen standen Tische und Regale voller elektronischer Geräte. Kabel zogen sich unter der Fasergipsdecke entlang und schlängelten sich über den gefliesten Fußboden. Elis Begeisterung für die neuen Techniken hatten ihn dazu gebracht, klug in etliche neugegründete High-tech-Unternehmen zu investieren, die mittlerweile alle ein kleines Vermögen wert waren. Er konnte es sich leisten, sich mit seelenlosem Zubehör zu umgeben.

Als er an diesem Abend auf einem alten Ledersessel inmitten all dieser unfehlbaren und logischen Silikongehirne saß, tippte er auf ein paar Tasten, und auf dem großen Bildschirm erschien der Vorspann einer Kabel-TV-Talkshow. Der Moderator stellte das Thema vor und wandte sich dann seinem Gast zu.

»Ich heiße Sie erneut herzlich in der Show willkommen«, sagte er zu Darl. Eli atmete langsam aus. Ohne es zu wissen, hatte sie ihm schon oft den Atem geraubt. Lange Jahre hatte er versucht, sie sich aus dem Kopf zu schlagen, weil Gedanken an sie zu schmerzlich waren.

Jetzt lehnte er sich in seinem Sessel zurück und betrachtete sie im Fernsehen. »Ich wünschte, mein Besuch wäre nicht nötig«, sagte Darl. »Nichts für ungut …«

»Verstehe. Erzählen Sie uns etwas über die Phoenix Group. Für Zuschauer, die sie noch nicht kennen.«

»Es ist eine gemeinnützige Rechtshilfe-Organisation, der fünf Juristen und ein kleiner Stab von Mitarbeitern angehören. Unser Hauptsitz befindet sich in Washington (D.C.) Die Stiftung wird von Irene Branshaw geleitet, einer Bundesrichterin im Ruhestand.«

»Sie kümmern sich um Menschen, die zum Tode verurteilt wurden. Bisher hat die Stiftung zwanzig Männer aus dem Todestrakt geholt. Die Öffentlichkeit hat wenig Verständnis für Juristen, die so etwas tun.«

»DNA-Analysen haben erwiesen, daß diese Männer unschuldig waren. Es ist nicht das Ziel der Stiftung, Schuldige ihrer Strafe zu entziehen. Uns geht es um Gerechtigkeit für zu Unrecht Verurteilte.«

»Aber in Frog Marvins Fall verhält es sich anders. Es steht zweifelsfrei fest, daß er zwei Polizisten getötet hat. Wollen Sie ihn freibekommen?«

»Nein. Ich möchte nur erreichen, daß seine Todesstrafe in lebenslängliche Haft umgewandelt wird.«

»Die Hinrichtung in Florida ist auf den kommenden Mittwoch festgesetzt. Sie haben Gnadenersuche eingereicht. Mit welchem Resultat?«

»Bislang ohne Erfolg, aber es ist noch eine Woche Zeit. Ich werde nicht zulassen, daß der Staat Florida ein Kind tötet.«

»Frog Marvin ist neununddreißig Jahre alt. Warum bezeichnen Sie ihn stets als Kind?«

»Er hat den IQ eines Zweitklässlers«, entgegnete sie mit leiser, aber nachdrücklicher Stimme. »Also ist Frog von der Intelligenz her ein siebenjähriger Junge. Wollen Sie den wirklich töten lassen?« Sie blickte den Moderator höflich, aber messerscharf an, ein Blick, der einen Kommentator einmal zu der Bemerkung veranlaßt hatte, sie hätte die Augen eines Revolverhelden beim Showdown. In weichen Wellen umrahmte ihr braunes Haar ihr Gesicht, milderte aber nicht den intensiven Blick ihrer blauen Augen. Sie sah wunderschön aus, ihre Haut wie Porzellan. Dennoch war in ihrer Haltung und Kleidung eine gewisse Zurückhaltung nicht zu übersehen, denn sie bevorzugte maßgeschneiderte Hosenanzüge oder Kostüme. Der Fall Marvin setzte ihr zu wie keiner zuvor. Eli blieb nicht verborgen, daß sie in den letzten Monaten dünner geworden war. Kantiger. Verzweifelter. Gefährlicher.

Der Moderator blickte in die Kamera. »Für Zuschauer, die sich erst jetzt zugeschaltet haben: Vor zwölf Jahren wurden Frog Marvin und sein älterer Bruder Tom für schuldig befunden, in Florida einen Supermarkt überfallen und zwei Polizisten erschossen zu haben. Tom wurde zu lebenslänglicher Haft verurteilt und Frog zum Tode, weil er geschossen hat.«

Kopfschüttelnd hob Darl die Hand. Wie immer bemerkte Eli, daß sie keine Ringe trug und auch sonst wenig Schmuck. Nur der Hardigree-Anhänger hing an einer schmalen Goldkette um ihren Hals. *Sie bewahrt die Familientradition*, dachte Eli.

Er stützte das Kinn in die Faust. Sie würde stets eine Hardigree bleiben, so wie er der Sohn des mutmaßlichen Mörders ihrer Großtante. »Tom hat Frog befohlen, die beiden Polizisten zu töten«, erläuterte sie. »Das wird von niemandem bestritten, ebensowenig wie die Tatsache, daß Tom seinen kleineren Bruder schikanierte, seit sie Jungen waren. Jeder Augenzeuge des Überfalls bestätigte, daß Frog den Polizisten nichts tun wollte. ›Ich will sie nicht verletzen‹, rief er, aber

Tom schrie, er solle endlich schießen, sonst bekäme er es mit ihm zu tun. Frog erschoß die Polizisten, ließ die Waffe fallen und brach in Tränen aus.«

»In der letzten Woche waren die Familien der getöteten Polizisten hier im Studio. Sie sagten, das wäre ohne Belang.«

»Ich empfinde tiefes Mitgefühl für sie, aber der Mann, der ihre Angehörigen tötete, war *Tom* Marvin, nicht Frog Marvin. Frog tat nur, was ihm befohlen wurde. Er brachte eindeutig nicht die Kraft auf, seinem Bruder zu widersprechen.«

»Sie scheinen diesen Fall sehr persönlich zu nehmen.«

»Ich nehme jeden Fall persönlich.«

»Kann man sagen, daß Sie Frog Marvin inzwischen gut kennen?«

»Ich beschäftige mich seit fünf Jahren mit ihm. Er war einer meiner ersten Fälle nach dem Beitritt zur Phoenix Group.«

»Davor waren Sie Pflichtverteidigerin in Atlanta.«

»Ja, einige Jahre lang. Kurz nach ihrer Gründung im Jahr sechsundneunzig machte mir die Phoenix Group ein Angebot.«

»Mit der Arbeit im Auftrag der Regierung und für gemeinnützige Organisationen wird man nicht reich. Haben Sie je daran gedacht, sich selbständig zu machen, in das große Geschäft privater Anwaltspraxen einzusteigen?«

»Die Reichen können sich ihre eigene Art von Gerechtigkeit kaufen. Sie brauchen mich nicht.«

»Das klingt ein bißchen zynisch.«

»Nur realistisch.« Sie sprach weiter über die Aufgaben der Stiftung. Ihre Stimme war tief, angenehm moduliert, etwas heiser und schleppend, ungemein sinnlich. Sie war im Fernsehen so locker und natürlich wie im Gerichtssaal. Ich könnte ihr ewig zuhören, dachte Eli. Wegen ihrer TV-Interviews war sie fast so etwas wie eine Berühmtheit geworden. Eli hatte sie alle auf CD gespeichert. Er ließ sich nie eines entgehen.

»Sie wurden wegen des Falls Marvin mit dem Tode bedroht?«

Sie nickte und zuckte mit den Schultern. Ihre Haltung deutete an, daß ihr nichts gleichgültiger sein konnte. Sie hatte die bezaubernden, angsteinflößenden, unergründlich blauen Augen ihrer Großmutter. Aber für Eli war sie noch immer das kleine Mädchen in Rosa. »Das ist bei unserer Arbeit offenbar nicht zu vermeiden.«

Eli sprang auf und suchte auf einem mit Geräten und Werkzeugen übersäten Tisch fieberhaft nach einem Mobiltelephon. Er drückte auf ein paar Tasten. »William? Was wissen Sie über die Todesdrohungen?«

Er beendete das Gespräch und lief unruhig auf und ab, während Darl weiterhin gelassen mit dem Moderator sprach. »Was wünschen Sie sich für Frog Marvin?« wollte der wissen.

»Daß seine Strafe in eine lebenslängliche Haftstrafe umgewandelt wird. Ich plädiere nicht dafür, daß er freikommt.«

»Wenn alle Gnadengesuche erfolglos bleiben, wird er am kommenden Mittwoch mit der Todesspritze hingerichtet. Werden Sie als Zeugin dabeisein?«

»Notfalls in der ersten Reihe. Ich habe ihm in den letzten Jahren beigestanden. Ich werde ihn in seiner letzten Stunde nicht allein lassen.«

»Eine Zeitung aus Florida hat Sie als ›Hai mit blauen Killeraugen‹ bezeichnet. Sind Sie so robust?«

»Unbedingt.«

»Sie können mit ansehen, wie Frog Marvin stirbt?«

Sie musterte ihn schweigend. »Es ist nicht schwer, einem Menschen beim Sterben zuzusehen«, antwortete sie schließlich. »Das Problem ist, damit zu leben.«

Der Moderator richtete seinen Blick in die Kamera. »Nach einer Pause können Sie Darl Union Fragen stellen. Sie ist die Anwältin von Frog Marvin, der wegen Polizistenmordes in der nächsten Woche in Florida hingerichtet werden soll.«

Langsam setzte sich Eli wieder und ließ keinen Blick von ihrem Gesicht, bis es durch Werbespots ersetzt wurde. Sie wirkte blaß und erschöpft. *Das Problem ist, damit zu leben …*

Womit mußte sie leben? Welche Erinnerungen hatte sie an Clara und seinen Vater? An ihn? In seinem Kopf überschlugen sich die Gedanken. Er verstand besser als die meisten anderen, warum der Tod und das Sterben ihr so nahegingen. Er verstand, warum ein hilfloser, geistig zurückgebliebener Mann wie Frog Marvin sie kämpfen ließ wie eine Löwin. Als kleines Mädchen hatte sie sich mitten in prügelnde Jungen gestürzt, um einen fremden Zehnjährigen zu retten.

Ein ungeheuerlicher Plan nahm in seinem Kopf Gestalt an. »Allmächtiger, verdammt noch mal, das kannst du nicht tun. Das ist doch unmöglich«, murmelte er und schlug sich mit der flachen Hand gegen die Stirn.

Aber er wußte, daß er herausfinden mußte, wie es zwischen ihr und ihm stand, daß er ihr auf neutralem Boden begegnen mußte, bevor er ihr von Bells absurdem Vorhaben erzählte, die Erde hinter Marble Hall umzugraben. Doch mehr als alles war er ihr schuldig, bei ihr zu sein, wenn sie ihn brauchte, wenn der Tod die Hilflosen bedrohte. Er mußte es zumindest versuchen.

Nach fünfundzwanzig Jahren würde er Darl wiedersehen.

11

Ich hatte verloren. Es gab keine Chance mehr. Frog Marvin würde sterben. Und es war meine Schuld.

Mittwochmorgen. Ein heißer Septembertag brach über Mittelflorida an, fern von den Vergnügungen in Disney World oder den weißen Stränden am Atlantik und am Golf. Vor wenigen Stunden hatte es der Gouverneur abgelehnt, Frog zu begnadigen. Benommen stand ich in einem Innenhof des Gefängnisses und starrte in den himbeerroten Sonnenaufgang. Der Geruch nach gemähtem Gras, Kiefern und brackigem Wasser hing in der Luft. Die Frösche hatten ihr nächtliches Konzert gerade beendet.

Frog … Gequält verzog ich das Gesicht. In den vergangenen zwei Tagen hatte ich kaum mehr als fünf Stunden geschlafen und wirr geträumt – von Eli, Jasper, Clara und sogar Prediger Al. Ich hörte Eli »Nein, Pa!« schreien, als sein Vater getroffen zu Boden stürzte. Mein Schweigen, meine Furcht, die Loyalität für meine Familie hatten ihn ins Unglück gestürzt. Und jetzt hatte ich auch gegenüber Frog Marvin versagt.

»Wir sollten wieder hineingehen«, sagte ich zu den beiden jungen Leuten, die sich eine Zigarette an der anderen ansteckten. Sie waren Jurastudenten und absolvierten ein Praktikum in der Phoenix Group. Ihre moralische Unterstützung beschränkte sich darauf, mir überallhin zu folgen und – wenn sie glaubten, ich würde es nicht hören – einander zuzuflüstern, daß ich mit Sicherheit jeden Moment zusammenbrechen würde. Dem konnte ich nicht widersprechen. Meine Füße fühlten sich an wie Blei. Mein Körper unter der blauen Jacke und dem passenden Rock war eiskalt, wie erstarrt. Als mir der Aufseher die Tür offenhielt, blieb ich stehen und wischte mir umständlich Gras und Tau von meinen schwarzen Pumps. Um mich von meinen Gedanken abzulenken.

»Ich bin soweit«, log ich und folgte dem Aufseher in eine kleine, abgelegene Zelle. Bei meinem Eintritt sprang Frog höflich auf die Füße. Ein älterer Gefängnispfarrer stand neben ihm, er wirkte verlegen und irgendwie überfordert. Frog war massig, hatte ein rundes, breites Gesicht und hervorquellende, grüne Augen. Auf den ersten Blick sah er genau aus wie sein Spitzname, wie ein Frosch.

»Ich hatte schon Angst, Sie würden nicht wiederkommen, Miß Darl«, sagte er mit belegter, heiserer Stimme.

»Ich habe doch nie ein Versprechen gebrochen, Frog, oder?«

Er sah mich fast zärtlich an. »Nein, Miß Darl.«

»Ich war nur sehr erregt, als ich Ihnen die Entscheidung des Gouverneurs mitteilen mußte. Ich wollte ein paar Minuten allein sein, um zu überlegen, was noch getan werden kann. Aber es gibt keine Chance mehr, Frog. Es tut mir unendlich leid. Ich wünschte, ich könnte noch einmal von vorn beginnen. Dann würde ich alles anders angehen, nicht die gleichen Fehler machen.«

»O nein, Miß Darl. Machen Sie sich keine Vorwürfe. Alle sagen, daß Sie die beste Anwältin sind, die man sich wünschen kann.« Er rieb sich unbeholfen die Hände und trat von einem Fuß auf den anderen. »Ich habe etwas Schlimmes getan und ... und ich glaube, dafür muß ich nun auch sterben.«

»Sie haben nur geschossen, weil Ihr Bruder das von Ihnen verlangt hat, Frog. Ich will nicht, daß Sie dafür sterben.«

»Aber ich muß sterben. Das sagen alle.«

Ich nickte. Meine Augen brannten, meine Kehle war wie

zugeschnürt. Mit zitternder Unterlippe sah Frog mich an. »Nicht traurig sein«, flüsterte er.

»Ich bin traurig, weil ich versagt habe.«

»Das dürfen Sie nicht sagen, Miß Darl. Als Sie das erste Mal zu mir kamen, hatte ich Angst vor Ihnen. Sie haben so durchdringende Augen. Aber dann lächelten Sie mich an, und ich sah, wie nett Sie sind. Sie waren immer nett zu mir.«

Der Geistliche räusperte sich und zog eine Karte aus seiner Bibel. Er streckte sie Frog entgegen. »Lassen Sie uns die Worte gemeinsam sprechen, Mister Marvin.«

Errötend drehte Frog die Karte zwischen den Fingern. Mir wurde ganz heiß. Er konnte nicht lesen. Ich nahm ihm die Karte ab. »Ich werde Ihnen vorlesen, Frog.«

»Steht auf der Karte, wie es im Himmel sein wird?«

Der Pfarrer legte den Kopf in den Nacken und holte tief Luft. »Der Himmel entzieht sich unserem Verständnis, Mister Marvin. Er ist erfüllt vom Licht der Güte und …«

»Sie werden eine nette Freundin haben, ein hübsches Zuhause und einen Platz, auf dem Sie Basketball spielen können«, unterbrach ich ihn schnell. »Wenn Sie gestorben sind, wird Hambone schon auf Sie warten. Und auch Ihr Großvater. Sobald Sie einschlafen, kommen sie zu Ihnen.« Ein Hundemischling namens Hambone und ein liebevoller Großvater waren Frogs einzige gute Erinnerungen. Sein ganzes Leben hatte er unter geistiger Unterentwicklung, bitterer Armut und Mißhandlungen gelitten.

Voller Hoffnung sah Frog mich an. »Sie werden nach meinem Tod bei mir sein?«

»Ja. Sie brauchen nur einzuschlafen.«

»Woher wissen Sie das?«

»Weil ich im Traum von meinen lieben Toten besucht werde.« In meinen *Alpträumen*, fügte ich unhörbar hinzu.

»Und Sie merken wirklich, wenn sie da sind?«

»Sie sind immer da«, versicherte ich. »Sie warten nur darauf, daß ich die Augen schließe.«

Keuchend holte Frog Luft. »Dann macht es mir nichts aus.«

»Es wird Zeit, Miß Union«, sagte ein Justizbeamter an der Tür.

»Miß Darl«, flüsterte Frog, »ich habe Angst.«

Alles in mir verkrampfte sich. Ich empfand einen überwältigenden Drang, die Wände einzureißen und mit diesem erwachsenen Kind in eine weniger grausame Welt zu flüchten. »Ich würde Sie gern umarmen«, flüsterte ich. Er drückte mich an seine breite Brust.

Als ich mich schließlich von ihm löste, sah er den Pfarrer drängend an. »Geben Sie ihr das Geschenk.«

Seufzend zog der Pfarrer einen verpackten Gegenstand aus der Tasche seines Jacketts. »Mister Marvin hat mich gebeten, das hier für Sie zu besorgen.«

Vorsichtig breitete ich das Seidenpapier auseinander. In ihm lag ein weißes, mit roten Rosen bemaltes Plastikherz. »Mein Herz gehört Ihnen auf ewig«, sagte Frog.

Ich glaubte, den Verstand zu verlieren. Frog war Jasper Wade, war ich, war Eli, war jede kostbare Erinnerung, die ich in all den Jahren in meinem Herzen aufbewahrt hatte. Wieder mußte ich zusehen, wie ein Mensch starb. »Ich werde es in Ehren halten, Frog.« Ich küßte ihn auf die Wange. »Ich habe Sie sehr gern.« Vermutlich war es das erste Mal in seinem Erwachsenenleben, daß ihm das jemand gesagt hatte. Er begann zu schluchzen.

»Jetzt kann ich in den Himmel gehen«, sagte er.

Ein paar Minuten später betrat ich den kleinen Raum, in dem Frog hingerichtet werden sollte. »Ich verstehe nicht, warum Sie sich das antun«, sagte der Reporter eines TV-Senders leise und kopfschüttelnd.

Ich schwieg. Ich verstand es selbst nicht.

Als wir unsere Plätze auf den Stühlen einnahmen, beugte sich die Journalistin eines anderen Senders zu mir. »Ich habe gehört, daß die Phoenix Group die Kosten für Frog Marvins

Einäscherung übernimmt. Sie sollen vorhaben, seine Asche morgen in Ihre Heimatstadt in North Carolina schicken zu lassen. Trifft das zu?«

Ich würdigte sie keiner Antwort, und sie zischte halblaut etwas, das wie »Zimtzicke« klang. Jeder Nerv meines Körpers vibrierte. Als die Beamten Frog auf der Pritsche festschnallten, begann er zu zittern und blickte in meine Richtung. »Ich werde jetzt die Augen schließen, Miß Darl. Und sie geschlossen halten, bis Hambone und mein Großvater bei mir sind.« Er brach ab. Seine Lippen bebten. »Ich habe keine Angst, weil Sie hier mit mir warten, bis sie kommen, Miß Darl.«

Ich nickte stumm, sprechen konnte ich nicht. Überdeutlich nahm ich den antiseptischen Geruch im Raum wahr, das Summen der Klimaanlage, das Surren der Neonröhren an der Decke. Ich sah Clara und Jasper, Luftblasen im Koi-Teich aufsteigen, Blut auf der Erde vor dem Stone Cottage. Ich sah Eli auf seinen Vater zuspringen, sah die Leere in seinen Augen, als Chief Lowden mich fortschleppte. Jetzt sah ich Frog Marvin, der wie gekreuzigt auf einer Pritsche lag, sah, wie ein Gefängnisarzt die Spritze aufzog, die ihn für immer einschlafen lassen würde. Alles nur, weil ich wieder einmal nicht das Richtige gesagt oder getan hatte. Ich begann lautlos zu schreien. Ich umklammerte das weiße Plastikherz und drückte es gegen meine Wange, damit Frog es sehen konnte.

Frog lächelte und schloß die Augen.

Er schlug sie nie wieder auf.

Dutzende von Demonstranten hatten sich hinter den Absperrungen vor den Gefängnistoren versammelt, schwenkten Transparente und riefen ihre Parolen in die Mikrophone der TV-Stationen. Eine Hälfte war für Frogs Hinrichtung, die andere dagegen. Unter gleißendem Licht nahmen TV-Videokameras das Geschehen auf. Eine Reihe von Polizisten hielt die Menge hinter den Absperrungen. Die subtropische Sonne schickte ihre schrägen Strahlen auf die Transparente. Ich bemerkte nur die mit den hasserfüllten Aufschriften:

TOD DEM POLIZISTENMÖRDER
SPRING INS HÖLLENFEUER, FROG
EIN MISTSTÜCK WENIGER AUF DER WELT

Die Polizisten schwitzten und fühlten sich unbehaglich. »Das kann ich nicht zulassen, Darl«, sagte William Leyland, als ich auf die Menge zugehen wollte. Der Sicherheitskoordinator von Phoenix hörte sich sehr energisch an, was bei seinem melodiösen Karibikakzent nicht einfach war. Er legte eine kräftige, milchkaffeebraune Hand auf meinen Arm. »Kommen Sie, Darl. Das *dürfen* Sie nicht tun. Es wäre unverantwortlich. Die anderen warten bereits auf uns. Wir müssen los. Es bringt doch nichts, mit den Demonstranten zu sprechen.«

»*Mir* bringt es etwas.« Ich schob seine Hand fort und lief weiter. Die Kameraleute richteten ihre Lichter in dem Moment auf mich, als die Menge erkannte, daß ich Frogs Anwältin war. Die Gegner der Todesstrafe applaudierten, die anderen rückten mit funkelnden Augen auf mich los.

»Ich hoffe, du hast deinen schwachköpfigen Mörder sterben gesehen, du Schlampe«, kreischte eine Frau. Ein Gegner der Todesstrafe versetzte ihr einen Stoß, und die Polizei mußte beide voneinander trennen.

William eilte mir nach und stellte sich mir in den Weg. »Sie könnten einen Aufruhr auslösen«, sagte er mit gedämpfter Stimme. »Bitte, ziehen Sie sich zurück.«

»Ich kann nicht.« Ich trat an die Absperrung. Frogs Plastikherz umklammerte ich noch immer mit den Fingern, mit der anderen Hand zog ich einen gefalteten Zettel aus der Tasche meiner zerknitterten Jacke. »Ich möchte Ihnen allen etwas vorlesen. Aus dem Bericht eines Sozialarbeiters über Frog Marvin und seinen Bruder. Er wurde geschrieben, als Frog zwölf Jahre alt war und Tom fünfzehn.« Ich räusperte mich und begann dann langsam und deutlich zu lesen. »›Frog macht einen sehr verängstigten Eindruck, und sein Körper weist blaue Flecke und Prellungen auf. Häufig läuft er zu Nachbarn und fleht sie an, ihn vor *Ungeheuern* zu beschützen. Der einzige Erwachsene im Haus ist der alkoholabhängige Onkel der Brüder, der die Jungen häufig schlägt, wie Nachbarn berichteten. Aber auch Tom verprügelt seinen kleineren Bruder. Im letzten Jahr wurde Frog von Tom der Kiefer und ein Arm gebrochen. Darüber hinaus soll er vor Frogs Augen Tiere gequält und getötet haben. Ärztliche Untersuchungen ergaben, daß Frog sexuell mißbraucht wurde.‹« Ich legte eine kurze Pause ein. »Frog Marvin ist in einer wahren Hölle aufgewachsen. Doch das hat damals ebensowenig jemanden gekümmert wie heute. *Wir* sind die Ungeheuer in Frog Marvins Welt.«

Ich sah ein paar bedrückte und unbehagliche Mienen, aber viele Gesichter voller Haß. Ein bulliger, kleiner Mann drängte sich durch die Menge nach vorn. »Hören Sie, Lady, wehleidigen Liberalen wie Ihnen haben wir es zu verdanken, daß derartige Mistkerle frei herumlaufen können. Es interessiert mich nicht, wie der Kerl aufgewachsen ist, ob er eine Scheißangst vor seinem Bruder hatte oder ob er den Verstand einer Platterbse besaß. Er hat zwei Cops getötet, und damit hat er den Tod verdient.« Er entriß mir den Zettel und das Plastikherz und hielt beides hoch. »Was soll dieser Mist eigentlich? Überflüssige Gefühlsduselei!«

»Halt den Mund, Blödmann«, rief ein Gegner der Todesstrafe. Die Menge begann sich gefährlich vorwärtszubewegen. Ängstliche Schreie wurden laut. Die Menschen begannen sich aneinander festzuhalten. Die Kamerateams richteten ihre Kameras auf das Getümmel. Ich beugte mich über die Absperrung, packte den Mann am Hemd und wollte mit der anderen Hand nach Frogs Geschenk und dem Papier greifen. Der Mann zerriß den Zettel, warf das Plastikherz auf die Erde und trat darauf herum.

»Und was machen Sie nun? Mich verklagen?« Er grinste höhnisch.

Eine Faust schoß an mir vorbei und traf ihn am Kinn. William konnte sie nicht gehören, denn der versuchte, mich mit beiden Händen in Sicherheit zu ziehen. Der Getroffene taumelte rückwärts und wurde schnell von der Menge verschluckt, die dabei war, die Absperrungen zu überwinden. Polizisten und Justizwachtmeister gaben sich alle Mühe, die Leute auseinanderzubringen, und ich geriet in Gefahr, zu Boden zu stürzen. »Bringen Sie sie hier weg«, schrie William meinem Verteidiger zu. Ein Arm legte sich um meine Taille, und meine Füße verloren die Bodenhaftung.

Widerstrebend und empört ließ ich mich aus dem Gedränge tragen. Als er mich absetzte, drehte ich den Kopf und funkelte ihn ärgerlich an. »Lassen Sie mich los, verdammt noch mal. Ich muß mein Herz da ...« Mir versagte die Stimme. Verdutzt blickte ich in große braune Augen und ein schmales Gesicht unter dunklen Haaren. Sieh ihn doch an. Erinnere dich, sagte eine innere Stimme. Erinnern? An was? Ich schüttelte den Kopf.

»Ich kümmere mich darum«, sagte der Fremde mit tiefem Südstaatenakzent. »Ich sorge dafür, daß Ihrem Herz nichts geschieht.«

William kam zu uns gelaufen. »Gehen Sie. Folgen Sie diesem Mann. Bitte.«

»Wohin?«

»Irene hat Vorkehrungen für Sie getroffen. Der Mann hier ist ein guter Freund von mir. Ich würde ihm mein Leben anvertrauen, und das können Sie auch. Er heißt Solo. Machen Sie sich keine Sorgen. Bitte, gehen Sie endlich.«

»William, ich kann doch nicht ...«

»Ich bringe sie fort«, sagte der Fremde abrupt. Auf der anderen Seite der Zufahrt zum Gefängnistor stand ein Mietwagen. Solo schob mich darauf zu und öffnete die Beifahrertür.

Ich blickte über das Autodach auf die schreiende, tobende Menge. Solo legte mir eine Hand auf die Schulter, und die Berührung ließ mich zu ihm herumfahren. Was war nur in mich gefahren? Mit meiner Szene hatte ich die unwürdigen Umstände um Frogs Tod nur weiter vergrößert. »Was habe ich nur getan?« fragte ich mit halberstickter Stimme und sah ihn voller Scham an.

So etwas wie Stolz trat in seine Augen. »Sie haben denen da einen Spiegel vorgehalten, und was sie sahen, hat ihnen gar nicht gefallen. Steigen Sie ein. Wenn sich die Aufregung etwas gelegt hat, werden wir losfahren und erst einmal tief durchatmen.«

»Ich habe seit Jahren nicht mehr tief durchgeatmet.«

»Dann wird es höchste Zeit.«

Sanft, aber nachdrücklich, schob er mich in das Auto, und ich verbarg mein Gesicht in den Händen.

Solo fuhr zu einem kleinen Flugzeug, das in der Nähe des Gefängnisses wartete. Der verwitterte Anstrich und das ramponierte Innere ließen darauf schließen, daß es häufig und nicht immer pfleglich benutzt wurde. Als ich neben ihm ins Cockpit kletterte, stellte ich fest, daß mein Gepäck bereits auf den Passagiersitzen verstaut war. Blindlings starrte ich vor mich hin, während unter uns die Welt hinwegglitt. Nach knapp einer Stunde schimmerte westlich von uns der Golf von Mexiko auf.

St. George Island liegt wie eine sandige Augenbraue in der Appalachicola Bay. »Vergessene Küste« nennen viele diesen Landstrich, für weniger Romantische ist es die »Achselhöhle«. Fernab der Interstates gibt es hier nur malerische kleine Fischerorte, weite, leere Strände, Dünen, Austernbars und auf Betonpfählen ruhende Ferienhäuser.

Irene Branshaw, die ehemalige Bundesrichterin und Vorsitzende der Phoenix Group, hatte verfügt, daß ich einige Zeit in ihrem Ferienhaus auf St. George Island verbringen sollte. Ich war von Williams Freund, diesem Solo, auf sanfte, aber entschiedene Art gekidnappt worden. Ich wollte nicht mehr über ihn erfahren, nicht einmal seinen vollen Namen. Ich wollte nur eins: Für nichts und niemanden verantwortlich sein, außer für mich selbst.

Am Horizont ballten sich Gewitterwolken. Erste Böen ließen die Maschine heftig schwanken. Solo bediente die Instrumente mit ruhiger Gelassenheit, aber sein Gesichtsausdruck war angespannt. Der Morgen ging in den Tag über, heiß brannte die Sonne hinter uns. Ich floh vor der Hitze der Hölle und nahm den Fremden mit.

Keiner von uns sagte ein Wort. Mein Kopf lag auf der Sitzlehne, meine Hände lagen auf meinem kaffeefleckigen Kostümrock, und ich dachte an nichts. Er blickte auf die Armaturen und murmelte halblaut vor sich hin.

Ich hob den Kopf. »Stimmt irgend etwas nicht?«

»Ich habe nur kalkuliert, wieviel Kerosin wir bei unserer Geschwindigkeit verbrauchen.«

»Wird der Brennstoff knapp?«

»Nein. Zahlen und Berechnungen sind nun einmal mein Hobby.« Er schwieg kurz. »Kommen Sie zur Ruhe«, befahl er leise. »Atmen Sie durch.«

Ich nickte, lehnte meinen Kopf wieder zurück und schloß die Augen. Ich könne mich auf ihn verlassen, hatte William gesagt. Also kannte er sich vermutlich auch mit Zahlen aus.

Irgendwie beruhigend.

Ich schlief ein.

Und träumte von Frogs Tod.

Die Maschine setzte auf einem von Kiefern gesäumten schmalen Landestreifen am westlichen Ende der Insel auf, und Solo warf mein Gepäck zusammen mit seinem abgewetzten Ledersack auf den alten Jeep, den Irene am Rand der Landebahn in Bereitschaft hielt. Ich betrachtete den Ledersack und versuchte zu einer Entscheidung zu kommen, was nicht leicht war. In den letzten beiden Tagen hatte ich kaum etwas gegessen, und mein leerer Magen sowie die glühende Hitze ließen mich plötzlich Sterne sehen. »Vielen Dank, aber nun möchte ich gern allein meiner Wege gehen«, erklärte ich, lehnte mich gegen den Jeep und schnappte mühsam nach Luft.

Er musterte mich nachdenklich und drehte dabei ein Herzas zwischen den Fingern. »Es spricht einiges gegen Ihre Pläne.« Prompt wurden mir die Knie weich, und ich klammerte mich haltsuchend an den Jeep. Solo fing mich schnell auf und setzte mich auf den Beifahrersitz. »Keine Angst. Ich komme Ihnen schon nicht in die Quere.«

Stumm und benommen saß ich auf meinem Sitz, während er zügig über die Hauptstraße der Insel fuhr. Wir durchquerten einen kleinen Ort mit Restaurants und Souvenirläden, dann rückte der Wald wieder an die Straße heran. Er bog links in den Wald ein, der schon bald durch Dünen ersetzt wurde, die mit Strandhafer bewachsen waren. Plötzlich lag die schimmernde Weite des Golfs vor uns. Solo parkte den Jeep unter einem perlgrauen Haus mit korallenrotem Dach, das auf einem Dutzend rund fünf Meter hohen Pfeilern ruhte. Hinter dem Haus rahmten flache Dünen und ein blauer Himmel mit vereinzelten weißen Wolken den Ozean.

Ich stieg ohne seine Hilfe aus und kletterte mechanisch die Stufen zur Haustür hinauf, während sich in meinem Kopf alles drehte. »Danke, mein Gepäck hole ich später«, sagte ich, aber er schleppte es mir dennoch hinterher. Die Einrichtung bestand aus hübschen, hellen Möbeln mit korallenroten Akzenten. Vor dem Wohnraum erstreckte sich ein Sonnendeck, von dem aus eine Treppe zum Strand hinabführte. Irene hatte dafür gesorgt, daß es in der Küche an nichts fehlte. Ich holte eine Flasche Wasser aus dem Kühlschrank, warf meine Jacke auf einen Stuhl, holte Notizblock und Stift aus meiner Tasche, die Solo vor der Tür zum Schlafzimmer abgestellt hatte, und lief auf unsicheren Beinen hinaus.

Unter dem korallenroten Dach eines Pavillons standen zwei Liegestühle. Der kurze Weg zu ihnen kostete mich meine ganze Kraft. Ich setzte mich in den Schatten des Pavillons, schleuderte meine Schuhe von den Füßen und trank hastig einen Schluck Wasser. Dann beugte ich mich über meinen Block und begann hastig, mir Notizen zu machen. Ich hatte Telephonanrufe zu erledigen, Berichte zu schreiben. Keine Zeit zum Ausruhen oder Trauern.

»Ich will Ihnen ja nichts vorschreiben«, sagte Solo hinter mir, »aber das, was Sie da tun, kann warten, bis Sie sich besser fühlen. Ich werde Ihnen erst einmal etwas zu essen machen.«

»Danke, nein. Sie können jetzt gehen. Ich werde William anrufen und ihm sagen, daß ich Sie nicht brauche. Ich bin Ihnen wirklich dankbar für alles, was Sie getan haben, aber mir geht es gut. Ich habe zu tun. Ich muß nachdenken.«

Schweigen. Nur das Rauschen der Wellen und die Schreie der Möwen waren zu hören. »Ich schätze, es ist Ihnen am Haus noch gar nichts aufgefallen«, sagte er schließlich.

»Es ist sehr schön. Und?«

Er trat vor mich. Er war ein großer, schlanker Mann mit breiten Schultern und geschmeidigen Bewegungen. Er trug Khakihosen und ein leichtes Hemd mit hochgerollten Ärmeln. Er schien ein Mann zu sein, der seine Kleidung aus praktischen und nicht modischen Erwägungen auswählte. An einem besseren Tag wäre mir sehr viel mehr an ihm aufgefallen. »Ja?« fragte ich, ohne den Kopf zu heben.

»Nun, lassen Sie mich Ihnen auf die Sprünge helfen«, sagte er nachsichtig. »In der vergangenen Nacht muß ein gewaltiger Sturm getobt haben. Überall auf der Landebahn und auf der Straße lagen abgebrochene Äste, und vom Dach des Hauses fehlen Schindeln. Das Wasser, das Sie da trinken, muß doch lauwarm sein, denn der Strom ist ausgefallen und zwei entwurzelte Baumstämme sind gegen die hintere Hauswand gestürzt.« Er schwieg und verzog finster das Gesicht. »Aber die größte Sorge macht mir die Alarmanlage. Sie funktioniert nicht, und die Notbatterien wollen nicht anspringen.«

Langsam hob ich den Kopf. Natürlich war mir nichts von dem aufgefallen, was er da gerade erzählt hatte. »Können Sie irgend etwas davon in Ordnung bringen?«

Er ging vor meinem Liegestuhl in die Hocke. Seine Augen waren sehr groß, dunkel, seltsam vertraut. Doch woher? Ich verdrängte die Frage. »Ich kann fast alles in Ordnung bringen«, erklärte er. »Mit Ausnahme von Ihnen.« Auf meinen erstaunten Blick hin runzelte er die Stirn und stand auf. »Okay, ich kann mich nicht besonders gut ausdrücken. Ich werde mich an die Arbeit machen. Und auf keinen Fall überlasse ich Sie hier Ihrem Schicksal. Ich werde das Schlafzimmer im Obergeschoß nutzen.«

»Darüber sprechen wir später.« Wieder beugte ich mich über meinen Notizblock und zwang meine Finger zum Schreiben. Ich würde jeden meiner juristischen Schritte peinlich genau aufzeichnen, beginnend mit dem Tag vor fünf Jahren, an dem ich Frog Marvins Fall übernommen hatte. Jede Eingabe, jede Initiative, bis ich genau wußte, an welchem Punkt ich versagt hatte.

Mr. Solo ließ mich allein oder gab mir zumindest das Gefühl, allein zu sein.

Irgendwann in der Nacht wachte ich auf, noch immer in meinem Kostüm, noch immer auf dem Liegestuhl. Eine feine Salzschicht bedeckte meine Haut. Dutzende von zerknüllten Notizblättern lagen um mich herum. Meine Bemühungen um eine logische Bestandsaufnahme sahen aus wie kleine, vom Nachtwind verwehte Bälle. Eine schmale Mondsichel schickte ein trübes, milchiges Licht in den Pavillon. Mein Kopf schmerzte. Ich fühlte mich kraftlos und desorientiert. Als ich mich aufrichtete, fiel mein Blick auf ein Tablett mit Obst, Käse und einer Flasche Mineralwasser neben meinem Stuhl. Solos Werk, während ich schlief.

Ich streckte eine zitternde Hand nach einem Apfel aus und biß hinein. Plötzlich verspürte ich einen wahren Heißhunger und stopfte alles in mich hinein, was sich auf dem Tablett befand. Dann stützte ich einen Ellbogen auf das Tablett und meinen Kopf in die Hand, während erst die Ereignisse des vergangenen Tages auf mich einstürmten und dann alle Geschehnisse der letzten fünfundzwanzig Jahre.

Mein Leben kam mir sinnlos vor, und ich wußte mir keinen Rat gegen die düsteren Schatten der Vergangenheit, gegen meine Schuldgefühle. An meinem achtzehnten Geburtstag hatte ich Burnt Stand verlassen, alles in das kleine Auto gepackt, das ich von meinen Ersparnissen gekauft hatte, und war Richtung Georgia gefahren. Als die Wolkenkratzer von Atlanta vor mir auftauchten, suchte ich mir ein billiges Motelzimmer und nahm einen Job als Serviererin an. In einem Eßlokal namens The Peanut Room, an dessen Wänden Photos des früheren Präsidenten Jimmy Carter hingen. Und ich begann das Jurastudium an der Emory University.

Swan forderte mich zur Rückkehr auf, redete mir gut zu, versuchte es mit Bestechung, und als auch das nichts half, verweigerte sie mir jede weitere Unterstützung und sagte sich von mir los. Mir war klar, daß meine Flucht ihr das Herz gebrochen hatte, denn inzwischen wußte ich, daß die von ihr erzwungenen Regeln für sie genauso schmerzlich waren wie für mich. Sie kannte nur einen Weg, den bedrohten Hardigree-Ruf zu bewahren, der ihr so wichtig war. Durch harte, kompromißlose Entschlossenheit. Und ich wehrte mich mit ähnlichen Mitteln.

Ich bemühte mich erfolgreich um ein Ausbildungsdarlehen und übernahm zwei Jobs gleichzeitig, um mich über Wasser zu halten. In den nächsten fünf Jahren schlief ich bei Freunden auf der Couch oder in ihren Gästezimmern, aber als ich fertig war, brauchte ich niemandem dankbar zu sein. Ich lehnte lukrative Angebote von renommierten Privatkanzleien ab und begann als Pflichtverteidigerin zu arbeiten. Das Geld, das ich damit verdiente, reichte kaum für eine preiswerte Wohnung und die Befriedigung der dringendsten Bedürfnisse, aber das machte mir nichts aus. Ich war eine geradezu obsessive Arbeiterin, eine Märtyrerin der Gerechtigkeit, eine Einzelgängerin. Die wenigen Männer, die meine Schlafzimmerschwelle überquerten, konnten mit meiner nahezu besessenen Hingabe an meine Berufung nicht konkurrieren. Ich war fest entschlossen, jeden einzelnen Unschuldigen auf Erden zu retten. Solange es mich gab, sollte kein weiterer Jasper Wade sterben müssen. Und was meine weniger unschuldigen Klienten betraf – und die meisten *waren* schuldig –, so sah ich in ihnen meine Großtante Clara, die zumindest einen fairen Prozeß verdient hatte. Als Irene Branshaw ein paar Jahre später anbot, für die Phoenix Group zu arbeiten, wußte ich, daß diese Tätigkeit die perfekte Lösung für mein zwanghaftes Bedürfnis nach Wiedergutmachung war.

Bis zu der Katastrophe mit Frog Marvin.

»Ich kann so nicht weitermachen«, flüsterte ich dem Nachtwind zu. Unsicher stand ich auf und blickte auf den Strand und das Meer. *Laufe einfach hinein und sieh dich nicht um*, drängte eine innere Stimme und brachte mich damit völlig durcheinander. Ich wollte nicht sterben, aber wie ich weiterleben sollte, wußte ich auch nicht. Verzweifelt drehte ich mich um, fuhr mir durch die Haare und drückte beide Hände dann gegen den Kopf, als könnte er explodieren. Mein Blick fiel auf den anderen Liegestuhl, der rund drei Meter entfernt stand.

Ich erstarrte. Mein vorläufiger Mitbewohner hatte sich auf dem Liegestuhl ausgestreckt und schlief. Ich ging zu ihm und blickte auf sein sympathisches, prägnantes Gesicht und den athletischen Körper hinunter. Jetzt trug er T-Shirt und ausgeblichene Jeans und wirkte eigentümlich schutzlos. Er lag auf dem Rücken und hatte die kräftigen Arme über der Brust verschränkt, die Knöchel seiner nackten Füße übereinandergeschlagen.

Überrascht sah ich auf den geschlossenen Laptop, der neben seinem Stuhl stand, zusammen mit einem leeren Kaffeebecher und einer Thermoskanne. Offenbar hatte er versucht, sich so lange wie möglich wach zu halten. In der Nähe glänzte ein bizarres Objekt wie eine Metallspinne im Mondlicht. Der

Gegenstand war etwa dreißig Zentimeter hoch und vermutlich eine Art Spielzeugroboter.

Ich drehte mich um und kehrte zu meinem Stuhl zurück. Vor mir rauschte und schimmerte das Meer unter dem Sternengefunkel des klaren Himmels. Die Spitzen der Dünen lagen im Mondlicht und warfen lange, dunkle Schatten. Kleine, fast weiße Krebse huschten über den Sand. Energisch straffte ich die Schultern. Ich würde mich den Problemen meines Lebens stellen und versuchen, eine Lösung zu finden. *Aber vielleicht entscheidest du dich auch für den langen Weg ins Wasser*, wisperte die innere Stimme.

Mit zitternden Fingern zog ich meinen blauen Rock aus und streifte mir die Strumpfhose von den Beinen. Auf nackten Füßen lief ich zum Rand des Decks und begann die Stufen zum Strand hinabzulaufen. Plötzlich hörte ich ein hohes, durchdringendes Heulen. Erschreckt fuhr ich herum. Scheppernd schwankte das seltsame »Spielzeug« auf mich zu.

Innerhalb von zwei Sekunden war Solo hellwach und sprang vom Stuhl hoch. Schnell überblickte er das Deck. Als er mich sah, entspannte er sichtlich und zog eine Art Fernsteuerung aus seiner Jeanstasche. Ein Daumendruck ließ den Roboter innehalten und verstummen. »Entschuldigung. Das Ding ist selbstgebaut und mit Bewegungsmeldern ausgestattet. Aber es funktioniert.« Er kam auf mich zu. »Wie geht es Ihnen? Wollen Sie einen Mondscheinspaziergang machen? Gut. Ich werde Sie begleiten. Achten Sie gar nicht auf mich. Ich laufe einfach hinter Ihnen her.«

Wütend starrte ich den Roboter an. »Verdammtes Ding.« Ich zitterte wie Espenlaub.

»Ich dachte, Sie könnten aufwachen und spazierengehen oder schwimmen wollen. Das wollte ich nicht verschlafen. Es ist ein ziemlich großes Meer.«

Glaubte er etwa, ich müsse vor mir selbst geschützt werden? Mit wackligen Knien kletterte ich wieder auf das Deck zurück. Plötzlich kam ich mir sehr töricht vor, hilflos und schrecklich niedergeschlagen. »Ich bin zwar in keiner sonderlich guten Verfassung, aber ich brauche keinen Wachschutz. Ich möchte nur ein paar Schritte laufen.«

Er musterte mich intensiv. »Hören Sie, ich weiß alles über Ihre Tätigkeit für Phoenix. Mir ist bekannt, wie sehr Sie sich bemüht haben, Frog Marvin zu retten. Ich glaube, Sie ganz gut zu kennen, und kann mir gut vorstellen, was Ihnen jetzt durch den Kopf geht.« Er machte eine kurze Pause. »Und ich habe nicht vor, Sie mit diesen Gedanken allein zu lassen.«

Mir wurde eng in meiner Haut. Ich spürte, wie mir die Farbe aus dem Gesicht wich, Unbehagen überkam mich. *Woher kennt er mich so gut?* Sein Tonfall, sein Gesicht. Vor allem sein Gesicht. Diese dunklen Augen. »Mit einigem davon haben Sie wahrscheinlich recht«, flüsterte ich, »aber ich bin gescheitert, und das kann ich nicht vergessen.«

Solo musterte mich forschend, eine Vielzahl rätselhafter Emotionen überzog sein Gesicht. Ich hätte schwören können, Tränen in seinen Augen gesehen zu haben. Nein. Es war sicher nur eine Täuschung des Mondlichts. Er hob einen Arm, als wollte er meinen Arm berühren, besann sich dann aber anders und ließ die Hand wieder sinken. »Es würde ihm nicht gefallen, daß Sie sich quälen. Er würde sich wünschen, daß Sie fest glauben, alles für ihn getan zu haben. Ganz bestimmt.«

Das Timbre seiner tiefen, überzeugenden Stimme hallte in mir nach, löste Unsicherheit aus. »Sie mögen eine Menge über mich wissen … Ganz im Gegensatz zu mir.«

»Zumindest weiß ich, daß ich Sie nicht allein durch die Nacht spazieren lasse.« Er schwieg. »Und ich bin mir nicht zu schade, Sie ins Haus zu schleppen und in Ihr Schlafzimmer einzusperren«, fügte er hinzu.

Fassungslos sah ich ihn an. Aber es schien ihm absolut ernst zu sein. Er hatte mir gedroht. »Morgen verlasse ich die Insel«, erklärte ich. »Und Sie werden mich nicht daran hindern.« Verärgert lief ich ins Haus. Wenig später hörte ich, wie er mir folgte. Er ging in die Küche, öffnete Schränke, schloß sie wieder und bewegte sich dann auf nahezu lautlosen Sohlen über den Teppichbelag des Wohnzimmers. Stille. Offenbar dachte er gar nicht daran, die Treppe zum anderen Schlafzimmer hinaufzusteigen.

Ich ging zur Schlafzimmertür, öffnete sie einen Spalt und spähte hinaus. Er lag lang ausgestreckt auf der Couch. Das elektronische Gerät stand mitten im Raum. Ich schloß die Tür wieder, lief ein paar Minuten auf und ab und ließ mich dann wutschnaubend aufs Bett fallen.

In weniger als fünf Sekunden schlief ich ein.

Sag es ihr. Sag ihr, wer du bist, befahl eine innere Stimme, als Eli am nächsten Morgen in den warmen Wellen des Golfs schwamm. Mit jedem Stoß seiner Arme drang die Forderung tiefer in sein Bewußtsein. Erzähle ihr die Wahrheit. Noch heute.

Ich bin es, Eli. Du quälst dich mit unbeantworteten Fragen herum, aber mir geht es nicht anders. Ich muß nach Burnt Stand zurückkehren und die Wahrheit für uns beide herausfinden ...

Er hoffte, daß sie sich daran erinnerte, was sie als Kinder miteinander verbunden hatte. Hoffte, daß sie nicht nur daran denken mußte, was sein Pa möglicherweise ihrer Großtante angetan hatte. Hoffte, daß sie in ihm nicht den erwachsenen Sohn eines Mörders sah.

Eli drehte um und schwamm zum Strand zurück. Ich sage es ihr, sobald ich im Haus bin. Wenn sie erwacht, bin ich da, um mit ihr zu reden. Seine Füße traten Wasser, fanden Halt, und er richtete sich in der Brandung auf. Er wischte sich Salzwasser vom Gesicht, während weiße Gischt seine Hüften umspülte. Er liebte das Meer; seine Herausforderungen, seine Verlockungen und seine Endlosigkeit gaben ihm ein Gefühl der Freude, das mit Worten nicht zu beschreiben war. Mit geschlossenen Augen und in den Nacken gelegtem Kopf atmete Eli die frische Luft tief ein und schüttelte sich dann Wassertropfen von den Fingerspitzen. Er schob seine Daumen in den Taillenbund seiner schwarzen Schwimmshorts, zog sie sich über die Hüften und öffnete die Augen.

Darl stand keine fünfzehn Meter entfernt auf einer Düne und beobachtete ihn.

Sie war aus dem Haus und an den Strand gekommen, ohne daß er oder sein Bewegungsmelder etwas bemerkt hatten. Gott, war sie schön. Der leichte Wind blies ihr nerzbraune Haarsträhnen ins Gesicht, verhüllte kurz ihre blauen Augen, ließ sie dann jedoch um so leuchtender strahlen. Auch als er sie so intensiv ansah, wandte sie den Blick nicht ab. Ein weißes, feuchtes Nachthemd klebte ihr an Oberkörper und Hüften, verbarg so gut wie nichts. Unter dem dünnen Stoff erspähte er einen knappen, schwarzen BH und Bikinihöschen. Ihre scharf umrissene, schlanke Silhouette auf der Düne, der Seewind in den Haaren, war ein Bild, das er nie mehr vergessen würde. Hilflos und fast verzweifelt machte er sich klar, daß er Darl noch immer liebte. Mittlerweile erwachsen und wunderschön, aber belastet von ihrer Kindheit, genau wie er von der seinen.

»Ich bin entkommen«, rief sie triumphierend. Dann kam sie von der Düne herab und blieb vor der Brandung stehen. Sie griff mit beiden Händen nach ihrem Nachthemd, wollte es sich von der Haut ziehen, aber der Wind vereitelte diesen Versuch. Ein leichtes Erröten verriet, daß sie verlegen war, dennoch ließ sie ihn nicht aus den Augen. »Ich bin über den Balkon geklettert«, teilte sie sachlich mit. »Ich mußte einfach an die frische Luft.«

Sprachlos und voller Bewunderung starrte Eli sie an. *Sag ihr, wer du bist. Sag es ihr jetzt* ... Er stand im hüfthohen Wasser und wartete darauf, daß seine physische Erregung abklang. »Als kleines Mädchen«, begann er zögernd, »haben Sie immer Mittel und Wege gefunden, alle Verbote zu umgehen.«

Darl schien zu erstarren. »Eine erstaunliche Feststellung.«

»Aber zutreffend.«

Sie nickte. »Sie können Menschen sehr gut durchschauen. Oder Sie haben es sich zur Aufgabe gemacht, mich so gründlich wie möglich zu erforschen.«

»Sie sind für mich keine Aufgabe. Und auch keine Fremde. Ich finde keinen besseren Weg, als Ihnen zu sagen ...«

Sie hob die Hand. »Schon gut. Ich verstehe, was Sie meinen. Gestern haben Sie sich als guter Freund erwiesen.« Die plötzliche Trauer in ihren Augen machte Eli sprachlos. »Ich möchte Ihnen für alles danken. Ich möchte Ihnen danken, daß Sie mich gestern nicht allein hier herumwandern ließen. Ich war ... erschöpft und verwirrt. Und ich hatte große Angst. Ich kann nicht sagen, daß ich mich mit Frog Marvins Tod abgefunden habe oder zufrieden bin mit meiner Arbeit für ihn. Ich muß die Situation sehr genau analysieren. Gründlich nachdenken. Aber eins weiß ich schon jetzt: Ich möchte für eine Weile hierbleiben – weit weg von allem und allen, die mir sagen wollen, wie ich mich fühlen muß. Ich möchte ein oder zwei Tage einfach nur existieren. Ohne Vergangenheit und ohne Zukunft. Nur im Augenblick leben.« Sie lächelte verhalten. »Mehr kann ich im Moment nicht sagen, Mister Solo. Hätten Sie etwas dagegen, diese Zeitspanne mit mir zu teilen?«

Eli dachte lange darüber nach. »Überhaupt nichts«, erwiderte er schließlich. »Ich werde dafür sorgen, daß nichts und niemand Sie stört. Das schwöre ich.«

Der letzte Satz ließ sie noch tiefer erröten und brachte den distanzierten Ausdruck in ihre Augen zurück. Eli verfluchte seine Wortwahl. Dabei hatte er doch viel von Frauen gelernt: Zurückhaltung und ein Gespür für den richtigen Zeitpunkt, die Selbstschutzmechanismen in den Beziehungen zwischen Mann und Frau. All das schien er hier, in diesen Minuten vergessen zu haben. Darl strich sich die Haare aus dem Gesicht und nickte. »Ich kann verstehen, warum William mich Ihnen anvertraut hat. Ihre Sensibilität ist sehr wohltuend.« Sie machte eine kurze Pause. »Ich beneide Sie.«

Dann drehte sie sich um und lief einen Pfad zwischen den Dünen entlang, berührte beim Laufen die hohen Halme des Strandhafers. Beunruhigt und schuldbewußt sah Eli ihr nach. Er konnte es ihr nicht sagen. Nicht jetzt.

Nie unterlag ich dem Glauben, daß Eli wieder irgendwann in meinem Leben auftauchen könnte. Er lebte nicht mehr in den Vereinigten Staaten und würde vermutlich nie wieder zurückkehren. Ich kannte den Grund. Vor zehn Jahren hatte ich ihn aufgespürt.

Es war ein klarer Frühlingsmorgen in Atlanta, wenige Wochen nachdem ich meine Tätigkeit als Pflichtverteidigerin am Bezirksgericht begonnen hatte. Ich war fünfundzwanzig Jahre alt, geradezu arbeitsbesessen und ungemein stolz auf mich. Endlich verdiente ich genug, um mir ein kleines Apartment leisten zu können, auch wenn die bescheidene Einzimmerwohnung ganz oben unter dem Dach eines heruntergekommenen Gebäudes in einer Querstraße des Ponce de Leon lag, einem Boulevard, an dem feine, alte Häuser Tür an Tür mit Tätowierungssalons lagen, und in den rund um die Uhr geöffneten Kneipen saßen leichte Mädchen neben ernsthaften Ingenieurstudenten von der Georgia Tech.

Ich blickte auf meine Kontoauszüge, während ich Tee an dem alten Eichentisch trank, der vom Lakewood Flohmarkt stammte, dem größten Trödelmarkt der Stadt. Swan hatte mir fünftausend Dollar überwiesen, in Anerkennung der bestandenen Prüfung. Offenbar war sie stolz auf mich, obwohl sie das nie sagte. »Du hast Dein Ziel erreicht«, stand in dem Brief, mit dem sie ihr Geschenk ankündigte. »Wenn Du nach Hause zurückkommst, wird Hardigree Marble Deine juristischen Kenntnisse gut gebrauchen können.«

Eigentlich hatte ich vor, das Geldgeschenk meiner Großmutter karitativen Organisationen zu spenden, beschloß dann aber, einen Teil davon einem ähnlich nützlichen Zweck zuzuwenden. Ich würde mir selbst ein Prüfungsgeschenk machen, mit dem Swan auf keinen Fall einverstanden wäre. Ich würde eine Frage beantworten, die mir seit Jahren keine Ruhe ließ.

Ich griff zum Telephon und rief einen Privatdetektiv an, den ich als Referendarin in der Kanzlei eines der bekanntesten Strafverteidiger von Atlanta kennengelernt hatte. Wenn man jemanden aufspüren wollte, selbst jemanden, der nicht gefunden werden will, war der Bursche die richtige Wahl. »Ich suche einen jungen Mann namens Eli Wade«, erklärte ich und informierte ihn über das wenige, das ich von Eli wußte: sein Alter, er mußte inzwischen achtundzwanzig Jahre alt sein, und seinen Geburtstag, an den ich mich genau erinnerte, denn ich hatte ihn als Kind in meinem Kalender angestrichen und ihm stets etwas geschenkt. Und natürlich kannte ich den Namen seiner Mutter wie auch den von Bell. »Er könnte in Tennessee leben«, sagte ich zu dem privaten Ermittler. »Das ist nur eine Vermutung, aber er kam in diesem Staat zur Welt. Wo sich seine Familie niederließ, nachdem sie Burnt Stand, North Carolina, verlassen hat, entzieht sich meiner Kenntnis, aber ich hörte, daß Elis Vater in der Nähe von Nashville begraben wurde.«

Viel sei das nicht gerade, entgegnete der Detektiv. Aber das Geburtsdatum wäre ein guter Ansatzpunkt, um in Behördenarchiven zu forschen, und genau damit wolle er beginnen. Ich legte den Hörer auf und starrte durch das winzige Fenster über der Spüle. Draußen kämpfte ein blühender Hartriegelbaum tapfer ums Überleben. Auf der gegenüberliegenden Straßenseite parkte ein ramponierter gelber Van, mit einer Konföderiertenflagge und dem Symbol eines Hanfblatts am Seitenfenster. Der Herr segne Dixie ... Ich kam mir vor wie der Dogwoodbaum, sehr allein in einer Welt ohne viel Charme.

Drei Wochen später rief mich der Detektiv an, als ich gerade beim Frühstück saß. »Es war nicht schwer, Eli Wade zu finden. Er wird vom FBI gesucht.«

Ich umklammerte den Hörer. »Warum?«

»Er ist unten vor der karibischen Küste an einem Glücksspiel-Unternehmen beteiligt. Dort hat er in den letzten fünf Jahren gelebt.« Als ich schwieg, schnalzte der Detektiv mit der Zunge. »Hören Sie, so schlimm ist er nun auch nicht wieder nicht. Er läßt sich gut von Amerikanern bezahlen, die gern wetten. Verstehen Sie? Er ist ein hochklassiger Buchmacher für Freunde des Risikos.«

Mein Herz klopfte schneller. »Er ist ein professioneller Spieler?«

»Yeah. Und das auf beachtlichem technischem Niveau. Computergestützt. Zu dumm, daß er große Probleme bekommen wird, wenn er jemals wieder einen Fuß auf US-amerikanischen Boden setzt. Eli Wade ist ein Mann ohne Heimat.«

»Was konnten Sie über seine Mutter und seine Schwester in Erfahrung bringen?«

»Führen offenbar ein angenehmes Leben. Er sorgt wirklich gut für sie.«

»Sie wohnen bei ihm in der Karibik?«

»Ja. Die Mutter ist für ein paar Kirchengemeinden tätig. Und die kleine Schwester arbeitet als PR-Beraterin für eins der großen Hotels. Ihr Eli hält sie bewußt aus seiner Art des Gelderwerbs heraus. Sie haben ein hübsches Haus, viele Annehmlichkeiten.« Er schwieg kurz. »An Ihrer Stelle würde ich mir keine Sorgen um den Burschen machen. Da unten kann ihm niemand etwas anhaben. Er verdient eine Menge Geld, führt ein sonniges Leben, es geht ihm gut. Er ist ein Krimineller, aber nur, wenn er in die Staaten zurückkommt.« Geduldig hörte er meinem Schweigen zu. »Hören Sie, Darl, Sie sind ein Klassemädchen. Ich muß wissen, auf welche Infos Sie aus sind, was Sie noch hören wollen.«

»Erzählen Sie mir, was Sie sonst noch wissen.« Mir war schwindlig, geradezu übel.

»Nun, wenn er ein alter Freund von Ihnen ist, für den Sie noch immer was übrighaben, sollten Sie ihn vergessen. Ich meine, er ist da unten nicht allein. Eine Freundin leitet eine Tauchschule, eine zweite führt ihm die Bücher. Er ist nicht einsam, und er wartet keineswegs darauf, daß Sie endlich bei ihm auftauchen, Mädel.«

Natürlich gab es nicht den geringsten Anlaß zu Überraschung, Enttäuschung oder gar das Gefühl, verraten worden zu sein. Als Eli Burnt Stand verließ, war er gerade einmal dreizehn Jahre alt. Ich hatte ein paar ernsthafte Beziehungen während meines Studiums, und durfte mich kaum als treue, keusche Jungfrau bezeichnen. Dennoch weckten die Neuigkeiten in mir eine seltsame Mischung aus Genugtuung und Enttäuschung. Er hatte sich durchgeschlagen, er verdiente nicht schlecht, wenn auch mit nicht ganz legalen Mitteln. Er war glücklich und zufrieden. Es bereitete ihm nicht die geringsten Probleme, mich und die drei Jahre zu vergessen, die er mit seiner Familie in Burnt Stand verbracht hatte.

Ich konnte die Idee nie ganz von mir weisen, Eli eines Tages zu suchen und ihm die Wahrheit über Claras Tod zu erzählen. Er hatte es verdient, daß der Name seines Vaters von jedem Verdacht befreit wurde. Himmel, er hatte Anspruch auf Gerechtigkeit und Vergeltung. Wäre es nur um mich gegangen, hätte ich freiwillig jede Strafe auf mich genommen, aber ich mußte an Swan denken, an Matilda und auch an Karen. Die Beteiligung ihrer Großmutter an Claras Tod war das einzige, was Karen damals erspart blieb. Aber sie hatte sich von Matilda und mir zurückgezogen und Burnt Stand verlassen, sobald sie alt genug war. Seit Jahren gab es keinen Kontakt mehr zwischen uns.

Ich schlug die Hände vor das Gesicht und dachte darüber nach, was ich tun sollte. Meine Familie lag in Trümmern. Eli war ein reicher Krimineller geworden. Wahrscheinlich wäre es meine Pflicht als ehrenwerte Anwältin gewesen, die Welt vor illegalen Glücksspielen zu bewahren, aber ich mischte mich nicht in Elis Leben ein.

Ich schluchzte in meine Teetasse und versuchte, ihn zu vergessen.

12

Ich öffnete meinen Koffer und erblickte nichts als Kostüme und Hosenanzüge. Als ich in der Woche zuvor für die Fahrt nach Florida gepackt hatte, war ich mir sicher gewesen, eine Begnadigung für Frog Marvin zu erreichen und schon bald nach Washington zurückkehren zu können. Meine Auswahl an salopper Kleidung lief auf ein zerknittertes, ärmelloses weißes Leinenkleid hinaus, ein Paar Shorts und ein weiteres, weißes Nachthemd. Ich duschte, zog das Leinenkleid an, band mir die Haare zu einem Pferdeschwanz zusammen und setzte ein Sonnenbrille auf.

Lautes Hämmern über mir ließ mich zusammenfahren. Ich hob eine Hand, um meine Augen vor den Sonnenstrahlen zu schützen, die durch die Balkontür kamen, und schob die Tür auf. Barfuß trat ich auf den Balkon hinaus und blickte nach oben. Auf der Sonnenterrasse über mir saß Solo auf einer Leiter und nagelte Bretter fest, die der Sturm von der Hauswand gelöst hatte.

Über ihm strahlte ein unglaublich blauer Himmel. Solo trug weite, knielange Shorts, seine nackten Füße waren sandverkrustet, und er hatte sein Hemd über eine Leiterstufe gehängt. Wie ich schon am Strand bemerkt hatte, war sein Rücken muskulös, seine Brust breit und seine Haut tiefbraun. Zwischen seinen Lippen klemmten kleine Nägel. Seine langen Beine waren um die Leiterpfosten geschlungen, eine jungenhafte Geste, die etwas Anrührendes hatte. Jetzt hob er den

Hammer. Die Sehnen seines Unterarms spannten sich, und er trieb einen Nagel mit einem einzigen, zielsicheren Schlag in das Holz.

»Wir mögen es, wenn unsere Männer zupackend und hart sind«, hatte Clara mir damals am Pool zugezischt. Es war schon immer meine geheime Sorge gewesen, daß irgendeine genetische Besonderheit die Hardigree-Frauen dazu verdammte, entweder lasziv oder extrem zurückhaltend zu sein. Ich wahrte Männern gegenüber Abstand, und Intimität bedurfte langer, gründlicher Überlegung. Aber jetzt stand ich da und blickte fasziniert zu Solo hinauf. Meine Haut unter dem Leinenstoff begann zu kribbeln, und ich riß mich energisch zusammen.

»Kann ich Ihnen helfen?« rief ich.

Er schoß so schnell zu mir herum, daß ich schon fürchtete, er könnte das Gleichgewicht verlieren. Aber er lächelte und verlor prompt alle Nägel. Sie klapperten zu Boden. Einige rutschten durch die Ritzen zwischen den Holzplanken und landeten zu meinen Füßen. Ich kniete nieder und begann sie aufzusammeln. »Lassen Sie. Ich habe noch genügend«, rief er.

»Spare in der Zeit, so hast du in der Not.«

Er kletterte von der Leiter. »Ich wette, Sie haben in Ihrer Küche ein kleines Gefäß, in dem Sie übriggebliebene Nägel, Büroklammern und Sicherheitsnadeln sammeln.«

»Hört sich nach einem Mann an, der selbst so ein kleines Sammelgefäß hat.«

»Hmmm. Ertappt.« Er setzte sich auf das Deck, beugte sich über den Rand und sah auf mich hinunter. »Freut mich, daß es Ihnen besser zu gehen scheint.«

»Ich habe endlich wieder einmal geschlafen.«

»Gut. Geben Sie mir meine Nägel zurück, Sie Diebin.«

Ich streckte sie ihm entgegen. Er sammelte sie vorsichtig mit den Fingerspitzen auf und berührte dabei meine Handfläche. Wir tauschten nervöse Blicke aus. »Bitte sehr«, sagte ich, drehte mich um und ging ohne ein weiteres Wort in mein Schlafzimmer zurück.

Ich setzte mich aufs Bett und schlang die Arme um mich.

Am Nachmittag kam ein Kurier zum Strandhaus und lieferte ein kleines Päckchen ab, mit dem Solo wenig später an die Tür meines Schlafzimmers klopfte. Er roch nach frischer Meerluft, war aber schweißüberströmt, da er noch immer mit Reparaturarbeiten beschäftigt war. »Ungefährlich«, sagte er und zeigte auf das Paket mit der Washingtoner Adresse. »William hat mich informiert, daß er es schickt. Aber ansonsten sollten Sie absolut keine Post öffnen.«

»Ich bekomme Schmähbriefe, Mister Solo, keine Briefbomben. Und was das ist, weiß ich. Ich habe William darum gebeten.«

Stirnrunzelnd sah Solo zu, wie ich versuchte, die Klebestreifen mit meinen kurzen Fingernägeln aufzureißen. Er holte ein Klappmesser aus der Hosentasche und ließ die Klinge aufspringen. Er warf mir einen warnenden Blick zu, senkte die Messerspitze auf das Päckchen und durchtrennte das Klebeband mit einem glatten Schnitt.

Ich öffnete den Deckel und wühlte mit den Fingern in Schaumstoffkugeln. Als ich Frogs Geschenk heraushob, versetzte es mir einen kleinen Stich. Das Plastikherz war zerkratzt und gesprungen, die weiße Schleife zerdrückt. Ich schluchzte trocken. Diskret wandte Solo sich ab. »Ich bin draußen.«

»Frog konnte nicht lesen«, brach es zusammenhanglos aus mir heraus. Langsam drehte Solo sich um. Er wirkte betroffen.

»Damit kenne ich mich aus«, sagte er.

»Selbst im Gefängnis wurde er immer nur verspottet. Die anderen Insassen beschimpften ihn als schwachsinnig und zurückgeblieben. Er wollte die Familien der beiden Polizisten um Verzeihung bitten, und ich habe die Briefe für ihn geschrieben. Dann bat er mich, auch an seinen Bruder zu schreiben. Die Worte werde ich niemals vergessen: ›Ich liebe Dich, Tommy. Ich weiß, daß Du nicht wirklich wolltest, daß ich auf jemanden schieße.‹ Aber Tommy Marvin hat nie geantwortet. Mit keinem Wort.« Ich legte das Herz in den kleinen Karton zurück. »Frog war fest überzeugt, daß Tommy nur deshalb nicht antwortete, weil Frog nicht lesen konnte. ›Er mag keine Menschen, die so blöd sind wie ich‹, sagte er zu mir. Das schmerzte ihn mehr, als man sich vorstellen kann.«

»Ich kann es mir vorstellen«, sagte Solo leise. »Ich weiß sehr gut, wie ein Mensch darunter leiden kann.« Als ich ihn fragend ansah, drehte er sich um und verließ den Raum. Ich hörte ihn im Haus herumlaufen, blieb aber in meinem Zimmer, und an diesem Tag begegneten wir uns nicht wieder.

Am nächsten Morgen ging Solo wieder schwimmen, warf sich danach ein Handtuch um die Schultern und gab am Strand etwas in einen handtellergroßen Computer ein. Ich beobachtete ihn von meinem Balkon aus, wo ich auf einem kleinen Tisch meine Papiere ausgebreitet hatte. Mein Kopf schmerzte. Geplagt von Alpträumen, war ich die ganze Nacht kaum zur Ruhe gekommen, war sogar einmal aufgestanden, um mich zu vergewissern, daß Solo wieder auf der Couch schlief. Das gab mir eine gewisse Beruhigung. Die Sonne schickte ihre Strahlen unter den Schirm, den ich an den Tisch geklemmt hatte, um etwas Schatten zu haben. Die Erde drehte sich weiter. Gut zu wissen. Ich stützte mein Kinn auf die Fäuste und beobachtete Solo. Er blickte auf das Meer, dann auf seinen Rechner, tippte auf ein paar Tasten und sah wieder aufs Wasser hinaus. Ich griff nach dem Telephon, das ich mit auf den Balkon genommen hatte. Hier auf der Insel funktionierte mein Handy nicht. Ich rief das Büro der Phoenix Group in Washington an.

»Wo haben Sie diesen Mann kennengelernt?« wollte ich von William wissen. William Leyland war selbst ein Geheimnis. Hinter seinem weichem Karibikakzent und seiner ruhigen Selbstsicherheit verbarg sich zweifellos eine interessante Vergangenheit. Aber er wahrte seine Privatsphäre ebenso wie die anderer. Alle bei der Phoenix Group hielten seine Maßnahmen in puncto Sicherheit für unanfechtbar.

»Hier und da«, antwortete William schließlich.

»Verstehe. Ist Solo sein richtiger Name?«

»Ich halte ihn für einen Spitznamen, den er von Zeit zu Zeit benutzt, wenn er es für angebracht hält.«

»Sie wollen also nicht einmal ein paar winzige Details aus seiner Vergangenheit preisgeben? Ist er ein Marine im Ruhestand? Ein ehemaliger Cop? Ein Exsamurai?«

»Ich bitte Sie! Was für eine Phantasie! Er ist ein perfekter Gentleman. Ich kann Ihnen nur so viel anvertrauen, daß er nie verheiratet war, keine Kinder hat und der Eigentümer des Flugzeuges ist, das Sie auf die Insel gebracht hat. Weiterhin kann ich Ihnen sagen, daß er Computerexperte ist und die Software ausgetüftelt hat, die die Unterlagen der Stiftung schützt.«

»*Er* hat unsere Chiffrierprogramme entwickelt?«

»Ja. Von ihm stammen alle Sicherheitsprogramme der Phoenix Group. Wie auch die Sicherheitsanlagen in Irenes Haus auf St. George Island.«

»Und nebenbei arbeitet er als Bodyguard?«

»Nicht unbedingt. Aber in diesem Fall wollte er persönlich dabeisein.«

»Warum?« Schweigen. »Bitte, William.«

»Weil er Ihre Tätigkeit für die Stiftung seit langem beobachtet und große Hochachtung vor Ihnen empfindet. Und der Fall Frog Marvin lag ihm besonders am Herzen.«

»Warum?« fragte ich wieder.

»Er kommt aus ärmlichen Verhältnissen. Aber ich habe genug gesagt. Zerbrechen Sie sich nicht Ihren Kopf über ihn. Nehmen Sie ihn als das, was er sein will: eine kleine Hilfe, damit Sie sich erholen können.«

»Ich habe mich genug erholt. Ich könnte in Tallahassee ein Flugzeug nehmen und morgen wieder in Washington sein.«

»Das kann ich nicht empfehlen. Irene meint, Sie sollten weder einen Fuß ins Büro setzen noch in Ihre Wohnung zurückkehren. Die Dinge hier stehen nicht sonderlich gut.«

Ich spürte, wie sich meine Nackenhaare sträubten. »Was ist passiert?«

»Die Medien belagern das Büro, um Sie wegen der Krawalle vor dem Gefängnis zu interviewen, und die Polizei hat einen Gentleman dabei ertappt, wie er beleidigende Parolen an die Tür Ihres Apartments schmierte.« Ich schloß die Augen. Den Inhalt konnte ich mir gut vorstellen, ich hatte nicht vergessen, was auf den Transparenten stand. »In ein paar Tagen wird das Interesse an Frog Marvins Fall nachlassen«, fuhr er fort. »Aber zunächst sollten Sie besser da unten am Strand bleiben.«

»Offenbar bleibt mir keine andere Wahl.«

William schwieg. »Manchmal fügt Gott die Dinge zu unserem Besten«, verkündete er dann mit fast grimmiger Genugtuung.

»Ein so großes Interesse hat Gott an keinem von uns.« Ich verabschiedete mich von ihm und legte den Hörer auf.

Am Strand drehte Solo sich um, blickte in meine Richtung und hob eine Hand. Das Meer und der Himmel umschlossen ihn, ohne ihn klein wirken zu lassen. Er stand am Rand des Landes, als wäre er mein Leuchtturm.

Plötzlich machte es mich froh, ihn zu sehen, und ich winkte zurück.

Ich trank vielleicht mehr, als mir guttat, und an diesem Nachmittag trat ich an die Bar in der Ecke des großen Wohnzimmers und goß mir einen kräftigen Bourbon mit wenig Wasser und Eis ein. Ich sank auf die Polster einer Rattan-Couch, schob die Korallensammlung auf dem Glastisch beiseite und ersetzte sie durch meinen Laptop. Aber nach zwei tiefen Schlucken Bourbon sackte ich in mich zusammen und begann meine spartanische kleine Wohnung zu beklagen, in der ein alter Sessel der einzige Luxus war und Bücher jeden verfügbaren

Platz einnahmen. Ich stellte mir vor, daß jemand Schimpfworte an meine Tür schrieb und hörte das Zischen der Spraydose: *Miststück* und *Geh mit Frog zur Hölle.*

»Na, lassen Sie sich vollaufen?« fragte Solo. Hastig richtete ich mich auf. Verschwitzt und mit bloßem Oberkörper stand er in der offenen Terrassentür, in seiner Hand baumelte ein Werkzeuggürtel. Er ließ den Gürtel fallen, schlug sich mit einem weißen T-Shirt gegen die Brust, streckte die Arme und zog das T-Shirt an. Die sanfte Kurve, mit der sein Oberkörper in seinen Bauch überging, wirkte ausgesprochen erotisch, was durch seine scheinbare Unbefangenheit nur noch gesteigert wurde.

Ich wandte schnell den Blick ab, als sein Kopf aus dem Hemd auftauchte. »Ist im Haus wieder alles in Ordnung?«

»Denke schon. Zumindest haben wir wieder Strom.«

Ich schüttelte mein Glas. »Schon bemerkt. Ich habe Eis.«

»Haben Sie heute schon etwas gegessen?«

Wieder ließ ich mein Glas scheppern. »Eis.«

»Verstehe. Ich werde ein bißchen Walspeck brutzeln, und wir spielen Eskimos. Bin gleich wieder da.« Er zeigte auf die Treppe und entschwand, zwei Stufen auf einmal nehmend. Ein paar Minuten später kam er wieder herunter. Seine feuchten Haare sagten mir, daß er geduscht hatte. Er trug ein blaues Hemd über hellen Hosen, aber weder Socken noch Schuhe. Ohne auf eine Einladung zu warten, setzte er sich neben mich auf die Couch. Meine Sensoren nahmen Wärme wahr und den frischen Geruch nach Seife. Er blickte auf seine Armbanduhr und griff nach der Fernbedienung. »Zeit für Ihre Daily Soap.« Er drückte auf eine Taste. An der gegenüberliegenden Wand erwachte ein riesiger Fernsehschirm zum Leben. Solo wechselte die Kanäle, bis der Vorspann zu einer Sendung mit dem Titel *Attractions* auftauchte. »Wie ich hörte, tritt eine alte Freundin von Ihnen in dieser Show auf.«

Überrascht sah ich ihn an. »Ich nehme an, das haben Sie von William.«

»Still. Da ist sie.«

Auf dem Bildschirm erschien eine schöne, schlanke Frau in einem juwelenbesetzten Abendkleid. Im Dialog mit einem schwarzen, umwerfend gutaussehenden Schauspieler gestikulierte sie anmutig mit den Händen. Ihr feingeschnittenes Gesicht verriet verhaltene Erregung. Ihre haselnußbraunen Augen blitzten unter dichten, schwarzen Wimpern hervor. Ihre schwarzen Haare waren auf dem Kopf zu Zöpfen geflochten, aus denen lockige Strähnen auf ihre Brüste fielen.

Dieses elegante, exotische, hinreißende Geschöpf war Karen, die die Welt offenbar mittlerweile als Kare Noland kannte.

»Kare Noland spielt die unberührbar Kühle geradezu brillant«, bemerkte Solo.

Ich sah ihn lange an und überlegte, was ich sagen sollte. »Sehen Sie die Serie häufiger?« Er nickte. Ich blickte wieder auf den Fernsehschirm, trank einen Schluck Whiskey und entschied mich zur Offenheit. »Ich kenne sie als Karen. Sie ist meine Cousine.«

Die interessante Melange unserer Familie schien ihn nicht zu beeindrucken. »Treffen Sie sich noch hin und wieder?«

»Nein. Sie ging etwa zur gleichen Zeit von zu Hause fort wie ich – mit siebzehn oder achtzehn –, begann mit der Schauspielerei und schüttelte die Vergangenheit ab. Uns würde nichts miteinander verbinden, erklärte sie mir.« Ich verstummte kurz. »Sie hatte damals beschlossen, schwarz zu sein.« Ich stand auf und blickte stirnrunzelnd auf Solo hinunter, der mich schweigend musterte. »Und das, Mister Solo, war das längste Gespräch, das ich jemals zu diesem Thema geführt habe. Sie verfügen über erstaunliche Kräfte.«

»Ich bin ein guter Zuhörer. Was Sie mir anvertrauen, bleibt bei mir. Ich glaube, das wissen Sie.«

»Ich weiß, daß Sie Informationen sammeln. Zahlen, Fakten, Details.«

»Ich liebe Ordnung. Ich kenne keinen anderen Weg, mir Dinge und Geschehnisse zu erklären.«

»Ich wette, Ihnen ist auch längst bekannt, daß jemand die Tür meiner Wohnung in Washington beschmiert hat.«

Er nickte. »Hören Sie, in ein paar Tagen erinnert sich niemand mehr an Frog Marvin oder daran, warum Sie um sein Leben gekämpft haben. Man wird sich neue Schauplätze suchen und Sie in Ruhe lassen.«

Bedauerlicherweise hatte er recht. In einer Welt, in der Unrecht, Tod und Zerstörung mit Hilfe der Medien auf unterhaltsame Mischungen reduziert wurden, brachte niemand Verständnis oder gar Mitgefühl auf. Aber wenn man dabei war, wenn man das Leid und die Not eines anderen Menschen hautnah erlebte, traf einen die Realität wie ein Faustschlag in den Magen. Ich drückte eine Hand auf meinen Magen und kämpfte gegen die Übelkeit an. Solo warf einen Blick auf mein verzweifelt verzogenes Gesicht und sagte schnell: »Das heißt natürlich nicht, daß Ihre Bemühungen unwichtig gewesen wären.«

»Wirklich? Hat Frogs Leben oder Tod irgendein Problem gelöst, irgend etwas verändert? Hat es auf irgendeine Weise dazu beigetragen, sein Los zu verbessern oder die Welt im allgemeinen? Nein. Er ist tot, und ich konnte das nicht verhindern.« Ich beugte mich vor, griff nach der Fernbedienung und zeigte damit auf Karen. »Und da ist jemand, den ich sehr liebe, aber auch ihr kann ich nicht helfen. Und das ist nur die Spitze meines persönlichen Eisbergs, Mister Solo. Ich versage bei Leuten, die sich auf mich verlassen, die auf mich angewiesen sind.« Ich schaltete den Fernseher aus und warf die Fernsteuerung auf die Couch.

Solo stand auf, stellte sich vor mich und legte mir seine Hände auf die Schultern. Der körperliche Kontakt ließ mich erstarren. Sein hageres Gesicht, seine dunklen Augen waren ernst, fast zornig. »Wenn ich wüßte, wie man die Toten vergessen kann, um nur noch an die Lebenden zu denken, würde ich Ihnen das Geheimnis verraten. In der letzten Woche habe ich Sie im Fernsehen gesehen und gehört, was Sie sagten. Daß

es sehr viel schwerer ist, mit dem Tod eines Menschen zu leben, als seinem Sterben zuzusehen. Das stimmt.«

»Sie haben Menschen verloren, die Sie liebten?«

»O ja.«

»Wie sind Sie darüber hinweggekommen?«

»Ich bin mir nicht sicher, ob ich das jemals schaffe.«

Er ließ mich los, ging zum Fenster und blickte mit hängenden Schultern auf das Meer hinaus. Ich folgte ihm. »Erzählen
Sie mir davon. Bitte.«

»Ich habe gesehen, wie mein Vater starb.«

Der Boden unter meinen Füßen schien zu schwanken. Unwillkürlich mußte ich an Eli denken. »Wie?«

»Bei einer … Schießerei.« Es fiel ihm eindeutig schwer,
darüber zu sprechen. Er drehte sich um und blickte mir direkt
in die Augen. »Vielleicht hat er es verdient, aber es war nicht
fair.«

»Sie machen ihn für seinen eigenen Tod verantwortlich?«

»Ich glaube ja. Kein besonders guter Sohn, oder?«

»Ich gehe davon aus, daß Sie ein sehr guter Sohn waren.
Diese Dinge sind mitunter kompliziert. Manchmal versucht
man sein ganzes Leben lang, sie zu verstehen.«

»Ich weiß nicht, ob mir das jemals gelingen wird. Immer
suche ich nach Antworten, die sich mir entziehen. Meine Familie ist nie wirklich darüber hinweggekommen. Ich habe es
mir zur Aufgabe gemacht, gut für sie zu sorgen und sie glauben
zu lassen, was sie glauben wollen.«

»Daß er es nicht verdient hat?«

»Ja.«

»Aber Sie nehmen an, daß er sich sein Schicksal selbst zuzuschreiben hat?«

»Ich bin mir nicht sicher. Vielleicht. Wie auch immer. Es
bleibt immer etwas von ihm – und mir –, das ich nicht finden kann. Da draußen.« Er zeigte auf den Golf hinaus, auf die
Welt. »Er hat es mitgenommen, ohne jede Erklärung.«

»Sie hassen ihn, aber Sie lieben ihn auch.«

»Ja. Und das ist nicht leicht.«

Ich nickte und suchte fieberhaft nach unverbindlichen Worten, um ihm von Swan, Claras Tod und den Folgen zu erzählen. Solo war der erste Mensch, von dem ich glaubte, er würde mich vielleicht verstehen. »In meiner Familie wurde jemand … ermordet.«

Er schien zu erstarren und forschte in meinen Zügen. »Wer?«

»Eine nahe Verwandte. Ich kann nicht … Es fällt mir sehr schwer, davon zu sprechen, selbst jetzt noch. Als es geschah, war ich noch ein Kind. Ich fühlte mich verantwortlich für die Kette der Ereignisse, die zur Tat führte. Wenn ich doch nur anders gehandelt, etwas anders getan hätte …« Resigniert senkte ich den Blick. »Mit den gleichen Vorwürfen schlage ich mich seit Frogs Hinrichtung herum.«

»Aber Sie waren ein Kind.«

Ich hob den Kopf und sah ihn an. »Selbst Kinder können zwischen richtig und falsch unterscheiden. Und ich war ein sonderbar frühreifes Kind. Mit war sehr wohl bewußt, was richtig gewesen wäre.«

»Wurde der Mörder gefunden?« Er sprach so leise wie ich. Als könnten zu laute Worte eine Pandorabüchse öffnen.

»Der mutmaßliche Täter stand nie vor Gericht.«

Er trat einen Schritt näher, musterte mich intensiv. »Aber Sie waren überzeugt, daß er es getan hat?«

Ich biß mir auf die Zunge und spürte, daß kühle Beherrschtheit in mir die Oberhand gewann. Mitunter machte es mir Angst, wie eiskalt ich werden konnte, so eiskalt wie Swan. Ich legte einen Schritt Abstand zwischen ihn und mich. »Sagen wir, daß das Rechtssystem nicht sonderlich gut funktionierte und ich schon früh begriff, wieviel einfacher es ist, einen Menschen zu beschuldigen, als seine Unschuld zu beweisen. Aus diesem Grund wurde ich Verteidigerin und keine Staatsanwältin. Ich brauche die Herausforderung, meine Unschuld beweisen zu müssen.«

»*Ihre* Unschuld?«

»Die Unschuld der Angeklagten, meine ich.« Verstört wandte ich mich wieder dem Fenster zu, spürte aber weiterhin seine Blicke auf mir. *Erlösung.* Ich suchte bei diesem Fremden Erlösung von meinen Schuldgefühlen. Er wurde für mich zum Ersatz des Menschen, dessen Vergebung ich mir verzweifelt wünschte. Eli. Abrupt drehte ich mich um und suchte auf dem gefliesten Boden nach den Ledersandalen, die ich neben der Couch zurückgelassen hatte. Ich schob meine Füße hinein. »Ein Ortswechsel würde uns guttun.«

Gelassen zog Solo seine Schuhe an, die er auf dem Sonnendeck zurückgelassen hatte. »Auf der Herfahrt ist mir eine Strand-Bar aufgefallen. Ich lade Sie zum Essen ein. Wir werden dem Sonnenuntergang zusehen.«

»Gut. Ohne dabei zu reden.«

Er schüttelte den Kopf. Zustimmend oder ablehnend?

Wir setzten uns neben der Holzterrasse der kleinen Bar in den Sand und beobachteten, wie die Sonne golden und purpurn im Golf versank. Die Dämmerung malte blaue Schatten. Aus Lautsprechern erklangen Oldies. Solo hatte zwei Bier geschluckt, während ich mich auf ein Mineralwasser beschränkte – aus Furcht, sonst die Beherrschung völlig zu verlieren. Ich nahm eine defensive Haltung ein, umschlang meine Knie mit den Händen. Der Seewind zerzauste mir das Haar und nahm die Feuchtigkeit von meiner Haut. Solo stützte sich auf die Ellbogen und hatte die langen Beine ausgestreckt. Eine winzige Gespensterkrabbe huschte über seinen nackten Knöchel und verharrte einen Moment lang auf der Lasche seines Schuhs, bevor sie das Weite suchte. Solo beobachtete sie mit halbgeschlossenen Augen, und ich beobachtete Solo. »Sie bringt auch nichts aus der Fassung.«

»Mich bringt eine Menge aus der Fassung«, widersprach er.

»Heute früh habe ich Sie vom Balkon aus beobachtet. Was haben Sie in Ihren Computer eingetippt?«

Er sah mich mit halbgeschlossenen Lidern an. »Ich habe Umfang und Geschwindigkeit der Wellen berechnet. Das Verhältnis von beidem zueinander, in der Minute, der Stunde, im Jahrtausend. Nur so zum Spaß. Mathematische Aufgaben entspannen mich.« Er verzog das Gesicht. »Nun lachen Sie schon. Sagen Sie ruhig, ich hätte Wasser gezählt.«

Verblüfft über seinen überraschenden Charme und das seltsame Gefühl von Vertrautheit, ließ ich die Arme sinken und drehte mich halb zu ihm um, um ihn anzusehen Ich dachte an seine Treibstoffberechnungen während des Fluges auf die Insel, an den Roboter, an seinen fachmännischen Umgang mit Computern, die Programmierfähigkeiten. All das verlangte eine hohe Begabung für Elektronik, Technik und – vor allem – Mathematik. »Ich habe einmal jemanden gekannt, der Zahlen und Kalkulationen ebenso liebte wie Sie.«

Solo lachte trocken auf. »Ein Schmalspurhirn, wie ich eins bin? Ein Mann mit wenigen Talenten?«

»Er war der wunderbarste Mensch, den ich je kennengelernt habe. Ein mathematisches Wunderkind.«

»Hmm. Und was ist aus ihm geworden? Ein Professor? Ingenieur? Was?«

Ich griff eine Handvoll Sand auf und ließ ihn mir durch die Finger rieseln. »Nein, unglücklicherweise wurde er ein professioneller Spieler und Buchmacher.«

Solo setzte sich auf, zog die Knie an und blickte aufs Wasser. Sein Gesichtsausdruck war nicht zu deuten. »Was ist?« fragte ich.

»Ich werde offenbar alt und gebrechlich.« Er zog die Schultern hoch und deutete mit dem Kopf auf die Unebenheiten im Sand unter uns. »Wie man sich bettet, so liegt man. Aber erst jetzt merke ich, wie unbequem das die ganze Zeit war.«

Die kryptischen Worte ließen mich die Stirn runzeln. Er blickte wieder über das Wasser. »Also hat es dieser wunderbare Mann, dieses Genie, zu nichts gebracht?«

»Das würde ich nicht sagen. Ich weiß nur, daß er in der

Karibik ein ziemlich lukratives Wettunternehmen führt. Zumindest war das vor zehn Jahren der Fall. Damals engagierte ich einen Privatdetektiv, um ihn ausfindig zu machen.«

»Er muß Ihnen sehr wichtig gewesen sein, wenn Sie so intensiv nach ihm suchen. Alte Liebe?«

Ich zögerte. »Könnte man sagen, ja.«

»Und danach haben Sie nie wieder nach ihm geforscht?«

»Nein. Sein Unternehmen war illegal. Er nutzte Telephonleitungen, um Amerikaner zu ködern. Das verbieten die gleichen Gesetze, die heute Glücksspiele per Internet unter Strafe stellen.«

»Und einen Mann, der ein wenig gegen die Gesetze verstößt, konnten Sie nicht lieben?«

»Darum geht es nicht. Ich bin mir nicht einmal sicher, ob Glücksspiele verboten sein sollten. Wenn Leute ihr Geld zum Fenster rauswerfen wollen, dann ist das ihre freie Entscheidung.«

»Aber es enttäuschte Sie, daß er keinen ehrenwerten Beruf ergriffen hat.«

»Ich glaube, er hat getan, was er tun mußte. Aus Sorge um seine Familie. Er hatte eine schwere Kindheit. Ich will nicht den Stab über ihn brechen.« Ich sah Solo an. »Sie sagten, Sie hätten Ihren Vater verloren und sich um ihre Familie kümmern müssen. Wollen Sie mir nicht mehr darüber erzählen?«

Er schien mit sich zu kämpfen, schüttelte dann jedoch den Kopf. »Aber wenn ich es jemandem erzählen würde, dann Ihnen.«

Ich streckte mich aus und stützte mich auf die Ellbogen. »Offenbar neigen wir beide dazu, bei Gesprächen an dem Punkt abzubrechen, an dem es allzu persönlich wird. Da bin ich nicht anders als Sie.«

Wir schwiegen eine Weile und zählten Sterne. Irgendwann fragte er mich, ob ich etwas dagegen hätte, wenn er sich eine Zigarre anstecke. Ich schüttelte den Kopf. »Tun Sie, was Sie nicht lassen können. Ich werde Ihnen keine Vorschriften machen.«

»Habe ich ein Glück«. Solo zog ein eingedelltes silbernes Röhrchen aus der Gesäßtasche und entnahm ihm eine Zigarre. Ich atmete den aromatischen Geruch ein und sah den Rauchspiralen dieses Symbols der »Männlichkeit« nach.

»Und wie halten Sie es mit dem Jagen und Fischen?« fragte ich ihn.

Er kniff die Augen zusammen. »Ich fische ein wenig, besitze aber keine Waffe.«

»Pazifist?«

»Nein. Ich habe nur zu viele sterben gesehen.«

Ich musterte ihn stumm.

»Hören Sie, Sie können nicht ständig über Frog Marvins Tod nachgrübeln«, sagte Solo nach kurzem Schweigen. »Das hilft ihm nicht mehr, und Sie müssen Ihr Leben weiterleben. Sie haben eine Aufgabe, Sie werden gebraucht. Damit erzähle ich Ihnen nichts Neues, das steht in der Bibel wie überall sonst. So ist es einfach.«

»Sagen Sie, wie Sie das machen. Sagen Sie mir, wie Sie im finstern Tal wandern und doch kein Unglück fürchten? Wie bewahrt man sich nur davor, den Glauben an das Gute zu verlieren?«

»Man darf die Hoffnung nicht aufgeben. Und man muß sich bemühen, die Dinge besser zu machen.«

Ich lächelte müde. »Es geht um den Weg, nicht um das Ziel. Verstehe.«

»Die Hoffnung ist das wichtigste«, wiederholte er. »Sie und die Liebe.«

Ich blickte ihm in die Augen. Dieser Mann hatte geliebt und wurde geliebt. Davon war ich überzeugt. Ob das nun viele Frauen, eine enge Familie, gute Freunde oder alle zusammen waren – er hatte etwas, was mir offensichtlich fehlte. Ich dachte an Swan, Matilda und Karen. Wir hatten alles zerschlagen, was eine liebevolle Familie hätte sein können.

»Hören Sie auf«, befahl Solo. Überrascht sah ich ihn an. »Lassen Sie das Grübeln. Sie müssen fühlen, empfinden, nicht denken.« Er hob die Hand und zog mit der Zigarre fast zeremonielle Kreise über meinem Kopf. »Rauch trägt böse Gedanken fort. Das ist ein alter Glaube der Cherokee.«

Immerhin gab mir das einen Hinweis auf seine Herkunft. Die Kenntnisse indianischer Stammesgebräuche und seine schleppende Sprechweise ließen vermuten, daß er irgendwo in den Appalachen aufgewachsen war. »Sie sind ein Mann der Berge«, sagte ich.

Er nickte. »Ein Hillbilly.«

»Ich wünschte, Ihre Beschwörungen würden funktionieren.«

»Offenbar wollen Sie nicht verstehen. Sie haben Frog Marvin Hoffnung gegeben, ihm Liebe erwiesen. Er ist in Frieden gestorben. Sie haben für ihn getan, wozu Sie bestimmt waren.«

Sorgsam legte er den Rest der Zigarre in das Etui zurück, überlegt und methodisch wie ein Schamane. Die Ruhe seiner Handhabungen ging auf mich über. »Das ist eine sehr einfache Antwort.«

Er schüttelte den Kopf. »Antworten sind für gewöhnlich einfacher, als wir glauben wollen. Es sind die Fragen, die einen Menschen verzweifeln lassen.«

Ich stützte meine Ellbogen auf die angezogenen Knie, mein Kinn in die Hände, und blickte zu den Sternen über dem Golf auf. »Danke«, brachte ich schließlich über die Lippen.

Ein herzzerreißendes Liebeslied der Righteous Brothers schmachtete aus den Lautsprechern. Solo wandte den Kopf und warf einen skeptischen Blick auf einige Paare, die sich eng umschlungen auf dem kleinen Tanzboden der Bar drehten. »Soll ich Ihnen sagen, was mich nervt? Tanzen.«

Ein paar Sekunden saß ich ganz ruhig da, beobachtete ihn und beobachtete die Paare. *Tu es nicht*, warnte eine Stimme in mir. *Fordere es nicht heraus.* »Ich bin bei meiner sehr traditionsbewußten Großmutter aufgewachsen. Sie schickte mich zum Tanzunterricht in Asheville, North Carolina, dem Land des gepflegten Südstaaten-Twostep. Ich bin eine Expertin.« Ich streckte ihm meine Hand entgegen. »Wollen wir es versuchen?«

»Ich werde Ihnen die Füße zertreten.«

»Wenn Sie Ihre Schuhe ausziehen, ziehe ich meine auch aus. Nackte Füße tun nicht weh.«

»Nun gut. Wenn Sie darauf bestehen.« Gespielt resigniert ergriff er meine Hand und zog mich hoch.

Wir schlüpften aus den Schuhen und blickten einander an. Mein Herz begann zu klopfen. Er hielt noch immer meine Hand, sein Griff war fest und behutsam zugleich. Ich schob meine linke Hand auf seine Schulter. »Legen Sie Ihre rechte Hand an meine Taille.« Zögernd folgte er meiner Anordnung. Ich drückte seine linke Hand, die immer noch meine rechte umklammerte, gegen seine Brust, sorgte für eine gewisse Pufferzone zwischen uns. »Wir brauchen uns nicht so eng aneinander zu klammern wie die anderen Paare.«

»Dann macht es keinen Spaß.«

»Stimmt nicht.«

Langsam bewegten wir uns zu den romantischen, verführerischen Klängen. Er tanzte überraschend gut. Meine Hand zwischen seinen Fingern entspannte sich, wurde ganz locker. Ich richtete den Blick fest auf den Kragen seines blauen Hemdes. Plötzlich stolperte ich auf dem unebenen Sand und trat ihm auf den Fuß. »Hey«, bemerkte er trocken, »ich bin nicht aus Holz, Lady, also nehmen Sie sich in acht.«

Ich konnte ein Lachen nicht unterdrücken. Mit sanftem Druck seiner Finger an meiner Taille zog er mich näher an sich heran. Sein Atem streichelte meine Wange, sein maskuliner Duft erfüllte meine Sinne. Er war beruhigend und sexy, gefährlich und zuverlässig. Ich sah ihn an wie eine Offenbarung. Wir blickten uns in die Augen, verloren uns aneinander und bewegten uns kaum noch zur Musik.

Als wir zum Strandhaus zurückkamen, schaltete sich die Außenbeleuchtung automatisch ein und tauchte die Parkfläche unter dem Pfahlbau in gleißende Helle. Ich sprang aus dem Jeep und lief die Treppe zum Sonnendeck hinauf, wo meine Füße gegen einen kleinen Pappkarton stießen. Solo hörte das Geräusch und kam hastig die Stufen herauf.

»Nicht anfassen«, befahl er und zog mich hinter sich. Mein Blick fiel auf die Firmenadresse der Hardigree Marble Company. Auf dem Päckchen standen mein Name und die Anschrift in eleganten, altmodischen Schriftzügen. Neben die Firmenadresse hatte dieselbe Hand die Initialen SHS geschrieben. Swan Hardigree Samples.

»Das ist ein Päckchen von meiner Großmutter in North Carolina«, stellte ich fest. »Ich bezweifle doch sehr, daß sie mir eine Bombe schickt.«

Solo hob das kleine Paket auf. Ein Muskel zuckte an seinem Kinn, als er es untersuchte. »Ihre Großmutter hat sich bestimmt Sorgen um Sie gemacht. Aber ich nehme an, Sie haben sich inzwischen bei ihr gemeldet. Oder?«

»Wir haben kaum Kontakt zueinander.«

»Aber Sie stehen sich doch nahe.«

»Wir sind nahe verwandt, aber wir stehen uns nicht nahe.«
Mir rieselte es kalt über den Rücken. Als wüßte sie, daß meine Willensstärke bedenklich schwankte, brachte sich Swan in Erinnerung. »Wenn mir meine Großmutter etwas hierherschickt, muß es sich um etwas Wichtiges handeln. Ich werde nach oben gehen und es öffnen.«

Solo betrachtete das kleine Paket ein, zwei Sekunden lang. Seine Miene verriet nichts. Aber er bestand darauf, es ins Haus zu tragen. Als könnte es wirklich explodieren.

»Meine liebe Darl«, stand auf dem Begleitschreiben, *»mir ist bewußt, daß es Dich weder nach meiner Unterstützung noch meiner Hilfe verlangt, aber ich habe die Nachrichten über Dich verfolgt und sorge mich um Dein Wohlergehen. Als ich bei der Phoenix*

Group in Washington, D.C., anrief, hörte ich von Irene Bran-
shaw, daß Du die Absicht hast, Mr. Marvins Asche in Burnt
Stand bestatten zu lassen. Ich habe mir die Freiheit genommen,
einen Platz in unserer Begräbnisstätte vorbereiten zu lassen. Ich
füge Marmorproben für Mr. Marvins Urne und seinen Grabstein
bei. Es ist das schönste Gestein, das ich jemals gesehen habe. Mit
Deiner Erlaubnis werde ich die Steinmetze unverzüglich mit der
Arbeit beauftragen. Du siehst, ich bin stolz auf Dich, und Du liegst
mir am Herzen.«

Es hatte fünfundzwanzig Jahre der Entfremdung und der
Hinrichtung eines zweiten Mannes bedurft, um meiner Großmutter diese Worte abzuringen. Ich setzte mich auf eine Couch
und entfernte die Noppenfolie von dem Stück Marmor, das sie
mir geschickt hatte. Die feingeäderte Oberfläche schimmerte
wie die Blütenblätter einer zarten Rose.

»Ihre Großmutter hat Ihnen einen Brocken Marmor geschickt«, stellte Solo tonlos fest, als wäre ihm der Hintersinn
der Sendung nicht entgangen. Er lehnte neben einer offenen
Tür an der Wand, die Hände in den Hosentaschen, mit hängenden Schultern und undeutbarer Miene.

»Meine Großmutter ist siebenundsiebzig Jahre alt, aber
noch immer ungebrochen. Sie hat nie die Hoffnung aufgegeben, daß ich eines Tages zurückkehre und das Familienun-
ternehmen weiterführe.« Ich legte eine Hand auf den kühlen
Marmor. Eine sonderbare Reaktion ließ meine Haut kribbeln.
Swan hatte mir ein Stück von uns geschickt – von dem, was
uns ausmachte –, um mich daran zu erinnern, daß Stein an
den schwächsten Stellen bricht. Mit dem Marmor in der
Hand stand ich auf. »Ich gehe zu Bett. Gute Nacht.«

Ohne zu zögern, lief ich an ihm vorbei, mit erhobenem
Kopf, gelassener Miene, hoch aufgerichtet. Swan hatte mich
auf ihrem eigenen Fundament aufgebaut, mit all dem darin
verborgenen, verzweifelten Stolz. Ich hatte es gelernt, mich
auch in dünner Luft zu behaupten, genau wie sie. Ich brauchte
niemanden, auch Solo nicht. Es lebte sich gefahrloser so. Als

ich die Tür zum Schlafzimmer erreicht hatte, ließ mich Solos schroffe Stimme abrupt stehenbleiben. »Es sieht ganz so aus, als wolle Ihre Großmutter Sie glauben machen, Sie wären aus Stein. Es ist an Ihnen, ihr das Gegenteil zu beweisen.«

»Ich weiß nur nicht wie«, sagte ich, trat über die Schwelle und schloß meine Tür.

13

Wirf den verdammten Marmor zum Fenster hinaus, bevor
er sie vergiftet. Und sage ihr endlich, wer du bist. Mit heftigen
Armstößen pflügte Eli am nächsten Morgen durchs Wasser
und hatte das Gefühl, daß sich ein Netz aus Komplikationen
um ihn schloß. Er würde sofort zum Strandhaus zurückkehren, sich etwas anziehen, Kaffee brühen und jedes Wort genau
überlegen, bevor Darl erwachte. Große Umstände brauchte
er nicht zu machen. Er wußte inzwischen, daß sie ihn trotz
Pa nicht verabscheute. Sie hatte ihm Dinge über ihn erzählt,
von denen er angenommen hätte, daß sie sie längst vergessen hatte. Er wußte, was er wissen mußte. Das war alles, was
zählte.

Eli tauchte mit dem Kopf tiefer in das salzige Meerwasser,
schwang die Arme in mächtigen Kraulbewegungen. Er konnte den Verdacht gegen Pa nicht aus der Welt schaffen, ebensowenig wie die Möglichkeit nicht von der Hand zu weisen
war, daß sein Vater Clara Hardigree wirklich getötet hatte.
Und trotz Bells Überzeugung würde sich daran nichts ändern,
selbst wenn sie in Burnt Stand die Erde umwühlten. Aber
jetzt wußte er zumindest, wie Darl auf eine derartige Suche
regieren würde. Sie glaubte an Gerechtigkeit. Sie würde Pas
Unschuld eine Chance geben.

Sie wird auch mir eine Chance geben, dachte Eli.

Er schwamm zum Strand zurück. Gerade als er sich in der
Brandung aufrichten wollte, traf ihn eine Welle, und etwas

stieß gegen seinen linken Arm, knapp unterhalb des Ellbogens. Obwohl er es nach seinen Erfahrungen aus der Karibik besser wissen sollte, riß er heftig den Arm hoch.

Er war von einem kleinen Hai gebissen worden, vermutlich von einem Katzenhai auf der Jagd nach Köderfischen. Der Hai hatte sich einfach geirrt und Elis Arm für Beute gehalten. Helles Blut strömte aus der sichelförmigen, klaffenden Wunde. Mit weit von sich gestrecktem Arm stürzte Eli an Land. Er betrachtete die Bißwunde und fluchte unterdrückt, als er sah, wie tief sie war. Ihm wurde schwindelig, die Welt um ihn begann zu schwanken.

Pech, dachte er. *Ausgerechnet jetzt …*

»Du hast mir das Leben gerettet, Junge«, schrie ihm Jernigan ins Ohr, ein stämmiger, glatzköpfiger kautabakspuckender Redneck, ein Arbeitskollege bei der Speditionsfirma, auf deren Frachthof Eli gerade von einem rückwärts fahrenden Gabelstapler fünf Meter durch die Luft geschleudert worden war, nachdem er Jernigan geistesgegenwärtig zur Seite gestoßen hatte. Eli betrachtete seine rechte Hand. Der Zeigefinger war gebrochen, der Knochen ragte aus dem Fleisch. Es war Januar und so kalt, daß Dampf von der blutenden Wunde aufstieg. Eli wurde schlecht. Er war erst vierzehn, hatte aber gelogen, um den Job zu bekommen. Jetzt würde alles herauskommen und er gefeuert. Als Kassiererin im Supermarkt verdiente Mama wenig genug. Sie brauchten jeden Cent.

Blut. Pas Blut. Das Zeichen für Versagen und Schande. Er sah es an seiner Hand. Seine Knie gaben nach. Jernigan packte Eli am Kragen seines schweißfleckigen Thermohemdes und blies ihm eine Wolke übelriechenden Atems ins Gesicht. »Mach mir bloß nicht schlapp, Junge. Verdammt noch mal, du bist mein Kollege des Monats.« Und Jernigan, ein robuster Tennessee-Bastard von einem Vorarbeiter, zerrte ihn zur Betriebskrankenschwester.

Als Eli zwei Tage später mit geschientem Finger und geschwollener Hand wieder zur Arbeit erschien, hielt Jernigans neue Zuneigung für ihn an. »Komm her, du dürres Gerippe«, befahl er grinsend und schob Eli in einen kleinen Lagerraum neben den Laderampen. Verdutzt blickte Eli auf die Männer, die um schmuddelige Holztische herumsaßen, auf denen Spielkarten, Poker-Chips und Dollarnoten lagen. »Dieser junge Gentleman ...«, Jernigan lachte schallend, »hat ein Köpfchen für Zahlen. Ich will nicht, daß er sein Leben lang ein Dummkopf von Verlader bleibt. Laßt uns dem Jungen also was beibringen.«

Er zog einen Stuhl heran, und Eli setzte sich zu den Männern am Pokertisch. »Hast du ein Problem damit, mit einem Farbigen zu spielen?« grunzte Jernigan und zeigte mit dem Finger auf einen massigen, schwarzen Trucker.

Eli blickte dem Mann in die dunklen, gleichgültigen Augen. »Nein, Sir. Nicht im geringsten«, sagte er zu dem Lastwagenfahrer. Der Trucker nickte.

»Dann nimm einen Schluck, weißer Junge.« Der Schwarze schob Eli eine Ginflasche zu.

Eli nippte an der Flasche und hätte sich fast übergeben, schaffte es aber, ein ausdrucksloses Gesicht zu wahren. Er blickte auf die Karten, die ein anderer Mann zusammenraffte, mischte, noch einmal mischte und den Stapel dann Eli zuwarf. »Lern erst einmal Mischen«, befahl der Mann.

Eli nahm den Packen und versuchte es. Sein geschienter Finger behinderte ihn, Karten rutschten aus dem Stapel, sein Gesicht brannte vor Verlegenheit, in seiner verletzten Hand puckerte es, aber jedesmal, wenn er die Karten mit den Daumen ineinander fächerte, wuchs eine sonderbare Zuversicht in ihm. Zweiundfünfzig Karten, eine logische Folge von Zahlen und Bildern, leicht zu merken. Er senkte den Kopf und sah, daß er sich bei seinen linkischen Bemühungen die winterspröde Haut seiner Handfläche aufgerissen hatte. Ein paar Blutstropfen sprenkelten den Handteller. In seinem Kopf drehte sich alles, und er wurde fast ohnmächtig. Aber er hielt die Karten weiter fest, die Zukunft ... Das hier konnte Pa ihm nicht verderben. Er spürte, wie ihm die Karten bereits in Fleisch und Blut übergingen.

Denke an die Karten. Sage sie im Kopf auf, beschwor sich Eli, um nicht ohnmächtig zu werden. Er stand am Spülbecken in der Küche des Strandhauses, drückte in Papiertücher gewikkeltes Eis auf seine Wunde und versuchte, nicht zuzusehen, wie sein Blut in den Ausguß tropfte. Er hörte, daß die Tür zum Schlafzimmer geöffnet wurde. Schwitzend und benommen lehnte er sich an die Spüle. Er bemerkte Blut auf dem gestreiften Hemd, das er sich mühsam über seine Schwimmshorts gezogen hatte, und schloß die Augen. Er verabscheute seine Überreaktion auf den Anblick und Geruch von Blut, aber er konnte nichts dagegen unternehmen. Er sah jedesmal seinen Vater sterben. Eli versuchte, sich auf Darls Schritte im Wohnzimmer zu konzentrieren. Sie hörten sich schwer an, aber vielleicht täuschten ihn seine Sinne.

Als Darl die Küche betrat, versteckte er seinen blutenden Unterarm im Spülbecken. Sie sah elegant und ladylike aus in beigefarbenen Hosen und einer dazu passenden Jacke. Um ihren Hals hing der Hardigree-Anhänger. Sie hatte sich die Haare hochgesteckt. Eine Sonnenbrille bedeckte ihre Augen. Sie trug ihre Uniform, ihre Rüstung.

Und ihre Koffer. Elis gesunde Hand klammerte sich fest um den Spülbeckenrand. Verdammt, er hatte seine Chance verspielt. Sie verließ St. George Island.

Sie blieb stehen und sah ihn prüfend an. »Geht es Ihnen nicht gut? Sie sind ja kalkweiß.«

»Könnten Sie bitte den Erste-Hilfe-Kasten aus dem Schrank über der Mikrowelle holen?« Ihr Blick fiel auf den weißgefliesten Boden. Blutflecken zogen sich bis zur Schiebetür, die auf das Sonnendeck führte.

»Was zum ...« Sie kam um den Frühstückstresen herum, sah seinen Arm und erstarrte.

»Das ist nichts«, sagte er. »Ein kleiner Hai hat nach mir geschnappt, als ich …«

Sie setzte die Sonnenbrille ab, riß ein sauberes Geschirrtuch vom Haken und band es fest um seinen Unterarm. Dann zog sie ein weiteres aus dem Schrank unter der Spüle hervor. Als sie das zweite Tuch um seinen Arm festzurrte, beschmierte sie sich den Kostümärmel mit seinem Blut. Es schien ihr absolut nichts auszumachen. Er begann zu schwanken, und sie legte ihm schnell einen Arm um die Taille. Eli knirschte mit den Zähnen. »Verdammt. Ich kann nicht tanzen und werde beim Anblick meines eigenen Bluts fast ohnmächtig.«

Sie blickte ihn an, und eine Sekunde lang sah er unzweideutig Zuneigung in ihren Augen. »Zwei linke Füße und ein empfindlicher Magen«, beschwerte sie sich. »Und jetzt verpasse ich Ihretwegen auch noch mein Flugzeug in Tallahassee.«

Er fand, er hatte gute Karten.

»Gut«, sagte er.

»Ehefrau? Freundin?« fragte eine Krankenschwester in dem kleinen Krankenhaus auf dem Festland.

»Seine Anwältin«, antwortete Darl absolut ernst.

Eli war inzwischen klar genug, um das würdigen zu können. Es war ihm gelungen, die Formulare in der Notaufnahme auszufüllen, ohne daß Darl seinen richtigen Namen erfuhr. Es freute ihn, daß sie darauf bestand, ihm in einen kleinen Verschlag zu folgen, wo ein Arzt seine Wunde mit einem Dutzend Stichen versorgte. Schweigend saß sie neben ihm auf einem Metallhocker und beobachtete die Näherei wie ein Habicht. Der geschwätzige junge Mediziner erzählte ihnen, daß er der Sohn eines Krabbenfischers sei, aber lieber Medizin studiert hätte, als für den Rest seines Lebens an der Appalachicola Bay Netze zu flicken. Immer wieder sah er Darl verstohlen an, aber sie hielt den Blick auf Elis Arm gerichtet. »Sie hätten verbluten können«, sagte sie unvermittelt mit erstickter Stimme zu Eli.

»Unwahrscheinlich«, warf der junge Mann ein.

Sie hob den Kopf und durchbohrte ihn mit ihrem Blick. »Das sehe ich anders. Und verschonen Sie mich mit Ihren unpräzisen Bemerkungen.«

Errötend starrte sie der Arzt mit offenem Mund an. Eli fiel plötzlich auf, wie aschgrau und verspannt ihr Gesicht aussah. Ein feiner Schweißfilm bedeckte ihre Stirn. Er griff mit der gesunden Hand nach ihrem Handgelenk und fühlte einen rasenden Puls. »Der Doc weiß, was er sagt. Er hat recht.« Eli musterte sie genauer. »Sie sehen aus, als hätte Ihnen ein Vampir alles Blut aus den Adern gesogen. Erst klappe ich zusammen und dann Sie. Wir sind ein feines Pärchen.«

»Sie hätten mich rufen sollen, als Sie blutend das Strandhaus betraten.«

»Hören Sie, ich bin vielleicht ein Weichei, aber wenigstens bemühe ich mich, nicht vor Frauen zusammenzuklappen. Abgesehen davon, ist es eine Lappalie.«

»Ist es nicht«, rief sie. Hochrote Flecken standen auf ihren Wangen. *Sie kann den Anblick von Blut ebensowenig ertragen wie ich*, dachte Eli überrascht. In den anderen Kabinen reckten Patienten die Hälse. Der junge Arzt starrte Darl an und errötete noch tiefer.

Eine dralle Schwester in einem rosa Kittel schlurfte herbei. »Gibt es irgendein Problem, Lady?«

Darl stand auf. »Ja, das gibt es. Und schnauzen Sie mich gefälligst nicht an wie ein Feldwebel.« Sie zeigte auf Eli. »Dieser Mann mußte zwanzig Minuten warten, bis seine Verletzung behandelt wurde. Der Himmel mag wissen, wieviel Blut er dadurch verlor. *Also stehen Sie nicht da wie eine rosa Marmorstatue und machen mir Vorwürfe.*«

Die Schwester musterte sie kalt. »*Marmor*? Wovon reden Sie eigentlich?«

Darl schloß die Augen und schwankte leicht. Hastig sprang Eli hoch, gefolgt vom Arm des Arztes nebst Nadel und Nahtmaterial. Eli legte Darl seinen gesunden Arm um die Schultern. »Sie entschuldigt sich«, versicherte er der Schwester. »Und jetzt lassen Sie sie in Ruhe, Ma'am. Bitte.«

Die Schwester marschierte davon. Eli setzte sich und zog Darl wieder auf den Hocker neben sich. Sie legte eine Hand über die geschlossenen Augen und bebte am ganzen Körper. Auch er zitterte leicht. »Tut mir leid«, flüsterte sie. Er drückte sie so fest an sich, daß sie tief Luft holte, als wolle sie sich wehren, gab dann aber auf und verbarg das Gesicht an seiner Schulter. Die Miene des jungen Arztes besagte, daß eine derart hysterische Frau keines weiteren Blickes bedurfte.

»Bringen wir es hinter uns«, sagte Eli, und der Mediziner nahm schnell seine Näherei wieder auf. Eli legte seine Hand auf Darls Hinterkopf.

Ich verstehe dich gut, hätte er am liebsten gesagt. *Ich weiß, woran du dich erinnerst.*

Mit vor Scham starrem Gesicht blickte ich auf die kleinen Fischerboote und Kabinenkreuzer in der Marina von Appalachicola Bay. Der Fischerort war heruntergekommen und malerisch, von historischem Reiz und zurückgeblieben. Hier gab es keine Minigolfplätze, Wasserrutschen, Karussells, Restaurant-Ketten, Apartmentanlagen oder Souvenirbuden, die andernorts die Küste von Florida verschandelten. Solo hatte ein Bier vor sich und beobachtete mich wie ein Luchs. Wir saßen nebeneinander an einem zerkratzten Picknicktisch vor dem Wild Oyster. Um uns herum verschlangen Touristen und Fischer riesige Portionen gegrillter Fische oder schlürften frische Austern. Hin und wieder trafen uns neugierige Blicke. Wir gaben aber auch ein komisches Bild ab: er in Hemd und Schwimmshorts, ich in meinem eleganten Kostüm – beide blutbefleckt.

»Ich weiß auch nicht, was im Krankenhaus über mich gekommen ist«, sagte ich und konnte ihm immer noch nicht in die Augen sehen. »Ich habe mich zum kompletten Narren gemacht. Das passiert mir neuerdings häufiger. Ich muß mich entschuldigen.«

»Hey.« Das knappe Wort war ein sanfter Befehl. Zögernd drehte ich mich zu ihm um. »Dazu besteht nicht der geringste Grund.«

Ich zeigte auf seinen bandagierten linken Arm. »Wie geht es Ihnen?«

Mit einem Schluck leerte er seine Bierflasche. »Prächtig. Mein flüssiges Schmerzmittel beginnt gerade zu wirken.«

Ich blickte zu den Fischerbooten in der Marina hinüber. »Dann lassen Sie uns ein Boot mieten und ein bißchen hinausfahren. Den frischen Seewind einatmen. Ich lade Sie ein.«

»Sie wollen es doch nur den Haien heimzahlen.«

»O ja, ich bin eine gute Anwältin«, spottete ich und stand hastig auf. »Ich muß irgendwohin, wo ich durchatmen kann.«

»Okay.« Er stand auf und warf ein paar Münzen auf den Tisch. »Ich gehe zum Marinabüro hinüber und frage, ob jemand mit uns hinausfahren kann. Und ich zahle. Keine Widerrede.«

Ich sah ihn an. Er zeigte die eigensinnige Miene, die ich langsam kannte. »Das wäre aber absolut untypisch für mich.«

»Na und?«

»Ich ziehe mir schnell etwas anderes an.«

»Wo? Was?«

Ich zeigte zum Tresen, wo der Bartender blaue T-Shirts und Bermudashorts verkaufte. Auf ihnen prangte in leuchtendem Orange das Slogan des Restaurants: *Wild Oyster: Sprengen Sie Ihre Schale.*

»Sie gehen ein großes Risiko ein«, bemerkte Solo und sah aus, als würde er mich zu gern in dünner, weicher Baumwolle sehen. »Sind Sie wirklich dazu bereit?«

Ich lächelte ironisch. »Jederzeit.«

Die Bucht war weit, flach und spiegelglatt. Am Horizont schimmerten Brücken und Dämme wie weiße Inseln in der Sonne. Eine kleine Flotte von Krabben- und Austernfängern kreuzte auf dem Wasser, behende wie Möwen. Doch näher am Land, wo Eli das große Motorboot mit leichter Hand steuerte, gehörte die Bucht nur Darl und ihm. Sie saß im Bug, hatte die nackten Beine unter sich gezogen, die Hände um die Reling geschlungen, und ihre Augen sogen Kiefernwälder, Marschen und Sandbänke tief in sich ein. Sie hatte die Spangen aus ihren Haaren gelöst, und der Wind wehte nerzbraune, lockige Strähnen um ihre Schultern, drückte den dünnen Stoff ihres T-Shirts eng an ihren Körper. Die Shorts bedeckten schwungvolle Hüften, die in eine schmale Taille übergingen. Und ihre Brüste ... Eli dachte daran, daß sie eine begeisterte Joggerin war, die an manchen Tagen auf einem Kurs in der Nähe ihres Apartments in Washington acht Kilometer zurücklegte, wie sie ihm erzählt hatte. Aber sie sei keine fanatische Sportlerin, sie müsse sich nur in Bewegung halten.

Doch jetzt schien sie kein Verlangen danach zu haben. Reglos betrachtete sie die Landschaft, und Eli betrachtete sie.

Rhythmisch schlugen die Wellen der Bay gegen den Rumpf. Feine, kühle Gischt wehte in ihre Gesichter. Sie legte den Kopf in den Nacken, schloß die Augen, atmete tief ein und sah ihn dann an. »Die Bucht riecht wie Wassermelonen«, rief sie. Er nickte, fasziniert von dem Anblick, der sich ihm bot. Blauer Himmel, blaue Augen, ein blauer, reifer Körper. »Wollen wir tauschen? Soll ich eine Weile für Sie lenken?«

»Steuern«, korrigierte er, »nicht lenken.«

»Ich bin in den Bergen aufgewachsen, nicht am Wasser. Aber Sie kennen sich offensichtlich gut mit Booten aus.«

»Ich habe früher ein paar davon besessen.«

»Auf Seen?«

»Auf dem Meer.«

Sie musterte ihn, als würde sie darüber nachdenken, ob diese Information ihre Einschätzung von ihm zurechtrückte. »Wieviel Miete mußten Sie für das Boot zahlen, damit der Besitzer es Sie allein ... steuern läßt?«

»Genug, um ihn vor Freude tanzen zu lassen, als er mein Geld zählte.«

»Danke. Vielen Dank.«

»Keine Ursache. Ich werde reich entschädigt.« Sein Blick ließ keinen Zweifel daran, was er meinte, und sie wandte ihre Augen nicht ab. Als sie schließlich doch wieder aufs Wasser blickte, schien sie fast verlegen zu sein. Sie stand auf, griff in die Tasche ihrer Shorts, zog einen Gegenstand heraus und bewegte ihn spielerisch zwischen den Fingern.

Im Wasser begann es plötzlich zu zappeln und zu schimmern. Sie hob die Brauen und sah ihn fragend an. Eli sicherte das Steuerrad und trat neben sie. Eine riesiger Schwarm winziger silbriger Fische flitzte absolut synchron durch die Wellen. »Köderfische«, erklärte er. »Hier in Florida werden sie Poggies genannt.«

Darl umfaßte den mysteriösen Gegenstand fest mit einer Hand und streckte die andere ins Wasser. »Gott zum Gruß, ihr Poggies. Wollt ihr auch mal Luft schnappen?«

Gott zum Gruß … Die Formulierung aus ihrer Kindheit durchschnitt ihn wie ein feiner Draht, durchtrennte die Verbindung zu Logik und Vernunft, ließ nur Sehnsucht und Verlangen zurück. »Sie erwidern den Gruß«, murmelte er. »Gott zum Gruß, Darl.«

Sie richtete sich langsam auf und sah ihn an. Eli trat so nahe, daß er sehen konnte, wie ihr Herz unter dem T-Shirt klopfte. Auch sein Herz pochte. Er betrachtete den Hardigree-Anhänger an ihrem Hals. »Sie tragen einen Talisman und halten einen anderen in der Hand.« Er zeigte auf ihre Faust. »Wollen Sie mir erzählen, was sie Ihnen bedeuten?«

Einen Moment lang befürchtete er, sie würde den Kopf schütteln. Der Ausdruck in ihren Augen verriet nichts. Aber dann zeigte sie auf die Kette. »Das verbindet mich mit meiner Familie.« Sie schwieg kurz. »Es soll mich daran erinnern, daß ich *alles* kann, wenn ich nur will.« Das »alles« hörte sich abfällig an, verächtlich. Langsam streckte sie die Faust vor und

öffnete sie. »Und das …« Erneut verstummte sie. Sie schluckte. »Das ist ein Symbol für die Hoffnung und Liebe, von der
Sie neulich sprachen.«

Eli blickte auf ihre Handfläche. Da lag die kleine Marmor-
scheibe, die er vor fünfundzwanzig Jahren für sie geschliffen
hatte. Mit der gravierten 8, dem Symbol für Unendlichkeit.
Er brachte keinen Ton heraus. Unsicher forschte sie in seinem
Gesicht. »Versuchen Sie gar nicht erst, mich zu verstehen,
Mister Solo.«

»Zu spät.« Langsam hob Eli die Hand, strich ihr zärtlich
eine Haarsträhne hinter das Ohr. Sie zog sich nicht zurück.
Ihr Blick flog von seinen Augen zu seinem Mund und wieder
zurück. »Gott zum Gruß«, sagte er leise, beugte sich ein wenig
vor und legte seine Lippen federleicht auf ihren Mund. Die
Berührung ließ ihn seufzen. Er schlang einen Arm um sie und
küßte sie wieder. Leidenschaftlicher. Darl öffnete die Lippen,
umarmte ihn aber nicht. Ihre Zungenspitzen berührten sich
leicht, und sie erschauerte.

»Nicht«, flüsterte sie.

Eli ließ seinen Arm sinken, trat einen Schritt zurück. »Alles okay mit dir?«

Sie nickte und ließ ihn keine Sekunde aus den Augen. Eine
sonderbare Melancholie ging von ihr aus. Eli kehrte ans Steuer
zurück und brachte das Boot wieder in Gang. Sie beobachtete
ihn die ganze Zeit und umklammerte das Geschenk, das er ihr
gegeben hatte, als sie Kinder waren. Mit hämmerndem Herzen sprach Eli ein lautloses Gebet.

Bitte, laß sie mich erkennen …

Ich hatte einen Mann geküßt, den ich kaum kannte, und mir
vorgemacht, es wäre Eli. Von dieser Sekunde an gehörte ich
Solo. Er wollte nur mich, und das konnte ich ihm geben. Ich
hatte sein Blut an meinen Händen gehabt. Seine Zuneigung
war der einzige Anspruch auf Vergebung, den ich mir ehrlich
erworben hatte.

Am späten Nachmittag kehrten wir zum Strandhaus zurück, entzündeten mit Treibholz ein kleines Feuer zwischen den Dünen, setzten uns nebeneinander auf eine Decke und sahen die Sonne untergehen. Wir tranken abwechselnd Pinot Grigio aus der Flasche und aßen frischgekochte Krabben in Cocktailsauce. Unzählige Sandhüpfer huschten um unsere Decke herum. Solo warf ihnen Essensbröckchen zu und wettete, welches der kleinen Tiere mutig genug war, die Bissen zu holen. »Einen Dollar auf den kleinen Burschen da neben dem Strandhafer«, sagte er. »Er schafft es bestimmt.«

»Nein, der gibt vorher auf. Er kommt nie an dem kleinen Haufen Muschelschalen vorbei. Ich setze meinen Dollar auf den großen Sandhüpfer neben der Möwenfeder.«

»Niemals. Viel zu schwerfällig. Der ist ein Zug-Sandhüpfer, kein Renn-Sandhüpfer.«

Ich schmunzelte, und er grinste zurück. Als wir den Wein getrunken und die Krabben gegessen hatten, war es dunkel, und ich schuldete Solo siebzehn Dollar. »Du bekommst einen Schuldschein«, sagte ich und schrieb meinen Namen in den Sand.

Er blinzelte meine Unterschrift an, dann mich. »Ich sollte ihn besser sofort einlösen, bevor die Flut kommt.«

Beide warteten wir auf irgendeine Rechtfertigung, einen Impuls. Die Luft zwischen uns knisterte, es war mittlerweile ganz dunkel geworden. Vor den flackernden Flammen griff ich nach seiner Hand. Eli ... Ich sah, was ich sehen wollte. Ich küßte ihn. Wie auf dem Boot war der erste Kuß sanft und artig, eine Begrüßung unter Freunden. Aber der zweite ließ uns eng umschlungen auf die Decke sinken, und unsere leisen Seufzer gingen im Rauschen der Brandung unter.

Er war alles, was ich mir wünschte – und mehr. Sobald wir nackt in meinem Schlafzimmer standen – durch die offenstehenden Balkontüren fluteten Mondlicht und die Geräusche der Nacht herein –, umfaßte er meine Hüften, hob mich hoch. Aufstöhnend schlang ich meine Beine um seine, als er mich gegen eine kühle Wand drückte. Er drängte sich an mich, und ich spürte seine Erregung. Nie zuvor hatte ich mich so sinnlich gefühlt, so offen für physische Wahrnehmungen und Empfindungen. Wir küßten uns verlangend, klammerten uns aneinander. »Darl«, flüsterte er, aber ich konnte seinen Namen nicht aussprechen, aus Angst »Eli« zu sagen und damit den Zauberbann zu brechen. Ich küßte ihn ungestüm. »Nimm mich, schnell. Ich bin nicht aus Stein.«

»Das warst du nie«, sagte er, verbarg sein Gesicht in meinen Haaren und trug mich zum Bett.

Als mich die Morgensonne weckte, fiel mein erster Blick auf ihn. Kaum eine Armeslänge entfernt lag er neben mir. Ich sog seinen warmen, angenehm moschusartigen Atem tief in mich ein, den Duft dieses Fremden, dem ich mich nicht nur äußerlich nahe fühlte. Kurz vor der Morgendämmerung waren wir schließlich eingeschlafen, nach langen Stunden zärtlicher Leidenschaft. Unter dem Kopfkissen lag meine Hand fest in seiner. Beschützend wölbten sich seine Finger über meine Hand, während ich einen ausgestreckten Fuß zwischen seine Knöchel geschoben hatte. Selbst im Schlaf mußten wir einander berühren. Behutsam drehte ich seine breite, kräftige Hand um und betrachtete sie. Woher hatte dieser Magier der Zahlen, Bits und Bytes seine von körperlicher Arbeit gegerbten Handflächen?

Ich betrachtete sein klares, hageres Gesicht, die sanften Bögen seiner Wimpern über den prägnanten Wangenknochen, die dunklen Bartstoppeln, die wirren, dunklen Haare über der hohen Stirn. In der Nacht hatte ich ihn in ungeschützten Momenten beobachtet und hinter dem Verlangen Wehmut gesehen, hinter der Hingabe Leid. In gewisser Weise war er wie ich: voller Rätsel und Geheimnisse. Ich unterdrückte ein Seufzen. Die Erinnerung an die Nacht weckte alte Ängste in mir, aus gründlicher Überlegung gefaßte Entschlüsse. Ich hatte mich stets davor gehütet, einen Mann wirklich zu lieben.

Aufrichtige Liebe verlangte unbedingte Offenheit, und ich würde meine Kindheitsgeheimnisse niemandem anvertrauen.

Nicht einmal ihm.

Zentimeter um Zentimeter und behutsam, um ihn nicht zu wecken, rückte ich von ihm ab, stand auf und betrachtete die Umrisse seines Körpers unter der dünnen Decke. Kondome in ungeöffneten Packungen lagen neben dem Bett. Er hatte sich vorbereitet. Ein weiterer Punkt, den ich nicht recht verstand. Ich drückte die Zehen in den Teppichbelag zwischen unseren herumliegenden Kleidungsstücken. *Beweg dich, geh. Versuch gar nicht erst, ihn oder dich begreifen zu wollen.* Ich lief ins Bad und betrachtete mich in einem großen, von weißen Muscheln gerahmten Spiegel. Was war das für eine unbekümmerte, sorglose Meerjungfrau? Ich sah fast fiebrig glänzende, blaue Augen, ein ausgezehrtes Gesicht, wirre, dunkle Haare, einen schweißglänzenden Körper. Vor drei Tagen hatte ich zugesehen, wie Frog Marvin starb. Ich war verzweifelt, erstarrt, dem Selbstmord nahe. Ich vermochte kaum zu glauben, was seither geschehen war.

Jetzt wußte ich, daß ich eine Überlebenskämpferin um jeden Preis war. Ich hatte die Stärke der Hardigree-Frauen, aber auch ihre Schwäche für Männer. Ich trat unter die Dusche und drehte an den Hähnen, bis mir eiskaltes Wasser über Gesicht und Körper strömte. Es wusch Solos Zärtlichkeiten von mir ab.

Fröstelnd trocknete ich mich ab und hüllte mich in einen weißen Bademantel. Ich würde ins Schlafzimmer zurückgehen, mich anziehen, meine Sachen packen und ihm Lebewohl sagen. Ich konnte ihm nicht von den dunklen Abgründen meiner Seele erzählen. Als ich über die Schwelle des Schlafzimmers trat, blieb ich abrupt stehen. In seinen zerknüllten Khakihosen stand er in der geöffneten Balkontür und blickte aufs Meer hinaus. Er rauchte eine seiner dünnen Zigarren. Ich atmete ihren aromatischen Geruch tief ein. Er rollte unbewußt mit den Schultern. Blut war durch den weißen Verband um seinen Arm gesickert. In einer Hand hielt er die Zigarre, die andere hatte er in den Nacken gelegt. Eine Geste, die angespannte Frustration verriet.

Ich beobachtete ihn reglos und erkannte plötzlich, daß er mir möglicherweise Schlimmeres zu gestehen hatte als ich ihm. Aber ich wollte nichts davon hören, wollte die kurze Zeit unseres Zusammenseins nicht zerstören. Als hätte er meine Anwesenheit gespürt, drehte er sich schnell um. Sein Blick forschte in meinen Augen, wanderte über den Bademantel, kehrte zu meinem Gesicht zurück. Er schleuderte die Zigarre über den Balkon in die Dünen und kam in den Raum. »Wir müssen miteinander reden.«

»So ist es. Vielleicht ist es für Konventionen ein bißchen zu spät, aber ich würde gern deinen vollen Namen erfahren. Ich möchte wissen, wo du lebst, ob du eine Familie hast und womit du deinen Lebensunterhalt verdienst. Und ich würde zu gern erfahren, was du mir in den letzten drei Tagen sagen wolltest, denn ich sehe Bedauern in deinen Augen.«

»Bedauern ist das falsche Wort. Was geschehen ist, war mein innigster Wunsch. Und ich werde dich immer begehren. Ich kann gar nicht ausdrücken, wie sehr.«

Ich streckte die Hände aus. »Dann kann das, was du mir sagen willst, noch ein wenig warten.« Sein Gesicht verzog sich zu einem Lächeln, zeigte erst Erstaunen, dann Verlangen. Er zog mich an sich. Wir küßten uns wie Liebende nach langer Trennung. Ich grub meine Finger in seinen Nacken, drängte mich an ihn. Innerhalb weniger Sekunden lagen wir wieder auf dem Bett, und er liebkoste meine Brüste, den Bauch, jeden Quadratzentimeter meiner Haut, nahm mein Gesicht zwischen seine Hände und küßte mich fast andächtig auf die Lippen.

Wer immer er auch war – ich liebte ihn.

Das Telephon schrillte, als wir später aneinandergeschmiegt auf den Laken lagen. Ein leichter Wind wehte vom Balkon herein, trocknete den Schweiß auf unserer Haut. Ich konnte noch nicht wieder normal atmen, dachte über meine Gefühle nach und streichelte seine Hände. »Laß es klingeln«, sagte er leise.

Durch die offenstehende Tür hörten wir, daß sich im Wohnzimmer ein Anrufbeantworter einschaltete. Eine weiche Südstaatenstimme stellte sich als eine von Swans Freundinnen aus Asheville vor. »Tut mir leid, Sie zu stören, liebe Darl«, sagte sie, »aber es ist dringend.« Beunruhigt stützte ich mich auf die Ellbogen und spürte, daß sich auch Solo hinter mir aufrichtete. »Ihre Großmutter und Miß Matilda wurden ins Krankenhaus eingeliefert.«

14

Swan hatte in der Nacht einen Herzanfall erlitten und war von Matilda ins Krankenhaus gebracht worden, wo diese im Warteraum mit einem leichten Schlaganfall zusammenbrach. »Es ist unübersehbar, daß du sehr viel für deine Großmutter und ihre Freundin empfindest«, sagte Solo, und ich konnte nur stumm nicken. »Selbstverständlich bringe ich dich unverzüglich zu ihnen.«

»Danke.«

Bitte, Großmutter, du darfst nicht sterben …

Das war mein erster Gedanke, und alles in mir krampfte sich zusammen. Ich hatte häufig über Swans Tod nachgedacht in den vergangenen Jahren, als ich noch glaubte, Eli aufspüren und ihm die Wahrheit erzählen zu können. Ich liebte Swan Hardigree Samples, meine Großmutter und Nemesis. Diese Zuneigung war genauso stark wie der Haß, den ich gleichzeitig ihr gegenüber empfand. Und die Doppeldeutigkeit meiner Gefühle verstörte mich heute noch genauso wie als Kind.

Am Nachmittag ließen wir den Golf hinter uns zurück. Solo steuerte sein kleines Flugzeug über die Baumwoll- und Erdnußfelder des südlichen Georgia, dann über bewaldete Hügel und die ausgedehnten Vororte von Atlanta, die höher aufragten als die sanften, blaugrünen Erhebungen der Appalachen. Als wir die Grenze zu North Carolina überquerten, brach ich mein Schweigen. »Wir haben es fast geschafft«, sagte ich und blickte auf Solos Profil. Seine Lippen waren ein schmaler Strich, seine Hände ruhten locker auf den Steuerknüppeln. Er trug einen weißen Pullover, graue Hosen und Laufschuhe, während ich ganz selbstverständlich ein blaues Kostüm angezogen hatte. Wie anders wir jetzt doch aussahen. Er wirkte ungemein konzentriert und ähnlich beherrscht wie ich. »Warst du schon einmal in diesen Bergen?« rief ich ihm über die Motorengeräusche hinweg zu.

Nach zwei, drei Sekunden nickte er. »Früher einmal, als Kind.«

»In Burnt Stand gibt es inzwischen ein kleines Krankenhaus, und es liegt nicht weit vom neuen Flughafen entfernt. Sofort nach der Landung rufe ich den Verwalter meiner Großmutter an und bitte ihn, uns ein Auto zu schicken.« Solo sagte kein Wort, und ich fuhr schnell fort: »Du kannst natürlich im Haus meiner Großmutter wohnen.«

Er sah mich gelassen an, aber mir entging nicht, daß die Knöchel seiner Finger weiß hervortraten. »Ich werde schon irgendwo unterkommen, keine Sorge.«

»Das war keine Höflichkeitsfloskel. Ich würde dich gern in der Nähe haben.« Ich zögerte kurz. »Ich weiß, deine Aufgabe ist beendet, aber ...«

»Du glaubst also, du wärst nur ein Job für mich?«

Ich kämpfte mit meiner Stimme und tat, als würde ich zum Fenster hinaussehen, bevor ich ihn wieder anblickte. »Ich möchte es dir so leicht wie möglich machen, wenn du lieber wieder gleich aufbrechen möchtest.«

Er legte seine Finger kurz auf meine Hand, strich mir mit dem Daumen über die Handfläche. »Das liegt nicht in meiner Absicht. Ich bin hier, weil du mir etwas bedeutest. Vergiß das nicht.«

Wenig später ging er in die Kurve, und wir glitten immer tiefer über kahle Granithügel und baumbestandene Bergrükken, bis das Tal auftauchte, das schmerzliche Erinnerungen in mir weckte. Unter uns ragten die weißrosa Häuser von Burnt Stand zwischen den alten, majestätischen Nadelbäumen auf.

»Zu Hause«, sagte ich tonlos. Ich schob eine Hand in meine Ledertasche und umfaßte den Stein, den Eli vor vielen Jahren für mich aus dem Gestein unter unseren Füßen gebrochen und geschliffen hatte.

Selbst der Stein wußte, wohin er gehörte.

Kühles Herbstwetter hatte im Tal bereits Einzug gehalten, und die Hartriegelsträucher begannen, sich rötlich zu verfärben. Solo ließ sein Flugzeug über die Landebahn rollen. Sobald die Maschine in der Nähe des kleinen Flughafengebäudes hielt, näherte sich ein hochgewachsener, schlaksiger Schwarzer. Neben der Rollbahn wartete ein staubiger SUV. Der Mann war etwa vierzig Jahre alt, hatte kurz geschorene Haare und eine weißlichen Narbe auf der rechten Wange. Schwarze Cordhosen, ein Nadelstreifenhemd, lederne Hosenträger und eine Seidenkrawatte milderten irgendwie den scharfen Blick seiner Augen. Marmorstaub bedeckte seine Arbeitsstiefel, und er hatte die großen, sehnigen Hände eines Steinschleifers. Er war Leon Forrest.

»Leon …« Mit ausgestreckten Armen ging ich auf ihn zu. »Wie steht es? Berichten Sie.«

Er nahm meine Hände fest in seine. »Wie Sie wissen, ist Ihre Großmutter nicht so leicht kleinzukriegen. Sie wird wieder ganz gesund, sagen die Ärzte. Es war wohl nur ein leichter Anfall. Und Miß Matilda geht es schon besser. Sie hat nur noch ein paar Schwierigkeiten beim Sprechen und sieht nicht sonderlich gut.«

Die Erleichterung ließ mir die Augen feucht werden. Ich drehte mich zu Solo um und stellte die beiden Männer einander vor. »Mister Forrest leitet die Arbeit im Steinbruch. Mister Solo ist Sicherheitsberater bei Phoenix und ein guter Freund von mir.« Solos Augen strahlten wie vor freudiger Überraschung. Aber da die beiden einander nicht kannten, machte das keinen Sinn.

Leon hob die Brauen, als er und Solo sich mit Handschlag begrüßten. »Irgendwie kommen Sie mir bekannt vor, Mann.«

»Schön, Sie zu sehen«, sagte Solo leise. »Sie kennenzulernen, meine ich.« Er verstummte kurz, an seinem Kinn zuckte ein Muskel. »Selbst unter diesen Umständen.«

Während wir auf den SUV zugingen, blickte ich Leon von der Seite an. »Hat meine Großmutter irgend etwas geäußert, als sie hörte, ich würde kommen?«

Er seufzte. »Sie sagte zu Miß Matilda, es würde Sie sicher überraschen zu hören, daß sie ein Herz habe.«

Auf der Marmorfassade des neuen Krankenhauses nördlich des Ortes spiegelte sich die Nachmittagssonne wider. Ich ließ Solo und Leon in der Eingangshalle zurück, in der Photographien von Swan und Matilda hingen, und ging auf den Lift zu, um zu der im vierten Stock gelegenen Kardiologie hinaufzufahren. Dabei schwebte ich an den Behandlungsräumen im zweiten Stockwerk vorbei, die Julia Samples Union gewidmet waren, meiner Mutter. Vor ein paar Jahren war ich anläßlich der Eröffnung kurz nach Burnt Stand zurückgekehrt, um eine kleine Rede zu Ehren meiner Mutter zu halten. Danach fragte ich Swan, warum sie die Erinnerung an eine Tochter wachhielt, die sie ablehnte.

»Sie habe ich nie abgelehnt, nur ihre Entscheidungen«, antwortete Swan.

»Als Kind war ich überzeugt, sie hätte mich nicht geliebt.«

»Wer dir das einredete, handelte ebenso grausam wie unwissend.«

»Du hast es mich glauben lassen.«

»Ich wollte es selbst glauben. Das war weniger schmerzlich als das Eingeständnis, daß ich sie aus dem Haus und in den Tod getrieben habe.« Mit dieser ebenso erstaunlichen wie brutalen Offenheit beendete sie die Unterhaltung und weigerte sich, weiter über meine Mutter zu sprechen. Damals arbeitete ich noch als Pflichtverteidigerin und heulte während der gesamten vierstündigen Rückfahrt nach Atlanta.

Jetzt gelangte ich zum Stockwerk meiner Mutter. Nervös klopfte mein Fuß auf den Boden, doch als ich ausstieg, hatte ich mich wieder unter Kontrolle. Ein Schild wies mir den Weg zur Intensivstation. Und da, in einem Rollstuhl, saß Matilda mit einem blauen Morgenrock über dem Krankenhausnachthemd.

»Großer Gott«, entfuhr es mir erstickt, und ich eilte auf sie zu.

»Darl …«, wisperte sie mit schwerer Zunge.

»Warum bist du denn nicht im Bett?«

»Weil ich auf dich gewartet habe. Und in ihrer Nähe sein will.«

Ich kniete mich vor den Rollstuhl und umarmte sie. Wie zart und zerbrechlich sie sich anfühlte. Sie war erschreckend dünn, mit schneeweißen Haaren und einer Haut wie ockerfarbenes Seidenpapier. »Wo ist dein Zimmer?« fragte ich. »Ich bringe dich sofort dorthin zurück.«

»Nein. Ich habe ihr versprochen, zusammen mit dir zu ihr zu kommen.« Sie sprach qualvoll langsam, kämpfte um jedes Wort. »Man hat sie in eines dieser schrecklichen Betten gelegt, die nur mit Vorhängen vom nächsten abgetrennt sind. Es regt sie sehr auf. Du weißt, welchen Wert sie auf die Ungestörtheit ihrer Intimsphäre legt. Gehen wir zu ihr. Sie hat sich große Sorgen um dich gemacht.«

Wortlos schob ich sie in die Intensivstation, deren Türen sich automatisch öffneten und schlossen. Als wir am Schwesternzimmer vorbeikamen, hob Matilda eine zitternde Hand. Alle richteten sich auf und grüßten so zuvorkommend, als könnte ich ihre Jobs gefährden oder eine Sonderbehandlung verlangen. Unbehagen überfiel mich. War das der Eindruck, den ich neuerdings erweckte?

Wir liefen an Betten hinter halbgeschlossenen Vorhängen vorbei, in denen an Schläuche, Kabel und Apparate angeschlossene Herzpatienten lagen. Vor den Fenstern ging die Sonne fahlrot unter, und ein grausilberner Dunst senkte sich auf die Hügel. »Hier ist es«, sagte Matilda, und ich zog langsam den Vorhang zur Seite.

Nur eine kleine Lampe über Swans Bett beleuchtete ihr Gesicht. Sie war an ein halbes Dutzend Drähte und Schläuche angeschlossen. Ein dünner, durchsichtiger Sauerstoffschlauch führte in ihre Nase. Sie hatte die Augen geschlossen. Ich schob Matildas Rollstuhl neben das Bett, trat an die andere Seite, berührte Swan jedoch nicht, betrachtete sie nur und rang um Gelassenheit. Ihr Gesicht war aschgrau und von Falten durchzogen, aber noch immer faszinierend. Ihr schönes Haar schimmerte silbergrau. Sie trug es länger, als die meisten Frauen ihres Alters wagen würden, und die dichten, grauen Strähnen lockten sich auf ihren Schultern. Ich berührte den Spitzenkragen ihrer weißen Seidenrobe. »Sie wollte partout kein Krankenhausnachthemd anziehen«, sagte Matilda leise.

»Kann ich mir gut vorstellen.«

Matilda beugte sich vor. »Sie ist hier, Swan. Darl ist da.« Meine Großmutter atmete tief und regelmäßig, rührte sich aber nicht. Matilda beugte sich näher an ihr Ohr. »*Schwester*«, flüsterte sie drängend und blickte dann zum Vorhang, als befürchte sie, jemand könnte sie hören. Um ein Haar wäre ich in Tränen ausgebrochen. Sie und Swan waren einander ungemein ähnlich. Jede bewahrte entschlossen ihre Geheimnisse, den Rest ihres guten Rufes.

Abrupt schlug meine Großmutter die Augen auf. Halbheiten lagen nun einmal nicht in ihrer Natur. Entweder schlief sie wie ein Murmeltier oder war hellwach. Medikamente ließen ihre Augen trübe wirken, aber ihr Blick flog sofort zu mir. Ich bemerkte einen Anflug freudiger Genugtuung, gefolgt von hastiger Selbstbeherrschung. Sie räusperte sich. »Wenn du gekommen bist, um mich sterben zu sehen, muß ich dich enttäuschen.«

Ich beugte mich über sie. »Ich bin hier, um mich um dich

zu kümmern, während du wieder ganz gesund wirst. Das heißt, wenn du das überhaupt willst.«

»Womit habe ich diese plötzliche Zuneigung verdient?«

»Keine Ahnung.«

»Mußte ich erst krank werden, damit du nach Hause findest?«

»Ich habe nicht nach Hause gefunden. Ich bin hier, um meine kranke Großmutter zu besuchen. Das ist ein Unterschied.«

»Also Pflichtgefühl, keine Zuneigung.«

»Erwartest du etwa Rührseligkeit von mir? So etwas verabscheust du doch.«

»So ist es. Du bleibst also?«

»Bis es dir bessergeht.«

»Vielleicht werde ich ein dauerhafter Pflegefall. Dann mußt du mich mit meinem Kopfkissen ersticken.«

»Ich werde es mir überlegen. Wenn es soweit ist.«

Matilda stöhnte entsetzt auf. Im Laufe der Jahre war uns ein derart grausames Geplänkel zur Gewohnheit geworden, aber vor anderen hielten wir uns stets zurück. Ich warf Matilda einen entschuldigenden Blick zu, sah dann aber wieder Swan an. »Ich werde in Marble Hall wohnen und dich gleich morgen früh wieder besuchen.« Ich machte eine kurze Pause. »Hat dich gestern irgend etwas aufgeregt? Wie ich hörte, hattest du gestern im Büro Besuch und warst danach ziemlich durcheinander.«

Ihre Augen funkelten. »Leon spioniert mir nach?«

»Ich bitte dich! Er hat mir erzählt, daß eine junge Frau vorbeikam und du dich mit ihr eingeschlossen hast. Und daß du danach nicht besonders gut aussahst. Er war besorgt. Daraus kannst du ihm doch keinen Vorwurf machen. Wer war sie?«

»Das ist für den Moment meine Sache. Ich werde mit dir später darüber sprechen, wenn ich ein eigenes Zimmer habe. Sag Leon, daß du dich während meiner Krankheit um das

Unternehmen kümmerst. Wenn mir schon jemand nachspioniert, dann doch lieber meine Enkeltochter.«

»Leon erledigt seine Aufgaben hervorragend. Er braucht sich nicht von mir bevormunden zu lassen.«

»Er ist ein angestellter Geschäftsführer und keiner von uns.«

Am liebsten hätte ich laut gelacht. »Wie gut für ihn«, wisperte ich ihr ins Ohr. »Wir neigen dazu, die Unseren zu töten – und andere für das Verbrechen zahlen zu lassen. Also spare dir die Witze darüber, wie ich dich umbringen soll. Das kommt der Familientradition bedenklich nahe.« Matilda hörte jedes Wort und holte verschreckt Luft.

Swan musterte mich fast stolz. »Komm morgen wieder. Wir müssen miteinander reden. Ich habe dir etwas sehr Wichtiges zu sagen. Dann wird sich erweisen, wie stark du wirklich bist.«

Ich runzelte die Stirn. »Keine Spielchen, Großmutter. Ich bin nicht in der Stimmung.«

»Es ist kein Spielchen, das versichere ich dir.« Sie wandte ihren Blick ab. »Geh jetzt und übernimm deine Rolle als Herrin von Marble Hall. Und bring Matilda in ihr Zimmer. Ich brauche meine Ruhe. Ich habe die feste Absicht, in Rekordzeit wieder gesund zu werden.« Sie sah Matilda streng an. »Auch du mußt dich erholen. Morgen werde ich darauf bestehen, in dein Zimmer verlegt zu werden.«

Wir waren entlassen. Zum Abschied berührte Matilda ihre Hand, und Swan bedachte sie mit einem Blick. Matilda nickte. Sie unterhielten sich wortlos, wie Zwillinge es können. Schnell schob ich Matildas Rollstuhl auf den Gang und kam mir vor wie auf einem Drahtseil. Bohrende Schmerzen meldeten sich in meinem Nacken, breiteten sich in meinem ganzen Schädel aus. In meinen Schläfen pochte es. Sobald sich die Türen der Intensivstation hinter uns geschlossen hatten, sah Matilda mich an. Ihre Lippen zitterten, bemühten sich um die Worte, ihre Augen funkelten feucht. »Wie konntest du nur so unbarmherzig über … die Vergangenheit reden?«

»Tut mir leid. Das ist nun einmal unsere Art, damit fertig zu werden.«

Sie drückte eine Faust gegen die Brust. »Aber warum? Warum?«

Am ganzen Körper zitternd, beugte ich mich über sie. »Wirst du denn nicht Tag für Tag von Erinnerungen gepeinigt?« flüsterte ich mit rauher Stimme. »Mir lassen sie keine Ruhe. Und seit kurzem sind sie nahezu unerträglich.«

»Es war ein Unfall.«

»Ich meine nicht nur Clara.«

»Auch das geschah nicht mit Absicht. Wie kannst du Swan nur Vorwürfe machen? Nach so langer Zeit?«

Ich seufzte resigniert. »Du hast schon immer beide Augen zugedrückt, Matilda.«

»Warum kannst du das nicht auch? Nur einmal? Du bist die einzige, die ihr von ihrer Familie geblieben ist. Du darfst nicht so grausam zu ihr sein.«

»Die einzige? Die Zeiten haben sich geändert. Meinst du nicht, Burnt Stand sollte endlich wissen, daß du ihre Schwester bist?«

»Halbschwester. Ihre farbige Halbschwester.« Matilda zitterte so heftig, daß es mir Angst machte. »Und ich möchte nicht, daß alle Welt davon erfährt. Es würde Karen schaden, sie verletzen.«

»Ich werde sie in New York anrufen und ihr sagen, daß du sie brauchst, daß sie nach Burnt Stand kommen soll.«

»Das kann ich nicht von ihr verlangen«, flüsterte Matilda.

»Ich bin zu Swan gekommen. Sie wird zu dir kommen.« Ich drückte meine Fingerspitzen gegen die Schläfen. »Warum können wir uns nicht endlich dazu durchringen, die Wahrheit zu sagen und zu akzeptieren, was wir getan haben und wer wir sind?«

Matilda gewann etwas von ihrer alten Stärke zurück.

»Nein. Die Wahrheit hat schon Herzen gebrochen. Behalte deine Wahrheit, und ich bleibe bei meiner.«

Burnt Stand. Ein Ort, mit dem sich Verderben und Tod verbindet – aber auch Darl, dachte Eli, als er in der Empfangshalle des Krankenhauses wartete. Ein paar Meilen von hier war Pa vor dem Stone Cottage in den Armen seiner Mutter gestorben, während seine Augen in ihrem Gesicht nach irgendeiner Art von Vergebung suchten. Wenn es überhaupt eine Chance gab, Pas Unschuld zu beweisen, dann dadurch, daß ein anderer Clara Hardigree getötet hatte. Vermutlich jemand, der sie kannte. Jemand aus Burnt Stand. Jemand, der möglicherweise jetzt ganz in seiner Nähe war.

Leon hatte Eli ein paar persönliche Fragen gestellt, auf die dieser so ausweichend antwortete, daß der hochgewachsene Schwarze befremdet die Stirn runzelte. »Nun, ich werde Sie lieber sich selbst überlassen«, sagte Leon schließlich. »Zu Hause warten zwei kleine Kinder auf mich und ein alter Daddy, der den Mangold zu lange kochen läßt und die Kinder anschreit, wenn ich nicht rechtzeitig da bin.«

»Sie haben Kinder? Das ist gut.«

Leon quittierte die sonderbare Bemerkung mit einem argwöhnischen Blick. »Yeah. Meine Frau ist vor einigen Jahren gestorben, daher ziehe ich die Kinder allein auf. Sie machen es mir aber leicht, es sind gute Kinder.« Er warf Eli Autoschlüssel zu. »Nehmen Sie den Explorer, mit dem wir gekommen sind. Er ist ein Firmenwagen. Ich lasse mir einen anderen bringen.«

»Sehr nett von Ihnen.«

»Hoffentlich bleiben Sie eine Weile, um sich ausfragen zu lassen. Wir sind hier ziemlich neugierig auf *Fremde*.«

»Wie schade für Sie. Ich habe nicht viel zu erzählen.«

»Das ist es ja gerade, was meine Wißbegierde weckt.« Unbehaglich biß Eli sich auf die Zunge. »Nun, Mister Solo, wir werden uns bestimmt noch einmal unterhalten. Jetzt wünsche ich Ihnen erst einmal einen guten Abend.« Leon nickte knapp, wandte sich um und wollte gehen.

»Leon? Einen Moment.«

Der Mann drehte sich um. »Yeah?«

Ruhig blickte Eli ihn an. »Ich heiße nicht Solo, sondern Wade. Eli Wade.«

Fassungslos und ungläubig starrte Leon ihn an, aber langsam machte sich ein Lächeln des Wiedererkennens auf seinem Gesicht breit. Er kam zu Eli zurück und streckte ihm eine massive Hand entgegen.

Die wichtigsten Frauen in meinem Leben waren alt und leidend und lagen beide in Krankenhausbetten. Als ich in der Halle aus dem Lift trat, kam Solo mir entgegen. Das Blut begann in meinen Ohren zu rauschen. Plötzlich konnte ich kaum noch atmen. Mein Kopf schmerzte. »Ich habe heute noch eine Menge zu tun. Ich muß Freunde und Geschäftspartner meiner Großmutter anrufen, Unterlagen lesen. Du brauchst mir keine Gesellschaft zu leisten. Es gibt etliche Gasthäuser im Ort und zwei Motels.«

»Wenn du mich loswerden willst, mußt du es klar und deutlich sagen. Ich bin ein bißchen begriffsstutzig. Manche Leute reagieren auf den kleinsten Hinweis, sie riechen den Braten. Aber ich? Mir muß man schon sagen, daß ich verschwinden soll, bevor ich kapiere.«

»Okay. Ich möchte, daß du bleibst. Ich werde mit dir zu unserer Familienhöhle fahren.«

»Marble Hall?«

»Ja.« Ich konnte mich nicht erinnern, den Namen ihm gegenüber erwähnt zu haben. »Dort sind wir ungestört.« Ich öffnete die Lippen, um ihm zu sagen, wie er fahren mußte. Bohrende Schmerzen zuckten durch meinen Kopf. Unwillkürlich schloß ich die Augen und verzog das Gesicht.

Er legte einen Arm um meine Schultern. »Stimmt etwas nicht? Was hast du?«

»Kopfschmerzen. Ich bekomme sie häufiger. Diesmal ist es besonders schlimm. Aber ich habe Tabletten im Koffer.«

»Du brauchst keine Tabletten. Du mußt dich nur einmal richtig ausweinen.« Er zog mich an sich. »Wie ist es? Soll ich dich zum Weinen bringen?«

»Nein. Du bist der einzige in meinem Leben, bei dem ich nicht in Tränen ausbrechen muß. Ich möchte nicht, daß sich das ändert.«

Solo biß sich auf die Lippe. »Also gut«, meinte er schließlich. »Das war dein Wunsch des Tages. Er sei dir erfüllt.« Er führte mich aus der Halle, wo ich mich im Meditationsgarten, den meine Großmutter dem Krankenhaus gespendet hatte, übergeben mußte. Solo hielt mir die Haare aus dem Gesicht und wischte mir mit seinem Handrücken über den Mund, obwohl ich hastig versuchte, mich abzuwenden. Danach lief ich wie betäubt auf Leons SUV zu, aber fest entschlossen, mir wenigstens einen Rest an Würde zu erhalten. Er öffnete mir die Beifahrertür. Während der Fahrt lehnte ich den Kopf gegen das Rückenpolster und versuchte zu vergessen, wo ich war und warum. Ich konnte nur hoffen, daß er den Weg nach Marble Hall ohne meine Hilfe fand.

Überraschenderweise hatte er damit nicht die geringsten Schwierigkeiten.

Die rosa Villa sah genauso aus wie in meinen Träumen: Hoch ragte sie vor mir auf, als wir über die Auffahrt aus zerstoßenem Marmor auf sie zu glitten, und wartete darauf, mich in ihrer kühlen Pracht aufzunehmen. Von Kiefern beschirmt und umgeben von kunstvoll geschnittenen Sträuchern, wirkte sie im schwindenden Licht des Tages wie ein dunkler Palast. Zu unserer Linken der Garten, der Pool, die Terrasse, der alte Koi-Teich und der kurze Weg durch den Wald zu Claras geheimem Grab am Fuß der riesigen Amphore im Steinblumengarten. Und hinter dem Garten das leere, unbewohnte Stone Cottage, dessen Holzverschalungen vor Türen und Fenstern unter der Last des wilden Weins zusammenzubrechen drohten. Die Weinranken mußten sich inzwischen golden verfärbt haben und bunte Herbstblätter sanft auf das Cottage niederrieseln, den vergessenen Garten, Claras vergrabene Gebeine. Ich wußte genau, was ich sehen würde, wenn ich nur den Mut aufbrachte, den Wald zu durchqueren.

Er fehlte mir.

»Heimat, süße Heimat«, brachte ich mühsam zwischen Wellen von Übelkeit und Kopfschmerzen hervor.

Solo nahm den Schlüssel aus meiner Hand und lief mir voran die breite Treppe zur Säulenveranda hinauf. Swans Haushälterin Gloria hatte das Licht über dem Portal brennen lassen, wie auch die Lampen im vorderen Bereich des Erdgeschosses. Wir betraten die Halle, und Swans alte persische Teppiche verschluckten jeden unserer Schritte. Auf einem in bemühtem Englisch geschriebenen Zettel teilte mir Gloria mit, daß sie Roastbeef und kalte Salate sowie ein Ragout vorbereitet hatte, das ich nur in der Mikrowelle aufzuwärmen brauchte.

Aber wie ein gefangenes Tier, das Freiheit und Luft sucht, lief ich sofort zur Rückseite des Hauses und stolperte in der Dunkelheit an Antiquitäten und Kunstobjekten vorbei, an Porträts von Swan, Esta und meiner Mutter. Ich riß die Türen auf, die auf die Terrasse hinausführten, und ließ mich auf ein Rattansofa fallen. »Kein Licht, bitte«, sagte ich, als ich Solos Schritte hinter mir hörte. »Laß mich nur einen Moment hier, dann nehme ich eine Tablette.«

Er setzte sich neben mich auf das Sofa, legte einen Arm um meine Schultern und versuchte, mir die Jacke auszuziehen. Ich erstarrte. »Ich will nichts von dir«, sagte er, und ich hörte seiner Stimme an, daß er schmunzelte. »Ich will dich nur von der schmutzigen Jacke befreien. Denn es gibt etwas, was du nicht kannst. Du siehst dich nicht vor, wenn du dich übergibst.«

Ich wandte mich ihm zu und ließ mir die Jacke von den Schultern streifen. »Bereitet es dir denn keine Genugtuung, mich so zu sehen – und zu riechen? Immerhin bist du der erste, der dieses Privileg genießt.«

Er warf die Jacke auf den Boden. »Gestern habe ich dich mit meinem Blut vollgetropft, also sind wir jetzt quitt.« Wieder umfaßte er meine Schultern, zerdrückte den Stoff meiner weißen Bluse. »Ich war in dir. Ich habe dich geschmeckt. Es gibt nichts an dir, was mir fremd wäre.«

Mit einem leisen Seufzer griff ich nach seiner Hand. Gemeinsam blickten wir auf die geisterhaften Silhouetten der Bäume hinaus. Seine Stimmung schien ebenso düster wie meine. Woher kam dieser Einklang mit meiner Trostlosigkeit? Gott, wie ich ihn brauchte, diesen vertrauten Fremden. Aber ich hatte kein Recht, ihn weiter in die Komplikationen und Probleme meines Lebens hineinzuziehen. Wenn es für uns überhaupt eine Chance geben sollte, mußte ich ihn vor mir bewahren. »Ich möchte, daß du Burnt Stand morgen verläßt«, verkündete ich. »Wenn ich die Situation unter Kontrolle habe, in einer Woche oder so, werde ich dich besuchen. Du kannst dir aussuchen wo. Ich komme überallhin. Und dann werden wir über uns reden. Das verspreche ich dir. Aber du bedeutest mir bereits zuviel, als daß ich dich mit meinen Problemen belasten möchte.«

Er schwieg einen Moment lang. »Darüber werden wir morgen reden«, sagte er endlich. Er drückte seine Fingerspitzen in meine Haut und begann, mir den Nacken zu massieren. Der Schmerz ließ mich aufstöhnen. Tränen traten in meine Augen, und ich versuchte, sie zurückzudrängen. Es tat weh. Aber es half. Erleichterung bekam man nun einmal nicht geschenkt. Ich mußte und würde es ertragen. Schließlich arbeiteten sich seine Hände bis zu meinem Hinterkopf hoch, massierten ihn, und dann drückte er leicht den Kopf nach oben. Ich fühlte, wie sich meine Wirbelsäule streckte, und dann schien der Schmerz aus meinem Kopf abzufließen. Sekunden später spürte ich nichts mehr. Erstaunt sah ich ihn an. »Was hast du da gemacht?«

»Etwas, was ich auf meinen Reisen gelernt habe. Ich habe deine Schakras aktiviert, deinen guten Geist zu Hilfe gerufen oder – wenn du so willst – einen Ölwechsel in deinem Kopf vorgenommen. Wer kennt sich schon mit den Geheimnissen des Universums aus? Was immer es auch war – es wirkt.« Er stand auf und zeigte hinaus. »Über dem Pool liegt eine Dampfschicht. Ist er beheizt?«

»Ja. Meine Großmutter schwimmt gern, bei jedem Wetter. Sie liebt Wasser. In ihrer Kindheit hat es hier in Burnt Stand einen verheerenden Brand gegeben. Seither vermittelt ihr Wasser ein Gefühl von Sicherheit.«

»Dann komm. Eine kleine Wassertherapie ist kein Hokuspokus. Aber auch sie wird dir guttun.«

Unsicher stand ich auf. Er griff zu und hob mich hoch. »Es gefällt mir nicht, in dieser Weise abhängig von dir zu sein«, protestierte ich.

»Ich kann nicht tanzen, aber ganz gut schleppen. Also laß mich tun, was ich kann.«

Am Rand des Swimmingpools setzte er mich ab. Verschämt wie Teenager zogen wir uns aus und traten Hand in Hand ins warme Wasser. Wir ließen uns auf einer Treppenstufe am flachen Ende nieder. Ich setzte mich zwischen seine Beine, lehnte meinen Kopf an seine Schulter. Ich schöpfte mit der Hand Wasser und spülte mir den Mund aus, während er mich mit den Armen umfing. Seine Hand fand zu meiner linken Brust.

Umgeben von dunklem, warmem Wasser seufzte ich wohlig. Sein Penis stupste erregt gegen meine Wirbelsäule. Ich zog seinen durchnäßten Armverband zurecht. »Nicht gerade hygienisch«, stellte ich fest.

Er rieb sein Kinn an meiner Wange. »Hör auf zu denken.« Ich schmiegte mich noch enger an ihn. Es war wohltuend, von ihm begehrt zu werden, und überraschend beruhigend. Ich drehte den Kopf, drückte mein Gesicht an seinen Hals und schloß die Augen. Er küßte mich auf die Nasenspitze.

Mit geschlossenen Lidern sah ich die Stelle, die ich nicht

vergessen konnte. Sie war *in* mir, aber auch da draußen, mitten im Wald, in der Erde des Steinblumengartens. Schuldbewußt öffnete ich die Augen und blickte über die Marmorschwäne hinweg, die noch immer die Terrasse bewachten.

»Da draußen könnte alles mögliche sein«, flüsterte Solo heiser. »Was siehst du?«

Es blieb sich gleich, ob er mit sich selbst sprach oder mich fragte, was ich sah. Ich holte scharf Luft. »Die Erinnerung an einen Jungen, den ich geliebt habe.«

Stille. Die Luft schien zu knistern. Seine Arme legten sich fester um mich. »Darl ...«

Ich erschauerte. »Du erinnerst mich an Eli. Selbst deine Stimme, wenn du meinen Namen sagst. Ich blicke dich an und sehe den Mann, der er geworden sein könnte. Deshalb fühlte ich mich von dir so angezogen. Entschuldige. Ich hätte dir in Florida von ihm erzählen sollen.«

»Erzähl mir jetzt von ihm. Ich möchte alles über ihn wissen.«

»Als wir uns das letzte Mal sahen, war er erst dreizehn Jahre alt. Und ich zehn. Ich weiß, es hört sich unwahrscheinlich an, aber ich sehe ihn noch immer da im Wald. Er lebte mit seiner Familie nicht weit entfernt, in einem Cottage. Wir hatten eine Art Versteck, in dem wir uns trafen. Es war alles ganz unschuldig.« Ich verstummte. »Aber das ist nicht fair. Du hast es nicht verdient, mit einer Erinnerung verglichen zu werden.«

»Wenn ich so bin, wie du ihn dir als Erwachsenen vorstellst, dann ist das in Ordnung.« Solo hob mein Gesicht an. Selbst in der Dunkelheit spürte ich, wie intensiv er mich musterte. Neue Schmerzen durchschossen meinen Schädel. Ich zuckte und biß die Zähne zusammen. Er ließ mich los, als hätte ich ihn geschlagen, hob eine Hand und strich mir über die Haare. Wir sahen uns an. Ich fühlte Schweißperlen auf meiner Stirn, und er atmete schwer. »Großer Gott«, ächzte er.

»Du hast mir nicht wehgetan. Es sind nur wieder meine Kopfschmerzen.«

Er umschlang mich erneut mit den Armen. »Weine«, befahl er. »Weine um diesen Jungen. Es ist eine Gnade, von dir geliebt zu werden. Also trauere um dich und um ihn. Weine, weil dein Eli dich geliebt hat, und du ihn. Weine!«

Er wußte nicht mehr von meinen Geheimnissen als ich von seinen, aber er ließ mich zusammenbrechen. Ich tat etwas, was ich noch nie zuvor getan hatte. Ich begann hemmungslos zu schluchzen.

Und er hielt mich in den Armen.

❧ 15 ❧

Komm, Eli. Aber leise. Achte auf deine großen Füße«, flüsterte Darl und führte ihn die Hintertreppe zu ihrem Zimmer
hinauf. Es war Sommer, Swan in Asheville, und Mama hatte ihn und Bell am Morgen mit zur Arbeit genommen. Darl
und er hatten den Vormittag damit verbracht, Konservendo-
sen auszupacken und in der Speisekammer auf Regalbretter
zu ordnen, während Bell zusah und mit ernster Miene »grüne
Bohnen, Tomaten, Kartoffeln, Squash« murmelte, weil sie
endlich lesen konnte. Jetzt war Mama auf einem der Ledersés-
sel in der Bibliothek über ihrem Lunch-Sandwich eingenickt,
und Bell lag schlafend vor ihr auf dem Teppich.

»Mama zieht mir den Hosenboden stramm, wenn sie mich
oben erwischt«, zischte Eli, schlich aber dennoch hinter Darl
die Stufen hinauf. Sie griff nach seiner Hand, zog ihn einen
Flur entlang und stieß eine rosalackierte Tür auf. »*Voilà*«, sagte sie und zeigte auf ein Märchenland mit rosa Möbeln, einem
riesigen Himmelbett, Bergen von Puppen und unzähligen Bü-
chern. »Mein *boudoir*.«

»*Voilà*«, wiederholte Eli schwer beeindruckt. Er starrte auf
die Bücher. »Allmächtiger ...«

»Hier. Setz dich.« Sie schob Bücher und Puppen auf dem
Bett beiseite. Er schüttelte den Kopf. Er war erst elf, aber Pa
hatte ihm bereits beigebracht, daß es bestimmte Regeln gab.
»Ich setze mich nicht auf dein Bett.«

»Nun, wie du willst.« Sie räumte einen Stapel Bücher von

der Polsterbank unter dem Fenster. »Dann setz dich hierhin. Wie wäre es mit Huckleberry Finn?« Sie streckte ihm ein Buch entgegen.

»Gern!«

»Okay.« Darl legte das Buch auf seinen Schoß und hielt ein anderes hoch. »Ich lese gerade die Casey-Girl-Mysteries. Ich bin schon beim vierten Band. *The Mummy on Oak Street.*«

»Hmmm.« Eli vertiefte sich bereits in die erste Seite des Twain-Klassikers. Er schob sich die Brille höher auf die Nase, lehnte sich in die rosa Kissen und zog seine staksigen, sonnengebräunten Füße hoch. Darl machte es sich in der anderen Ecke der Polsterbank bequem und schlug ihr Buch an einer mit Wollfaden gekennzeichneten Stelle auf. Sie streckte die langen Beine in den spitzengesäumten Shorts aus, senkte den Kopf und begann zu lesen. Ihre nackten Füße stießen gegen seine, aber beide taten so, als würden sie es nicht merken. Sie lasen schweigend, ließen sich von der Sonne wärmen, und ihre Zehen küßten einander absolut unbefangen.

Die Fensterbank ist nicht mehr da, dachte Eli, als er erwachte. *Das ganze verdammte Fenster ist weg ...* Gestern abend hatte er nur Augen für Darl, nicht für das Zimmer. Swan mußte es irgendwann neu eingerichtet haben. Nichts wies mehr auf das kleine, rosa Mädchen hin. Die Möbel waren dunkel und kunstvoll geschnitzt, die Tapeten zeigten ein stumpfes Silbermuster, die Lampen waren elegant und modern. Swan hatte sich bemüht, Darls erwachsene Persönlichkeit widerzuspiegeln.

Es war ihr gründlich mißlungen.

Er stützte sich auf einen Ellbogen und betrachtete Darl zärtlich. Sie sah schrecklich aus – ihre Haare waren strähnig und zerdrückt, tiefe Schatten lagen unter ihren Augen –, aber dafür liebte er sie nur noch mehr. Ich liebe dich, liebe dich, liebe dich, flüsterte er lautlos. Behutsam glitt Eli unter der Decke hervor, legte sie sorgfältig über ihre nackten Schultern. Er hob ein blaues Frotteetuch vom Boden auf, schlang es sich um die Hüften und lief die Treppe hinunter.

Als er die Halle erreichte, hörte er zwei unterdrückte Schreckensschreie. Und sah sich zwei schwarzhaarigen Frauen gegenüber, eine in einem gutsitzenden Kleid, die andere, jüngere, in einem Hausmädchenkittel. »Ich bitte um Entschuldigung, Ladys«, sagte Eli. Das Hausmädchen brach in Lachen aus, die ältere Frau nicht.

»Ich hatte keine Ahnung, daß Miß Darl einen Gast mitbringt«, sagte sie mit deutlichem Latino-Akzent.

»Sie sind Gloria, Ma'am?«

»Ja, Miß Swans Haushälterin.« Sie drehte sich zu der jüngeren Frau um und redete in strengem Spanisch auf sie ein. Kichernd lief das Hausmädchen in Richtung Küche davon.

Eli entschuldigte sich noch einmal, diesmal auf spanisch, und erklärte Gloria, daß es Miß Swans Enkelin gestern abend nicht besonders gutging und sie länger schlafen wolle. »Wenn sie erwacht, sagen Sie ihr bitte, daß ich bald wieder hier bin. Ich sehe mich nur kurz in der Stadt um.«

Ob sie von seinem fließenden Spanisch beeindruckt war, wurde nicht ersichtlich. Sie musterte ihn nur grimmig und nickte. Eli straffte die nackten Schultern und verließ die Halle von Marble Hall – lediglich mit einem Frotteetuch bekleidet. *Ich komme wieder, Swan. Diesmal haben Sie mir und meiner Familie nichts zu befehlen. Ich habe in Ihrem Haus geschlafen. Mit Ihrer Enkeltochter. Sie können mir meinen Platz auf Ihrem Territorium nicht mehr streitig machen,* dachte er, rief sich aber sofort zur Ordnung. In den klaren Herbstmorgen blinzelnd, holte er tief Luft und marschierte auf den Explorer zu. Er öffnete die Hintertür, holte Unterwäsche, Jeans und einen Sweater aus seinem Gepäck, zog sich an und griff zu seinem batteriebetriebenen Rasierapparat. Prompt schnitt er sich zweimal. Als nächstes zog er sein Mobiltelephon aus seiner Reisetasche.

Er rief William in Washington an.

»Endlich melden Sie sich«, sagte William nervös.

»Na, Glück gehabt? Wie steht's?«

»Ich muß gleich zum Flughafen. Karen Noland tritt als

Gaststar in einem Musik-Video in Los Angeles auf. Ich werde persönlich mit ihr sprechen.«

»Ausgezeichnet.« Eli kramte seine Armbanduhr aus der Reisetasche. Jetzt und hier war es kurz vor zehn Uhr, in Los Angeles drei Stunden früher. Mit ein bißchen Glück konnte William Karen dazu überreden, noch heute abend nach Hause zu kommen. »Ich stehe in Ihrer Schuld, Mann. Sonst noch was?«

»Unglücklicherweise ja.« Zum ersten Mal hörte sich selbst Williams sanfte Jamaica-Stimme verspannt an. »Ich habe es gerade erst erfahren.«

»Was?«

William zögerte. »Ihre Schwester und Ihre Mutter ...«

»Nun reden Sie schon.«

»Vor zwei Tagen sind sie nach Burnt Stand gefahren. Ihre Schwester hat sich mit Swan Samples getroffen. Vor zwei Tagen. Sie sind noch immer da.« William machte eine kurze Pause. »Sie wollen Sie offenbar überraschen.«

Elis Mund wurde trocken. Fast abwesend hörte er zu, wie William ihm den Namen des Gasthauses nannte, in dem sich Bell und seine Mutter eingemietet hatten. Wenige Sekunden später saß er hinter dem Steuer des Explorer.

Solo hatte mich verlassen, um auf Entdeckungsreise zu gehen. Das beunruhigte mich. Drei Tage lang war er mir nicht von der Seite gewichen, und nun wollte er Burnt Stand plötzlich allein erkunden? Ich duschte und schlüpfte in zerknitterte Hosen, einen Pullover und braune Mules. Als ich mir in meinem alten Zimmer die Haare zu einem Zopf flocht, fragte ich mich, was er über meine Heimatstadt in Erfahrung bringen wollte. Oder über mich ...

Ich zog den Marmorstein aus meiner Hosentasche, betrachtete ihn lange und legte ihn dann auf eine Kommode, als würde er dorthin gehören. Ich sah mich im Zimmer um. Swan hatte es neu möbliert, als ich nach Atlanta gezogen war, und auch das Fenster entfernen lassen, von dem aus man zum Steinblumengarten und zum Stone Cottage blicken konnte.

»Das ändert gar nichts«, hatte ich ihr einmal vorgehalten. »Damit kannst du nichts ungeschehen machen.«

Völlig unbewegt hatte sie mich angesehen. »Ich habe so schmerzliche Erinnerungen, daß ich sie nicht einmal dir anvertrauen werde. Aber ich habe sie weggesteckt. Das Fenster geschlossen. Und du wirst es auch tun.«

Jetzt hatte ich Solo Zugang zu diesem privaten Sanktuarium gewährt. Vielleicht wollte ich vergessen, was Eli und seiner Familie zugestoßen war. Vielleicht wurde ich Swan immer ähnlicher, ohne es zu merken. Die Menschen veränderten sich ständig, bis sie nicht mehr wußten, wer sie einmal gewesen waren, welche Gefühle und Ängste sie beherrscht hatten. Eines Tages würde ich erkennen, daß ich die Erinnerungen, die Wahrheit verdrängt hatte und mit dem leben konnte, was von mir übrig war.

Erschauernd griff ich nach Elis Stein und steckte ihn mir wieder in die Tasche.

Umgeben von Rasen und Blumenbeeten, lag der *Rakelow Inn* an einer schattigen Nebenstraße. Das Haus zeigte Anflüge des Kolonialstils, und natürlich bestand es aus Marmor. Es war eines der Esta Houses. Eli verzog das Gesicht.

Mama hatte für die Familie Rakelow geputzt, bevor Matilda sie für Marble Hall engagierte. Sie hatte die Toiletten gesäubert, den Kot beseitigt, den der Pudel auf den Teppichen hinterließ, und kein Wort gesagt, wenn die Kinder Dreck auf die gerade von ihr geschrubbten Türschwellen schmierten. Immer wieder fragte sich Eli, warum sie und Bell sich entschlossen hatten, ohne ihn nach Burnt Stand zu kommen – vor dem Termin, auf den sie sich vor seinem Flug nach Florida geeinigt hatten. Jetzt saß Mama in einem schicken blauen Kleid auf einem eleganten Sofa in einer der größten Suiten des Gasthauses und verkrampfte ihre verarbeiteten Hände auf dem Schoß.

Bell stand neben einem Bogenfenster und sah mit ihren langen, bunten Schals über den Jeans aus wie ein Schmetterling. Sie war den Tränen nahe, aber fest entschlossen. Jessie schlief unter einer Daunendecke auf einem großen, antiken Bett.

Die Wades waren zurückgekehrt, und das nicht als arme, mittellose Familie.

»Wie ich sehe, wolltet ihr es den Leuten hier so richtig zeigen«, sagte Eli. »Dagegen habe ich nichts. Ich wünschte nur, ihr hättet mich informiert.« Er stützte die Ellbogen auf die Knie und rieb sich das Kinn. Mama starrte unverwandt auf den schmuddeligen Verband um seinen Arm.

»Wenn es mir darum gegangen wäre, hätte ich dafür gesorgt, daß jedermann erfährt, wer wir sind. Aber ich habe das Zimmer unter dem Namen Bell Canetree gemietet.«

»Schön und gut, aber warum mußtest du dann unbedingt Swan Samples aufsuchen und ihr sagen, wer du bist?«

»Ich wollte aufrichtig zu ihr sein. Sie sollte erfahren, wer das Land gekauft hat. Ich nahm an, sie würde es schätzen, wenn wir ganz offen sagen, was wir vorhaben. Daß es uns nur darum geht, die Wahrheit herauszufinden. Meinst du denn nicht, daß sie seit all diesen Jahren unter der Frage leidet, wie ihre Schwester gestorben ist, Eli?«

Er lachte. »Ich glaube nicht, daß Swan Samples viel darüber nachdenkt, wo oder wie Clara den Tod gefunden hat.«

Röte stieg in Bells Wangen. »Nur weil du Swan für kalt und herzlos hältst, muß sie es noch lange nicht sein. Bestimmt möchte sie wissen, wer Clara wirklich getötet hat, sie will, daß ihre Schwester gefunden wird. Ganz gewiß.«

»Sie glaubt, daß es Pa war. Sie glaubt, daß Claras Leiche auf dem Grund des Sees liegt.«

Bell streckte ihm ihre Hände entgegen. »Ich war ganz offen zu ihr, Eli, und das sollte es leichter für uns machen, wie auch für sie. Und dir sollte es helfen, mit Darl ins reine zu kommen«, fügte sie nach einer kleinen Pause hinzu.

Verärgert richtete Eli sich auf. »Ihr hättet mich nur in Florida anzurufen brauchen. Dann hätte ich euch gesagt, die Dinge für den Moment ruhen zu lassen.«

»Was genau machst du eigentlich mit Darl in Burnt Stand, Sohn?« fragte Mama leise.

»Ich kümmere mich um sie. Es geht ihr nicht sonderlich gut.«

»Und du hältst es für klug, ihr nicht zu sagen, wer du bist?«

»Nein, Mama. Das finde ich ganz und gar nicht gut. Es hat sich einfach so ergeben.«

»Ich schäme mich für dich.«

Ihre Worte trafen Eli tief, denn er wußte, daß sie recht hatte. Er nickte seufzend. »Nichts lief so, wie ich es erwartet hatte. Es ging alles zu schnell. Ich mußte für sie zunächst den Fremden spielen. Aber ich glaube, sie hat mich erkannt. Obwohl es ihr vielleicht noch nicht bewußt ist.«

»Du hast sie belogen«, beharrte Mama.

Er blickte zu Boden und ließ die Schultern hängen. »Ja.«

»Genau wie Bell gelogen hat, um Miß Swans Land kaufen zu können.«

»*Mama* …«, rief Bell gekränkt.

Ihre Mutter stand auf. »Keiner von uns kann im Moment besonders stolz auf sich sein. Als Bell beschloß, zu Miß Swan zu gehen und ihr die Wahrheit zu erzählen, war ich einverstanden. ›Ja, das müssen wir tun‹, sagte ich. ›Unsere Familie kann sich nicht weiter in Lügen und Hinterhältigkeiten verstricken.‹ So etwas entehrt das Andenken an deinen Vater. Sohn, du mußt Darl sagen, wer du bist. Noch heute.«

Eli nickte, bedachte seine Schwester aber mit einem ernsten Blick. »Aber vielleicht solltest du darauf vorbereitet sein, was die Leute sagen, wenn sie erfahren, daß wir wieder hier sind. Man wird sagen, daß wir für Swans Herzattacke und Matildas Schlaganfall verantwortlich sind.«

Entsetzt sah Bell ihn an. »Das stimmt doch nicht! Miß Swan und ich haben uns sehr nett unterhalten. Sie hat sich überhaupt nicht aufgeregt. Sie würde sich unsere Pläne erst einmal durch den Kopf gehen lassen, sagte sie, und noch einmal mit uns reden, wenn du hier bist. Du wärst geschäftlich unterwegs, habe ich gesagt, aber nicht wo. Ich schwöre es dir, Eli … Sie war absolut ruhig.«

Eli lächelte sparsam. »Du hast sie nicht überzeugt. Sie hat wie eine Schlange darauf gewartet, daß du ihr näher kommst, ihr vertraust. Du kannst von Glück reden, daß sie nicht zugeschlagen hat.«

»Miß Swan hat mich immer anständig und gerecht behandelt«, sagte Mama bestimmt.

Eli seufzte. »Sie glaubt, daß Pa ihre Schwester getötet hat. Für sie ist der Fall abgeschlossen. Sie ist mit Sicherheit nicht glücklich darüber, daß wir das alles wieder aufrühren.«

Seine Mutter sah ihn nachdenklich an. »Aber Darl wird sie überzeugen. Du hast gesagt, daß sie an Pas Unschuld glauben möchte. Du bist dir sicher, daß sie ein guter Mensch ist.«

Eli wandte den Blick ab. Er schluckte. »Selbstverständlich.«

»Dann sag ihr, wer du bist, und wenn sie nur ein wenig Zuneigung zu dir gefaßt hat, wird sie dir verzeihen – und verstehen, warum wir zurückkehren mußten.«

Er stand auf und legte seiner Mutter eine Hand auf die Schulter. »Darauf müssen wir es ankommen lassen.«

Seine Mutter nickte.

Die neue Haushälterin mochte mich nicht. Ich hatte diverse Firmenunterlagen auf dem glänzenden Mahagonitisch im Eßzimmer ausgebreitet, trank eine Tasse Kaffee und knabberte an einem Toast, den ich mir in der Küche unter Glorias mißmutigen Blicken zubereitet hatte. Jetzt stand sie an der Tür und musterte mich an, als hätte ich Swan umgebracht, um mich ihres Throns zu bemächtigen. »Ich habe im Krankenhaus angerufen«, sagte sie. »Miß Swan und Miß Matilda wurden gerade verlegt. Sie teilen sich jetzt ein Zimmer.« Sie hörte sich so beiläufig an, als sei sie überzeugt, daß sie sich mehr um ihr Wohlergehen sorgte als ich.

»Ja, ich weiß. Ich fahre gleich zu ihnen, aber zunächst muß ich einen Blick in diese Unterlagen werfen.«

»Ich habe ein paar Sachen für Ihre Großmutter und Matilda zusammengepackt. Obst. Ein paar Muffins. Miß Swan liebt Blaubeermuffins. Sowie ein paar Scheiben Schinken und Diät-Kekse für Miß Matilda. Wie Sie wissen, leidet sie an Diabetes.«

»Vielen Dank. Sie denken an alles.«

»Ich habe Ihnen die Autoschlüssel bereitgelegt. Im Frühjahr hat Miß Swan einen Lexus gekauft.«

»Sehr schön.« Ich nahm ein Papier zur Hand und begann zu lesen.

Gloria räusperte sich. »In der nächsten Woche findet hier eine Zusammenkunft statt. Mit Hausgästen. Ein sehr wichtiges Ereignis.«

Ich runzelte die Stirn und hielt ein Papier hoch. »Ist das hier die Gästeliste?« Sie nickte. Ich las ein Dutzend Namen, darunter die der Leiter etlicher staatlicher Sozialbehörden sowie interkonfessioneller Wohltätigkeitsorganisationen. Was hatte das zu bedeuten?

»Soll ich das Treffen absagen?«

»Nein.«

»Also werden Sie die Rolle der Gastgeberin übernehmen?«

»Ich denke, das läßt sich einrichten.«

»Wo ich herkomme, respektiert eine Enkelin ihre Großmutter. Ich hoffe, Sie bringen es über sich, hierzubleiben und die Aufgabe zu übernehmen. Selbstverständlich können Sie auf meine Hilfe rechnen.«

»Gut. Dann möchte ich Sie gleich etwas fragen. Hatte meine Großmutter kürzlich Besuch? Vor zwei Tagen? Eine Frau? Hat sie mit Ihnen darüber gesprochen?«

Gloria sah mich abweisend an. »Davon ist mir nichts bekannt.«

Und wenn du etwas wüßtest, würdest du es mir nicht sagen, dachte ich. Ich blickte ihr direkt in die Augen. »Meine Großmutter ist nicht unbedingt die warmherzigste und liebenswürdigste Person. Warum sind Sie so loyal?«

So etwas wie Verachtung glomm in ihren Augen auf. »Sie zahlt anständig, und sie behandelt mich mit Respekt. Ich habe für Amerikaner gearbeitet, die es an beidem fehlen ließen. In meiner Heimat erwarten wir nicht, daß ein Arbeitgeber unser Freund ist. Nach unserem Verständnis haben die Starken die Schwachen zu beschützen, und die Schwachen sind den Starken Loyalität schuldig.«

»So etwas nennt man Diktatur, Gloria.«

»Wenn es sich um echte Ladys handelt wie bei Miß Swan, ist es ein gutes System.«

Swan in einer Reihe mit Evita Peron und Imelda Marcos, zuckte es mir durch den Kopf. »Danke. Ich war nur neugierig.« Gloria kniff die Lippen zusammen, machte aber keine Anstalten, den Raum zu verlassen. Ich warf ihr einen Blick zu, der mehr oder weniger besagte, sie möge mich endlich von ihrer Anwesenheit befreien. Ihre Augen wurden ganz groß. Sie sah meine kalte, gefährliche Großmutter in mir. Sie nickte knapp und ging.

Schnell überflog ich die restlichen Unterlagen. Was ich entdeckte, ließ mich tief Luft holen. Swan hatte eine halbe Million Dollar in den Kauf eines Grundstücks und die Verwirklichung eines Projektes namens »Stand Tall« investiert. Selbst für Swan war das eine ungeheure Summe. Offenbar plante sie eine Art Heim und Ausbildungszentrum für Kinder in Not.

Ich ließ die Papiere sinken und starrte ins Leere. Entweder war das ihr bisher raffiniertester Versuch, mich nach Burnt Stand zurückzulocken, oder sie wollte sich den Weg in den Himmel mit guten Taten erkaufen.

Irrtum, Großmutter. Wir kommen beide in die Hölle …

In Swans und Matildas Zimmer sah es aus wie in einem Blumengeschäft. Der Gouverneur, mehrere Vertreter der Staatsregierung und nahezu jeder Grubenbesitzer im Süden hatten ihre Genesungswünsche mit Blüten und Grün garniert. Ich stellte Glorias Korb auf einen Rolltisch zwischen ihren Betten. Meine Großmutter sah erschöpft, aber ansonsten prächtig aus, obwohl sie noch mit Sauerstoff versorgt wurde und an einen Tranfusionsschlauch angeschlossen war. »Ich habe die Intensivstation in Rekordzeit verlassen«, verkündete sie. »Beeindrucken dich meine übermenschlichen Fähigkeiten?«

»Welche Fähigkeiten? Daß du im Aufsichtsrat des Krankenhauses sitzt und dem Kardiologen mit Kündigung drohst, wenn er sich deinen Wünschen widersetzt?«

»Wenn ich diese Macht hätte, würde ich dich zwingen, das zu tun, was ich will.«

»Ich denke, das tust du. Erzähl mir mehr von ›Stand Tall‹.«

»Es ist ein Heim für Kinder. Ein Betreuungszentrum für schwierige Jugendliche. Geführt von der Hardigree Foundation, die ich eigens für diesen Zweck gegründet habe. Mein Anwalt wird dir alle Unterlagen bringen. Ich bin sicher, daß du dich dafür engagieren möchtest. Es ist ein Projekt, auf das du stolz sein kannst.« In ihren Augen funkelte es verhalten. »Und eins, dem du dich nicht entziehen kannst, wenn ich alles richtig mache.«

»Fangt bitte nicht schon wieder an, euch zu streiten«, murmelte Matilda gequält. Sie lag seitlich auf dem Bett, wie eine blaßblaue Sichel in ihrem seidenen Negligé. Swan trug Weiß wie üblich. Sie gaben ein imposantes Paar ab, zwei silberhaarige Matriarchen, Schwestern mit weißer und brauner Haut. Ich schluckte trocken.

»Entschuldige, Matilda.«

»Hast du mit Karen gesprochen?«

»Noch nicht. Sie hat New York offenbar verlassen. Ich

habe nur ihren Anrufbeantworter erreicht. Heute nachmittag versuche ich es noch einmal.« Matilda seufzte.

Swan zeigte zum Telephon auf ihrem gemeinsamen Nachttisch. »Du solltest ihr eine Nachricht hinterlassen, Matilda. Damit sie deine Stimme hört.«

Matilda schüttelte den Kopf. »Ich möchte sie um nichts bitten.«

Es klopfte, und gleich darauf betrat Leon das Zimmer. Stirnrunzelnd wie ein Mann, der die Größe eines unbekannten Raums im Verhältnis zu seiner eigenen abschätzt. In Tweed-Sakko und dunkelbraunen Hosen sah er fast elegant aus. Aber wie am Tag zuvor lag Marmorstaub auf seinen Schuhen.

»Guten Morgen. Ich möchte mich nur erkundigen, ob die Ladys vielleicht einen Wunsch haben.« Unsicher trat er von einem Fuß auf den anderen.

»Wieder jung zu sein«, sagte Swan.

»Nun, was soll ich dazu …«

»Haben Sie mir etwas mitgebracht?« Matildas Blick richtete sich auf das gefaltete Papier in Leons Hand.

»Ja, Ma'am. Carla Ann hat ein Bild für Sie gemalt.« Er reichte ihr die Bleistiftzeichnung. Seine Tochter Carla Ann war sechs Jahre alt, sein Sohn Reggie erst drei. Leon hatte seine Frau, eine »gute Yankee«, an der University of North Carolina kennengelernt, aber sie war vor wenigen Jahren an Krebs gestorben. Matilda war vernarrt in seine Kinder. Sie drückte die Zeichnung an ihre Brust.

Leon sah mich an. »Morgen.«

»Guten Morgen.«

»Ihr Freund und ich haben uns gestern in der Halle nett unterhalten. Ich glaube, er ist ein feiner Kerl.«

Ich musterte ihn argwöhnisch. Bisher hatte Leon niemals den Eindruck vermittelt, spontane Zuneigung zu Fremden zu fassen. »Danke. Ihre gute Meinung wird ihn freuen.«

»Nun, offenbar haben Sie ihn bei den Rakelows untergebracht«, fügte Leon hinzu. Mein verdutzter Blick ließ ihn entsetzt stottern: »Ich ... äh ... sah auf dem Herweg, daß der Explorer dort geparkt ist.«

»So? Ja.« In meinem Kopf überschlugen sich die Gedanken. Was suchte Solo im Rakelow Inn? Wollte er dort wohnen? Warum? Swan musterte mich durchdringend. Sobald Leon den Raum verließ, setzte sie sich abrupt auf.

»Ein Freund? Was für ein Freund?« Ich äußerte ein paar Fakten: Namen, Funktion.

»Das ist alles, was du über ihn weißt?«

»Ich habe ihn erst vor wenigen Tagen kennengelernt.«

»Verstehe.«

»Das glaube ich nicht. Er ist sympathisch und klug, und er hat mich nur nach Burnt Stand begleitet, weil ich ihn darum gebeten habe. Ich kann mich auf ihn verlassen.«

»Du hättest mir früher von ihm erzählen sollen«, erklärte meine Großmutter.

»Gestern abend war das nicht möglich.«

Swan durchbohrte mich mit ihren Blicken. »Mach die Tür zu. Wir haben miteinander zu reden.«

Ich schloß die Tür und trat unbehaglich wieder an Swans Bett. Meine Großmutter legte sich in die Kissen zurück. Ihre gelassene Ruhe war zweifellos ebenso ein Resultat der Medikamente wie auch der Willenskraft. Ich witterte Unheil, und mein Magen krampfte sich zusammen. »Ich sagte dir gestern schon, daß ich dir dringend etwas erzählen muß.«

»Und was hat das mit meinem Freund zu tun?«

»Vielleicht nichts. Aber vielleicht bist du auch das Opfer einer höchst beunruhigenden Täuschung geworden.«

»Worauf willst du eigentlich hinaus, Großmutter?«

Fast abwesend zupfte sie am Bettbezug. Die unbewußte Geste irritierte mich noch mehr, weil Swan nie zögerte oder auf Zeit spielte. Abrupt breitete sie die blassen, feingliedrigen Hände auf der Decke aus. Bereit für die Schlacht. »Ich habe zweihundert Morgen Land hinter Marble Hall verkauft.«

Fassungslos sah ich sie an. Das Land befand sich seit sechzig

Jahren im Besitz der Familie. Dort lag das Stone Cottage. Der Steinblumengarten. Und Claras Grab ... Ich umklammerte die Stahlstangen des Fußendes. »Ist das ein Scherz?« brachte ich schließlich über die Lippen.

»Keineswegs. Ich habe an einen Anwalt aus Memphis verkauft, dessen Klienten in Immobilien investieren wollen.« Sie schwieg kurz. »Der Kaufvertrag enthält etliche Bedingungen. Vor allem muß der Garten in seiner jetzigen Form erhalten bleiben.«

»Wie konntest du dieses Risiko eingehen? Abkommen können gebrochen werden. Das passiert doch ständig.« Ich blickte Matilda an. »Hast du davon gewußt?« Sie nickte. *Und zugestimmt?* Wieder nickte sie.

»Wir haben es für dich getan«, fuhr Swan fort. »Um dir zu beweisen, daß die Vergangenheit keine Macht über uns hat und auch nicht über dich.«

»Ich fasse es nicht. Ich kann nicht glauben, daß du den Garten Fremden überlassen hast.« Meine Stimme wurde lauter. *»Abkommen können gebrochen werden!«*

»Wir sind bereit, es darauf ankommen zu lassen. Den Erlös stecke ich in das ›Stand Tall‹-Projekt.«

Also daher kam die halbe Million. Schweiß trat auf meine Stirn. »Was wollt ihr wirklich damit beweisen? Daß wir unangreifbar sind? Daß wir mit einem Mord davonkommen ...«

»Still.« Matilda bebte am ganzen Körper. »Wir gehen das Risiko ein, um etwas Gutes für unsere Familie zu bewirken. Etwas zu schaffen, was dich in Burnt Stand hält und Karen zurückbringt. Ein Vermächtnis, auf das ihr beide stolz sein könnt. *Etwas, was einen furchtbaren Irrtum in einen Segen verwandelt.«*

Swan zeigte mit dem Finger auf mich. »Du hältst mich für überheblich und rücksichtslos?« fragte Swan. Ein dünnes Lächeln verzog ihre Lippen. »Vielleicht hast du recht. Daß der Anwalt lediglich ein Makler war, wußte ich, aber ich erkannte nicht, daß er nur einen Klienten hatte ... Noch daß dieser Klient ganz bestimmte Absichten mit dem Land verfolgt.«

Ich erstarrte. Konnte es denn noch ärger kommen? »Erzähle.«

Swan zögerte kurz. »Die Frau, die mich vor Tagen besucht hat, war Bell Wade. Sie hat das Land gekauft.«

Das Ticken der Wanduhr klang wie Paukenschläge. Langsam schlug Matilda beide Hände vor das Gesicht, legte sich zurück und schloß die Augen. Nachdem sich mein Schock gelegt hatte, begriff ich – begriff alles. »Und sie hat vor, mit der Zustimmung und Unterstützung ihres Bruders nach Beweisen für die Unschuld ihres Vaters zu suchen«, setzte Swan hinzu.

Eli …

»Du solltest mit deinem ›Freund‹ sprechen«, sagte Swan. »Um deinetwillen kann ich nur hoffen, daß er nicht Eli Wade ist.«

Eli lief die Treppe in die Halle des Rakelow Inn hinunter. Die Doppeltüren des Gasthauses standen offen, ließen einen leichten Luftzug durch die Gazetüren. Ein mit Marmorplatten belegter Weg führte auf die Verandastufen zu.

Langsam kam Darl den Weg herauf.

Eli blieb stehen. *Allmächtiger Gott, sie weiß es …* Ein Blick auf ihre steife Haltung, ihr starres Gesicht bestätigte seine Ahnung. Sie weiß es. Er stieß die Gazetüren auf und trat auf die Veranda hinaus, als Darl die unterste Stufe erreicht hatte. Ihre Miene war eiskalt, aber ihre Augen verrieten Schmerz. »Eli?« fragte sie leise.

Er nickte.

Sie schwankte, als hätte er sie geschlagen, drehte sich um und ging.

Eli sprang die Stufen hinunter und verstellte ihr den Weg. Er streckte die Arme nach ihr aus. »Nicht«, sagte sie warnend. Er ließ die Hände sinken.

»Ich habe dich nicht belogen, selbst mit dem Namen ›Solo‹

nicht. Ich weiß, daß ich dir eine Menge zu erklären habe, und ich werde es tun. Aber zunächst einmal mußt du wissen, daß ich nicht die Absicht hatte, dir weh zu tun oder dich zu benutzen.«

Sie schwieg. Er wünschte, sie würde ihn anschreien oder beschimpfen, aber das tat sie nicht. Anspannung, Enttäuschung, unterdrückte Gefühle ließen die Luft förmlich knistern. Er konnte sehen, unter welchem Druck sie stand, und auch seine Hände zitterten. Er konnte nicht anders, er legte ihr seine Hände auf die Schultern. »Bitte, komm mit«, sagte er leise. »Laß uns irgendwohin fahren, wo wir über alles reden können. Ich erzähle dir alles, was du wissen willst. Ich habe nichts zu verbergen, und ich möchte dir nur helfen – und mir auch. Ich weiß, wie sich das im Moment anhört, aber so ist es.«

Darl schüttelte kaum merklich den Kopf. »Du hast gelogen, um an das Land zu kommen.«

»Das war ein Fehler.«

»Laß mich los. Du weißt nicht, worauf du dich einläßt.«

»Hör mir doch zu, bitte.« Beschwörend drückte er ihre Schultern. »In den letzten Tagen haben wir uns *gefunden*, Darl. Wir empfanden mehr Vertrauen und Liebe füreinander, als die meisten anderen Menschen in ihrem ganzen Leben. Das dürfen wir nicht zerstören – ich durch einen einzigen Fehler, du durch vorschnelle Urteile.«

»Es war von Anfang an zum Scheitern verurteilt. Schon vor fünfundzwanzig Jahren. Laß mich los.«

Er brauchte seine ganze Kraft, um seine Finger von ihren Schultern zu lösen. Am liebsten hätte er sie geschüttelt, bis sie ihm endlich zuhörte. »Als du mich für einen Fremden hieltest, konntest du etwas für mich empfinden. Jetzt bin ich nur noch jemand, den du vergessen möchtest.« Er ließ die Hände sinken.

»Ich möchte, daß *du* mich vergißt«, korrigierte sie. Er verstand nicht, wie sie das meinte, und wollte sie danach fragen.

»Darl!« Beim Klang von Bells Stimme drehte sich Darl langsam um. Auf der Veranda standen Elis Schwester und Mutter. Bell hielt ein Baby auf dem Arm.

»Sie müssen Eli verzeihen, Darl. *Bitte*«, sagte Mrs. Wade. »Er glaubte, Sie würden ihn ablehnen, wenn Sie von Anfang an wußten, wer er ist. Es war falsch von ihm, Sie zu belügen, und es war falsch von Bell, hinter Miß Swans Rücken das Land zu kaufen. Aber beide handelten in guter Absicht. Keiner von uns möchte weiteres Leid und Elend verursachen. Wir wünschen uns Ruhe und Frieden. Wir wünschen uns ...« Ihre Stimme versagte, und sie mußte sich räuspern. »Nur Gerechtigkeit und Genugtuung für meinen Jasper. Und für uns.«

Mit Tränen in den Augen nickte Darl. Als sie Eli ansah, glaubte er, das Herz müsse ihm brechen. Was ging in ihr vor? Warum gab sie ihnen nicht wenigstens eine kleine Chance? »Tun Sie, was Sie tun müssen«, sagte sie, »aber ich kann Ihnen dabei nicht helfen.«

Sie ging davon, und er hielt sie nicht auf.

❧ 16 ❧

Es war heiß und dunstig außerhalb des Studios in Los Angeles, wo sich Karen auf der Kühlerhaube eines schwarzen Jaguars räkelte. Hinter ihr schwenkte ein Dutzend fast hüllenloser Frauen die Hüften zu harten Rap-Klängen.

»Schnitt«, rief der Regisseur. »*Mist!*« fluchte die Choreographin, eine geborene Nigerianerin mit farbigen Stirnbändern. Die Bewegungen der Tänzerinnen entsprachen nicht dem, was sie sich vorgestellt hatte. »Machen wir erst mal eine verdammte Pause«, blaffte der Regisseur.

Schwitzend glitt Karen vom Auto und drängte sich durch die Tänzerinnen. Übelkeit kam in ihr hoch. Ihre Brüste fühlten sich an wie pralle Ballons, die jeden Moment ihr hautenges Leder-Mini sprengen konnten. Der Rock war so kurz, daß sie den Luftstrom eines Ventilators auf ihren Pobacken spüren konnte. »Miß Soap Opera hält sich für etwas Besseres«, höhnte eins der Mädchen laut genug, daß Karen es hören konnte. Ungerührt lief sie weiter. Wohl wissend, daß die Tänzerinnen sie schadenfroh beobachteten. Karen konnte ihre Gedanken förmlich hören: *Du arrogante Ziege. Aber wir wissen alle, daß Cool T dich in die Wüste geschickt hat …*

Sie schienen ihren Auftritt in dem neuesten Video von Cool T für einen letzten, verzweifelten Versuch zu halten, ihn zurückzugewinnen. Dabei hatte sie *ihm* vor ein paar Wochen den Laufpaß gegeben, gleich nachdem er zum ersten und letzten Mal handgreiflich geworden war. Doch auf dem Höhe-

punkt ihrer kurzen, aber heftigen Beziehung hatte sie zugestimmt, in seinem Video ihre Kurven zu zeigen. Gott sei Dank
war er wenigstens nicht zu den Dreharbeiten erschienen, um
ihrer Entwürdigung zuzusehen. Sollte er seinen Macho-Stolz
ruhig wahren. Sie wollte nur eins: Das Video so schnell wie
möglich hinter sich bringen.

Karen lief hastig über einen schmalen Korridor, betrat einen Toilettenraum und erbrach sich. Als sich ihr Magen ein
wenig beruhigt hatte, spülte sie sich den Mund aus und betrachtete sich im Spiegel. Ihr Agent hatte sie vor Cool T ge-
warnt. Er hatte ein ellenlanges Vorstrafenregister, und seine
Videos waren schmutzig, echte Pornos. Die Produzenten von
Attractions hatten gedroht, sie aus der Serie zu werfen, wenn
sie in einem auftrat.

»Warum habe ich mich darauf nur eingelassen?« fragte sie
den Spiegel.

*Weil du rauswillst aus der Serie. Weil du dieses Leben nicht
mehr erträgst …*

Sie verließ das WC, lehnte sich auf dem Flur an die Wand
und schloß die Augen.

»Miß Noland?« fragte eine melodische Männerstimme.
»Entschuldigen Sie, wenn ich Sie störe.«

Erschreckt riß Karen die Augen auf. Vor ihr stand ein sym-
pathischer, durchtrainierter Schwarzer in Sportsakko und Lei-
nenhosen. Er ist nicht aus Los Angeles, ging es Karen durch
den Kopf, und auch nicht im Showbusiness. Er sieht aus wie
ein ganz normaler Mensch. »Ja?«

»Tut mir leid, wenn ich Sie so überfalle. Geht es Ihnen
nicht gut? Kann ich Ihnen irgendwie helfen?« Sein karibi-
scher Tonfall war sehr angenehm, aber sie bemerkte, daß er
kein Ausweisschildchen trug. Mißtrauisch sah sie ihn an.
»Wer sind Sie, und wie kommen Sie ohne Genehmigung auf
das Studiogelände?«

»Mein Name ist William Leyland. Ich bin Sicherheitsberater und verfüge über ein paar Verbindungen. Darüber hinaus

leitet meine Frau eine PR-Agentur in Washington, D.C. Sie ist ein großer Fan von Ihnen. Sie hat Mister Cools Plattenfirma angerufen und damit einige Türen geöffnet.«

Karen wurde eiskalt. Stalker und durchgeknallte Fans dachten sich die phantastischsten Geschichten aus. Sie setzte sich in Richtung Studio in Bewegung. »Lassen Sie uns ein paar Schritte laufen, während wir uns unterhalten.«

»Bitte, Miß Noland. Ich bin wegen Darl Union hier.«

Sie blieb stehen. »*Darl?* Was ist mit ihr?«

»Nichts Ernstes, es geht ihr gut. Sie möchte Sie nicht unnötig beunruhigen, aber Ihre Großmütter liegen in Burnt Stand im Krankenhaus.«

Karen erstarrte. Auch die langen Jahre der Trennung konnten die plötzliche Angst um Matilda nicht verhindern. »Meine Großmutter? Ist sie …? Wie geht es ihr?«

Leyland erzählte von dem leichten Schlaganfall. Mit den Tränen kämpfend, lehnte sich Karen an die Wand. Seit wann ging es Matilda bereits schlecht? Warum hatte sie sich ihr nicht anvertraut? Sie telephonierten doch regelmäßig miteinander, allerdings ohne viel zu sagen. Großmutter war einfach zu stolz. Genau wie ich, dachte Karen bitter.

»Sind Sie bereit, sofort mitzukommen?« wollte Darls sonderbarer Abgesandter wissen. »Ich habe einen Flug für Sie gebucht. Die Maschine startet in einer Stunde. Vor dem Studio wartet eine Limousine auf uns.«

»He«, rief eine Stimme. Ein stämmiger, junger Assistent mit Rastalocken winkte ihr mit einem Clipboard zu. »Sie sind dran«, sagte er und reckte den Daumen. Karen musterte ihn grimmig. *Ich bin im Süden aufgewachsen und bessere Manieren gewohnt,* hätte sie am liebsten gerufen. *Meine Großmutter ist eine Lady, und das bin ich auch.* Das dicke Make-up spannte ihre Gesichtshaut. Ihre Brüste schmerzten und brannten, ihr Hinterteil war eiskalt. Egal, wie es ausging – ihr Leben war an einem Wendepunkt. Darl hatte nach ihr geschickt, und ihre Großmutter brauchte sie.

»Gut, Mister Leyland«, sagte sie. »Fliegen wir nach Hause.«

Wie blind ich doch gewesen war. Mehrmals hatte Eli versucht, mir Hinweise zu geben. Das immerhin mußte ich ihm zugute halten.

Schock, Erkenntnis und Verunsicherung stritten in mir miteinander. Tausend Dinge schienen nur darauf zu warten, mich zu zerreißen: so viele Fragen, um mich vor Ungläubigkeit, Zorn und Frustration in Tränen ausbrechen zu lassen. Und er hatte keine Ahnung davon, was ich vor *ihm* verbarg. All das überschlug sich in meinem Kopf, und doch war da in meinem tiefsten Innern eine unaussprechliche Freude über das Wiederfinden.

Eli …

»Er ist es also«, stellte Swan gelassen fest. Ich nickte. Mit gesenktem Kopf saß ich auf einem Stuhl neben ihrem Bett. Wir waren allein. Matilda war zu einem EKG abgeholt worden. Meine Großmutter lächelte dünnlippig. »Ein *Medium* hat seiner Schwester gesagt, daß sie auf dem Gelände Beweise finden können.«

Ich lachte trocken auf. »Die Geister der Vergangenheit haben uns eingeholt.«

Swan hob den Arm und legte mir ihre Hand auf die Schulter. Die plötzliche Bewegung brachte ihren Tropf ins Schwanken. Ich hob den Kopf und begegnete ihrem strengen Blick. »Was denkst du?« wollte sie wissen.

»Ich glaube, ich werde ihm die Wahrheit sagen. Wenn ich ihn richtig einschätze, wird er gegen dich und Matilda nichts unternehmen.«

Ihre Fingernägel bohrten sich durch den Blusenstoff in meine Haut. »Wir sprechen über einen Mann, den du zu kennen *glaubst*. Einen Mann, der in unredlicher Absicht seine Identität verheimlichte, um dein Vertrauen zu gewinnen. Einen Mann, der in fünfundzwanzig Jahren nie den Kontakt zu dir suchte. Einen Mann, der das Land verlassen hat und kriminell wurde. Du weißt doch nicht einmal, wie er es geschafft hat, wieder einreisen zu dürfen.«

Ich dachte über jeden ihrer Vorwürfe nach und fand nur eine irrationale Entschuldigung: *Ich habe mit ihm geschlafen. Das muß doch etwas zu bedeuten haben* ... Die armseligste Begründung, die eine Frau vorbringen konnte. »Egal, was er getan oder beabsichtigt haben mag«, sagte ich. »Er muß die Wahrheit erfahren.«

»Muß er? Darf er so einfach und unüberlegt in dein Leben eingreifen? Meine liebe Enkeltochter, ich weiß sehr wohl, was ich dir angetan habe. Mir ist bewußt, daß du jedes Recht hast, mich zu hassen. Ich weiß aber auch, daß ich dich zu einer starken, klugen Frau herangezogen habe, die bereit ist, für das Gute zu kämpfen. Du hast Clara nicht getötet. Ebensowenig wie Jasper Wade. Ich bedaure zutiefst, was du mitansehen mußtest. Aber daß du es mit ansehen mußtest, macht dich doch nicht schuldig. Wenn du Eli Wade die Wahrheit erzählst, und er ist nicht der ehrenwerte Mann, für den du ihn hältst, wird er dich zugrunde richten. Er wird nicht nur deine Hardigree-Herkunft ruinieren, sondern auch dich selbst, deine Karriere als Juristin, als Verteidigerin der Gerechtigkeit.«

»Wenn es mir nur um mich ginge, hätte ich es ihm längst erzählt.«

»Also gut, reden wir von Matilda und mir. *Wenn du etwas sagst, ist das Matildas Tod.* Ganz gleich, wie Eli reagiert. Allein das Wissen, daß die Wahrheit bekannt ist, wird sie umbringen. Und falls du Hoffnungen auf Karens Rückkehr hegst, kannst du auch die vergessen. Wie könnte sie Verständnis dafür haben, daß ihre Großmutter am Verschweigen von Claras Todesumständen beteiligt war? Wie könnte sie mit diesem Wissen leben? Muß sie nicht Verachtung für Matilda empfinden? Hat sie verdient, daß ihre Schauspielkarriere Schaden nimmt? Muß die ganze Stadt unbedingt etwas erfahren, was ihrem Ansehen nur schaden kann?«

Ich fühlte mich unter Druck gesetzt. Genötigt. Erpreßt. »Eli hat ein Anrecht auf die Wahrheit«, beharrte ich. »Nichts, was du sagst, kann daran etwas ändern.«

»Dann laß es ihn herausfinden.« Verdutzt sah ich sie an. Sie nickte. »Glaubst du ernsthaft, es würde etwas ändern? Laß ihn suchen. Und was beweist es schon, wenn er Claras Grab findet?« Sie beugte sich vor. »Auf einem Gelände, das er gekauft hat und auf dem seine Familie zur Zeit von Claras Tod gewohnt hat? Man wird einfach annehmen, daß sein Vater sie dort begraben hat. Und er auch.«

»Du *willst*, daß sie gefunden wird«, sagte ich ihr auf den Kopf zu.

»Nachdem die Dinge diese Wendung genommen haben – ja. Damit werden die Gerüchte über Claras Verschwinden endgültig verstummen. Eli und seine Familie können auf gewisse Weise ihren Frieden finden, und wir werden ein stummes Gebet sprechen.« Sie lehnte sich wieder in die Kissen zurück, aber ihre Hand blieb weiter auf meiner Schulter. »Dann werde ich Clara erneut bestatten lassen, mit mehr Würde und Feierlichkeit, als sie verdient.«

»Du würdest ihn vernichten, wenn du könntest, aber das lasse ich nicht zu«, stellte ich leise fest.

Meine Großmutter schwieg einen Moment lang. »Du mußt dich zwischen ihm und deiner Familie entscheiden«, sagte sie dann. »Es ist deine Wahl.« Sie musterte mich. Ich äußerte kein Wort, aber sie wußte, daß sie mich in der Falle hatte.

»Ich muß nachdenken«, murmelte ich.

Schweigen. »In deinen Augen sind alle unschuldig, nur ich nicht.«

»Es gab eine Zeit, da warst *du* alles für mich.«

Sie ließ meine Schulter los. Es würden kleine, halbmondförmige Spuren zurückbleiben.

Markierungen. Brandzeichen.

Auf der Schule war Tommy Rakelow eine miese kleine Ratte gewesen, die keine andere Freude kannte, als die anderen gegeneinanderzuhetzen, was für gewöhnlich in Schlägereien endete. Aber Eli hatte sich nie mit ihm geprügelt. Inzwischen, mit fast vierzig Jahren, Halbglatze und Schmerbauch, war er nicht viel größer. Er führte den Gasthof zusammen mit seiner Frau. Jetzt trat er auf Eli zu, der auf der Veranda eine Zigarre rauchte.

»Ich fürchte, Ihre Ladys werden woanders unterkommen müssen«, sagte Tommy.

»Aus welchem Grund?«

»Meine Frau hat sich bei den Buchungen geirrt. Die Suite ist für den Rest der Woche vergeben, und die Gäste treffen heute im Laufe des Tages ein.«

»Dann können meine Mutter und Schwester doch ins Erdgeschoß ziehen.«

»Auch die Zimmer sind alle vermietet.«

Eli sah das unsichere Flackern in Tommy Rakelows Augen. Er holte tief Luft. »Sie wissen, wer ich bin …«

Rakelow trat einen Schritt zurück. »Hören Sie, Wade, ich möchte keinen Ärger.«

»Hat Swan Samples von Ihnen verlangt, meine Familie vor die Tür zu setzen?«

»Wie gesagt, ich will keinen Ärger. Lassen Sie mich ehrlich sein. Sie und die Ihren sehen nicht aus, als könnten Sie die Suite bezahlen …«

Diese verdammte Swan Samples! Schon machte sie Ärger. »Wenn Sie zu meiner Mutter oder Schwester auch nur ein Wort sagen, werde ich das tun, was ich als Junge versäumt habe. Ich verpasse Ihnen einen Kinnhaken, daß Ihnen Hören und Sehen vergeht.«

Tommy Rakelow wurde kalkweiß.

Wortlos drehte Eli sich um und ging.

Es war Zeit, das Spiel nach seinen Regeln zu spielen.

Eli stieß die Tür von Burnt Stand Realty auf und ließ sie scheppernd hinter sich ins Schloß fallen. Ein gutgekleideter junger Mann hinter einem Schreibtisch starrte ihn erschreckt an. »Sie sind das Begrüßungskomitee?« fragte Eli.

Der Mann zwinkerte hastig. »Äh ... nein, Sir. Ich bin Immobilienmakler.«

Eli musterte ihn. »Stammen Sie aus Burnt Stand?«

»Äh ... äh, nein. Ich bin in Asheville aufgewachsen. Meine Frau und ich sind erst im letzten Jahr hergezogen. Aber ich versichere Ihnen, daß ich über die Immobilienangebote in dieser wundervollen, historischen ...«

»Gut.« Eli zog einen Stuhl vor den Schreibtisch und setzte sich. »Steht eines der Esta Houses zum Verkauf?«

»Oh! Sie kennen sich gut aus mit unseren schönsten, traditionsreichsten Häusern, wie ich sehe. Nun, zufällig sind einige von ihnen auf dem Markt, alle in ausgezeichnetem Zustand. Zwei sogar teilweise möbliert. Antiquitäten, feine, alte Teppiche ...« Er verstummte und betrachtete Elis ausgeblichene Jeans, den Armverband, die Schnitte im Gesicht. »Bedauerlicherweise sind sie recht kostspielig. Aber ich könnte ihnen etliche kleinere Häuser in der Umgebung ...«

»Ich kaufe die Esta Houses.«

Der Unterkiefer des Mannes klappte herunter. »Sir?«

»Alle. Möbliert, unmöbliert, wie auch immer. Und sobald meine Mutter sich eins ausgesucht hat, besorgen Sie einen Innenausstatter, der die Räume innerhalb von vierundzwanzig Stunden piekfein herrichtet. Ich bringe meine Mutter, meine Schwester und ihr Baby für eine Nacht in einem netten Motel unter, aber morgen abend ziehen sie in das Esta House, das ihnen am besten gefällt. Und dann werden Sie mir für die anderen Mieter suchen. Ich denke da an Steinschleifer und andere Leute, die sonst nur wenig Chancen haben. Miete will ich nicht. Bin ich nicht nett? Ganz normalen Familien die Möglichkeit einzuräumen, ihre Kinder in einem Esta House großzuziehen? Ja, ich glaube, es könnte mir gefallen, in dieser

Stadt Hausbesitzer zu sein.« Er sah den Makler durchdringend an. »Wie ist es? Werden Sie das hinkriegen?«

Der Adamsapfel des Mannes geriet in heftige Bewegung. »Wir reden hier von einem Kaufpreis von mehr als zwei Millionen für die Häuser. Das … Die Häuser müssen besichtigt, Verträge vorbereitet werden. Das braucht einige Zeit und …«

»Nein, guter Mann …« Eli zog ein Mobiltelephon aus der Tasche. »Dazu ist nur ein Anruf bei meiner Bank nötig. Ich zahle bar.«

Ich zog Bahnen im Pool von Marble Hall, bis meine Brust schmerzte und ich kaum noch die Arme bewegen konnte, aber selbst das brachte die Stimmen in meinem Kopf nicht zum Verstummen. Als Gloria Leon auf die Terrasse führte, rümpfte sie die Nase über meine Hosen und Schuhe, die ich am Rand des Beckens zurückgelassen hatte. Es war nicht zu übersehen, was sie dachte: *Aus Ihnen wird nie eine Lady wie Ihre Großmutter.* Leon entging nicht, daß ich in Hemd und Unterwäsche schwamm. Er zögerte und hob die Brauen. Ich klammerte mich an den Beckenrand, rang nach Atem und nickte: *Versuchen Sie gar nicht erst, mich zu verstehen.* Die Falten auf seiner Stirn vertieften sich. »Ich bin gekommen, um Ihnen zu sagen, daß ich mich nicht gegen Eli Wade stellen werde.«

Ich nickte wieder und holte mühsam Luft. »Das verlange ich auch nicht von Ihnen.«

»Ihre Großmutter schon. Als ich es ablehnte, hat sie mir gekündigt.«

Meine Lungen erholten sich langsam. »Darum kümmere ich mich. Sie sind natürlich nicht gekündigt. Tun Sie Ihren Job wie bisher.«

»Ich möchte, daß Sie ein paar Dinge verstehen. Mir ist klar, daß Miß Samples nur das tut, was für das Unternehmen und ihren Ruf positiv ist. Wäre sie nicht der Meinung, daß sich ein Schwarzer als Geschäftsführer von Hardigree Marble gut macht, hätte sie mir den Job nie gegeben. Ein paar Leute hatten mir sogar dringend geraten, nicht für sie zu arbeiten. Sagten, ich könnte jederzeit anderswo ein Auskommen finden.«

»Und warum sind Sie geblieben?«

»Nun, Burnt Stand ist auch meine Stadt, hier bin ich geboren, hier ist mein Zuhause. Hier kann ich versuchen, etwas zu ändern, die Leute zu überzeugen.« Er lächelte grimmig. »Und Eli gehört dazu. Er ist einer von uns. Ein Steinschleifer. Weiß wie Schnee, aber einer wie ich.«

»Diese Einschätzung würde ihn stolz machen.«

»Gut. Dann werden Sie verstehen, daß ich eher meinen Job aufgeben würde, als Eli in die Quere zu kommen. Wenn er seinen Daddy für unschuldig hält und glaubt, das auch beweisen zu können, dann werde ich ihm dabei helfen. Es gab schon immer Gerüchte, daß Jasper Wade übel mitgespielt wurde. Daß Ihre Großmutter einen Sündenbock suchte und ihn in Elis Vater fand. Ich sage nicht, daß ich diesen Klatsch glaube, aber es gab und gibt ihn noch. Eli hat Freunde, von denen er nichts weiß. Männer, die damals als Steinschleifer arbeiteten. Männer, die seinen Vater mochten und achteten.«

»Ich möchte, daß Sie Eli jede mögliche Unterstützung geben.« Überrascht sah Leon mich an. »Ich möchte, daß Sie das ganz offen tun. Laden Sie ihn in den Steinbruch ein. Sorgen Sie dafür, daß man Sie zusammen sieht. Ich möchte, daß ihm geholfen wird. Weil ich es nicht kann«, fügte ich nach einer kleinen Pause hinzu.

»Aber Sie bemühen sich, Ihre Großmutter ruhig zu halten?« Ich nickte. »In Ordnung«, sagte er nach kurzem Überlegen. »Aber ich werde Ihnen sagen, worauf Sie sich einlassen. Eli war im Immobilienbüro und hat fünf Esta Houses gekauft. Für mehr als zwei Millionen. Seine Bank überweist das Geld. Auf Dollar und Cent.«

Warum? fragte ich mich und hörte ungläubig zu, als Leon fortfuhr: »Tommy Rakelow hat seine Mutter und Schwester vor die Tür gesetzt. Ich bin mir fast sicher, daß Ihre Großmutter dahintersteckt. Nun wird Eli seine Mutter und Schwester in einem der Esta Houses unterbringen. Die anderen will er Steinschleifern überlassen. Das hat sich bereits im Steinbruch herumgesprochen. Die Männer sind ganz aus dem Häuschen. Der Mann will seinen Standpunkt klarmachen. Uns warnen, sich besser nicht mit ihm anzulegen. Der Mann ist hier, um sein Recht zu verlangen. Und Swan Samples wird ihn nicht aufhalten.«

Verzweiflung und Zorn über Swans Taktiken ließen mich schweigen. *Übertreibe es nicht, Großmutter ...* Nachdenklich schüttelte Leon den Kopf. »Gestern abend hat mir Eli seinen richtigen Namen genannt und mich gebeten, ihn für mich zu behalten. Ich glaube nicht, daß der Mann ein Betrüger oder Lügner ist. Er hat mich fünfundzwanzig Jahre nicht gesehen, mir aber trotzdem vertraut. Also werde ich ihm ebenfalls vertrauen. Und ich hoffe, Sie auch.«

»Ich bin fest entschlossen, ihm alle Unterstützung zu geben, die er verdient hat.«

»Sie wollen die Tür für ihn aufhalten, aber nicht mit ihm zusammen über die Schwelle treten?«

»So ist es.«

Leons Respekt für mich schien abzunehmen. »Nun, vermutlich darf man mehr nicht erwarten. Sie sind eine Hardigree«, murmelte er finster. »Eli möchte, daß Sie sich am späten Nachmittag mit ihm im Steinblumengarten treffen.« Mein Herz setzte einen Schlag aus. Das also war die Nachricht, die Leon mir übermitteln sollte. »Wenn Sie ihm wirklich eine Chance geben wollen, gehen Sie hin.« Er nickte mir noch einmal zu, drehte sich um und lief davon.

Ich stemmte mich auf den Beckenrand und blickte zu den dunklen Bäumen hinüber. *Eli ...* Sein Name, sein Schicksal hallten in mir nach. Fremder, Geliebter, Mann voller Geheimnisse, auf der Suche nach der Wahrheit, Opfer von Swans Plänen.

Und jetzt wollte er Claras sterbliche Überreste ausgraben.

Eli hockte zwischen Unkraut und Dornengestrüpp vor dem Stone Cottage. Rund um das kleine Marmorhaus waren schlanke Ahornbäume in die Höhe geschossen. Wein und Geißblatt bedeckten die Mauern und das Schieferdach. Hier und da zwischen den Ranken erspähte er rosigen Marmor oder verwitterte Bretter, mit denen Türen und Fenster vernagelt worden waren.

Er schob die Hand durch Heckenrosenranken, kratzte verrottetes Laub fort und grub in der Erde. Hier war Pa gestorben. Hier hatte sein Blut den Boden getränkt. Genau hier. Eli zerdrückte die dunklen Erdkrumen zwischen den Fingern und roch daran. Dann senkte er den Kopf und betete: *Laß uns die Wahrheit erkennen, auch wenn sie unendlich weh tut …*

Gänsehaut breitete sich auf seinen Armen aus, und er stand schnell auf. Instinktiv blickte er zum Hang hinter dem Haus empor. Nur wenige Sonnenstrahlen durchdrangen die Äste der mächtigen Kiefern und Laubbäume. Da oben stand Darl und beobachtete ihn. Leichter Wind spielte mit ihren Haaren, brachte den Stoff ihres dunkelgrünen Rocks ins Schwingen. Sie machte den Eindruck, als hätte sie ein ganzes Leben lang dort gestanden, zeitlos, wartend und gefangen in Swans kalter Welt. Sie hob eine Hand wie zum Schwur, wandte sich ab und verschwand hinter den Bäumen, zwischen denen ein überwucherter Pfad zum Steinblumengarten führte.

Er folgte ihr.

Nie waren meine Alpträume von Clara nur verschwommen und vage, sondern stets furchterregende Horrorfilme. Aufrecht tauchte sie aus ihrem Grab auf wie ein Ghul und schüttelte sich, während Erdbrocken, Blätter und grauenhafte Würmer von ihrem verwesten Körper fielen. Ihre eingefallenen Augen schienen zu brennen. Ihr Hardigree-Anhänger klebte am verrotteten Stoff ihrer Kleidung. Sie schlang einen Arm um den Sockel der Amphore und blickte zu den feingemeißelten Ranken und Blüten auf. *Eines Tages werden diese steinernen Blumen für mich sprechen …*

In meinem Mund war ein säuerlicher Geschmack, und die Knie wurden mir weich. Mit krampfhaft verschlungenen Händen stand ich oberhalb der Senke mit den bemoosten Marmorbänken und sah aus dem Augenwinkel, wie Eli sich näherte, schaffte es aber nicht, meine Blicke von der grasüberwachsenen Stelle neben der Amphorenbasis abzuwenden. Nichts konnte mich dazu bewegen, Clara meinen Rücken zuzudrehen.

Eli Wade kam auf mich zu: ein erwachsener Mann, breitschultrig, groß und schlank, mit den intensiven, dunklen Augen, die mein Herz immer ein wenig schneller schlagen ließen, wenn ich ihn ansah. Mit fast vierzig Jahren war sein Gesicht ausgeprägter geworden. Seine Augen wirkten noch immer faszinierend, aber härter. Er brauchte nichts mehr vorzugeben. Er nahm einfach den Platz des Jungen ein, den ich einst so innig geliebt hatte. Solo verschmolz mit Eli, kam nun ganz real zu mir zurück. Freude, Schmerz und Enttäuschung ließ mich fast zusammenbrechen.

Er blieb jenseits des Gartens stehen, den sein Großvater im Auftrag meiner Großmutter angelegt und ausgestattet hatte. »Ich wußte, daß du kommen würdest«, sagte er. »Du kannst ebensowenig wie ich vergessen, wieviel wir uns einmal bedeutet haben.« Er kam einen Schritt auf mich zu, blieb aber wieder stehen, als ich warnend die Hand hob. Offensichtlich hatte er vor, sich mir ganz langsam und behutsam zu nähern, als wäre ich ein Reh, das jederzeit die Flucht ergreifen konnte. »Ich wußte nicht, daß Bell deiner Großmutter dieses Gelände unter falschen Voraussetzungen abgekauft hat«, fuhr er fort. »Sonst hätte ich es verhindert. Sie hat sich da ein paar ziemlich verrückte Ideen in den Kopf gesetzt. Aber nachdem es geschehen war, erkannte ich, wie sehr die Vergangenheit auch mich belastet. Und unsere Mutter. Wie auch dich. In Florida habe ich bemerkt, wie sehr du darunter leidest.«

»Und was belastet dich noch? Deine Glücksspiel-Vergangenheit? Bist du zurückgekommen, obwohl du gesucht wirst? Von der Polizei beispielsweise?«

»Die Veranstalter von Sportwetten sind für unsere Strafverfolgungsbehörden eher kleine Fische. Diese Dinge sind geklärt. Ich bin sauber, Darl.«

»Aber du bist damit reich geworden.«

»Ich habe meine Gewinne gut investiert. In High-Tech-Firmen, High-Tech-Aktien. Ich war einer der ersten, die ihr Geld in ein paar sehr lukrative Unternehmen in Silicon Valley steckten.«

Verwirrt schloß ich kurz die Augen. »Und wo hast du William kennengelernt?«

»Er war mein Partner auf den Inseln. Verantwortlich für die Sicherheit. Auch er hat gutes Geld gemacht. Er könnte sich längst zur Ruhe setzen.«

»Statt dessen übernimmt er Aufgaben bei der Phoenix Group. Bei der ich tätig bin.«

»Er ist von der Wichtigkeit eurer Arbeit überzeugt. Er möchte seinen Beitrag dazu leisten.«

»Ich versuche zu verstehen, was du damit zu tun hast.«

»Ich werde dir alles erklären. Du mußt nur ruhig bleiben und mir zuhören.«

»Du hast deinem alten Freund eine Position verschafft, um mich zu beobachten. Ist es nicht so?«

Seine Miene verfinsterte sich. »Nein. Bitte laß mich ...«

»Du hättest doch zu mir kommen, mir ganz offen von deinen Plänen erzählen können. Ich hätte jedes Verständnis gehabt.«

»Jetzt weiß ich es, aber erst seit kurzem.«

Fast beschwörend sah ich ihn an. »Bitte versprich mir, daß du diesen Garten ungeschoren läßt.«

»Das kann ich dir nicht versprechen. Ich halte es immer noch für unsinnig, hier zu graben, aber dennoch werde ich es tun.«

Er wird Clara finden und die falsche Entscheidung treffen …

»Und was willst du tun, wenn sich Beweise dafür ergeben, daß ein anderer Clara getötet hat?«

Kalte Entschlossenheit trat in seine Augen. »Den Mörder aufspüren und dafür sorgen, daß er hinter Gitter kommt. Ist das nicht auch dein Wunsch?«

Unwillkürlich begann ich zu schwanken. Jeder Zweifel an seinen Absichten und der Energie, mit der er sie verfolgte, löste sich in nichts auf. Er wollte Gerechtigkeit, Rache, Auge um Auge, Zahn um Zahn. »Meine Großmutter ist alt und krank. Matilda gleichfalls. Wenn du nur ein wenig wartest …«

»Bis sie sterben?« Ich nickte. Er musterte mich nachdenklich. »Du glaubst, das Gerede, das ich möglicherweise auslöse, ist für sie wichtiger als die Antwort auf die Frage, wer Clara wirklich getötet hat? Hör mal, ich weiß, daß sich Swan und Clara nicht gerade geliebt haben, aber in ihrem tiefsten Innern muß deine Großmutter doch erfahren wollen, was ihrer Schwester zugestoßen ist.«

Ich hatte das Gefühl, jeden Moment den Boden unter den Füßen zu verlieren. »Ich verstehe, was du für deine Familie tun willst. Aber deine Pläne kann ich nicht unterstützen.«

Er machte einen weiteren Schritt auf mich zu. Spannung hing in der Luft. Intensiv sah er mich an. »Du glaubst, daß es mein Pa war. Ist es nicht so? Du hast Angst, es könnte sich als wahr erweisen. Denn das wäre das endgültig Ende für uns.«

»Niemals habe ich auch nur …«

»Du bist eine schlechte Lügnerin, Darl. Du verbirgst etwas vor mir. Und ich weiß auch was. Alles andere ergibt keinen Sinn. Du müßtest dich von mir abwenden, wenn mein Vater Clara tatsächlich getötet hat. Um den guten Ruf der Hardigrees zu wahren. Ist es nicht so?«

»Stelle bitte keine Vermutungen an. Du kennst mich nicht gut genug.«

»Was soll ich denn sonst davon halten? Verdammt noch mal, *rede mit mir.*« Er lief schnell den Hang herab, über Claras

Grab, und auf mich zu. Bevor ich es verhindern konnte, zog er mich in die Arme. Ich wehrte mich, stemmte meine Hände verzweifelt gegen seine Brust. »Ich kenne dich nicht gut genug?« wiederholte er. »Sag das nie wieder zu mir. Du weißt, daß es nicht stimmt.«

»Ich kann dir nicht helfen. Zwischen ... uns ist es nicht mehr wie in Florida. Dazu hat sich zu vieles verändert.«

»Laß dich von Swan nicht so beherrschen. Was hat sie mit dir gemacht? Dich so beeinflußt, daß du so wirst wie sie? Das Mädchen, das ich einst kannte – Himmel, selbst die Frau, mit der ich in Florida zusammen war –, würde sich nie so verhalten. Geht es um den Schutz eures guten Namens? Du bist eine Hardigree, also kannst du mich nicht lieben, weil ich zweifelhafter Herkunft bin? Das kann und will ich nicht glauben.«

»Ich liebe dich. Ich werde dich immer lieben.«

»*Darl* ...« Er forschte in meinen Augen, fuhr mir sanft mit dem Daumen über die Wange. Wir waren beide den Tränen nahe. In der Ferne erklang eine Glocke, dieselbe Glocke, mit der Matilda Karen und mich früher nach Hause rief.

»Ich muß gehen. Um Himmels willen, laß mich los.«

Zögernd gab er mich frei. »Das ist nicht das Ende für uns. Ich werde nicht zulassen, daß du nach dem Willen deiner Großmutter auf dein Glück verzichtest. Und ich werde auch herausfinden, was dich zu diesem Verhalten veranlaßt.«

Die Worte hallten in mir nach wie die Töne der alten Messingglocke. Innerlich zerrissen, eilte ich den Hang hinauf. »Bitte mich nie wieder, mich hier mit dir zu treffen. Der Garten ist verflucht.«

»*Ich liebe dich!*«

Ich schüttelte den Kopf. »Das kann nicht sein.«

Auch wir waren verflucht.

Zwischen den Marmorschwänen auf der Terrasse stand William und neben ihm Karen in einfachen schwarzen Hosen und Pullover. Sie sah wundervoll aus in dem schwindenden

Tageslicht. Zum ersten Mal seit fünfundzwanzig Jahren lief meine Cousine die Treppe herunter, um mich zu umarmen.

Sie hatte keine Ahnung.

Als ich mit Karen das Krankenhauszimmer betrat, fiel mir neben Matildas Bett ein neuer Tropf auf. Der lange Schlauch führte zu einer Nadel in ihrem rechten Unterarm. Sie war eingeschlafen, und plötzlich sah ich, was sie war: eine dünne, kranke alte Frau mit grauen Kraushaaren. Mit Entsetzen in den Augen blieb Karen mitten im Zimmer stehen und schlug eine Hand vor den Mund. Swan ruhte wie eine Kaiserin in ihrem Bett, einen schmalen Band mit Haiku-Gedichten in den Händen. Auch sie hing noch an einem Infusionsschlauch. Ihre weißen Haare fielen auf die Schultern des Seiden-Negligés, das ich ihr gebracht hatte. Sie wirkte müde, richtete ihre blauen Augen aber mitleidlos auf Karen. »Reiß dich zusammen, Karen«, sagte sie streng. »Mit Überreaktionen hilfst du ihr auch nicht.«

Mit ängstlich klopfendem Herz blickte auch ich auf Matilda. »Was ist denn seit meinem Besuch heute früh geschehen?«

»Untersuchungen haben eine leichte Störung ihrer Herzfunktionen ergeben. Jetzt bekommt sie aufbauende Medikamente.«

Unsicher lief Karen auf Matildas Bett zu. »Großmutter?« Matilda rührte sich, öffnete die Augen und stieß einen leisen, klagenden Laut aus. Karen setzte sich auf ihr Bett. »Großmutter ...« Zitternd streckte ihr Matilda beide Hände entgegen. Während sich die beiden umarmten und hilflos schluchzten, setzte ich mich auf einen Stuhl neben Swans Bett. Unsere Blicke begegneten sich.

Ich beugte mich vor und flüsterte: »Ich weiß Bescheid. Daß du Tommy Rakelow unter Druck gesetzt und Leon gekündigt hast.«

Swans Miene blieb ungerührt, nur ein kaum merkliches

Funkeln trat in ihre Augen. Sie griff nach einem Kissen, das sie als Armstütze genutzt hatte, und streckte es mir entgegen. »Reizt es dich nicht, mir das aufs Gesicht zu drücken?« fragte sie spöttisch.

»Ja.« Das Funkeln verschwand. Auf dem anderen Bett hielten sich Matilda und Karen noch immer schluchzend in den Armen. Swan und ich würden einander nie umarmen, nie miteinander weinen. »Ich mache alles, was du willst«, flüsterte ich. »Aber laß andere heraus.«

Sie sah mich irgendwie befriedigt an und nickte.

Am frühen Abend kam vor dem Motel am Rand von Burnt Stand eine Menschenmenge zusammen. »Ihr bleibt hier«, sagte Eli zu seiner Mutter und Bell. »Wir kennen diese Leute nicht. Vielleicht wollen sie uns für Swans und Matildas Krankheit verantwortlich machen.« Er verließ das einfache, einstöckige Gebäude und blickte auf den mit Autos, Pick-ups und Motorrädern überfüllten Parkplatz. Dort standen einige Dutzend Steinschleifer und ihre Frauen. Leon löste sich aus der Menge. »Wir haben dir etwas für das Grab deines Daddys in Tennessee gebracht«, rief er. Eli atmete erleichtert auf und rief seine Mutter und Bell. Gemeinsam sahen sie zu, wie sich die Leute um einen kleinen Lastwagen scharten. Auf ihm lag ein Grabstein mit der wundervollsten Gravur, die Eli jemals gesehen hatte:

Jasper Wade

Ehemann

Vater

Steinschleifer

Möge er ruhen im Frieden der Gerechtigkeit.

»Diese Worte kommen aus unserem tiefsten Herzen«, sagte Leon. »Jetzt ist es an dir, sie wahr werden zu lassen.«

Als Karen und ich am nächsten Vormittag die Halle des Krankenhauses durchquerten, starrten uns die Ladys am Empfang mit großen Augen an, und zwei kamen auf uns zu. »Kare Noland«, riefen sie unisono. »Wir finden Sie als Cassandra einfach wundervoll und lassen uns keine Ihrer Sendungen entgehen. Ihre Großmutter ist unheimlich stolz auf Sie.« Lächelnd sah ich zu, wie sie den weißhaarigen Frauen Autogramme gab.

»Spricht Großmutter wirklich über mich?« fragte sie, als wir das Krankenhaus verließen. Wir setzten uns im Meditationsgarten auf eine Marmorbank. Eine Messingtafel wies den Garten als Schenkung von Hardigree Marble aus.

Ich nickte. »Sie hat mir erzählt, daß sie nie eine Folge versäumt. Und wie ich hörte, halten sie Leute auf der Straße an, um mit ihr über deine Rolle zu sprechen. Sie liebt es, von dir zu reden.«

Karen verschränkte die Hände auf dem Schoß. »Mein Vertrag läuft aus. Ich habe meinem Agenten gesagt, daß ich die Serie verlasse. Die letzten Szenen sind bereits abgedreht.« Sie zuckte mit den Schultern. »Aber Cassandra lebt weiter. Sie haben schon eine Nachfolgerin für die Rolle. Meine Tage als Promi sind also gezählt.«

Ich hob überrascht die Brauen. »Warum gibst du das denn alles auf?«

»Ich bin schwanger.«

Ich wartete zwei Herzschläge, dann fragte ich ruhig: »Seit wann?«

»Zwei Monate.«

»Und der Vater des Kindes? Liebst du ihn?«

»Nein. Und er hat keinen Zweifel daran gelassen, daß er mit dem Kind nichts zu tun haben will. Macht nichts. Er ist keinen Cent wert.«

»Kenne ich ihn?«

»Kaum. Es sei denn, du hörst gern Gangster-Rap.«

»Wie konnte das passieren?«

Karen blickte auf den Plattenweg unter unseren Füßen. »Offenbar gerate ich immer an die Falschen. Ich sehe gut aus, ich habe Geld, ich habe die Wahl – weiß, schwarz, Jeans oder Nadelstreifen. Aber nie scheine ich jemanden kennenzulernen, bei dem ich bleiben möchte.« Sie biß sich auf die Lippe. »Ob du es glaubst oder nicht, ich freue mich auf das Kind.«

»Du mußt es deiner Großmutter sagen.«

»Ich weiß nur nicht wie. Sie wünschte sich immer, daß ich über jeden Tadel erhaben bin. Klug, elegant, erstklassig. Eine zweite Lena Horne.« Karen lachte. »Aber das kann ich nicht sein. *Sie* ist eine Lena Horne. Ich bin weder klug noch erstklassig, ich bin eine ledige Mutter.« Sie verbarg ihr Gesicht in den Händen.

Ich legte ihr einen Arm um die Schultern. »Vielleicht ist es gut, daß du nach Hause gekommen bist. Liebe läßt sich überall finden. Auch hier.«

Sie richtete sich auf und sah mich an. »Ich habe dich vermißt, du Schaf«, flüsterte sie.

Wir steckten die Köpfe zusammen. »Ich dich auch.«

Leon kam mit ein paar weißen und farbigen Männern aus dem Krankenhaus und unterhielt sich angeregt mit ihnen. Mir entging der Respekt nicht, mit dem die Steinschleifer auf jedes seiner Worte hörten. Wahrscheinlich spricht er mit ihnen über Eli, dachte ich und verspürte einen feinen Stich.

»Da ist Leon Forrest«, flüsterte ich. »Erinnerst du dich an ihn?«

Erstaunt sah Karen mich an, dann zu ihm hinüber. »Leon«, sagte sie leise.

Er drehte sich um, blickte beiläufig über den Garten und entdeckte uns. Wir standen auf. Als er begriff, wer Karen sein mußte, überzog fast so etwas wie Erschütterung seine Züge. »Karen?« fragte er mit tiefer Stimme, in der Freude und Ungläubigkeit vibrierten. Sie lief zu ihm und streckte ihm eine Hand entgegen. Ich sah, wie Karen sein ernstes, dunkles Gesicht musterte, sah auch, wie er sie anblickte. Er hielt ihre Finger, als könnten sie zwischen seinen kräftigen Händen zerbrechen. Sie bewegten sich kaum, begrüßten einander fast ohne Worte.

Nun sieh dir das an ... Ein leichtes Kribbeln im Rücken und die Tränen, die in meine Augen drängten, sagten mir, daß meine Cousine mit unfehlbarem Instinkt ihren Weg nach Hause fand. Ich betrachtete sie versonnen und trauerte um alles, was sich in meinem Leben nicht erfüllt hatte. Ich dachte an Eli und an das, was wir nie haben würden.

Schwitzend erwachte Eli in einem bequemen Doppelbett, unter der eleganten Bettwäsche, mit denen der Innenarchitekt das Schlafzimmer im Broadside, einem der Esta Houses, ausgestattet hatte. Das Broadside nahm die Ecke zweier schattiger Straßen in Burnt Stand ein. Ein Manager aus Asheville hatte hier mit seiner Frau den Ruhestand verbracht, aber beide waren vor kurzem gestorben, und ihren Kindern blieb es überlassen, die Villa mit ihren Marmorsäulen und Innenhöfen, den Kristallüstern und europäischen Antiquitäten zu verkaufen. Wie die meisten anderen abwesenden Eigentümer der leerstehenden Esta Houses waren die Kinder nur zu glücklich gewesen, einen Scheck zu erhalten, ohne daß über den Kaufpreis gefeilscht wurde.

Mama und Bell hatten wunderhübsche Zimmer mit Balkonen und Whirlpools in riesigen Bädern bezogen. Bell verbrachte jeden Abend in der Bibliothek, um mit ihrer Wahrsagerin oder ihrem Mann zu telephonieren. Und jeden Abend versprach sie Alton unter Tränen, schon bald wieder zur Vernunft zu kommen.

»Du mußt sie das allein machen lassen. Es ist für sie eine Sache des Stolzes. Wir sind ihre Kinder, und uns wurde Unrecht getan, also will sie sich wehren«, zischte Bell Eli zu und umklammerte seinen Arm. Er biß sich auf die Zunge und brauchte seine ganze Energie, Mama nicht nachzulaufen, die langsam auf die Fahrstühle in der Krankenhaushalle zuging. Mama blickte zu den Bildern der Direktoren und Vorstandsmitglieder auf und blieb vor Swans und Matildas Ölporträts stehen. Sie kniff die Lippen zusammen und musterte die beiden unwillig. Für Eli sah sie in ihrem schlichten, braunen Wollkostüm aus wie eine gereizte Maus, die zu zwei Raubkatzen aufblickte.

»Es geht nicht«, sagte er zu Bell. »Ich kann sie nicht allein zu Swan Samples gehen lassen. Bleib du mit Jessie hier, ich begleite Mama.«

»Nein, Bruder, tue es nicht! Du darfst nicht …« Aufgeregt zerrte Bell an Elis Arm. In diesem Moment öffnete sich eine Lifttür, und Darl trat in die Halle. Sie trug graue Hosen und einen flauschigen, weißen Pullover. Ihre Haare hatte sie mit einer Spange zusammengefaßt, ein oder zwei lockige Strähnen fielen ihr in die Stirn. Ihr Anblick erfüllte Eli mit hilfloser Sehnsucht, machte ihn ebenso zornig wie traurig. Ihre tiefblauen Augen wanderten von ihm zu Bell und Mama. »Wie ich hörte, wollen Sie meine Großmutter besuchen«, sagte sie zu Elis Mutter.

»Ich habe mit ihr ein Hühnchen zu rupfen«, antwortete Mama. »Tut mir leid, Darl. Ich weiß, daß es ihr nicht gutgeht, und ich werde bestimmt nicht lange bleiben, aber was ich zu sagen habe, wird sie sich schon anhören müssen.«

»Geht es um die Vorfälle im Rakelow Inn?«

Mama nickte. »Niemand setzt meine Kinder vor die Tür, weil sie angeblich nicht gut genug sind. Wie konnte Ihre Großmutter meiner Familie so etwas nur antun? Ich hoffe, sie ist nur krank und nicht auch noch geistig verwirrt.«

»Nein, sie weiß genau, was sie tut. Ich muß mich bei Ihnen, Bell und Eli entschuldigen. Aber Sie brauchen doch nicht in der Stadt zu wohnen. Ich bitte Sie inständig, nach Marble Hall zu ziehen. Als meine Gäste.«

Mit offenem Mund sah Mama sie an. Bell auch. Darl blickte Eli an, und er wußte, daß er verärgert aussah. Er schüttelte leicht den Kopf. »Bitte«, wiederholte Darl.

»Danke für die Einladung«, sagte er. »Aber wir haben ein hübsches, angenehmes Haus im Ort bezogen. Wir brauchen keine Wohltätigkeiten.«

»*Eli!*« zischte Bell. Mama warf ihm einen tadelnden Blick zu.

Darl zuckte mit keiner Wimper, und das reizte Eli nur noch mehr. »So habe ich es nicht gemeint.«

Mama tätschelte ihren Arm. »Das wissen wir. Vielen Dank für Ihre Freundlichkeit, aber jetzt möchte ich unbedingt mit Ihrer Großmutter sprechen.«

»Gut. Ich fahre mit Ihnen hinauf.« Darl umfaßte Mamas Schulter und führte sie zum Fahrstuhl. Als die Tür aufglitt, sah sie sich noch einmal zu Eli um.

»Achte gut auf sie«, befahl er mit leiser Stimme. Sie nickte.

Und auf dich, fügte er lautlos hinzu, als sich die Türen schlossen.

Annie Gwen war die Witwe von Jasper Wade, von dem Mann, den wir getötet hatten, Karens Onkel und der Sohn von Anthony Wade, Matildas Geliebtem. So stellte ich Annie Gwen Wade Swan und Matilda lautlos vor: Als eine Verwandte und eine Art Symbol, eine Frau, der von ihrer eigenen Familie unrecht getan worden war. Was uns einschloß.

Matilda begrüßte sie höflich und würdevoll, sagte aber nur wenig. Swan lehnte sich in der Pose einer Monarchin in die Kissen zurück, die der Abgesandten eines ärmeren Landes eine Audienz gewährt.

Annie Gwen und ich standen zwischen den beiden Betten. Ich blieb beharrlich an ihrer Seite. »Ich bin nicht hier, um Sie zu beleidigen«, sagte sie zu Swan. »Und ich erwarte auch von Ihnen eine höfliche Behandlung. Früher waren Sie immer fair zu mir.«

»Mistress Wade«, unterbrach ich, bevor Swan etwas sagen konnte, »vor fünfundzwanzig Jahren war niemand fair – weder zu Ihnen noch zu Ihrer Familie. Sie haben eine Entschuldigung für die unverzeihliche Art und Weise verdient, in der meine Großtante Clara Anthony Wade in Burnt Stand schlechtgemacht hat. Und auch dafür, wie meine Großmutter Ihre Familie im Stich gelassen hat.« Ich machte eine kurze Pause. »Hier und sofort.«

Swan warf mir über ihren Sauerstoffschlauch hinweg einen warnenden Blick zu. Dann sah sie Annie Gwen an. »Die ganze Situation war einfach chaotisch. Ich bedaure, daß es dabei zu Mißverständnissen gekommen zu sein scheint. Ebenso bedaure ich, bei dem Besitzer des Rakelow Inn den irrtümlichen Eindruck erweckt zu haben, Ihre Familie sei in dieser Stadt nicht willkommen. Ich versichere Ihnen, daß er mich falsch verstanden haben muß. Ich wollte lediglich wissen, wo Sie untergekommen sind.«

Ich ließ die Lüge zwei Sekunden lang im Raum stehen. »Das stimmt nicht. Viele Besucher meiner Großmutter wohnen im Rakelow Inn. Der Gasthof bezieht einen beträchtlichen Teil seiner Einkünfte durch sie. Sie hat dem Besitzer zu verstehen gegeben, daß Sie hier unerwünscht sind, und er handelte ihren Wünschen entsprechend.«

Meine offenen Worte ließen Swan erblassen. Annie Gwen schien nicht recht zu wissen, wie sie mit meiner Direktheit und Swans kühlem Schweigen umgehen sollte. »Meine Kinder und ich erwarten von Ihnen eine Entschuldigung, Mistress Samples«, sagte sie schließlich.

»Natürlich entschuldige ich mich bei Ihnen.« Swan funkelte mich verbittert an und wandte sich dann Annie Gwen zu. »Wie ich höre, geht es Ihnen nicht schlecht. Eli hat es weit gebracht. Ihre Tochter ist gut verheiratet. Sie haben ein Enkelkind. Sie können sich glücklich schätzen.«

Annie Gwen runzelte die Stirn. »Durch Zuversicht und harte Arbeit ist es meiner Familie gelungen, die schweren Zeiten hinter sich zu lassen.«

»Warum dann traurige Dinge aus der Vergangenheit aufrühren, die uns allen nur Leid bringen können?«

»Uns geht es um die Wahrheit. Um meinen armen Jasper. Meine Tochter hat es sich nun einmal in den Kopf gesetzt, die Wahrheit könnte in der Erde verborgen sein, und ich weiß, wie unsinnig es sich anhört, aber vielleicht hat uns der Herr aus anderen Gründen nach Burnt Stand zurückgeschickt, und wir müssen nur herausfinden, welche das sind.«

Matilda, die bei Annie Gwens Worten zunehmend unruhiger geworden war, drückte eine schmale Hand auf ihr Herz. »Ich glaube, ich kann Ihnen einen guten Zweck nennen, dem wir alle dienen können. Das Stand-Tall-Projekt.« Swans Miene verriet, daß dies einer der seltenen Momente war, in denen sich Matilda über sie hinwegsetzte. »Und ich spreche in Swans Namen, wenn ich Ihnen versichere, daß uns Ihre Beteiligung eine Ehre wäre.«

»Was ist das für ein Projekt?« fragte mich Annie Gwen. Mit wenigen Worten umriß ich die geplante Schule für benachteiligte Kinder, und ihre Augen leuchteten auf. »Ich werde mit Eli darüber sprechen. Er befaßt sich mit meinen karitativen Spenden und Zuwendungen. Ich verliere darüber zu schnell den Überblick.«

»Aber Sie brauchen Stand Tall kein Geld zu spenden, Mistress Wade«, wandte ich hastig ein.

»Oh, wenn ich mich mit einer erheblichen Summe beteilige, möchte ich einen Sitz im Vorstand.« Nach diesem Hinweis darauf, daß man sie nicht für dumm verkaufen konnte, nickte sie Swan und Matilda zu. »Mein Sohn wird alles Nötige mit Ihnen besprechen.« Sie tätschelte meine Hand. »Danke, Darl. Ich finde allein hinaus.«

Sie verließ das Zimmer. Schmächtig und bescheiden, aber mit hocherhobenem Kopf.

Swan richtete sich im Bett auf und sah zu Matilda hinüber. »Sie ist die Witwe von Anthonys Sohn«, sagte Matilda leise. Damit drehte sie uns den Rücken zu und zog sich, langsam wie ein kleiner, erschöpfter Vogel, die Decke über ihre Schultern.

Swan und ich tauschten Blicke aus. Ihrer war finster. Meiner feierte einen kleinen, unerwarteten Sieg.

Frogs Asche kam mit der normalen Post. Ich nahm Gloria den Pappkarton ab, trug ihn in die Bibliothek und stellte ihn auf einen Intarsientisch, zwischen ein Schachbrett und eine kleine Marmorbüste von Esta. Dann setzte ich mich davor auf einen Sessel. Als sich mein Herzklopfen ein wenig beruhigt hatte, begann ich halblaut mit Frog zu reden.

Man muß sein Leben vor allem unter Kontrolle haben, Froggie, und genau die habe ich verloren. Ich bin mir nicht sicher, ob ich mein Leben jemals wieder in den Griff bekommen werde … Und ich möchte keine Verantwortung für das Leben eines anderen Menschen übernehmen.

Karen war im Krankenhaus. Im Haus rührte sich nichts, ohne Swan schien es den Atem anzuhalten. Schließlich ging ich die Treppe hinauf, zog ein hellgraues Kostüm an und kam mit meiner Tasche über der Schulter und dem Autoschlüssel in der Hand wieder herunter. »Ich fahre nach Asheville zum Flughafen«, erklärte ich Gloria. »Rufen Sie bitte im Krankenhaus an und sagen Sie Karen, daß ich nach Washington fliege. Heute abend bin ich wieder da.«

»Sie wollen die … die Schachtel mit der Asche dieses Mannes hier zurücklassen?«

»Er wird Ihnen schon nichts tun.«

»Er hat zwei Menschen umgebracht. Womit hat er einen Platz in diesem Haus verdient?«

Ich sah sie an, bis sie einen Schritt zurückwich. »Womit hätte irgend jemand in diesem Haus Vergebung verdient?«

»Was meinen Sie damit? Wovon reden Sie?«

Ohne sie eines weiteren Wortes zu würdigen, verließ ich das Haus.

Die Phoenix Group hatte ihren Sitz in einem kleinen Brownstone-Gebäude in einer Nebenstraße der Pennsylvania Avenue. Das Weiße Haus, das Washington Monument und das Lincoln Memorial waren nur wenige Minuten entfernt. Meine Wohnung lag ganz in der Nähe, in einem gepflegten Apartmentblock mit Rasenflächen und Balkonen und umgeben von guten Geschäften und Restaurants. Mein Leben im District von Columbia war angenehm und bequem, wie es vermutlich in jeder anderen Stadt auch wäre.

Als mein Taxi vor dem Bürogebäude hielt, blickte ich mich so verdutzt um, als hätte sich an dem vertrauten Anblick etwas geändert oder als wäre ich jemand anderes geworden. »Wie schön, daß Sie wieder da sind, Miß Union«, rief mir ein Securitymann in der Lobby zu. Ich lief durch die dunkelgetäfelte Halle, fuhr mit dem Lift ins vierte Stockwerk und betrat den mit behaglichen Sesseln ausgestatteten Empfangsbereich. Lächelnd öffnete unsere Empfangsdame, eine hübsche Collegestudentin, ihren Mund, und ich legte schnell einen Finger auf die Lippen. »Irene erwartet mich.« Ich wollte nicht mit den anderen fünf Anwälten sprechen, die noch zur Phoenix Group gehörten. Ich war aus einem einzigen, aber schmerzlichen Grund hier.

Das Mädchen drückte auf eine Taste, und Irene kam mir an der Tür ihres Büros entgegen. Sie war eine kleine, rundliche Schwarze mit sorgsam frisierten, graumelierten Haaren. Sie trug ausnahmslos graue Hosenanzüge und einen farbigen Schal um den Hals, der von einer Goldbrosche gehalten wurde. Alles an ihr strahlte verständnisvolle Klugheit aus. »Mir gefällt Ihr Gesichtsausdruck nicht«, sagte sie, als sie mich in ihren Raum führte. »Ich hatte gehofft, Sie würden sich ein wenig erholen, aber Sie sehen aus, als läge eine Schlacht hinter Ihnen.«

»Ich habe Ihnen etwas mitzuteilen.« Sie nahm hinter ihrem mit Akten übersäten Schreibtisch Platz, und ich setzte mich ihr gegenüber. Sie galt als eine der ersten Bundesrichterinnen, die keine WASPs waren, hatte bereits im ersten Jahr ihres Ruhestandes die Phoenix Group ins Leben gerufen. Als junge Frau war sie zusammen mit Martin Luther King für Bürgerrechte und Gleichheit marschiert. Ihre wache Intelligenz und ihr Sinn für Gerechtigkeit hatten sie in juristischen Kreisen zu einer Legende gemacht. Es fiel mir nicht leicht, ihr den Grund meines Kommens zu nennen. »Ich werde aus der Stiftung ausscheiden.«

»Warum?«

»Wahrscheinlich läuft es darauf hinaus, daß ich mich nicht mehr als Anwältin für Wahrheit, Gerechtigkeit und die amerikanische Lebensweise sehen kann.«

»Sie sind für Frog Marvins Tod nicht verantwortlich. Sie müssen schon etwas deutlicher werden, sonst akzeptiere ich Ihren Rücktritt nicht.«

»Zu Hause warten Aufgaben auf mich.«

Sie lehnte sich in ihrem Sessel zurück, faltete die Hände und musterte mich ernst. »Mit Ihnen geht etwas Verhängnisvolles vor sich. Und ich würde gern wissen, was.«

»Vielleicht muß ich den Betrieb meiner Großmutter in North Carolina übernehmen.«

»Das allein kann es nicht sein. Reden Sie, bitte.«

»Für mich hat sich viel verändert. Mein Privatleben ist ein einziges Chaos.«

Sie schien zu zögern. »Ihre Beziehung zu Eli Wade ist mir bekannt«, sagte sie dann ruhig.

Schweigen. In meinem Kopf überschlugen sich die Gedanken. Das Ticken einer Uhr auf dem Bücherschrank hörte sich unglaublich laut an. »Ich nehme an, William hat Ihnen davon erzählt.«

»Ich bin umfassend informiert.«

»Damit hat mich William in eine sehr unangenehme Lage gebracht. Vielleicht sollte ich Ihnen ein wenig mehr über Eli Wade und mich ...«

»Das ist nicht nötig.« Sie stand auf. »Kommen Sie.«

Ich folgte ihr aus dem Büro und über den Flur. Sie öffnete die Tür zu einem kleinen Konferenzraum und ließ mir den Vortritt. Mir stockte der Atem. Eli erhob sich von seinem Stuhl am Konferenztisch. Das Deckenlicht ließ sein Haar schimmern. Er trug braune Hosen, ein gestreiftes Hemd und lederne Hosenträger. Ich nahm kaum wahr, daß Irene die Tür schloß und uns allein ließ. »Offensichtlich habe ich nicht die leiseste Ahnung, was hier vor sich geht«, brachte ich endlich über die Lippen.

»Das ist meine Schuld. Bitte, hör mir zu. Ich werde dir alles erzählen.«

Langsam sank ich ihm schräg gegenüber auf einen Stuhl, legte meine Hände auf das dunkle Holz des Tisches. Auch Eli setzte sich wieder, schlang lässig einen Arm über die Lehne seines Stuhls. »Eigentlich wollte ich dauerhaft auf den Inseln bleiben«, sagte er, »aber meiner Mutter und Bell gefiel es dort nicht besonders. Inzwischen hatte Bell Alton Canetree kennengelernt, einen Bauunternehmer aus Tennessee. Die beiden verliebten sich ineinander, und Alton bat sie, ihn zu heiraten und zu ihm nach Tennessee zu kommen.« Er verstummte, um tief Luft zu holen. »Wie du weißt, waren William und ich Partner bei einem Offshore-Unternehmen für Sportwetten, das uns bereits ein Vermögen eingebracht hatte. Ich bin als Teenager zum Glücksspiel gekommen, Darl, und meine mathematische Begabung erwies sich als Vorteil. Als wir Burnt Stand verließen, waren wir so bettelarm, daß ich nur eins wollte: Geld verdienen. Meine *Talent* sprach sich herum. Ich machte falsche Angaben über mein Alter und begann schon bald in Casinos und bei Buchmachern zu arbeiten. Und so ging es immer weiter. Ich will mich weder entschuldigen noch verteidigen. Ich erzähle dir nur, wie es war.«

»Und wie bist du hierhergekommen?« wollte ich wissen und deutete um mich.

»Auch William war es leid, quasi heimatlos zu sein. Er kam auf Jamaica zur Welt, hat aber viele Verwandte in den Staaten. Darunter auch Irene. Sie ist seine Großmutter.«

Meine Hand hing noch in der Luft. Langsam ließ ich sie sinken. »Und?«

»Ich kehrte illegal in die Staaten zurück und überlegte. Sollte ich bleiben und mir einen Anwalt nehmen? Ein Geständnis ablegen und das Risiko eingehen, ein oder zwei Jahre hinter Gittern zu verbringen? Oder Mama und Bell in die Staaten holen und dann wieder losziehen? Die Welt sehen? Ich war bereits ziemlich weit herumgekommen und hatte mich über Dinge informiert, die mich interessieren, Computersysteme und andere technische Spielereien. Vielleicht könnte ich das zu meinem Lebensinhalt machen, sagte ich mir. Aber ganz war ich mir nicht sicher.« Er stand auf und kam auf meine Seite des Tisches. »Nur eins wußte ich ganz genau: *Ich wollte dich wiedersehen.*«

»Warum?«

»In zwanzig Jahren war kein Tag vergangen, an dem ich nicht an dich gedacht hätte. Ich glaubte, du wolltest mit mir und meiner Familie nichts zu tun haben. Warum solltest du auch, wenn mein Vater deiner Ansicht nach Clara getötet hatte? Aber ich mußte dich unbedingt sehen, wenigstens einmal. Ich fand heraus, daß du in Atlanta als Anwältin tätig warst. Eine verdammt gute, wie ich überall hörte. Ich mußte herausbekommen, warum du es dir zur Aufgabe gemacht hattest, die Armen und Benachteiligten zu verteidigen. Daß du irgend etwas Positives, Nützliches tun würdest, hatte ich immer gewußt, aber das?

Ich wollte dir bei der Arbeit zusehen, setzte mich in den Gerichtssaal und wartete.« Er verstummte kurz. »Und dann kamst du herein. *Du warst es.* Deine Klientin war eine zierliche schwarze Lady. Sie hatte auf ihren Exfreund geschossen. Ihn nur verletzt, wenn ich mich recht erinnere, aber immerhin. Er hatte sie jahrelang geschlagen, ihre Kinder bedroht, ihr Leben zur Hölle gemacht. Sie sah einfach erbärmlich aus – schäbig, verängstigt, abschreckend häßlich. Aber du bist aufgestanden und hast ein Plädoyer gehalten, daß ich am liebsten in Begeisterungsrufe ausgebrochen wäre. Daß auch unter widrigen Lebensumständen die Würde eines Menschen gewahrt bleiben mußte. Daß der Gerechtigkeit nur mit Verständnis und Mitgefühl gedient werden kann. Die Geschworenen hingen förmlich an deinen Lippen, und diese Lady, deine Klientin, sah geradezu ehrfürchtig zu dir auf.« Er brach ab und biß sich auf die Unterlippe. »Und du hast gewonnen. Die Klage wurde abgewiesen. Und ich saß da und verliebte mich wieder Hals über Kopf in dich. Ich wußte, daß ich mein Leben in Ordnung bringen mußte, wenn ich deinen Maßstäben genügen wollte.«

Ich senkte den Kopf. Seine Worte schmerzten mich auf eine Weise, von der er nichts ahnen konnte. Es gab nichts, wofür er sich schämen müßte. Wenn jemand schuld hatte, dann ich. »Du bist einem Irrtum erlegen«, sagte ich.

»Ich ging zu Irene. Stellte mich sozusagen, denn schließlich war sie Richterin. Ich wollte alles tun, was sie von mir verlangte, versicherte ich ihr. Ich würde William heraushalten und die Verantwortung für unser Wettgeschäft auf mich nehmen. Es war schon lange ihr größter Wunsch, daß William damit aufhörte. Sie fragte mich, warum ich für die Rückkehr in die Staaten alles aufs Spiel setzen wollte. Und da erzählte ich ihr von dir. Sie hörte sich alles ganz ruhig an, ließ mich ausreden. Und dann sagte sie: ›Wir werden eine Lösung finden, ohne daß Sie ins Gefängnis müssen. Holen Sie William zurück, und wir werden diese Sache bereinigen. Und dann möchte ich, daß Sie mich mit dieser ungewöhnlichen jungen Frau bekanntmachen. Dieser Darl Union.‹

Das sei unmöglich, erklärte ich, denn ich wollte mich nicht in dein Leben einmischen.« Er brach ab und verzog das Gesicht. »Also gut, ich hatte Angst vor der Verachtung in deinen Augen.«

»Aber Eli, aus welchem Grund sollte ich …«

Er ließ mich nicht ausreden. »Ich wollte dir helfen, wollte dich bei deiner Arbeit unterstützen. Mir kam eine Idee, und mit der ging ich wieder zu Irene. Damals stand sie kurz davor, in den Ruhestand zu treten. Ich fragte, ob es sie interessieren könnte, eine von mir finanzierte Stiftung für kostenlose juristische Beratung ins Leben zu rufen.« Eli schwieg und musterte mich, als wäre er sich nicht sicher, ob ich nicht den Raum verlassen würde, bevor er zu Ende geredet hatte. »Sie war dazu bereit, und wir gründeten die Phoenix Group. Irene setzte sich mit dir in Verbindung und bot dir einen Job an.« Er hob beide Hände und fügte leise hinzu: »So kam ich wieder auf den geraden Weg. Und deshalb sitzen wir heute hier.«

»Phoenix wurde ausschließlich mit deinem Geld gegründet?«

Er nickte.

Schweigend betrachtete ich die Holzmaserung des Konferenztisches, suchte nach einem Detail, auf das ich mich konzentrieren konnte. Er seufzte. »Es war nicht meine Absicht, dir nachzuspionieren oder dein Leben durcheinanderzubringen. Ich muß mich bei dir entschuldigen. Ich bitte dich um Verzeihung.«

Er bat *mich* um Verzeihung. Ich schnappte nach Luft. *Sag es ihm. Erzähle ihm alles. Fahr mit ihm nach Hause und zeige ihm Claras Grab*, schoß es mir durch den Kopf.

Um ihn für immer zu verlieren. Ich brauchte mehr Zeit.

»Komm mit«, sagte ich.

Sag es ihm. Erzähle ihm von Clara. Du kannst darauf vertrauen,
daß er dir verzeiht …

Ich zog die Vorhänge vor das Balkonfenster meines Apartments, ging ins Schlafzimmer. Eli kam mir nach. Wir sahen
uns über das Bett hinweg an. »Es gibt so vieles, was du nicht
weißt«, begann ich.

»Still.« Er öffnete meine Kostümjacke, knöpfte die Bluse
auf und schob seine Hand auf die warme Haut oberhalb meines BH. »Ich bin ein schlichtes Gemüt«, sagte er. »Laß uns
miteinander schlafen, dann reden wir miteinander.«

Nein! »Eli …«

Er verschloß mir den Mund mit seiner Hand. »Du bist der
einzige Mensch, der mich immer verstanden hat. Es ist genau wie früher, als wir Kinder waren. Nur noch besser. Denk
an gar nichts. Rede nicht.« Er schlang seine Arme um meine
Hüften, hob mich hoch, küßte mich auf die Brüste, und ich
drückte meine Lippen auf seine Haare. Er trug mich zum Bett,
und wir taten, als gäbe es auf der Welt nichts Wichtigeres als
unser Zusammensein.

»Willst du die Phoenix Group noch immer verlassen?«
fragte er, als wir uns später nackt und glücklich in den Armen
lagen.

Es ging mir um meine Ehre. Wenn ich ihm das Grab im
Garten zeigte, würde er ohnehin nichts mehr von mir wissen
wollen. »Ja«, antwortete ich leise.

»Du willst nicht mit mir in Verbindung gebracht werden.«

»Darum geht es nicht.«

»Ich glaube dir nicht. Alles andere wäre absurd.«

»Traust du mir das wirklich zu? Nachdem wir uns gerade
geliebt haben?«

»Ich weiß nicht, was ich glauben soll, Darl. Warum sagst
du mir nicht die Wahrheit?« Ich schwieg, und beide richteten
wir uns langsam auf. »Dann werde ich jetzt gehen«, sagte er
fast tonlos.

Ich nickte. »Das verstehe ich.« Er zog sich an und ging,

während ich mich in die Bettdecke hüllte. Ich fühlte mich nackt und abscheulich.

Ich hatte mich nicht zu einem Geständnis durchringen können.

Karen und ich saßen im Wintergarten beim Frühstück. Sie trug einen rotseidenen Morgenrock, ich ein pinkfarbenes Negligé meiner Mutter. Ich hatte ihr von meinem Flug nach Washington, von Eli und der Phoenix Group erzählt. Wir hatten die ganze Nacht hindurch geredet, und jetzt sahen wir aus wie erschöpfte rote Rosen nach einem heftigen Regen.

»Als ich die Details aus unserer Familiengeschichte erfuhr, konnte ich Burnt Stand gar nicht schnell genug verlassen«, sagte Karen leise. »Ich wollte irgendwohin, wo mich niemand kannte. Aber je einsamer ich mich fühlte, desto zorniger wurde ich auch. Eigentlich wollte ich auf nichts und niemanden verzichten, was zu mir gehörte. Nicht auf Großmutter, nicht auf dich, nicht auf das Haus, und doch habe ich es getan.« Sie senkte den Kopf. »Jetzt kommt mir das alles so sinnlos vor. Die Vergangenheit läßt uns nicht los. Genau wie bei dir und Eli.«

»Nein. Du mußtest fortgehen, um zurückkommen und deinen Frieden schließen zu können.«

»Versuchst du das gerade auch? Deinen Frieden zu schließen?«

»Im Augenblick weiß ich nicht einmal ansatzweise, was ich will.«

»Was meinst du, was Eli da draußen finden wird?« Sie zeigte auf das Waldgelände hinter der Terrasse. »Ich fürchte mich fast davor, daß er etwas entdeckt, was die Schuld seines Vaters beweist.«

Ich blickte auf meine Finger, die meinen Kaffeebecher umklammerten. »Sein Vater hat Clara nicht getötet. Davon bin ich überzeugt.«

»Wer könnte es denn dann gewesen sein? Wer hätte einen Grund, ein Motiv gehabt, Clara zu töten?«

»Mit Sicherheit eine ganze Reihe von Menschen. Sie war böse und schlecht.«

»Böse? Das klingt nach Mittelalter. Biblisch. Aber nicht nach einer Anwältin. Das ist doch nicht dein …«

»Böse.« Ich hob den Kopf wieder. »Vielleicht beruht hier alles auf absolut falschen Wertvorstellungen. Und sie war nur die Spitze des Hardigree-Eisberges.«

Karen schüttelte den Kopf. »Swan und Großmutter verdienen es nicht, daß ihr Alter mit häßlichen Erinnerungen vergiftet wird. Sie haben nichts Unrechtes getan. Ich will Eli und seiner Familie wirklich nicht vorwerfen, ihre Krankheit verursacht zu haben, aber die Aufregung hat ihnen mit Sicherheit geschadet.«

Ich sah ihr fest in die Augen. »Ist er ihnen mehr Rücksichtnahme schuldig als seiner eigenen Familie? Dem Andenken seines Vaters? Er ist ein guter, anständiger Mensch. Er will niemandem ein Leid zufügen.«

»Du liebst ihn wie früher«, verkündete sie und kniff die Augen zusammen. »Das sehe ich dir an. Das höre ich aus jedem deiner Worte.« Sie verschränkte ihre Finger um ihr Milchglas.

Nach zwei, drei Sekunden nickte ich. »Ich weiß, daß es sich unbesonnen anhört, unvernünftig und einfach unmöglich, aber …«

»Nein, es hört sich nach *dir* an. Nach dem spontanen, offenherzigen Mädchen, mit dem ich aufgewachsen bin.«

»Habe ich mich denn so verändert?«

»O Darl, nach Claras Verschwinden und Jasper Wades Tod hast du dich *total* verändert. Du hast mich kaum noch bemerkt, dich ganz in deine eigene Welt zurückgezogen. Ich fühlte mich wie vor den Kopf gestoßen.« Sie schwieg einen Moment lang. »Auch ich war anders, das gebe ich zu. Ich schämte mich in Grund und Boden, zu dieser Familie zu gehören, und beschloß, daß ich mit keinem von euch mehr etwas zu tun haben wollte. Mit dir nicht. Und auch mit meiner Großmutter nicht.

Mit niemandem. Doch ... Gott, ich *liebe* Burnt Stand. Dieses Haus, diesen Ort. Ist das nicht verrückt?«

»Nein. Das ist doch nur verständlich. Meine Familie hat diese Stadt aufgebaut, genau wie deine. Und Elis. Hardigrees und Wades.« Der schwarze Kaffee stieß mir sauer auf. Ich stand auf, öffnete eine Terrassentür und holte tief Luft. »Warum ziehen wir uns nicht an und fahren auf dem Weg zum Krankenhaus an dem neuen Restaurant am Platz vorbei. Sie servieren Bagels und Sahnequark zum Frühstück. Ist das zu fassen? Burnt Stand wird international ...« Ein dumpfes Rattern in der Ferne ließ mich verstummen. Stirnrunzelnd trat ich auf die Terrasse. Da war es wieder. Die Geräusche von schweren Fahrzeugen im Wald. Bulldozer ...

Eli.

Als Karen und ich hastig dem Krach entgegeneilten, hatte Eli die Umgebung des Stone Cottage schon von Gestrüpp und Unkraut freigeräumt. Er saß im Führerstand eines orangefarbenen Bulldozers und manövrierte ihn mit erstaunlichem Sachverstand – ein weiteres seiner Talente. Leon hockte hinter dem Steuer eines Baggers. Ein Dutzend Männer, die ich als Steinschleifer erkannte, wühlten mit Hacken und Schaufeln in der Erde. In der Nähe kauerte Bell über einer Schaufel voller Erde und musterte sie wie eine Archäologin. In Jeans und einem hellgrünen T-Shirt sah sie genauso zerbrechlich aus wie früher. Sie hatte ihre braunen Haare zu einem mädchenhaften Zopf geflochten, ihr Baby ruhte in einer Trageschlaufe an ihrer Brust. Annie Gwen saß auf einem Liegestuhl. Ein breiter Strohhut beschützte ihre Augen vor der Sonne, auf ihrem Schoß lag eine aufgeschlagene Bibel.

»Was um alles in der Welt wollen sie denn nur finden?« flüsterte Karen mir zu. »O Darl, es ist alles so unendlich traurig.«

Plötzlich bemerkte uns Eli, schaltete den Motor ab und sprang herunter. Leon fuhr mit seinem Bagger so nahe an uns heran, daß uns eine Staubwolke einhüllte. Die Steinschleifer hielten mit ihrer Arbeit inne. Bell und Annie Gwen reckten die Köpfe. In Bruchteilen von Sekunden wurden wir zum Mittelpunkt der allgemeinen Aufmerksamkeit. Als Eli auf mich zukam, sah er kurz Karen an, dann wieder mich. Ich nickte. »Vielen Dank, daß du William zu ihr geschickt hast.«

»Gern geschehen.«

»Danke, Eli«, rief Karen. Der kurze Moment der Verlegenheit war vorüber. Sie hatten denselben Großvater. Sie waren Cousin und Cousine, diese elegante schwarzhaarige Frau und der Mann mit dem wettergegerbten Gesicht.

»Karen?« fragte Bell offensichtlich bewegt. Sie stand inzwischen neben uns, und Annie Gwen trat zu ihr. Bell zog ihrem Baby eine gehäkelte Mütze vom Köpfchen. »Das ist deine jüngste Cousine. Sie freut sich, dich kennenzulernen.«

»Freut sich mächtig«, fügte Annie Gwen leise hinzu.

Tränen begannen über Karens Wangen zu laufen. Leon stieg vom Bagger und streckte Karen die Hand entgegen. »Wie ist es? Willst du dir die Welt nicht einmal von oben ansehen?« Wie hypnotisiert griff sie nach seiner Hand, kletterte auf das Fahrzeug und ließ mich stehen. Ich fühlte mich plötzlich ziemlich allein.

Eli sah mich an. »Die Einladung gilt auch für dich.« Er reckte den Kopf Richtung Bulldozer.

Tu mir das bitte nicht an. Ich würde dir sagen, wo du graben mußt, wenn ich es nur könnte. Aber es ist mir nicht möglich, ich habe an andere zu denken … Ich schüttelte den Kopf. »Ich kann nicht, Eli.« Beharrlich blieb er vor mir stehen, streckte weiter die Hand aus.

»Du meinst, du willst nicht«, meinte er mürrisch.

»Mach es ihr doch nicht noch schwerer, Eli«, sagte Bell.

Ich drehte mich zu ihr und Annie Gwen um. »Mir ist klar, wie herzlos ich wirken muß«, sagte ich. »Aber das bin ich nicht. Ich fühle mich zwischen Ihren Wünschen und denen meiner Großmutter hin- und hergerissen. Ich bedauere die Ereignisse zutiefst.«

»Wir wissen, daß Sie nicht gegen uns sind«, sagte Annie Gwen. Sie streckte die Hand aus, und ich auch. Ich berührte mit den Fingerspitzen erst Bells Schultern, dann den Kopf ihres Kindes und schließlich Annie Gwens Hand. Bat sie insgeheim um ihre Vergebung für Sünden, von denen sie nicht wußten, daß ich sie begangen hatte. »Ich wünschte, es wäre so einfach«, sagte ich.

Ich drehte mich und lief davon, ohne Eli noch einmal anzublicken. Es kostete meine ganze Willenskraft.

Obwohl der alte Creighton Neddler vor Jahren gestorben war, gab es die Kneipe oben in den Bergen immer noch. Der neue Besitzer hatte sie in The Quarry Pit umbenannt, aber bei ihren Gästen, den Steinschleifern, hieß sie nur The Pit. Eli stand mitten im Schankraum, umgeben von Männern mit Biergläsern und Billard-Queues in den Händen. Sie starrten den Blankoscheck an, den er hochhielt. »Fünfzigtausend Dollar«, sagte Eli laut, »erhält jeder – Mann, Frau oder Kind –, der mir Hinweise gibt, die zur Wahrheit führen. Ich halte mein Wort.«

Niemand brachte einen Ton heraus.

Er drehte sich um und verließ die Bar.

»Er hat ein Dutzend Taucher angeheuert, die den Briscoe Lake absuchen sollen«, erzählte mir Leon, als er Swans Büro am Steinbruch betrat. Ich beugte mich über ihren Schreibtisch und studierte Computerausdrucke. Leon hatte darauf bestanden, daß ich die Ausgaben und Einnahmen der Firma überprüfte.

Ich lehnte mich zurück. »Oh, Leon ...«

»Der Mann kehrt das Unterste zuoberst. Sucht nach der berühmten Nadel im Heuhaufen, aber er sagt, das müsse nun einmal sein. Er läßt jede Menge hochtechnisches Zeug anfahren, Sonargeräte, Unterwasserkameras und so weiter. Sein Freund, dieser Jamaikaner, leitet das Unternehmen.«

Leon verließ das Büro wieder. Ich vergrub meinen Kopf in den Händen. Eli suchte an Orten nach Beweisen, wo es keine gab. Die Wahrheit lag in der Erde verborgen, nicht im Wasser. Und in mir.

❦ 18 ❦

Eine Woche verging mit Nachforschungen im Wald, mit dem Herausreißen von Sträuchern, dem Fällen von Bäumen, dem Aufwühlen von Sand – ohne jeden Erfolg. Nachts träumte Eli davon, Steine zu finden, die reden konnten, Kristallkugeln, die die Wahrheit ans Licht brachten. Ruhelos warf er sich im Bett herum, und sein Hirn berechnete Gewicht und Zusammensetzung der Tonnen von Erde, die Anteile von Granit und Glimmer, die Marmorpartikel und Myriaden von Sandstäubchen, die um ihn herumwirbelten. Die Wahrheit war ein winziges Goldkorn. Seine schlimmsten Befürchtungen schickten ihn nach Tennessee zurück. *Sieh im Grab deines Vaters nach. Dort liegt der Mörder ...*

Tagsüber schluckte Eli Sand und Staub, bis er glaubte, daran ersticken zu müssen. Er schmeckte ihn im Schlaf, schrubbte ihn sich abends vom Körper, lag nackt, aber nicht wirklich sauber, im Bett und dachte an Darl.

Die Gedanken an Darl ließen ihm keine Ruhe. Immer sah er sie vor sich: wunderschön, mitfühlend, stolz und verzweifelt. Sie war jenseits des Waldes, der nur zentimeterweise zu schrumpfen schien und zu Stapeln nackter Stämme wurde, die er als Bauholz verkaufte, weil er Verschwendung verabscheute.

In ein paar Wochen hätte er den gesamten Wald abgeholzt. Er würde nur um den Steinblumengarten einen Saum aus Bäumen zurücklassen, und wenn er dann noch immer nichts gefunden hatte, müßte auch der fallen.

Eines Abends kam seine Mutter in die Küche, als Eli sich am Spülbecken gerade die Hände wusch. Sie hatte die Mappe mit Informationen über das Tall-Stand-Projekt bei sich, die Darl ihr geschickt hatte, und der hoffnungsvolle Ausdruck in ihren Augen tat Eli weh. »Ganz gleich, was sich aus unserem Hiersein auch ergibt«, sagte sie, »es ist unsere Pflicht, uns an diesem guten Werk zu beteiligen.«

Er nickte, um sie nicht zu enttäuschen. »Morgen bemühe ich mich um ein Gespräch mit Swan Samples.«

Swans Bett war leer. »Wo ist sie?« fragte ich und sah mich so verdutzt um, als könnte sie sich nach Belieben unsichtbar machen. Die Nachmittagssonne strömte zum Fenster herein. Ein wenig zerzaust wirkend, saß Karen neben Matildas Bett. Ihre Großmutter hob eine Hand und zeigte zum Fenster. »Sie wollte unbedingt ins Freie gebracht werden.«

»Ins Freie?«

»In einen kleinen, abgeschiedenen Garten auf der anderen Seite des Gebäudes. Die Ladys in der Halle werden dir sagen, wo er liegt. Er heißt Chapel Garden.«

»Ich werde noch hiersein, wenn du wiederkommst«, sagte Karen. »Ich habe Großmutter versprochen, daß wir bis nach dem Dinner bleiben. Einverstanden?« Ich nickte und beobachtete, wie beide ihre Finger verschränkten. Karen hatte sich entschlossen, Matilda von ihrem Leben und ihrer dauerhaften Rückkehr nach Burnt Stand zu erzählen, ohne sie allzusehr aufzuregen, war aber noch nicht bereit, ihre Schwangerschaft zu gestehen. Als sie Matilda von ihrem Wiedersehen mit den Wades und Leon berichtete, schilderte ihre Großmutter Leons Aufstieg zum Geschäftsführer von Hardigree Marble in glühenden Farben. Sie erzählte Karen vom Tod seiner Frau, von den beiden kleinen Kindern, die er jetzt allein aufzog, und dem hübschen Haus, das er für seine Familie auf der Forrest Farm gebaut hatte. Sie verfolgte eindeutig ziemlich durchsichtige Pläne.

Ein wenig unbehaglich fuhr ich mit dem Fahrstuhl hinunter. Gespräche mit Swan hatten mir meinen Platz in ihrem Universum ins Bewußtsein gerückt. Die Last, sie gleichzeitig zu lieben und zu hassen, machte es mir unmöglich, ihrer Schwerkraft zu entkommen. Am Empfang wies man mir die Richtung zu einem schmalen Gelände zwischen Haupthaus und Versorgungsgebäuden. Hinter einer Glastür war der winzige Garten vor Marmorblöcken, die mit Jasmin überwuchert waren, kaum zu sehen. Eine Schwesternhelferin in blauem Kittel stand neben der Tür. Sie erkannte mich und verzog bedauernd das Gesicht. »Ich darf niemanden hineinlassen. Ihre Großmutter möchte nicht gestört werden.«

»Schon gut, ich nehme ihren Unwillen auf mich. Vielen Dank.«

»Sie hat die neue Grundschule im letzten Jahr mit Computern ausgestattet«, sagte die Frau, als ich die Hand nach der Tür ausstreckte. »Und mein Sohn gewann den Hardigree-Computer-Wettbewerb. Er hat jetzt einen eigenen Laptop. Sie ist ein so guter Mensch. Sie macht diese Stadt zu einem Paradies auf Gottes grüner Erde.«

»Ich hoffe nur, daß Gott rosa Marmor auch gefällt.« Die Frau lachte. Ich stieß die Tür auf und betrat den Garten. Am Schnittpunkt schmaler Marmorwege plätscherte ein kleiner Brunnen. Anders als im Meditationsgarten herrschte hier eine fast strenge, asiatische Atmosphäre. Knorrige Miniaturbäume beschatteten die Ecken. Aus Kieselbeeten wogten fedrige Gräsertuffs. Meine Großmutter saß in einem Rollstuhl vor dem Springbrunnen. Ein Sauerstoffbehälter war an der Rücklehne des Stuhls befestigt, und ihr Tropf hing von einem Rollständer neben ihr. Sie hielt den Kopf gesenkt. Ihr weißes Haar leuchtete in der Sonne. Die weiten Ärmel ihres Seiden-Negligés bewegten sich leicht im Herbstwind.

Ein schmerzlicher Schauer überlief mich, und ich blieb stehen. Swan betete?

Sie spürte mich und hob abrupt den Kopf. Als ich neben

sie trat, glitt ein leises Lächeln über ihre Züge. Dann kehrte kühle Ironie in ihre Augen zurück. »Wir haben alle unsere Gärten«, sagte sie. »Wir gehen alle dorthin, wohin unsere Erinnerungen uns führen.«

»Manche Gärten sind freundlicher als andere.« Ich setzte mich auf eine Marmorbank und empfand weniger Verärgerung als Bedauern. Swan war nicht Gott, nur eine alternde Frau, die ihre engsten Freunde und Gefährten verlor. Carl McCarl war schon vor Jahren gestorben. Der italienische Marmorbaron auch. »Machst du dir Sorgen um Matilda?«

»Wahrscheinlich. Findest du es unglaublich, daß ich bete, wenn ich verzweifelt bin? Ist meine Frömmigkeit obszön? Heuchelei?« Sie lächelte wie eine Katze.

»Als Kind habe ich dich in der Kirche beobachtet. Du hast beim Gebet nie die Augen geschlossen.«

»Ich habe nie geglaubt, daß Gott blinden Gehorsam erwartet. Er verlangt unsere Einsicht in das Notwendige.«

»Und ich war immer davon überzeugt, du wolltest ihm ins Auge blicken, falls er unvermutet auftaucht.« Ich hob die Brauen und ahmte ihren Tonfall nach: »›Herr, ich habe diese Kirche für dich gebaut. Da solltest du schon meine Gebete erhören und meine Feinde vernichten.‹« Ich verstummte kurz, ließ sie nicht aus den Augen. »Und Gott habe ich mir als Steinschleifer vorgestellt, der mit dem Hut in der Hand in deinem Büro steht. ›Ja, Ma'am, Miß Swan. Was immer Sie wollen, Miß Swan. Auf der Stelle erhöre ich Ihre Gebete und zerschmettere Ihre Widersacher, Ma'am.‹«

Swan tat meinen Sarkasmus mit einer Handbewegung ab. »Ich glaube kaum, daß du hier bist, um meine religiöse Einstellung zu erörtern.«

»Nein, ich bin hier, weil deine Geheimnisse allen in deiner Umgebung nur Schmerz zufügen.« Ich erzählte ihr von den Grabungsarbeiten rund um das Stone Cottage. Ihre Miene verriet nichts, aber ihre Brust hob sich in einem tiefen Seufzer.

»Große Ideen und große Taten haben häufig die gewöhnlichsten Ursprünge«, sagte sie. »Die wundervollsten Steine werden aus dem übelsten Schlamm der Erde gewonnen. Du magst den Prozeß verabscheuen, aber das Ergebnis mußt du lieben.«

»Das Resultat rechtfertigt also das Vorgehen?«

»Genau.«

»Du irrst dich.«

»So? Sieh dir an, was ich in meinem verruchten Leben zuwege gebracht habe.« Sie lächelte grimmig. »Eine ansehnliche Stadt, mehrere hundert Arbeitsplätze, die vielen Spenden und Stiftungen für gemeinnützige und wohltätige Zwecke. Mir – dem Erfolg der Hardigrees – ist zu verdanken, daß es sich hier in unserem kleinen, überschaubaren Bereich der Welt gut leben läßt. Und wenn erst einmal ›Stand Tall‹ eröffnet, werden viele benachteiligte Kinder aus ganz North Carolina ein neues Zuhause finden. Also laß uns nicht über ein paar bedauernswerte Entscheidungen und Ereignisse jammern, zu denen es auch gekommen ist.«

»Diese Entscheidungen und Ereignisse haben Elis Familie ruiniert.«

»Ruiniert? *Ruiniert?* Wie ich es sehe, haben ihn seine Erfahrungen hier nur angespornt, es im Leben zu etwas zu bringen – und dabei ist er nicht gerade zimperlich vorgegangen. Offenbar ist er ebenso zielbewußt wie ich. Jetzt ist er wohlhabend. Er verwöhnt seine Mutter und Schwester und kann tun, was ihm gefällt. Und was wäre ohne die Tragödie aus ihm geworden? Ein einfacher, durchschnittlicher Mann? Ich denke schon.«

»Du meinst also, er hätte seinen Erfolg im Grund *dir* zu verdanken?«

»Nein, aber es hätte ihm wirklich schlechter ergehen können.«

»Ich bezweifle, daß er es auch so sieht.«

»Und ich bezweifle, daß du überhaupt erkennen kannst, was durch mich aus *dir* geworden ist.«

»Hör auf. Ich halte es für besser, darüber nicht nachzudenken.«

»Tu mir einen Gefallen. Halte die Gründungsversammlung für ›Stand Tall‹ ab. Vertrete mich. Vertrete unsere Familie. Das Projekt hat es verdient, es ist etwas Großartiges.«

»Ich habe dir bereits gesagt, daß ich mich darum kümmern werde.«

»Und ich werde etwas für dich tun. Wenn du Eli Wade willst, sollst du ihn auch haben.« Sie griff nach der Platinuhr, die an einer langen Kette um ihren Hals hing. Sie war ein Geschenk des italienischen Marmorbarons. »Er sollte eigentlich gleich hier sein. Er will mit mir reden. Früher war er sehr pünktlich. Warten wir ab, ob er es noch immer ist.«

Mir blieb keine Zeit, Fragen zu stellen. Eli öffnete die Glastür und betrat den Garten. »Ah«, sagte Swan lächelnd. Überrascht sah Eli mich an. Seine Jeans und das karierte Hemd trugen Lehmflecken. Er hatte sich das Gesicht und die Arme gewaschen, aber seine Haare bedeckte feiner, gelbgrauer Staub. Er durchquerte den kleinen Garten und blieb vor Swan stehen. Es war ihr erstes Zusammentreffen seit seiner Rückkehr. Er blickte sie mit zusammengepreßten Lippen an, dann nickte er höflich.

»Miß Swan …« Er warf mir einen Blick zu und deutete auf eine Bank, aber ich schüttelte den Kopf. Er setzte sich auf die Bank, ich blieb stehen.

Swan räusperte sich. »Lassen Sie mich Ihnen etwas gestehen. Ich verabscheue das Vorhaben, das Sie in meine Stadt zurückgebracht hat. Ich halte Ihr Vorgehen für absurd und entwürdigend für uns alle. Ich verfluche die Art und Weise, in der sich Ihre Schwester in den Besitz des Geländes gebracht hat, gebe mir aber selbst die Schuld, ihre Taktik nicht durchschaut zu haben.«

»Ich kann Ihre Formulierungen nur bewundern.«

»Und ich entschuldige mich für alle Fehler, die ich vor Jahren möglicherweise begangen habe. Falls ich etwas gesagt oder getan haben sollte, was zum Tod Ihres Vaters führte, übernehme ich dafür die volle Verantwortung.« Ungläubig starrte ich sie an. Eli runzelte die Stirn, aber hörte genau zu.

»Am liebsten würde ich den Namen meiner Schwester Clara nie wieder erwähnen, und ich betrachte ihren Tod als tragisches Ereignis, das keinerlei Bedeutung mehr hat«, fuhr sie fort. »Wie auch immer sie ihr Leben verloren haben mag – und durch wen –, sie ist unzweifelhaft *tot*. Daran läßt sich nichts ändern. Aber wenn Sie beweisen müssen, daß Ihr Vater sie nicht getötet hat, haben Sie meinen Segen.«

»Ich bin nur aus einem Grund gekommen. Um Ihnen zu sagen, daß meine Mutter und ich dem ›Stand Tall‹-Vorstand beitreten möchten.«

Ich stöhnte innerlich auf. Swan zuckte mit keiner Wimper. »Es war meine Absicht, Ihnen beiden eine Einladung zur Gründungsversammlung zukommen zu lassen.«

Die Lüge verschlug mir fast den Atem. Ich sah Eli an. »Sie will dich bestechen.«

»So?« Er wandte sich wieder Swan zu. »Und was verlangen Sie als Gegenleistung?«

»Nichts. Ich möchte, daß die ganze Stadt weiß, daß Swan Hardigree Samples die Familie Wade willkommen heißt. Wollen Sie mein Angebot ablehnen? Aus welchem Grund?«

Er stand auf. »Ich habe nichts gegen Sie. Aber sehr viel gegen denjenigen, der Ihre Schwester getötet hat und meinen Vater dafür büßen ließ.«

»Verständlicherweise.«

»Was versprechen Sie sich davon?«

»Einen Schlußpunkt vielleicht?« Sie sah mich an. »Und eine Versöhnung mit meiner Enkeltochter. Wenn ich Sie an dem ›Stand Tall‹-Projekt beteilige, wird auch Darl rückhaltlos daran mitarbeiten.«

»Dann nehme ich Ihr Angebot an.« So einfach war das also. Er sah mich traurig, aber entschlossen, an, nickte Swan zu und verließ den Garten.

Ich blickte ihm nach. Als ich mit Swan allein war, musterte ich sie verärgert. Ungerührt erwiderte sie meinen Blick. »Ich werde mich immer bemühen, das zu tun, was für dich das beste ist.«

»Du hast versucht, seine Freundschaft zu kaufen.«

»Mit Erfolg.«

»Hast du jemals einen Mann so sehr geliebt, daß du wirklich ganz aufrichtig zu ihm sein konntest? Dich bereitwillig für ihn geopfert hättest?« Sie schwieg. Ich umkreiste sie wie eine Angeklagte, die ich befragen mußte. »Hast du den Italiener geliebt?«

»Er hat mir viel bedeutet. Er fehlt mir sehr.«

»Hast du mit ihm geschlafen?«

»Selbstverständlich.«

»Hast du jemals erwogen, ihn zu heiraten?«

»Nein.«

Ich stützte beide Hände auf die Armlehnen ihres Stuhls, schob mein Gesicht ganz nahe an ihres heran. »Aus Furcht, er wollte in Wahrheit nicht dich, sondern Hardigree Marble?«

»Meine liebe Darl, er wollte *mich*. Er hat mich angebetet. Wäre ich noch jung und hübsch gewesen, hätte er mich entführt, und ich hätte in Europa gelebt wie eine *contessa*.«

»Er war reich, er war adelig, er hat dich geliebt. Die Ehe mit ihm wäre der endgültige gesellschaftliche Aufstieg gewesen. Und er hat dir viel bedeutet. Warum hast du ihn also nicht geheiratet?« Unwillkürlich wurde meine Stimme lauter. »*Warum mußt du immer alle vor den Kopf stoßen, die etwas für dich empfinden? Warum hast du selbst einen Mann abgewiesen, der dir viel bedeutete.*«

Ruhig und gelassen sah sie mich an. »Weil du der Mittelpunkt meines Lebens warst und er Kinder verabscheute. Er wollte mich, aber nicht *dich*.«

Mit einem großen Glas Bourbon in der Hand stand ich am Nachmittag leicht schwankend auf der Mauer der Terrasse und lauschte auf Elis Bulldozer. Sie waren fast zwei Kilometer entfernt, aber wenn der Wind richtig stand, hörten sie sich ganz nahe an. Ich blickte die zehn Meter hinab auf die trügerisch glatte Oberfläche des Koi-Teiches. Wie einfach war es für Clara gewesen, in dem Durcheinander da hinunterzustürzen. Wie leicht war es für jeden von uns, den Halt zu verlieren. Karen erblickte mich aus einem der Fenster und kam aus dem Haus geeilt. »Hast du den Verstand verloren?« Sie zog mich hastig von der Mauer.

»Nein, aber meine Seele.«

»Was ist heute zwischen dir und deiner Großmutter vorgefallen? Willst du nicht endlich mit dem Trinken aufhören und es mir erzählen?«

Hoffnungslos sah ich sie an. »Sie hat mich dazu gebracht, sie zu hassen. Sie hat mich dazu gebracht, sie zu lieben. Sie hat Elis Loyalität gekauft. Meine war ihr schon immer sicher.«

❧ 19 ❧

Immer engere Netze schlossen sich um uns. Im Schlaf fühlte ich sie. Geheimnisse und Lügen, alte Vergehen, alte Lieben. Alles zum Greifen nahe – mit Gesichtern oder ohne erkennbare Züge. Auch Karen spürte sie: Unsere unterschiedlichen Vorfahren, unsere heikle Beziehung in einer modernen Welt, in der alles scheinbar problemlos war. An einem Nachmittag kam Leon mit seinen Kindern nach Marble Hall. Sie erstarrten vor Ehrfurcht förmlich, als Karen ihnen die Hände schüttelte. »*Cassandra*«, hauchte das kleine Mädchen, »Daddy läßt mich immer deine Sendungen sehen, nur nicht, wenn du Jeremy küßt. Wie schön du bist. Ich wäre zu gern genau wie du.«

»Und ich möchte genauso sein wie *du*«, lächelte Karen und strich dem Kind sanft über die dunkle Wange. »Denn du bist das hübscheste kleine Mädchen, das ich jemals gesehen habe.«

Das Mädchen strahlte sie an. »Wenn ich älter bin, Ma'am, würde ich Sie gern auf die Wange küssen«, sagte der kleine Junge.

»Nun, hast du etwas dagegen, wenn *ich* dich schon jetzt küsse?«

Er riß die braunen Augen auf und blickte seinen Vater an, der schmunzelnd erklärte: »Die Chance würde ich mir nicht entgehen lassen, Sohn.« Und so blieb er stocksteif stehen, während Karen ihre Lippen hauchzart auf seine Wange drückte.

Die Kinder lächelten hingerissen. Zu meiner Überraschung füllten sich Karens Augen plötzlich mit Tränen. »Entschuldigt mich, ich bin gleich wieder da«, sagte sie mit erstickter Stimme und lief aus dem Wohnzimmer. Ich warf Leon einen besorgten Blick zu, bat das Mädchen, den Kindern Eiscreme zu bringen, und ging ihr nach.

Ich fand sie im Wäscheraum neben der Küche, wo sie in ein Tischtuch schluchzte. »Leon hat mich neulich zum Dinner eingeladen, aber ich habe ihm einen Korb gegeben«, schniefte sie. »Und jetzt stellt er mir die Kinder vor. Du weißt, was das bedeutet.«

»Er ist ein Gentleman und hoffnungslos in dich verliebt.«

»Aber er hat keine Ahnung, daß ich schwanger bin.«

Seufzend setzte ich mich auf die Eichentruhe, in der Swans Silberbestecke aufbewahrt wurden. Sie waren mit »S.H.« graviert, nicht mit »S.S.«, was ich schon immer bezeichnend fand. »Du bist eine Noland«, sagte ich zu Karen. »Dein Vater war ein Marine und ein Kriegsheld. Und du bist eine Wade. Dein Großvater war der beste Steinschleifer im ganzen Süden. Für mich ist er ein guter Mensch, der in der gegebenen Situation nicht stark genug war. Und du bist eine Dove. Deine Großmutter hat in ihrem Leben unglaubliche Beleidigungen und Ungerechtigkeiten erdulden müssen und sich dennoch ihre Würde bewahrt. Und du bist eine Hardigree. Das heißt …« Sie blickte mich an, als rechne sie mit dem Schlimmsten. »… das heißt, daß du *das da* nicht länger vor mir zu verstecken brauchst.« Ich griff in den Halsausschnitt ihres blauen Pullovers und zog eine Kette mit dem Hardigree-Anhänger hervor.

Sie holte tief Luft. »Großmutter hat ihn mir geschenkt, als ich ein Teenager war. Aber ich habe ihn nie getragen. Erst jetzt.«

»Du bist eine Hardigree«, wiederholte ich. »Und das heißt, daß wir immer füreinander dasein werden, weil das die beste Tradition in unserer Familie ist.«

Sie griff nach meiner Hand. »Du meinst, ich muß Leon die Wahrheit sagen und abwarten, wie er darauf reagiert?«

Ich lächelte leise. »Ich denke schon. Aber vergiß nie, daß du eine Familie hast, die stolz auf dich ist.«

Karen zog ein Taschentuch hervor und putzte sich die Nase. »Ich werde es ihm unter vier Augen sagen, wenn seine Kinder nicht dabei sind, und sehen, was passiert.«

Als wir die Kammer verlassen wollten, hielt sie mich kurz zurück. »Bist du eigentlich stolz darauf, eine Hardigree zu sein?«

Diese Frage hatte mir noch niemand gestellt. Sie löste widersprüchliche Gefühle in mir aus. Ich konnte das Gute nicht von dem Schlechten trennen, die Liebe nicht von dem Leid. »Ich habe noch nicht bewiesen, daß ich stark genug bin, den Namen zu ertragen«, sagte ich.

»Ein Mann sollte nicht vor der Tür stehenbleiben, wenn es drinnen Bier gibt«, verkündete Leon, als er Eli vor dem Eingang des Quarry Pit entdeckte.

»Ich war bereits drinnen. Ich wollte wissen, ob irgend jemand bereit ist, den Mund aufzumachen. Bisher ist das nicht der Fall. Ich weiß nicht recht, ob ich hier etwas trinken möchte. Ich habe zu schlechte Erinnerungen.«

»Die Männer verschweigen nichts. Sie wissen einfach nicht, was sie dir sagen könnten.«

»Seit Tagen suchen die Taucher den See ab, ohne etwas zu finden.« Eli hob die Hände. »Nichts im See. Nichts in der Erde. Und niemand scheint etwas zu wissen. Meine Schwester telephoniert jeden Abend mit ihrem Mann und weint sich die Augen aus, und meine Mutter wird von Tag zu Tag blasser.«

»Komm schon. Du darfst dich nicht unterkriegen lassen.«

Eli biß sich auf die Zunge. *Zu spät*, dachte er. Aber er ging mit Leon in die Bar und setzte sich an den Tresen. »Meine Kinder haben Karen kennengelernt«, sagte Leon. »Sie halten sie für eine Märchenprinzessin. Sie konnten kaum ihre Blicke von ihr losreißen.« Er schnippte mit den Fingern. »Sie hat sie einfach so um den kleinen Finger gewickelt.«

»Gut. Sehr gut.«

»Ich habe Karen gefragt, ob sie nicht bald einmal auf die Farm kommen will, um mit den Kindern, meinem Vater und mir zu essen. Und sie hat die Einladung angenommen. Und dann rutschte mir prompt heraus, daß Kinder auf einer Farm sehr viel besser aufwachsen als in irgendeiner Großstadt. Das war vielleicht nicht gerade sensibel.«

»Was hat sie gesagt?«

»Mir zugestimmt. Auch sie fände es gut, wenn ihre Kinder in der freien Natur aufwachsen würden, meinte sie. Also wünscht sie sich Kinder. Und so faßte ich mir ein Herz und sagte: ›Nun, davon gibt es bei mir mehr als genug.‹ Und sie sah mich mit ihren tollen Augen an, die einen Mann ganz schön heiß werden lassen können, und sagte: ›Eines Tages werde ich zu Ihnen zum Dinner kommen, Mister Forrest, und mir das alles ansehen.‹« Leon ließ ein tiefes, behagliches Lachen hören.

Eli holte sein silbernes Zigarrenetui hervor, zog eine Macanudo heraus und gab sie Leon. »Hier, auf deinen Erfolg.«

»Glaubst du? Meinst du, ich unbeholfener, alter Hinterwäldler habe bei ihr eine Chance?« Kopfschüttelnd steckte sich Leon die Zigarre zwischen die Lippen. »Kannst du dir das vorstellen?«

Eli nickte. »Manchmal weiß man einfach, daß man füreinander geschaffen ist. Dazu bedarf es nicht viel.« Er leerte sein Glas und bestellte eine neue Runde Bier. »Die Probleme beginnen, wenn man versucht, seine Wünsche in die Wirklichkeit umzusetzen.«

In Marble Hall begann die Gründungsversammlung für Stand Tall, und schon munkelte man hinter vorgehaltener Hand, daß ich zur Präsidentin der neuen Stiftung gewählt würde. Eigentlich wollte ich diese Aufgabe nicht, aber wenn ich sie übernahm, könnte ich Eli und seine Familie vielleicht vor Swans Taktiken beschützen. Sie wiegte sie in Sicherheit, wartete aber auf den Moment, in dem sie ihren Coup landen konnte. Sie wollte sie durch Assimilation bezwingen.

Karen und ich führten ein Dutzend Persönlichkeiten aus Wirtschaft, Politik und Gesellschaft von North Carolina in die Bibliothek, in der ein langer Konferenztisch aufgestellt worden war. Vor jedem Platz lagen Informationsmappen und Notizblöcke bereit. In einer Ecke des Raums stand eine Staffelei mit einer Modellzeichnung des Haupthauses von Stand Tall, eines langgestreckten Gebäudes aus Marmor und Holz.

Neugierige Erregung erfüllte den Raum, und immer wieder flogen Blicke zu Karen, unserem TV-Star. »Hoffentlich hält man mich nicht für eine farbige Alice im Wunderland«, hatte die ein paar Stunden zuvor trocken bemerkt, als sie mit einem kalten Waschlappen auf der Stirn auf der Couch lag und sich von einem Anfall morgendlicher Übelkeit erholte. Noch hatte sie Leon nichts von ihrer Schwangerschaft gesagt. Jetzt sah sie geradezu faszinierend aus in ihrem schmal geschnittenen schwarzen Hosenanzug und feinem Silberschmuck. Mich hatte sie zu caramelfarbenen Seidenhosen und einer fließenden, weißen Bluse überredet. »Unglaublich, wie hübsch du sein kannst, wenn du nicht versuchst, wie Joan Crawford auszusehen«, hatte sie mich aufgezogen. Zufällig blickte ich auf uns beide in einem hohen Wandspiegel. Sonne und Schatten. Milch und Honig.

Fünf Minuten vor Beginn der Versammlung kam Leon. Als er die Bibliothek betrat, richteten sich verlegene, leicht abfällige Blicke auf seine kräftige Gestalt in einem nicht gerade eleganten braunen Anzug, die er mit einem Stirnrunzeln quittierte. Ich wollte auf ihn zugehen, um ihn zu begrüßen, aber Karen drängte sich schnell an mir vorbei. »Leon …«, strahlte sie und hängte sich bei ihm ein. »Es wäre zu schön, Sie an meiner Seite zu haben.« Er lächelte sie an, und sein Gesichtsausdruck verschlug mir den Atem. In diesem Moment hätte er sich für sie bereitwillig ins Fegefeuer gestürzt.

Ich drehte mich um und bemerkte, daß zwei Platzkarten die Aufmerksamkeit aller auf sich zogen. Sie trugen die Namen von Eli Wade und Annie Gwen Wade. Da die Veranstaltung gleich beginnen sollte, lief ich ungeduldig in die Halle. Als die Klingel ertönte, begann unwillkürlich meine Haut zu kribbeln. Ich nickte dem Mädchen zu, und es öffnete die hohe Doppeltür. Gefolgt von Eli, trat Annie Gwen über die Schwelle. Ein schickes blaues Kostüm ließ sie elegant und distinguiert aussehen, aber sie blickte sich wehmütig um. »Früher war Ihr Job meine Aufgabe«, sagte sie zu dem Mädchen, und ihre Miene machte deutlich, daß sie sich diese Zeit zurückwünschte. Eine Zeit, in der Jasper Wade noch lebte.

Eli stand hinter ihr. Noch nie hatte ich ihn in einem Anzug gesehen, und an diesem Tag trug er einen maßgeschneiderten dunklen Einreiher mit einer locker geknoteten Seidenkrawatte. Die selbstsichere Ruhe seiner Persönlichkeit füllte selbst diese große Halle aus. Die Intensität seiner Augen jagte mir einen Schauer über den Rücken.

Ich nahm Annie Gwens Hand. »Es freut mich sehr, daß Sie sich beteiligen wollen.« Sie hob den Arm und strich mir eine Locke von der Wange. Es war eine liebevolle, mütterliche Geste, aber ihre Augen blickten sonderbar traurig.

»Auf diesem Vorhaben liegt ein Segen«, sagte sie. Mir wurde die Kehle eng. Ich nickte Eli zu und führte Annie Gwen in die Bibliothek. Eli folgte so dicht, daß ich den Duft seines Rasierwassers riechen konnte. Wie gebannt starrten die Anwesenden Eli und seine Mutter an. Ich konnte mir gut vorstellen, was sie dachten: Swan hatte ihren Frieden mit der Familie des Mörders ihrer Schwester geschlossen, sie sogar in ihr Haus eingeladen. Wie großherzig, wie nobel ... Wenn Eli Claras sterbliche Überreste fand, würden sie vermutlich alle sogar Mitleid mit Swan empfinden.

»Ich möchte Sie alle bitten, sich mit wenigen Worten vorzustellen«, sagte ich nach ein paar kurzen Begrüßungsworten.

Nacheinander erhoben sich Leiter bedeutender Behörden, Präsidenten angesehener Wohltätigkeitsorganisationen, ein früherer Kongreßabgeordneter und Direktoren großer Wirtschaftsunternehmen und zählten ihre Verdienste auf. Aber als Leon aufstand, sagte er einfach: »Als Junge habe ich für Hardigree Marble Marmor gebrochen, dann studierte ich mit einem Hardigree-Stipendium Betriebswirtschaft, und jetzt führe ich für Mistress Samples die Geschäfte. Ich bin Witwer, Freizeitfarmer, ein Vater und ein Sohn. Ich möchte dazu beitragen, daß andere Kinder ein ähnlich gutes Leben haben wie das, das ich meinen zu geben versuche. Deshalb habe ich Mistreß Samples' Vorschlag angenommen, dem Vorstand von Stand Tall beizutreten.« Er setzte sich wieder, und ich sah respektvolle Zuneigung in Karens Augen.

Schließlich war die Reihe an Eli. Er stand auf, und im Raum wurde es ganz still. Er machte sogar noch weniger Worte als Leon. »Ich bin zusammen mit Leon aufgewachsen«, sagte er, »und mit meiner Cousine Karen.« Jetzt hätte man eine Stecknadel zu Boden fallen hören können.

Er hielt inne, sah mich an. »Und ich bin mit Darl aufgewachsen. Ich kam nicht in Burnt Stand zur Welt, war aber eine Zeitlang hier zu Hause.« Er berührte Annie Gwens Schulter. »Meine Mutter und meine Schwester haben mich gebeten, auch für sie zu sprechen, und ich tue es gern. Wir haben hier einen geliebten Menschen verloren und sind zurückgekommen, um ihn wiederzufinden – wenn möglich. Aber wir sind auch gekommen, um uns selbst zu finden. Ich war ein Spieler, ein Investor und ein Erfinder. Eine Zeitlang war ich kriminell …« Die Anwesenden rissen die Augen auf. »Aber inzwischen bin ich mit Gott und der Regierung im reinen.« Erneut suchte er meinen Blick. »Als ich ein Junge war, hat Darl Union an mich geglaubt. Ihre Familie hat meiner eine Chance gegeben, und obwohl dann einiges schieflief, war uns diese Chance doch eine große Hilfe. Aus diesem Grund stelle ich Stand Tall die Summe von fünf Millionen Dollar zur Verfügung. Im Gedenken an meinen Vater Jasper Wade.«

Er setzte sich.

Die Versammlung dauerte noch zwölf Stunden, und es wurde noch viel erzählt.

Die Welt muß nicht erst in Wasserfluten und Feuer untergehen, wie in der Bibel steht. Stundenlange Regenfälle und zäher, klebriger Schlamm bewirken das gleiche, dachte Eli. Am Tag nach der Gründung von Stand Tall schlug das Wetter um. Kaltes Wasser lief ihm über den Nacken in den nassen Pullover, rann ihm die Wirbelsäule hinab. Rotbraune Tropfen perlten vom Schirm seines Basecap auf seine Nasenspitze, spülten den sandigen Staub fort, den die Mütze im Lauf der letzten Woche angesammelt hatte. Die fünf Millionen, die er Stand Tall versprochen hatte, bedeuteten ihm nichts. Das war nur Geld. Es galt wichtigere Zeichen zu setzen.

Entschlossen bohrte er mit einem batteriebetriebenen Schlagbohrer ein zweites Loch in die harte Marmorfassade eines Esta House. Es war ein herrliches, großartiges Haus, und es gehörte ihm. Von riesigen Eichen beschattet, lag es auf einem Rasenhang an einer ruhigen Straße. Die Leute nannten es Olson Manor – nach dem Erben eines Eisenbahnvermögens, der in den vierziger Jahren des 20. Jahrhunderts mit seiner Familie nach Burnt Stand gezogen war. Olson Manor verfügte über Dachtraufen und Simse aus Marmor; feingemeißelte Bourbonen-Lilien bedeckten Türrahmen und Fensterborde – alles das Werk von Elis Großvater, von einer handwerklichen Fertigkeit, wie Eli sie noch nie gesehen hatte.

Er seufzte tief auf. *Was hätte aus meiner Familie ohne dumme Zufälle und die Hardigrees wohl werden können? Oder wären wir ohne sie nichts anderes als bettelarme Habenichtse?* Marmor lag stumpf und unansehnlich in der Erde. Er mußte gebrochen, geschliffen und poliert werden. Vielleicht hatte das ganze

Elend einen Zweck. Vielleicht waren die Wades das Rohmaterial und die Hardigrees die Könner, die Handwerker. Einer war nichts ohne den anderen. Deshalb hatte er das Geld gespendet – um die Wunden zwischen seiner und Darls Familie zu heilen.

Zuviel Philosophie an einem trüben Tag. Er wandte sich praktischeren Dingen zu. »Dieses Haus hätte eine Veranda gebraucht, Großvater«, sagte er laut in den strömenden Regen. Eli hob die Marmortafel auf, die letzte von fünf Platten, die er mit Leons Hilfe in der Marmorwerkstatt angefertigt, geschliffen und graviert hatte. Er brachte diese Tafeln an allen von ihm gekauften Esta Houses an. Jetzt hielt er die Marmorplatte in Augenhöhe neben die Eingangstür von Olson Manor und zog die Messingschrauben fest. Er trat einen Schritt zurück, nahm sein Basecap ab und las die Inschrift laut vor: »Erbaut von Anthony E. Wade, Steinmetzmeister.«

Das Initial im Namen seines Großvaters stand für Elijah. Eli senkte den Kopf im Gedenken an den Namensvetter, der ihm ein zweifelhaftes Erbe hinterlassen hatte. Vielleicht war sein Großvater nicht besser als ein Gigolo gewesen, der sich von den Frauen aushalten ließ. Vielleicht aber auch nur ein unbesonnener Draufgänger mit einem großen Geschick für den Umgang mit Marmor. Wie auch immer – dieses Gebäude war kein Esta House mehr. Es war ein Wade House. Und Eli wollte, daß alle das wußten.

Er hörte Schritte und drehte sich schnell um. Es war eine ruhige, fast verlassene Wohngegend. Er hätte hören müssen, daß sich ein Auto näherte. Darl stand am Rand des Rasens. Naß hingen ihr die langen Haare auf die Schultern. Ihr grauer Regenmantel stand offen, und das blaue Kleid darunter zeigte feuchte Flecken. Eine gewaltige Eiche breitete ihre Äste über sie wie einen Baldachin. Sie sah so schön, unwirklich und verloren aus, daß es ihm fast das Herz brach. Sie blickte von der Marmortafel auf ihn, und die Bewunderung für ihn war unübersehbar.

»Du bist gar nicht leicht zu finden«, sagte sie irgendwie tonlos. »Ich war schon bei allen anderen Häusern.«

Er warf sein Cap zu Boden, lief wortlos auf sie zu, griff sie am Arm und führte sie einen buchsbaumgesäumten Weg entlang. »Du bist ja klatschnaß«, sagte er, während ihm Wasser über das Gesicht lief. Er stieß die Haustür auf, und sie betraten eine große, leere Halle. Ihre Schritt hallten auf dem Marmorfußboden wider. »Komm weiter, hinten gibt es eine Veranda.« Er zog sie über einen Korridor zu einer Tür und auf eine kleine, überdachte Terrasse hinaus. Sie blieben stehen und blickten über einen Garten mit weiteren Eichen und in Form geschnittenen Sträuchern.

»Ich muß unbedingt mit dir sprechen, Eli«, sagte sie hastig. »Ich möchte nicht, daß du dein Geld ...«

»Geschehen ist geschehen. Es war mein Wunsch. Notfalls würde ich mir einen Platz an deiner Seite erkaufen.«

»Nein, Eli, nein ...«

»Schscht. Worte können nur schaden.« Er strich ihr mit den Handflächen sanft die Regentropfen vom Gesicht. Darl öffnete den Mund, um zu protestieren, aber er zog sie an sich und küßte sie leidenschaftlich. Dann setzte er sich mit ihr auf die Steinstufen der Veranda. Darls Hände glitten unter seinen Pullover, streichelten und liebkosten ihn. Er stöhnte leise, als ihre Finger über seine Schenkel fuhren. Sie drückte ihre Lippen an seinen Hals, küßte die nasse, warme Haut.

Ein Wind kam auf und ließ ein paar Eicheln auf das Verandadach knallen. Wie ertappt zuckten beide zusammen. Sein Großvater hatte sich von Hardigree-Frauen abhängig gemacht. *Was tue ich hier eigentlich?* fragte sich Eli. *Darl lehnt mich ab, weil ich ein Wade bin, also sollte ich sie nicht herausfordern. Aber lehnt sie mich wirklich ab?* So schnell, wie sie auseinandergefahren waren, schmiegten sie sich wieder aneinander.

Darl hob plötzlich den Kopf. »Es gibt ein Photo von deinem Großvater vor diesem Haus.« Gänsehaut überlief Eli. *Das Bild ...* Also hier hatte sein Großvater gestanden, als er so aussah, als könnte ihm nichts etwas anhaben. Aber die Hardigree-Frauen waren sein Verderben gewesen, und er hatte es zugelassen.

»Wenn du willst, daß ich auf dich verzichte, weil du eine verdammte Hardigree bist, dann irrst du dich«, sagte er leise. »Diesmal bestimme ich die Regeln. Ich werde nicht enden wie mein Großvater. Und du wirst nicht um mich trauern.«

Sie stand auf und strich ihm mit der Fingerspitze über die Wange. »Das kannst du nicht mehr verhindern. Dafür ist es zu spät«, flüsterte sie und ließ ihn allein.

Im Dunkel der Nacht, als es in Marble Hall still war wie im Grab, saß ich in Swans Bibliothek, zog Büttenpapier aus einer Schublade, griff zu dem altmodischen Füllhalter, den der italienische Marmorbaron meiner Großmutter geschenkt hatte, als ich ein Kind war, und begann zu schreiben. *»Vor fünfundzwanzig Jahren habe ich mit angesehen, wie meine Großmutter Swan Hardigree Samples ihre Schwester Clara Hardigree tötete. Dieses Verbrechen habe ich in all diesen Jahren verschwiegen.«*

Ich schrieb, bis es dämmerte, schilderte in allen Einzelheiten, was vor und nach Claras Tod geschah, erwähnte aber Matilda mit keinem Wort. Mein Geständnis betraf Swan und mich – niemanden sonst. Als ich fertig war, schob ich die Bögen in einen großen Umschlag, den ich mit der Anschrift der zuständigen Staatsanwaltschaft versah. Dann kletterte ich mit dem Umschlag die Bibliotheksleiter hinauf und versteckte ihn ganz oben in einem Bücherregal zwischen zwei vergilbten Bänden. Über Geologie, die Wissenschaft über Muttergestein und Felsformationen.

Wenn der Zeitpunkt gekommen war, würde ich Eli nicht um Gnade und Stillschweigen bitten.

Denn inzwischen war ich mir sicher, daß er mir beides gewähren würde.

»Du nutzt seine Gutmütigkeit aus«, warf Matilda Swan vor. Sie stand neben ihrem Krankenhausbett, hielt sich an ihrem Infusionsständer fest und ignorierte meine Bitten, sich wieder hinzulegen. Zornig funkelte sie Swan an, die auf ihrem Bett saß und die Beine unter sich gezogen hatte wie ein junges Mädchen. Ich beobachtete die beiden wie ein angeschlagener Boxer. »Du kannst von Eli Wade doch nicht Millionen Dollar annehmen«, fuhr Matilda fort. »Die Leute werden annehmen, daß er damit die Schuld seines Vaters eingesteht. Das ist doch unmöglich. Abscheulich.«

»Ich habe dafür gesorgt, daß die Wades in aller Form in die Gesellschaft aufgenommen werden. Deinetwegen«, entgegnete Swan. »Und wegen Darl.«

»Eli spendet das Geld, um sich öffentlich bei dir zu entschuldigen«, stellte ich fest. »Für ein Verbrechen, das sein Vater nicht begangen hat. Das werde ich nicht zulassen.«

»Und was soll ich deiner Meinung nach sonst tun?« fragte Swan. »Ihm und seiner Familie die kalte Schulter zeigen? Oder ihm die Wahrheit sagen und damit seinen Wunsch nach Vergeltung wecken. Willst du, daß Karen erfährt, was wir getan haben, Matilda?« Kalkige Blässe überzog Matildas Gesicht. »Sieh dir meine Darl an. Sieh sie dir an, wie sie darunter leidet, wie unversöhnlich sie mir gegenüber ist. Ich wünsche mir nichts mehr, als die Erinnerung aus ihrem Gedächtnis streichen zu können. Willst du, daß Karen genauso wird?«

Stöhnend schloß Matilda die Augen. »Aber was tue ich Anthonys Enkel an? Was für ein herzloses Ungeheuer bin ich denn geworden? Ich habe ihn geliebt, und er hat mich geliebt. Und jetzt verrate ich ihn.« Sie fuhr sich mit der Hand über die Augen und begann zu schwanken.

Abrupt setzte sich Swan auf. »*Matilda …*«

»Ruf eine Schwester«, sagte ich und half Matilda auf ihr Bett.

❧ 20 ❧

Beklemmende Furcht hing in der Luft. Swan verbrachte die meisten ihrer wachen Stunden auf einem Stuhl neben Matildas Bett und ließ sie nicht aus den Augen. *Sie hat Angst, den einzigen Menschen zu verlieren, der sie besser versteht als ich*, dachte ich. Mit verweintem Gesicht legte sich Karen neben ihre Großmutter und hielt ihre linke Hand. Matilda war wach, aber ihr rechtes Augenlid und der rechte Mundwinkel hingen herab, und sie wirkte schwach und kraftlos.

»Ich sterbe«, wisperte sie mühsam.

Karen zuckte zusammen. »Bitte, das darfst du nicht sagen. Es stimmt doch nicht.« Swan erstarrte auf ihrem Stuhl. Sie und Matilda blickten sich an, als wollten sie einander Mut zusprechen: Nach allem, was wir bereits gemeinsam durchgemacht haben, werden wir auch das mit Würde hinter uns bringen.

»Ich möchte nach Hause«, sagte Matilda langsam und gequält. »Nach Marble Hall.«

Swan nickte.

Mit Mama und Bell saß Eli in der hellen, behaglichen Küche von Broadside, wo Bell Jessie stillte. Leon hatte sie gerade darüber informiert, wie schlecht es Matilda ging.

»Familie ist Familie«, sagte er leise. Bell nahm Jessie von der Brust und wischte ihr das rosa Mündchen ab. Eli beobachtete, wie seine Schwester ihr Kind versorgte, seufzte und wandte sich seiner Mutter zu.

Mama wußte, was er dachte. »Welcher Familie fügen wir mit unserer Suche nach der Wahrheit am meisten Leid zu?« fragte sie. »Den Hardigrees, Matilda, uns selbst? Oder bleibt sich das gleich, weil wir alle auf diese oder jene Weise miteinander verwandt sind? Diese Menschen sind Karens Familie, aber auch wir sind mit Karen verwandt. Immer wieder habe ich gebetet und Gott gefragt, ob Barmherzigkeit nicht wichtiger ist als die Suche nach Gerechtigkeit. Wann müssen wir aufhören, nach Antworten zu suchen, die die Lebenden nur verletzen können?«

»Hier und jetzt«, antwortete Eli. »Wir bringen Matilda um. Wir tun Karen und Darl weh. Sogar Swan. Und damit nehmen wir selbst Schaden.« Er sah Bell an. »Tut mit leid, Schwester. Falls überhaupt irgendwelche Hinweise in der Erde, im Wasser oder der Erinnerung der Menschen in Burnt Stand verborgen sind, werden wir darauf vertrauen müssen, daß sie von selbst ans Licht kommen.«

Bell nickte, senkte aber den Kopf und begann zu weinen.

»Vielen Dank, daß du gekommen bist. Matilda hat nach dir gefragt.« Ich führte Eli durch die Räume von Marble Hall, in denen helles Licht und Feuer in den Kaminen alle Geister verscheuchten. »Leon und Karen sind auf der Terrasse. Komm, wechsle erst mit ihnen ein paar Worte.«

Eli legte eine Hand auf meinen Arm. »Bin ich dir so unangenehm, daß du nicht mit mir allein sein willst?« Wir blieben in einem kleinen Durchgang in der Nähe eines kleinen Bildes stehen, das Swan in den letzten Jahren aufgehängt hatte. Es zeigte sie und meine Mutter. Aus Elis Kleidung, seinen Haaren, wehte mir die frische Kühle des Abends entgegen.

»Ja«, gestand ich ein. »Offenbar neige ich dazu, mich dir an den Hals zu werfen. Und das ist für keinen von uns beiden gut.«

»Wenn du mir mehr vertrauen würdest, hättest du vermutlich weniger Grund zur Sorge.«

Ich blickte in die Augen meiner Mutter. Sie hatte meinen Vater gegen Swans Widerstand geliebt. *Nur Mut*, schien sie mir zuzuflüstern.

Vertraue ihm ... Alle Instinkte sagten mir, daß das meine einzige Chance war. Vage Furcht überkam mich: Angst, ihn zu verlieren, anderen weh zu tun, aber auch Angst davor, den bequemen Ausweg zu wählen und ihm niemals zu sagen, was im Garten begraben war. Ich legte meine Hände auf die Revers seines Leinensakko. Er machte Anstalten, mich zu umarmen. Ich ließ die Hände sinken und trat einen Schritt zurück. »Laß uns später miteinander reden.« Ich wandte mich ab und lief ihm voran auf die Terrasse hinaus.

Leon und Karen standen neben dem Pool im Lichtkegel einer Laterne. Weiße Dampfschwaden stiegen vom Wasser in die kalte Herbstluft. Karen schien in ihrem Wollsweater zu frösteln, verschränkte die Arme und bewegte leicht die Schultern. Leon zog seine wattierte Jacke aus. Karen schüttelte den Kopf, aber er legte sie ihr trotzdem um die Schultern. Als sie uns erblickte, kam Karen auf uns zu. »Das ist doch absurd.« Sie blickte zum Fenster des Balkonzimmers im ersten Stockwerk hinauf, hinter dem die Umrisse der beiden Pflegerinnen zu sehen waren. »Großmutter muß in die Obhut eines Krankenhauses. Ich kann das nicht dulden. Morgen früh bringe ich sie wieder zurück.«

Ich schlang einen Arm um sie. »Was bringt dich auf die Idee, deine Großmutter würde auf dich mehr hören als meine auf mich?«

»Sie ist krank. Sie weiß nicht, was sie will. Jemand muß die richtigen Entscheidungen für sie treffen.« Karen begann sichtbar zu zittern. »Ich mache mir große Sorgen«, flüsterte sie heiser.

Leon legte ihr eine Hand auf die Schulter. »Deine Großmutter hat immer zu mir gesagt, daß ein Leben ohne Würde nicht lebenswert ist. Sie möchte zu Hause sein. Also respektiere ihren Wunsch.«

Erregt zeigte Karen mit dem Finger auf sich. »Ich bin ihre Enkelin, ihre nächste Verwandte, und ich sollte am besten wissen ...«

»Ein Leben ohne Würde ist nicht lebenswert«, wiederholte Leon bestimmt. »Sie hat dich dazu erzogen, den Willen anderer zu achten. Also tu es.«

Karen machte einen schnellen Schritt auf ihn zu. »Ich möchte sie nicht verlieren. Das verstehst du nicht ...«

»O doch, ich verstehe schon. Daß du reichlich selbstsüchtig bist.«

»Ich bin schwanger!«

Nach zwei, drei Sekunden fassungsloser Stille erklärte Karen hastig, daß sie ein Kind von einem Mann erwarte, der das Baby nicht wolle, der sie ebensowenig liebte wie sie ihn. Leons Gesicht verspannte sich, Tränen traten in seine Augen. Karen sah es. »Tut mir leid, Leon«, fuhr sie heiser fort. »Ich bin nicht mehr das naive, süße Mädchen, das du beschützen wolltest. Ich werde mich bemühen, mein Leben in den Griff zu bekommen, aber nicht auf deine Kosten.«

»Respektiere den Wunsch deiner Großmutter«, entfuhr es ihm. »So bekommst du dein Leben am besten in den Griff, damit du ein Kind mit der Würde aufziehen kannst, die deine Großmutter dich gelehrt hat.«

Seine Worte kränkten sie tief. Sie drehte sich um und ging ins Haus. Leon ließ die breiten Schultern hängen.

Gab es denn überall nur Leid und Elend?

Eli und ich gingen in Swans großes Schlafzimmer hinauf, einen Raum mit hohen Fenstern, Antiquitäten, geschmackvollen Vorhängen und tiefen, weichen Teppichen. Als Kind hatte ich ihn nur selten betreten dürfen und als Erwachsene gar nicht. Matilda lag auf Swans gewaltigem Bett, einem wahrhaft majestätischen Lager mit einem Kopfbrett aus Mahagoni und Marmor. Der Anblick einer anderen Frau im privatesten Raum meiner Großmutter verstärkte den Eindruck, daß die

Welt, wie ich sie kannte, in Stücke fiel, daß sich unter meinen Füßen der Boden auftat. Swan ruhte in ihrem weißseidenen Negligé auf einem Diwan, hatte sich aufgerichtet und ließ Matilda nicht aus den Augen.

Karen stand am Fenster und blickte in die Dunkelheit hinaus. Mit einer Handbewegung scheuchte Swan eine Krankenschwester aus dem Zimmer. Ich sah, daß Swans Gesichtsausdruck bei Elis Anblick hart wurde. Er nickte ihr zu, trat aber an das riesige Bett. Mühsam hob Matilda die linke Hand. »Die andere zittert zu sehr«, brachte sie schwerfällig über die Lippen.

Eli zog sich einen Stuhl heran, setzte sich und griff nach Matildas Hand. »Meine Mutter und meine Schwester schikken Ihnen ihre besten Wünsche.«

»Ich muß Ihnen etwas sagen.« Es tat mir weh, wieviel Mühe sie die Worte kosteten. »Komm her, Karen. Ich möchte, daß du es auch hörst.«

Zögernd kam Karen an das Bett. »Du stirbst nicht, Großmutter. Also besteht für dich kein Grund, alle um dein Lager zu versammeln ...«

»Still«, unterbrach Swan energisch. »Hör ihr zu.«

Matilda richtete ihren Blick fest auf Eli. »Ihr Großvater war ein guter Mensch. Und kein Frauenheld oder Schürzenjäger, wie oft gesagt wird.« Eli erstarrte überrascht. Ich auch. Damit hätte ich nun wirklich nicht gerechnet. »Er hatte nicht viel Chancen im Leben. Ebensowenig wie ich.« Sie atmete ein paarmal kurz und abgehackt. »Aber ich habe deinen Großvater geliebt. Ich liebte Anthony Wade, und er liebte mich.«

Karen griff nach ihrer rechten Hand. »Die zittert«, sagte Matilda stirnrunzelnd.

»Macht nichts.« Karen umfing Matildas Finger mit beiden Händen. »Hör auf mit diesen Sterbebett-Geständnissen, Großmutter«, sagte sie leise. »Du wirst nicht sterben. Du kannst nicht sterben, denn du wirst Urgroßmutter. Ich bekomme ein Kind.«

Matildas Miene verriet nichts. Aber dann, als Karen die Umstände erklärte, füllten sich ihre Augen mit Tränen. »Ich habe mich darauf gefreut, Mutter zu werden«, flüsterte sie schließlich. »Du auch?«

In Karens Gesicht zuckte es, und sie nickte.

»Dann bin ich stolz auf dich.« Karen beugte sich über die Hand ihrer Großmutter, und die Jahre ihrer Entfremdung existierten nicht mehr.

»Ich werde sie bitten, mich zu heiraten, Miß Matilda«, erklärte Leon von der Tür her. Verblüfft sahen wir ihn an. »Ich habe sie schon als Junge geliebt«, fuhr Leon fort. »Und ich liebe sie immer noch. Ich werde gut für sie und das Kind sorgen. Das schwöre ich Ihnen, Miß Matilda. Das schwöre ich allen hier.« Er blickte Karen an. »Wenn du willst, werde ich dein Mann und der Vater deines Kindes. Sag jetzt nichts, denk darüber nach.« Schweigend blickte Karen ihn nur an, bis er auf dem Absatz kehrtmachte und das Zimmer verließ.

Matilda wandte ihren Kopf langsam Swan zu. Sie tauschten einen Blick aus, der mich frösteln ließ, mir Tränen in die Augen trieb. Er sprach lautlos von Schicksal, verpaßten Chancen, Tragödien, aber auch Stärke. »Ich wünsche mir eine glückliche Zukunft für unsere Enkeltöchter und ihre Kinder in Burnt Stand«, flüsterte Matilda.

Swan senkte den Kopf.

Es war ganz still im Haus. Mit einer Zigarre in der Hand lehnte Eli am Kamin eines kleinen Salons. Karen war in eins der Gästezimmer hinaufgegangen, um zu schlafen. Leon döste in der Küche auf einem Stuhl. Eine Pflegerin schlief auf einem Sofa vor Swans Zimmer. Eli und ich tauschten nur wenige Worte. Schließlich warf er die Zigarre ins Feuer und setzte sich zu mir auf die Couch, aber mit mindestens anderthalb Meter Abstand. Irgendwann nach Mitternacht sagte er: »Sag Matilda bitte, daß ich nicht mehr graben werde.«

Ich drehte mich zu ihm um. »Was meinst du damit?«

»Ich verlasse Burnt Stand, Darl. Ich kehre mit Mama und Bell nach Tennessee zurück.« Er schwieg einen Moment lang. »Ich möchte deiner und meiner Familie nicht weh tun. Du bist ein Teil von mir. Das warst du schon immer. Mit dieser verbissenen Suche nach der Wahrheit schade ich uns allen. Es war von Anfang an eine unsinnige Idee. Es gibt nichts, was ich für die Ehrenrettung meines Vaters tun könnte.«

Sie hat gewonnen. Swan hat gewonnen. Wenn ich nichts unternehme … Ich stand auf und setzte mich wieder, direkt neben ihn. Plötzlich war ich unendlich ruhig. Ich legte meine Hände um sein Gesicht, strich über seine Wange, zeichnete mit dem Finger seine Lippen nach. Er sog scharf die Luft ein. »Du hast niemandem weh getan«, sagte ich. »Das alles hier hat vor langen Jahren begonnen.«

Eli zog mich an sich, strich mir über die Haare. »Verlaß Marble Hall und Burnt Stand. Komm zu mir. Ich werde auf dich warten. Ich werde alles wiedergutmachen.«

»Nein, du kommst mit mir«, sagte ich und empfand eine Mischung aus Verzweiflung und geheimem Triumph. Ich würde ihm Claras Grab zeigen – und ihn verlieren. »Wir gehen in den Steinblumengarten.«

Der Regen hatte aufgehört. Ein hoher, bleicher Mond tauchte die Berge zwischen schnell dahinziehenden Wolken in sein fahles, gespenstisches Licht. Kiefernzweige schlugen gegen unsere Körper, und es tropfte von ihnen wie Tränen auf unsere Gesichter, als wir hangauf, hangab auf den Garten zuliefen. Ich hatte mir einen Pullover über die Bluse gezogen und trug noch meine Seidenhosen. Rosenranken zerrten an der Seide und griffen nach meinen Wanderschuhen. Ich erschauerte. Nasse Haarsträhnen klebten mir an Wangen und Hals.

Eli trug einen Spaten und ich eine kleine Hacke. Nach dem Grund hatte er nicht gefragt, ich hatte es ihm nicht gesagt. Seine Haare waren feucht, seine Miene angespannt. Ich beleuchtete den Weg vor mir mit einer Taschenlampe. Eli hielt eine Propangaslaterne in der Hand. Ihr leises Zischen erfüllte mich mit Grauen. Er hatte keine Ahnung, was wir gleich ausgraben würden. Ich schon.

Als wir den letzten Hang vor dem Steinblumengarten erreicht hatten, blieb ich stehen. Eli hob seine Laterne. Unter uns schimmerte die Marmoramphore mit ihren steinernen Blüten und Ranken im Mondlicht. Die alten Marmorbänke wirkten, als wollten sie in der Erde versinken. Abgesackt und von Pflanzen überrankt, hätten ihre Sitzflächen auch die Deckplatten von kleinen Gräbern sein können. Kindergräbern ...

Ich lief den Abhang hinab, und jeder Schritt brachte mich Claras sterblichen Überresten näher. Schließlich stolperte ich auf die Amphore zu. Eli war direkt hinter mir. »Wo?« fragte er heiser. Stumm deutete ich auf die Stelle neben dem Amphorensockel. Er stellte die Laterne ab und nahm den Spaten von der Schulter.

Ich schüttelte den Kopf. »Laß mich anfangen.« Ich warf die Taschenlampe zu Boden, nahm die Hacke in beide Hände und schlug sie in die Erde wie in weiches Fleisch. Jeder einzelne Muskel in mir schien sich gegen die Aufgabe zu wehren. Aber unverdrossen hackte ich weiter. Langsam wuchs ein kleiner Berg feuchter, klumpiger Erde vor meinen Füßen. Die Vergangenheit. Ein lautloses Schluchzen stieg in meiner Kehle hoch. Jeder Alptraum, jeder Augenblick quälender Schuld der letzten fünfundzwanzig Jahre drang erneut und überwältigend auf mich ein.

Er legte mir eine schwere Hand auf die Schulter. Es dauerte einen Moment, bis ich das Gefühl registrierte. »Laß mich«, flehte ich. Aber er richtete mich auf, wischte mir über die Wangen, blickte mir intensiv in die Augen. »Du machst einen Fehler, wenn du glaubst, es ginge nur dich etwas an. Was immer hier in der Erde liegt, betrifft auch mich.«

»Du kannst es dir nicht einmal vorstellen.«

»Mag sein, aber mach mir nicht vor, es wäre nicht unsere

gemeinsame Sache.« Er ließ mich los, nahm den Spaten und begann zu graben. Ich fiel neben der kleinen Grube auf die Knie und zermarterte mir das Gedächtnis nach den Einzelheiten, die ich zweieinhalb Jahrzehnte lang zu gern vergessen hätte. Als Kind war mir das offene Grab wie ein bodenloser Abgrund vorgekommen, aber ich wußte, daß Swan und Matilda Clara höchstens einen oder anderthalb Meter tief begraben hatten. Ich zitterte förmlich bei den Spatengeräuschen, vor einem scharfen Kratzen, das nur bedeuten konnte, daß er Knochen getroffen hatte.

Hastig beugte ich mich vor und griff nach dem Spatenschaft. »Nicht mehr. Den Rest muß ich mit den Händen erledigen.« Ich beugte mich über das Loch und griff mit zitternden Fingern in die Erde. Jeder meiner Nerven schien sich zu sträuben, als die schwarze Humusschicht in rötliche, zähe Tonerde überging. Langsam und zielstrebig schaufelte ich mit beiden Händen. Eli hockte sich neben mich. Als ich einmal zu ihm aufblickte, sah er mich so gequält an, als würde ich ihm das Herz herausreißen.

»Hör auf damit. Hör sofort auf. Ich weiß nicht, warum du dir das antust, aber ich werde dich daran hindern. Du hast gesehen, wie mein Pa etwas von Clara hier vergrub, stimmt's? Du hast irgend etwas beobachtet. Das ist es, was dir keine Ruhe läßt.« Er streckte die Arme aus und hielt meine Handgelenke fest.

Ich riß mich los. »Nein! Nein, Eli!« Erneut fuhren meine Hände in die Erde. Und wieder wollte Eli mich daran hindern.

»Darl! Auf keinen Fall wirst du …«

Mein lautes Aufstöhnen ließ ihn verstummen. Meine Finger schlossen sich um einen kleinen, ovalen Gegenstand. Vielleicht war es ein Stein, vielleicht auch nicht. Umgeben von klebrigem Ton, paßte das Objekt genau in meine Handfläche. Ich hob es in das Laternenlicht, kratzte mit dem Daumen daran herum, und die rote Erde fiel ab. Meine Finger spürten etwas Langes, Dünnes. Eine Kette. Bevor ich die letzten Erdspuren von dem Gegenstand entfernte, wußte ich, was es war. Ein, zwei Sekunden später schimmerte Claras Hardigree-Anhänger im Laternenlicht. Ich blickte in das klaffende Loch hinab und entdeckte etwas, was wie die Überreste einer Wirbelsäule aussahen. Ich hatte die Kette von Claras Hals gezogen.

Ich sah Eli an. Begreifen, Entsetzen, Mitgefühl und Zorn erfüllten seine Augen, bis ich den Blick nicht mehr ertragen konnte. Ich hielt den Anhänger in meiner Hand und senkte den Kopf.

»Erzähl mir endlich, was du schon immer gewußt hast«, sagte er.

»Ich habe gesehen, wie Swan Clara getötet hat.«

Eli ließ sich auf seine Fersen zurückfallen. Endlich wußte er die Antwort auf die bohrenden Fragen der Vergangenheit, aber zu welchem Preis? Wir hockten auf der nassen Erde und schluchzten.

Ruhelos stand Swan am Fenster ihres Schlafzimmers und sah, wie Darl und Eli die Villa verließen. Die Terrassenlampen beleuchteten die Geräte, die sie trugen. Swan drückte eine Hand auf ihr wie rasend klopfendes Herz, drehte sich langsam um und setzte sich auf den Diwan. *Ich habe verloren. Ich verliere Matilda, und Darl habe ich bereits verloren. Jetzt ist alles zu Ende ...* Große Müdigkeit überkam sie.

Matilda rührte sich. Eine Nachttischlampe warf einen sanften Schimmer auf das große Bett. »Swan. Swan«, ächzte sie leise und mühsam.

Schwerfällig erhob sich Swan und durchquerte den Raum. Das wilde Klopfen ihres Herzens machte ihr das Atmen schwer. Als sie Matilda erreicht hatte, sah sie sofort, wie schlecht es um ihre Schwester stand. Matilda keuchte besorgniserregend. Swan sank auf das Bett, legte einen Arm um ihren Nacken, griff nach ihrer zitternden Hand und beugte sich nahe zu ihr heran. »Irgend etwas stimmt nicht«, flüsterte Matilda. »Mit mir. Mit uns.« Vage Furcht schimmerte in Matildas Augen auf. Intuition oder Zufall, Schicksal, letzte Chancen und verlorene Hoffnungen.

»Ich rufe die Schwester«, sagte Swan.

»Nein. Bitte nicht. Ich möchte kein hilfloser Pflegefall werden. Lieber …«

Wehmütige Trauer überfiel Swan. »Du darfst nicht sterben.«

»Laß sie frei entscheiden. Unsere Enkeltöchter. Bewahre sie vor unseren Fehlern.«

»Bleib bei mir und hilf mir dabei.«

»Meine Zeit ist vorüber. Und deine auch. Damit können wir ihnen am besten zeigen, wie sehr wir sie lieben.«

Matilda schloß halb die Augen. Sie seufzte. Swan zog sie eng an sich, wiegte sie in ihren Armen und begann lautlos zu weinen. »Schwester, liebste Schwester«, wisperte sie.

Schweigend hörte Eli zu, als Darl ihm alles erzählte, wie es zu den schrecklichen Ereignissen kam und warum. Es entging ihm nicht, welche Qual ihr diese Geständnisse bereiteten, und er glaubte, es würde ihn umbringen. Sie blickte ihn an, als wäre sie sich sicher, daß er sie nun haßte, aber er wußte nicht, wie er ihr sagen sollte, daß er ihr verzeihen konnte. Etwas in ihm sagte, daß er ihr nicht vergeben durfte. Etwas erklärte, daß die Wahrheit für sie hätte wichtiger sein müssen als ihre verdammte Familie. Zorn kochte in ihm hoch.

Endlich hörte sie auf zu reden. Er stand auf, griff nach dem Spaten, der neben ihnen auf der Erde lag, drehte sich um und schlug mit voller Wucht gegen die Marmoramphore. Dumpf hallte der Schlag durch den Wald. Der Schaft des Spatens zerbrach, und ein Schauer von Marmorsplittern rieselte auf sie herunter. Eine kleine Scherbe traf Eli unter dem Auge und riß seine Haut auf. Darl rührte sich nicht. Blut tropfte aus einer Schnittwunde an ihrem Kinn.

»Ich habe alles aufgeschrieben«, sagte sie. »Alles über meine Großmutter und mich. Was damals geschehen ist und warum. Nur von Matilda habe ich nichts erwähnt. Mein Geständnis befindet sich in einem Umschlag in der Bibliothek. Morgen bringe ich den Umschlag zur Staatsanwaltschaft. Ich bitte dich nur um eins: Erzähle nie jemandem von Matildas Beteiligung.«

Ihre Worte ließen Elis Kehle eng werden. »Ich würde gern wissen, warum du die ganzen Jahre geschwiegen hast.«

Sie sackte in sich zusammen. »Gott sei mir gnädig«, flüsterte sie. »Ich liebe dich, aber ich liebe auch meine Großmutter.«

Eli trat um das Grab herum und fiel vor ihr auf die Knie. »Gib mir die Kette«, befahl er heiser und streckte die Hand aus. *Sie muß wählen, und sie wird sich für mich entscheiden ...* Darl legte Claras Anhänger in seine Finger. »Entscheide dich«, forderte er sie auf. »Entscheide dich zwischen mir und dem, was das hier symbolisiert. Zwischen mir und Swan. Entscheide dich, und geh mit mir fort, ohne dich auch nur einmal umzudrehen.«

»Das kann ich nicht«, flüsterte Darl. »Swan ist ein Teil von mir ... Ich kann nicht einfach vergessen, was sie getan und erduldet hat, um für sich und Matilda ein besseres Leben zu schaffen, für Karen. Für mich. Ich werde sie nicht verlassen.«

Eli packte Darl bei den Schultern. »Du hast mir meinen Vater wiedergegeben. *Aber ich will auch dich, meine Liebe, mein Mädchen.«* Tränen liefen über Darls Wangen. Sie schüttelte den Kopf.

»Du wirst auf mich verzichten müssen. Ich werde Swan auf meine Weise bestrafen.«

Die Glocke von Marble Hall begann zu läuten.

Ich war wie erstarrt. Eli konnte mir verzeihen, aber ich wollte es nicht zulassen. Schon von weitem sah ich Leon neben der großen Marmorglocke stehen. Als Eli und ich die Terrassentreppe heraufkamen, sahen wir die Tränen auf Leons Gesicht und das Wasser, das ihm aus der Kleidung rann. Er machte eine Kopfbewegung zum Pool.

Swan lag auf den breiten Marmorstufen, die an der flachen Seite in das Becken führten, ihr Kopf ruhte auf einem Arm, ihre Haare hingen um ihre Schultern und ins Wasser. Dampf stieg vom Pool auf. Sanft bewegte sich ihr weißes Negligé um ihren Körper. Sie sah geisterhaft aus, unwirklich. Engelhaft und unirdisch – unbelastet von jeder Schwerkraft und keinem anderen Willen unterworfen als dem eigenen.

»Ich habe sie gefunden und herausgezogen«, sagte Leon. »Niemand hat bemerkt, wie sie das Haus verlassen hat.« Er schwieg und schluckte. »Ich habe einen Krankenwagen gerufen.« Wieder verstummte er kurz. »Karen ist oben bei ihrer Großmutter.« Voller Trauer blickte er zur Villa hinüber. »Miß Matilda ist tot.«

Ich drängte an ihm vorbei, lief zum Pool und hörte Elis Schritte dicht hinter mir. Ich stieg ins Wasser, setzte mich neben meine Großmutter, strich ihr die Haare aus der Stirn und umfaßte ihr Gesicht mit beiden Händen. Ihre Lider waren geschlossen, selbst in dem schummrigen Licht sah ich, wie kalkweiß ihre Haut war. »Swan«, sagte ich leise. »Großmutter ...« Langsam öffnete sie die Augen, und sah mich an.

»Ich weiß, was du Eli gezeigt hast.«

Ich nickte. »Jetzt entscheide ich, was geschieht. Ich habe ihm alles gesagt.«

Ihr Blick zuckte von mir fort, als Eli zu uns ins Becken trat und sich auch neben sie setzte. Schweigend sah er sie an. Fast unbewußt merkte ich, daß auch Leon an den Rand des Pools getreten war. »Ich muß mich um Karen kümmern«, sagte er leise und ging ins Haus.

»Ich treffe jetzt die Entscheidungen, Großmutter«, wiederholte ich, als ich mit Swan und Eli allein war. »Ich habe Eli erzählt, was wir getan haben. Und ich werde die Konsequenzen tragen.«

»Du überraschst mich immer wieder.« Ihre Augen hingen

weiter an Eli. Langsam hob er die Faust und öffnete sie. Claras Anhänger lag in seiner Handfläche.

»Sie haben Ihre Schwester getötet«, sagte er, »und meinen Vater dafür büßen lassen.«

Sie schloß zustimmend die Lider und befeuchtete sich die Lippen mit der Zunge. »Stoßen Sie mich ins Wasser. Na los, tun Sie es. Ich habe Ihre Familie aus dem feinsten Stein geschliffen, Sie zu dem gemacht, was Sie sind. Durch mich sind Sie meiner Darl würdig geworden. Sie sind stark genug, um mich zu töten.«

Wie gebannt starrte ich in Elis Gesicht. Tränen schimmerten in seinen Augen. »Ich kann Sie nicht mehr hassen, als ich Darl liebe.« Er schleuderte den Anhänger fort.

Ich begann leise zu schluchzen, aber vor Glück. Swan sah mich durchdringend an, ihre Stimme war nicht leiser als ein Hauch. »Dann mach *du* es. Beweise mir, daß du tun kannst, was du tun mußt.«

Ich schüttelte den Kopf. Sie wollte von uns ihre Seele zurück, während sie uns gleichzeitig unsere wiedergab. Ich strich ihr mit meinen Fingerspitzen über die Wange. »Ich liebe dich. Aber das wolltest du offenbar nie begreifen.«

»Doch. Aber ich konnte es nicht zulassen. Deinetwegen. Und meinetwegen. Liebe tut weh, sehr weh.«

»Nein. Aber jetzt möchte ich dich nur in den Armen halten. Was immer auch geschieht, ich bin bei dir.«

Ich hörte sie seufzen, sah die Liebe in ihrem Gesicht, die Entschuldigungen, den inneren Frieden. Eli hatte mich vor die Wahl gestellt, doch da ich dazu nicht fähig war, entschied Swan für mich. Gab mich frei und überließ es mir, mit der Last der Wahrheit fertig zu werden, weiterzuleben. »Du hast mir mein Herz gestohlen, Enkeltochter«, flüsterte sie. »Es gehört dir.«

Ich küßte sie auf die Stirn, die Lider, die Wangen. Zum ersten Mal in meinem Leben berührten meine Lippen ihre Haut. Sie starb in meinen Armen.

Darl und Karen folgten ihren Großmüttern erst zu einer letzten Untersuchung ins Krankenhaus, dann in das Bestattungsinstitut von Burnt Stand. Hand in Hand hielten sie die ganze Nacht in einem kühlen, abgedunkelten Raum mit Marmorfußboden die Totenwache. Der Tod der beiden Frauen sprach sich schnell herum, und aus dem ganzen County kamen Menschen, um ihnen die letzte Ehre zu erweisen. Sie ließen sich auf Decken nieder, bis gegen Morgen der Rasen vor dem Bestattungsinstitut mit einer wartenden, schweigenden Menge gefüllt war.

Eli lief zu Fuß zum Broadside, schaltete im Erdgeschoß das Licht an, weckte Mama und Bell und sagte ihnen, daß Swan und Matilda gestorben waren. Seine Mutter senkte den Kopf und betete. Bell weinte. Eigentlich wollte Eli ihnen alles sagen, die ganze Wahrheit, brachte es aber nicht über sich. Sein Vater war unschuldig. Das mußten sie erfahren, und zwar bald. Wieder und wieder hörte er Darls Worte: *Ich habe gesehen, wie Swan Clara getötet hat.*

»Was bedrückt dich?« wollte seine Mutter wissen, doch Eli schüttelte den Kopf. Bell blieb bei Jessie, aber Mama zog sich an und lief mit ihm durch die Stadt zurück. Die Menge auf dem Rasen – Steinbrucharbeiter, Kaufleute, Farmer – wichen zur Seite, um sie durchzulassen. Sie setzte sich auf die Veranda und begann laut in ihrer Bibel zu lesen. Eli ließ sich in einer dunklen Ecke neben Leon nieder.

»Was habt ihr eigentlich im Wald gemacht? Du und Darl?« fragte Leon leise.

»Das sage ich dir, wenn ich weiß, wie ich die Worte über die Lippen bringen soll.«

Leon nickte. Sie steckten sich Zigarren an und schwiegen. Es war nicht schwer, sich vorzustellen, wie Swan und Matilda im Rauch der Zigarren an der Veranda vorbeiglitten, um auf die geliebten Menschen zuzuschweben, die vor ihnen gegangen waren. Versonnen blickte Eli in den kalten, verhangenen Herbstmorgen. Es kam ihm so vor, als blicke ihn sein Großvater aus dem rauchigen Dunst an, endlich vereint mit Matilda. Und auch sein Vater blickte aus dem Jenseits auf ihn. Eli beugte sich vor und senkte den Kopf, um seine Gefühle zu verbergen. *Ich weiß, daß du jetzt bei mir bist, Pa. Verzeih mir meine Zweifel. Vergib mir. Ich liebe dich. Sprich mit mir. Sag mir, was ich tun soll …*

Eli hörte die Antwort, spürte sie wie einen zärtlichen, sanften Windhauch.

Wer liebt, der weiß, was er der Liebe schuldig …

Alles andere ist ohne Belang.

Die Morgendämmerung schickte ihre Strahlen durch blasse Vorhänge und auf die reglosen Gestalten unserer Großmütter. Karen und ich saßen auf einem Sofa den weißverhüllten Bahren gegenüber. Eine einzige Wandlampe beleuchtete unsere Gesichter. Karens Kopf ruhte auf meiner Schulter. Ich legte meine Arme um sie und schloß die Augen. Wir hatten keine Tränen mehr.

Mein Herz gehört dir …

Immer wieder hörte ich Swans Worte, ihr ironisches Erstaunen, ihre Freude über das Geständnis. Meine Großmutter fehlte mir, ich trauerte um sie, haßte sie, liebte sie. Vor allem wußte ich, was sie mir hinterlassen hatte. Ich mußte allen die Wahrheit über mich und Swan erzählen. Über Clara. Auch mein Herz war fort. Nur die Wahrheit und Eli konnten es mir wiedergeben.

»Ich vermag nicht zu glauben, daß sie wirklich tot sind«, flüsterte Karen trostlos. »Was sollen wir nur ohne sie tun?«

Ich küßte sie auf die schokoladenbraunen Haare.

»Wir werden uns bemühen, aus ganzem Herzen zu lieben und nie aufzugeben«, sagte ich.

Genauso, wie es uns vorgelebt worden war.

Eli stand auf, als Darl im Schein der ersten Sonnenstrahlen auf der Veranda erschien. Auch Leon erhob sich beim Anblick von Karen, die Darl folgte. Elis Mutter schloß die Bibel und faltete die Hände über dem weißen, leicht abgewetzten Ledereinband. Ihre Augen unter den grauen Haaren schimmerten feucht. Darls Blick flog zu ihr, dann zu Eli. Alles in ihm zog sich zusammen und entspannte sich wieder, verlangte nach Befreiung und fand Ruhe. Sie faßte nach Karens Hand, ließ sie aber gleich wieder los. Benommen starrte Karen auf die respektvoll wartenden Menschen. Wortlos schlang Leon einen Arm um ihre Taille.

Darl trat an den Rand der Veranda. »Ich habe Ihnen allen etwas zu sagen«, begann sie, und Eli durchzuckte die Erkenntnis wie ein Messer. Darl wandte sich ihm und seiner Mutter zu. »Aber vor allem euch«, sagte sie, »und meiner Cousine Karen. Es fällt mir nicht leicht, aber wenn ich etwas von unseren Großmüttern gelernt habe, dann die Kraft, das zu tun, was getan werden muß.«

Darl richtete ihre Augen auf Eli. Die Liebe in ihnen zerriß ihn fast. Sie war dabei, sich seinetwegen ins Unglück zu stürzen, und das konnte er nicht zulassen. Schnell sprang er auf sie zu. »Überlaß das mir«, sagte er. Sie wollte protestieren, aber er legte ihr seinen Finger auf die Lippen. Bevor sie einen Ton herausbringen konnte, sah er seine Mutter an. »Swan hat mir die Wahrheit gesagt. Sie war es, die vor fünfundzwanzig Jahren ihre Schwester getötet hat. Sie allein. Kurz vor ihrem Tod hat sie es Darl und mir gestanden.«

Die Menge stöhnte hörbar auf. Karen stieß einen erstickten Schrei aus. »O Darl«, ächzte sie voller Mitgefühl, und als Eli sie und Leon ansah, entging ihm der Ausdruck überraschten Entsetzens auf Leons Gesicht nicht. Mama verharrte absolut reglos, in ihren Augen mischte sich Wehmut mit hoffnungsvoller Seligkeit. Die Seligkeit gewann die Oberhand. Sie drückte beide Hände auf ihr Herz. Pa war unschuldig. Endlich war es bewiesen. Es war bewiesen.

Elis Blick kehrte zu Darls fassungslosem Gesicht zurück. Sie forschte in seinen Augen. Er drückte unverwandt seinen Finger auf ihre Lippen und fuhr fort: »Sie hat ihre Schwester getötet und meinen Vater dafür büßen lassen. Es war allein ihre Tat, ihre Schuld.«

Darls Lippen bewegten sich leicht. *Warum?*

»Ich liebe dich«, sagte Eli und zog sie in seine Arme.

Sie schlang ihre zitternden Arme um ihn und hielt ihn fest.

Dann ereignete sich alles so schnell, als wäre Swans Tod der Schlüssel zu einer Tür, die nun ganz leicht aufschwang. Am Nachmittag gingen Eli und ich mit Leon und Karen in den Steinblumengarten, in Begleitung des Sheriffs von Burnt Stand, des Gerichtsmediziners, des Bestattungsunternehmers und etlicher anderer Offizieller. Dort wurden Claras sterbliche Überreste ausgegraben. Als ich mich dazu zwang, sie anzusehen, spürte ich Elis feste Hand auf meiner Schulter. Der Bestattungsunternehmer trug Claras Knochen in einem Plastiksack fort, und die anderen folgten ihm. Eli, Leon, Karen und ich blieben vor dem Grab zurück, während bunte Herbstblätter auf uns und in die leere Grube herabrieselten.

»Das alles tut mir unendlich leid«, sagte Karen, umarmte mich und verzog gequält das Gesicht. »Was deine Großmutter getan hat. Das, womit du jetzt leben mußt.«

»Ich werde es schon schaffen. Wahrscheinlich besser, als ich befürchtet hatte.« Ich sah zu Eli auf. Seine dunklen Augen strahlten Ruhe und Trauer aus, wirkten verständnisvoll und triumphierend. Unsere Gefühle in diesem Moment waren zu vielfältig, um eindeutig bestimmt werden zu können.

Karen berührte leicht seinen Arm. »Auch du tust mir leid. Ich bedaure zutiefst, was meine Familie euch angetan hat.« Sie begann zu weinen. »Wenn meine Großmutter noch bei uns wäre, würde sie sich für Swan entschuldigen und uns um Vergebung dafür bitten, daß ihre Schwester so etwas Furchtbares ...«

»Wir sind alle eine Familie«, unterbrach Eli sie leise. »Und das wird auch so bleiben. Mehr ist dazu nicht zu sagen.«

Leon räusperte sich. »Das ist das Ende von Hardigree Marble. Ohne Swan und Matilda wird das Unternehmen nie wieder sein, was es war. Auch Burnt Stand nicht.«

»Das sehe ich anders«, sagte ich und wandte mich Karen zu. »Meine Großmutter hat den Betrieb testamentarisch unter uns aufgeteilt. Jetzt gehört Marble Hall uns beiden.«

»O Darl.«

»Das ist nur gerecht. Sie und Matilda waren beide Hardigrees. Ihnen gehörte alles zur Hälfte, ob das nun bekannt war oder nicht.« Schweigend und überrascht sahen mich die anderen an. Aber ich kannte den Inhalt des Testaments auch erst seit kurzem. Vor wenigen Stunden hatte Swans Anwalt es mir gebracht. Ich faßte nach Karens Hand. »Bist du sicher, daß du hierbleiben willst?«

Sie sah Leon an. »Ja.«

»Dann werde ich dir meine Hälfte überschreiben. Vom Unternehmen und vom übrigen Vermögen.« Ich nickte Leon zu. »Euch beiden.«

»Das kannst du doch nicht machen, Darl«, wehrte Karen ab, während Leon heftig den Kopf schüttelte.

»Jemand muß die Herrin von Marble Hall sein, und du eignest dich hervorragend dazu. Und Leon ist zur Leitung des Steinbruchs wie geschaffen.«

»Aber ich bin kein Hardigree«, wandte er ein.

»Heirate Karen, dann wirst du einer.«

Meine Cousine und er schienen nachzudenken. Ich sah, wie sich beide mit dem Gedanken vertraut machten, und spürte Elis Blicke auf mir. Ich hob den Kopf und sah Beunruhigung, aber auch Stolz in seinem Gesicht. »Wir werden oft wiederkommen«, sagte ich. »Schließlich gibt es hier für uns eine Aufgabe. Stand Tall.«

»Was hältst du davon, wenn wir es hier errichten lassen?« fragte Eli. »Damit etwas Gutes auf diesem Gelände entsteht. Immerhin ist der Wald bereits gerodet. Das Stone Cottage könnte die Heimleitung aufnehmen. Wie fändest du das?«

Ich verließ Claras leeres Grab und berührte die riesige Amphore sanft mit den Fingerspitzen, betastete die Marmorblüten, Blätter und Ranken, die in meiner Vorstellung stets nur darauf gewartet hatten, durch einen Zauber von Eli und mir zum Leben zu erwachen. »Das fände ich einfach wundervoll«, sagte ich.

Matilda und Swan wurden im großen Wohnraum von Marble Hall aufgebahrt. Den ganzen Morgen hatte ich allein bei ihnen gesessen und mit ihnen geredet. Jetzt hielt ich mich in der Bibliothek auf, strich mir über das hellgraue Kostüm und betastete den Hardigree-Anhänger an meinem Hals. In einer Stunde würde ich das Haus allen öffnen, die den Toten die letzte Ehre erweisen wollten. Schon jetzt füllten Blumengebinde und Beileidskarten die Villa. Karen war schluchzend auf Leons Farm geflüchtet. Erschöpfung, Trauer und noch unbeglichene Schuld taten mir fast körperlich weh. In den letzten zwei Tagen waren Eli und ich kaum allein gewesen. Es war zu vieles unausgesprochen. Wir hatten keine Ahnung, wo wir beginnen sollten oder wann wir die richtigen Worte finden würden. Ich wußte, was uns zurückhielt, uns behinderte, selbst wenn es ihm nicht klar war.

Mit niedergeschlagener Miene öffnete Gloria die Tür zur Bibliothek. Sie hatte ihre Zuneigung zu Swan auf Karen übertragen, nicht auf mich. Zusammen mit seiner Mutter und Bell trat Eli über die Schwelle. Bells Mann war unverzüglich nach North Carolina gekommen und hütete jetzt im Broadside ihr Baby.

Mit ruhiger Zurückhaltung sah ich Eli an. Er kam mir ganz fremd vor in seinem gutgeschnittenen, konservativen Anzug. Seine grimmige Miene ließ keinen Zweifel daran, wie sehr ihn meine Bitte beunruhigte, allein mit seiner Mutter und seiner Schwester sprechen zu wollen. Er hatte keine Ahnung von meinen Absichten, aber durchaus Grund zur Sorge. Ich war ja selbst nervös.

»Armes Kind«, sagte Annie Gwen und umarmte mich. Bell folgte dem Beispiel ihrer Mutter.

»Es ist ein wahres Wunder, daß ihr mich nicht verabscheut«, stellte ich bedrückt fest.

»Wie könnten wir *dich* für etwas verabscheuen, was deine Großmutter getan hat?« rief Bell.

Warte es nur ab, dachte ich, ging zu den Bücherregalen, kletterte die Bibliotheksleiter hinauf und zog den Umschlag mit meinem Geständnis zwischen den beiden Geologie-Büchern hervor. Eli erkannte, was ich vorhatte. Er kam zu mir, streckte die Hand nach dem braunen Umschlag aus. Ich schüttelte den Kopf. »Ich muß es tun. Sonst steht dieses Geheimnis für immer zwischen uns. Das darf nicht sein.«

»Verdammt noch mal«, fluchte er unterdrückt. «Manche Dinge bleiben besser ungesagt, wenn sie andere nur verletzen.«

»Ich liebe dich viel zu sehr, und deine Familie auch, um das hier weiter zu verheimlichen.« Ich kletterte die Leiter hinab, wandte mich Annie Gwen und Bell zu, hielt den Umschlag in der ausgestreckten Hand und sagte mit dumpfer, fast erstickter Stimme: »Ich war als Kind Augenzeuge, wie Swan Clara tötete. Ich habe es hier alles aufgeschrieben. Ich wußte, was meine Großmutter getan hat. Ich habe es gewußt, war aber zu ängstlich, um es jemandem zu erzählen.« Mit zitternden Fingern legte ich den Umschlag auf Swans Schreibtisch. »Also trifft mich eine Mitschuld an ihrer Tat.«

Ein Dutzend unterschiedlicher Empfindungen zeigte sich auf Annie Gwens und Bells Gesicht, aber zu meiner Überraschung blieb zum Schluß nur tiefes Mitgefühl. »Ich habe geahnt, daß du es wußtest«, flüsterte Annie Gwen. »Ich sah die Schuld in deinen Augen auf der Veranda des Bestattungsinstituts.« Sie blickte ihren Sohn an. »Und auch in deinen.«

Ich schloß die Augen. »Ich will nicht, daß Darl irgendeine Schuld zugewiesen wird«, sagte Eli neben mir. »Ich wollte nicht, daß ihr etwas erfahrt, denn an der Tatsache selbst ändert sich nichts.«

Mit Tränen in den Augen kam Bell auf mich zu. »Heißt das, daß deine Großmutter dir von dem Mord erzählt hat? Als du ein Kind warst? Wie konnte sie dir das antun?«

»Sie brauchte es mir nicht zu sagen. Ich war dabei. Ich sah, wie sie Clara über die Terrassenmauer stieß. Ich sah, wie Clara starb. Und in der Nacht habe ich zugesehen, wie Swan sie verscharrte.« Ich begann zu schwanken und stützte mich haltsuchend auf den Schreibtisch. Eli legte schnell seine Arme um meine Taille. »Ich erwarte nicht, daß ihr mir verzeiht.«

Annie Gwen kniff die Lippen zusammen. Wie eine kleine, entschlossene Henne in einem blauen Kostüm schoß sie um den Schreibtisch herum. Im nächsten Moment umfaßte sie mein Gesicht mit den Händen. »Du armes, armes Kind«, sagte sie leise. »Der Gerechtigkeit wurde längst Genüge getan. Meine Familie und ich haben … wir haben deine Großmutter getötet. Weil wir zurückgekommen sind.«

»Aber Annie Gwen, das stimmt doch nicht …«

»O doch. Sie wußte im tiefsten Inneren, daß sie eine Schuld zu begleichen hatte, und ihr Herz hat sie bezahlt. Aber wir haben auch die arme, unschuldige Matilda getötet. Der Herr sei uns gnädig.« Annie Gwen drückte ihre Hände fester gegen meine Wangen, als wollte sie mir ihren Glauben übertragen. »Was geschehen ist, ist geschehen, Kind. Auf beiden Seiten.«

»Ist ja gut. Alles ist gut«, sagte Eli leise und strich mir über die Haare. Und so war es. Mir war vergeben worden, nun konnte ich mir auch verzeihen. Ich fand mich in Annie Gwens und Bells Armen wieder – und in Elis.

»Ich möchte mich von Swan verabschieden«, erklärte Annie Gwen mit fester Stimme.

Ich führte sie in den Wohnraum mit seinen hohen Fenstern und blieb mit gesenktem Kopf stehen. Schon der Anblick der beiden Särge inmitten all der Blumen brach mir fast das Herz. Ich hatte mich bereits von meiner Großmutter und Matilda verabschiedet, ich wollte ihnen nicht noch einmal in die Gesichter blicken.

Annie Gwen trat an Swans Sarg und sah auf sie hinab. »Ich schließe deine Enkeltochter in mein Herz«, sagte sie leise, aber entschlossen, »und nehme sie in meine Familie auf. Ich werde ihren Kindern, die sie mit meinem Sohn bekommt, eine gute Großmutter sein, und sie werden mich achten und schätzen. Du wirst nur noch eine böse Erinnerung sein, jemand, über den wir Darls wegen nicht oft sprechen. Du hast mir meinen Mann genommen. Aber ich nehme dir deine ganze Familie. Mir gehört die Zukunft. Und das ist meine Rache, Swan Samples. Das ist die Hölle, die du dir selbst bereitet hast.«

Annie Gwen Wade drehte meiner Großmutter den Rücken zu und sah mich an.

»Du liebst meinen Sohn, und ich liebe dich«, sagte sie.

»Ich werde dafür sorgen, daß du es nie bereust«, erwiderte ich.

Gemeinsam trugen wir den Umschlag auf die Marmorterrasse hinaus. Eli hielt sein Feuerzeug an eine Ecke, und wir sahen zu, wie mein schriftliches Geständnis in Flammen aufging und zu Asche verglomm.

Das erste Feuer in Burnt Stand gab meiner Familie einen Namen und eine saubere Vergangenheit. Das zweite auf der Terrasse gab meiner Familie eine Seele und eine reine Zukunft.

Swan, Matilda und Clara wurden im Hardigree-Mausoleum auf dem Friedhof der Methodistenkirche bestattet. In eine Nische stellte ich die Urne mit Frogs Asche. Und auf die bislang anonyme Deckplatte des Grabes neben meiner Mutter ließen wir den Namen von Karens Mutter gravieren. Katherine Wade.

Jetzt hatte alles seine Ordnung. Für immer in Stein gemeißelt.

»Komm mit mir«, sagte Eli nach der Trauerfeier. Es war weniger ein Befehl als eine Bitte.

Wir fuhren zum Stone Cottage, das seltsam verloren in der baumleeren Senke stand, die schon bald die Gebäude von Stand Tall aufnehmen würde. Eli und ich betraten das kühle, anheimelnde Haus und dachten schweigend an die Liebe von Anthony und Matilda, an die zärtliche Zuneigung zwischen Jasper, Annie Gwen und ihren Kindern, und an die Versöhnung, die Eli und ich in das von seinem Großvater gebaute Haus gebracht hatten.

Ich folgte Eli in das Schlafzimmer, in dem wir uns vor einem schlichten Doppelbett wiederfanden, das wir mit weißen Laken, weichen Kissen und Daunendecken ausgestattet hatten. Es gab nur noch dieses Bett in dem Marmor-Cottage – und uns. Er streckte mir die Hände entgegen, und ich lief auf ihn zu. Er zog eine kleine Zange aus seiner Hosentasche, griff in den Kragen meiner Bluse, hob vorsichtig die Kette mit dem Anhänger an und durchtrennte sie.

Ich legte die Kette auf eine Marmor-Fensterbank und rührte sie nie wieder an.

Behutsam, fast andächtig zogen wir uns aus und gingen zu Bett. Dort blieben wir den ganzen Nachmittag, die ganze Nacht, liebten uns voller Vertrauen, heilten das Leid, drehten die Zeit zurück.

Am nächsten Morgen packten wir unsere Sachen zusammen, verabschiedeten uns von Karen und Leon, von Annie Gwen und Bell. Dann fuhren wir zum Flugfeld außerhalb von Burnt Stand. Ich trug Jeans, ein T-Shirt, eine alte Lederjacke von Eli und alte Schuhe. Er war ähnlich bequem gekleidet.

Bevor wir die Gegend verlassen haben, flogen wir noch einen kleinen Kreis und blickten auf die ruhige Schönheit von Burnt Stand zwischen den goldgelben Bergen hinunter.

»Es wird Zeit«, sagte Eli, und ich nickte. Wir stiegen höher, nutzten die hohen Luftströmungen des Herbstes. Wenige Stunden später waren wir frei von der Vergangenheit und schwebten über dem südlichen Meer exotischen Abenteuern entgegen, glitten schwerelos über die rauhe, ungeschliffene Erdoberfläche.

»Ein herrlicher Schmöker«
Westfälische Nachrichten

Die Geschichte der legendären
Emma Harte, die Anfang des
20. Jahrhunderts das mächtig-
ste Kaufhausimperium Englands
gründete. Und der Kampf um
Gerechtigkeit von Evan Hughes,
die drei Generationen später als
einzige ahnt, daß Emma für
ihren Erfolg einen hohen Preis
zahlen mußte …

»Barbara Taylor Bradford
ist eine der besten Geschichten-
erzählerinnen der Welt.«
The Guardian

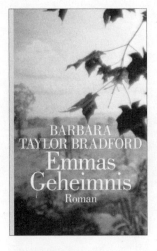

Emmas Geheimnis
Roman
ISBN-13: 978-3-548-26198-0
ISBN-10: 3-548-26198-1